Et nous nous reverrons…

Mary Higgins Clark

Et nous
nous reverrons...

ROMAN

Traduit de l'anglais
par Anne Damour

Albin Michel

COLLECTION «SPÉCIAL SUSPENSE»

Titre original :

WE'LL MEET AGAIN

© Mary Higgins Clark, 1999
Publié avec l'accord de Simon & Schuster, New York

Traduction française :

© Éditions Albin Michel S.A., 1999
22, rue Huyghens, 75014 Paris

ISBN : 2-226-10862-9
ISSN : 0290-3326

À Marilyn,
Ma fille aînée chérie.

« L'ETAT du Connecticut fera la preuve que Molly Carpenter Lasch a tué son mari, le Dr Gary Lasch, avec préméditation ; qu'elle l'a tué alors qu'il était assis à son bureau et lui tournait le dos, qu'elle lui a fracassé le crâne avec une lourde sculpture de bronze, et l'a laissé ensuite se vider de son sang, pendant qu'elle montait tranquillement se coucher dans leur chambre et s'endormait... »

Derrière le banc de l'accusée, les journalistes écrivaient furieusement, préparant les articles qu'il leur faudrait remettre dans deux heures au plus tard s'ils voulaient être prêts pour le bouclage. La célèbre chroniqueuse judiciaire du *Women's News Weekly* gribouilla rapidement les premières lignes de son papier : « Le procès de Molly Carpenter Lasch, accusée du meurtre de son mari Gary, s'est ouvert ce matin dans la tranquille dignité du tribunal de Stamford, ville historique du Connecticut. »

Le procès était couvert par les médias de tout le pays. Le reporter du *New York Post* donnait une description rapide de Molly, insistant sur la tenue qu'elle portait pour ce premier jour d'audience. Elle est superbe, pensa-t-il, un mélange de distinction et de séduction comme il en avait rarement vu, surtout sur le banc des accusés. Il remarqua la façon dont elle se tenait assise, droite, presque impériale. « Provocante », auraient dit certains. Il savait qu'elle avait vingt-six ans.

Elancée, les cheveux mi-longs, blond vénitien. Elle était vêtue d'un tailleur bleu et portait de petites boucles d'oreilles en or. Il tendit le cou et vit qu'elle avait gardé son alliance. Il le nota.

Pendant qu'il l'observait ainsi, Molly Lasch se retourna et parcourut la salle du regard comme si elle cherchait des visages familiers. Pendant un court instant, leurs yeux se croisèrent et il remarqua que les siens étaient bleus, avec de longs cils bruns.

Le journaliste de l'*Observer,* pour sa part, inscrivait ses impressions personnelles concernant l'accusée et les débats. Son journal étant un hebdomadaire, le temps lui était moins compté pour rédiger son article. « Molly Carpenter Lasch serait plus à sa place sur un terrain de golf que dans une salle d'audience », écrivit-il. Il jeta un coup d'œil à la famille de Gary Lasch, de l'autre côté de l'allée centrale.

La belle-mère de Molly, la veuve du légendaire Dr Jonathan Lasch, était assise à côté de sa sœur et de son frère. Mince, âgée d'une soixantaine d'années, elle avait une expression fermée et inflexible. Il était clair que si l'occasion lui en était donnée, elle plongerait volontiers l'aiguille contenant la dose mortelle dans le bras de Molly.

Il regarda autour de lui. Les parents de Molly, un couple élégant d'un certain âge, semblaient épuisés, anxieux, désespérés.

A dix heures trente, l'avocat de la défense se leva pour faire une déclaration préliminaire.

« Le procureur vient d'annoncer son intention de prouver l'entière culpabilité de Molly Carpenter Lasch. Mesdames et messieurs, je ferai la preuve au contraire que Molly Lasch n'est pas une meurtrière. Dans cette tragédie, elle est en réalité victime au même titre que son mari.

« Lorsque vous aurez entendu tous les témoignages

10

dans ce procès, vous en conclurez que Molly Carpenter Lasch est rentrée le 8 avril dernier, peu après huit heures du soir, d'un séjour d'une semaine dans sa maison du Cape Cod, qu'elle a trouvé son mari Gary effondré sur son bureau et a tenté de pratiquer le bouche-à-bouche pour le ranimer, qu'elle a entendu son dernier râle puis, s'apercevant qu'il était mort, est montée dans sa chambre et, sous la violence du choc émotionnel, s'est écroulée inconsciente sur son lit. »

Calme et attentive, Molly était assise au banc des accusés. Ce sont seulement des mots, pensait-elle, ils ne peuvent m'atteindre. Elle était consciente des regards fixés sur elle, curieux et sévères. Les plus proches parmi le cercle de ses relations s'étaient approchées d'elle dans le hall, l'embrassant, lui pressant la main. Jenna Whitehall, sa meilleure amie depuis leurs années d'études à la Cranden Academy, en faisait partie. Jenna était avocate d'affaires aujourd'hui. Son mari, Cal, était président du conseil d'administration de l'hôpital Lasch et du groupe Remington, l'organisme de soins intégrés que Gary avait créé avec le Dr Peter Black.

Tous les deux se sont montrés merveilleux, pensa Molly. Poussée par le besoin de tout quitter, elle était parfois allée habiter chez Jen à New York au cours des derniers mois. Jenna et Cal vivaient à Greenwich, mais pendant la semaine Jenna passait souvent la nuit dans un appartement qu'ils avaient gardé à Manhattan dans le quartier des Nations unies.

Molly avait rencontré également Peter Black dans le hall. Le Dr Peter Black — il s'était toujours montré courtois à son égard mais, comme la mère de Gary, il l'ignorait à présent. Son amitié avec Gary remontait à l'époque de leurs études de médecine. Molly se demanda si Peter serait capable d'endosser les habits de Gary à la tête de l'hôpital et du groupe Remington.

11

Peu après la mort de Gary, le conseil d'administration l'avait nommé directeur général, tandis que Cal White-hall prenait le titre de président.

Elle resta comme hébétée pendant tout le début du procès. Le procureur appela les premiers témoins. Ils arrivaient à la barre et repartaient, simple succession de visages et de voix brouillés. Puis ce fut le tour d'Edna Barry, qui venait tous les matins faire le ménage chez eux. «Je suis arrivée à huit heures le lundi matin comme d'habitude, déclara-t-elle.

— Le lundi le 9 avril?

— Oui.

— Depuis combien de temps travaillez-vous chez Gary et Molly Lasch?

— Depuis quatre ans. Mais j'étais employée chez la mère de Molly quand Molly était toute petite. Elle était toujours si mignonne. »

Molly saisit le regard de compassion que Mme Barry lui adressait. Elle ne veut pas me faire de tort, pensa-t-elle, mais elle va raconter comment elle m'a trouvée et elle sait l'effet que produiront ses paroles.

«J'ai été surprise de voir que la lumière était allumée à l'intérieur de la maison, disait Mme Barry. Le sac de voyage de Molly se trouvait dans l'entrée, et j'ai compris qu'elle était rentrée du Cape Cod.

— Madame Barry, voulez-vous nous décrire la disposition du rez-de-chaussée de la maison?

— L'entrée est spacieuse. Lorsqu'il y avait beaucoup d'invités, on y servait l'apéritif avant le dîner. Elle débouche dans le grand salon qui fait face à la porte d'entrée. La salle à manger est sur la gauche, au bout d'un large couloir et à la suite du bar. La cuisine et la salle de séjour se trouvent également dans cette aile. Le bureau du Dr Lasch et la bibliothèque sont situés dans l'aile à droite de l'entrée. »

Je suis rentrée tôt, se rappela Molly. Il y avait peu de

circulation sur la I-95, et je suis arrivée plus vite que je ne l'avais prévu. Je n'avais pris qu'un sac avec moi, je l'ai porté à l'intérieur et posé dans l'entrée. Puis j'ai fermé la porte à clé et j'ai appelé Gary. Je me suis rendue directement dans son bureau.

« Je suis allée à la cuisine, disait Mme Barry au procureur. Il y avait des verres à vin et un plateau avec des restes de fromage et des crackers sur le comptoir.

— Etait-ce inhabituel ?

— Oui. Quand ils avaient reçu des invités, Molly nettoyait et rangeait toujours après.

— Et le Dr Lasch ? » demanda le procureur. Edna Barry eut un sourire indulgent. « Oh, vous connaissez les hommes. Il n'était pas du genre à ramasser ce qui traînait derrière lui. » Elle s'interrompit et fronça les sourcils. « Mais c'est alors que j'ai compris qu'il était arrivé quelque chose d'anormal. Je me suis dit que Molly était probablement rentrée et repartie.

— Pourquoi aurait-elle agi ainsi ? »

Molly vit l'hésitation se peindre sur le visage que Mme Barry tournait à nouveau vers elle. Maman se montrait toujours un peu agacée qu'Edna m'appelle Molly alors que je l'appelais madame Barry, pensa-t-elle. Mais je n'y attachais aucune importance. Elle me connaît depuis mon enfance.

« Molly n'était pas à la maison lorsque je suis arrivée le vendredi. Le lundi précédent, pendant que j'étais là, elle était partie pour le Cape. Elle paraissait bouleversée.

— Bouleversée, comment ? »

La question jaillit soudainement et brutalement. Molly était consciente de l'hostilité du procureur à son égard, mais pour une raison qu'elle ignorait elle ne s'en souciait guère.

« Elle pleurait en faisant sa valise, et j'ai vu qu'elle était hors d'elle. Molly a un caractère facile. Il en faut beaucoup pour la mettre en colère. Pendant toutes ces années, jamais je ne l'avais vue aussi bouleversée. Elle ne cessait de répéter : "Comment a-t-il pu ? Comment a-t-il pu ?" Je lui ai demandé si je pouvais faire quelque chose pour elle.

— Qu'a-t-elle répondu ?

— Elle a dit : "Vous pouvez tuer mon mari."

— *Vous pouvez tuer mon mari !*

— Je savais bien qu'elle ne parlait pas sérieusement. J'ai simplement pensé qu'ils s'étaient sans doute disputés, et je me suis dit qu'elle partait au Cape Cod pour retrouver son calme.

— Lui arrivait-il souvent de partir ainsi ? De faire sa valise et de s'en aller ?

— Eh bien, Molly aime énormément le Cape ; elle dit que c'est un endroit revivifiant. Mais ce jour-là c'était différent — c'était la première fois que je la voyais dans un état pareil, complètement tourne-boulée. » Elle jeta à Molly un regard empli de pitié.

« Bien, madame Barry, revenons au lundi matin 9 avril. Qu'avez-vous fait en constatant le désordre dans la cuisine ?

— Je suis allée voir si le Dr Lasch se trouvait dans le bureau. La porte était fermée. J'ai frappé et n'ai pas obtenu de réponse. J'ai tourné la poignée qui m'a paru poisseuse. Puis j'ai poussé la porte et je l'ai vu. » La voix d'Edna Barry se mit à trembler. « Il était affaissé dans son fauteuil devant le bureau. Sa tête était couverte de sang coagulé. Il y avait du sang partout — sur lui, sur le bureau, sur le fauteuil. J'ai compris immédiatement qu'il était mort. »

En écoutant le témoignage de la femme de ménage, Molly se remémora ce dimanche soir. Je suis arrivée à la maison, je suis rentrée, j'ai refermé la porte et me suis dirigée vers le bureau. J'étais certaine d'y trouver

Gary. La porte était fermée. Je l'ai ouverte… Je ne me souviens pas de ce qui s'est passé ensuite.

« Qu'avez-vous fait alors, madame Barry ? demandait le procureur.

— J'ai tout de suite téléphoné à la police. Puis j'ai pensé à Molly, j'ai eu peur qu'il ne lui soit arrivé quelque chose. J'ai couru dans sa chambre à l'étage. En la voyant là, sur le lit, j'ai cru qu'elle était morte elle aussi.

— Pour quelle raison avez-vous pensé qu'elle était morte ?

— Parce que son visage était couvert de sang séché. Mais elle a ouvert les yeux, souri et dit : "Bonjour, madame Barry. Je crois que j'ai un peu trop dormi." »

J'ai levé la tête, se souvint Molly, et je me suis rendu compte que j'étais tout habillée. Pendant un instant j'ai cru que j'avais eu un accident. Mes vêtements étaient salis et j'avais les mains poisseuses. J'étais groggy, totalement désorientée, et j'ai pensé que je me trouvais peut-être à l'hôpital et non dans ma chambre. Je me rappelle m'être demandé si Gary n'était pas blessé lui aussi. Ensuite il y a eu des coups frappés à la porte en bas et la police est arrivée.

Les gens parlaient autour d'elle, mais les voix des témoins se brouillaient à nouveau. Depuis le début du procès, Molly se rendait à peine compte des jours qui passaient. Comme un automate elle arrivait au tribunal et en repartait, regardait les gens aller et venir à la barre.

Elle entendit Cal, Peter Black puis Jenna témoigner. Cal et Peter racontèrent qu'ils avaient appelé Gary dans l'après-midi du dimanche et décidé de passer le voir, qu'ils avaient senti qu'il n'était pas dans son assiette.

Ils dirent qu'ils avaient trouvé Gary complètement

bouleversé parce que Molly venait d'apprendre sa liaison avec Annamarie Scalli.

Gary avait dit à Cal que Molly était partie passer toute la semaine dans leur maison du Cape Cod et qu'elle avait refusé de lui parler au téléphone, qu'elle avait raccroché brutalement en entendant sa voix.

Le procureur demanda : « Comment avez-vous réagi lorsque le Dr Lasch vous a avoué cette liaison ? »

Cal dit qu'ils s'étaient tous les deux inquiétés pour le mariage de leur ami mais qu'ils avaient également redouté les éventuelles conséquences sur l'hôpital d'un scandale impliquant le Dr Lasch et une jeune infirmière. Gary leur avait assuré qu'il n'y aurait pas de scandale. Annamarie devait quitter la ville. Elle était enceinte et avait l'intention de faire adopter le bébé. L'avocat de Gary était parvenu à un arrangement comprenant un versement de soixante-quinze mille dollars et une promesse signée par Annamarie de garder le secret.

Annamarie Scalli, se remémora Molly, une jeune et jolie brune plutôt sexy. Elle se souvenait de l'avoir vue à l'hôpital. Gary était-il réellement tombé amoureux d'elle, ou s'agissait-il seulement d'une aventure sans conséquence dont il n'avait plus su comment se tirer quand elle était tombée enceinte ? Elle ne le saurait jamais. Il y avait tant de questions restées sans réponse. Gary m'aimait-il vraiment ? Ou notre vie commune n'était-elle qu'une mascarade ? Elle secoua la tête. Non. Remuer de telles pensées était trop cruel.

Puis vint le tour de Jenna de venir à la barre. Je sais combien il est douloureux pour elle de témoigner, pensa Molly, mais le procureur l'avait citée à comparaître, et elle n'avait pas le choix.

« Oui, reconnut Jenna d'une voix sourde et saccadée. J'ai en effet téléphoné à Molly au Cape le jour où Gary est mort. Elle m'a dit que Gary avait eu une his-

16

toire avec Annamarie et que cette dernière était enceinte. Molly était anéantie. » Elle entendait vaguement ce qu'ils disaient. Le procureur demandait si Molly était en colère. Jenna répondait que Molly était horriblement malheureuse. Jenna finit par admettre que Molly était folle de rage contre Gary.

« Molly, levez-vous. La cour se retire. »

Philip Matthews, son avocat, la tenait par le coude et la pressait de se lever. Il garda sa main sous son bras, la soutenant pendant qu'ils sortaient de la salle d'audience. Dehors, les flashes l'aveuglèrent. Il l'aida à franchir la foule à la hâte, la poussa à l'intérieur d'une voiture qui les attendait devant le tribunal. « Nous allons rejoindre votre père et votre mère chez vous », dit-il tandis qu'ils s'éloignaient.

Ses parents étaient revenus de Floride pour être à ses côtés. Ils voulaient qu'elle aille s'installer ailleurs, qu'elle n'habite plus cet endroit où Gary était mort, mais elle n'arrivait pas à se décider. C'était sa grand-mère qui lui avait offert la maison et elle y était très attachée. A la demande de son père, elle avait quand même accepté de changer le décor du bureau. Elle avait donné tous les meubles, et la pièce avait été refaite du sol au plafond. Les boiseries d'acajou massif avaient été arrachées, la collection d'art colonial américain chère à Gary avait disparu. Ses tableaux, ses sculptures, ses tapis, ses lampes à huile, son bureau, ainsi que le canapé et les fauteuils de cuir bordeaux avaient été remplacés par un divan recouvert de chintz fleuri accompagné d'une paire de causeuses assorties et de tables de chêne cérusé. Malgré tout, la porte de la pièce restait le plus souvent fermée.

Une des pièces les plus importantes de sa collection, une sculpture de soixante-quinze centimètres, un bronze original de Remington représentant un cow-boy à cheval, se trouvait encore entre les mains des services du procureur. C'était celle dont elle s'était servie, disaient-ils, pour fracasser la tête de Gary.

Parfois, quand elle était certaine que ses parents étaient endormis, Molly descendait sur la pointe des pieds et se tenait dans l'embrasure de la porte du bureau, tâchant de se remémorer en détail le moment où elle avait découvert Gary.

Le moment où elle avait découvert Gary... Elle avait beau se creuser la cervelle, lorsqu'elle repensait à cette nuit-là, elle ne se souvenait à aucun instant de lui avoir parlé ni de s'être approchée de lui pendant qu'il était assis à son bureau. Elle n'avait aucun souvenir de s'être emparée de cette sculpture, d'avoir saisi les membres antérieurs du cheval et d'avoir frappé avec assez de force pour défoncer le crâne de son mari. Pourtant, d'après eux, c'était ce qu'elle avait fait.

Chez elle maintenant, après cette autre journée de procès, elle vit l'inquiétude grandir sur le visage de ses parents, sentit leur désir de la protéger lorsqu'ils l'étreignirent. Elle se raidit dans leurs bras, s'écarta et les regarda calmement.

C'était un beau couple, de l'avis général. Molly savait qu'elle ressemblait à Ann, sa mère. Walter Carpenter, son père, les dominait toutes les deux de sa haute taille. Ses cheveux étaient d'un beau gris argenté. Ils avaient été blonds autrefois. La trace évidente de ses origines vikings, disait-il. Sa grand-mère était danoise.

«Je crois qu'un remontant ne nous ferait pas de mal», dit son père en les précédant vers le bar.

Molly et sa mère prirent un verre de vin. Philip préféra un dry martini. Walter Carpenter lui demanda : «Philip, quels torts peut causer la déposition faite par Peter Black aujourd'hui?»

Molly nota le ton forcé, exagérément confiant de Philip Matthews quand il répondit : «Je pense pouvoir le neutraliser quand je l'aurai en face de moi.»

Philip Matthews était un avocat d'assises réputé ; à trente-cinq ans, il était devenu une sorte de star des médias. Le père de Molly s'était juré d'obtenir pour sa fille le meilleur avocat de la profession et, en dépit de sa relative jeunesse, Matthews était effectivement le plus fort. N'était-il pas parvenu à faire acquitter le directeur d'une station de radio accusé du meurtre de sa femme ? Certes, pensait Molly, mais on ne l'avait pas trouvé couvert du sang de la victime.

Elle sentit les brumes qui embrouillaient son cerveau se dissiper légèrement, tout en sachant qu'elles reviendraient bientôt. Il en était toujours ainsi. Mais là, en ce moment, elle imaginait les réactions de l'assistance, et particulièrement des jurés, à toute l'affaire. « Le procès va-t-il encore durer longtemps ? demanda-t-elle.

— Encore environ trois semaines, répondit Matthews.

— C'est alors qu'on me déclarera coupable, dit-elle d'un ton détaché. Et vous, pensez-vous que je le sois ? Je sais que tout le monde croit que je l'ai tué parce que j'étais furieuse contre lui. » Elle poussa un soupir de lassitude. « Quatre-vingt-dix pour cent des gens pensent que je mens lorsque je dis n'avoir aucun souvenir, et les dix pour cent restants pensent que j'ai tout oublié de cette nuit parce que je suis folle. »

A peine consciente qu'ils lui emboîtaient le pas, elle traversa l'entrée jusqu'au bureau et ouvrit la porte. Et à nouveau une sensation d'irréalité l'envahit. « Et si c'était moi…, fit-elle, d'une voix atone. Cette semaine-là au Cape… Je me souviens d'avoir marché sur la plage et d'avoir pensé que tout était trop injuste. Après cinq années de mariage, après avoir perdu mon premier bébé et en avoir tant désiré un autre, alors qu'enfin je me trouvais enceinte à nouveau, j'ai fait une fausse couche à quatre mois. » Elle se tourna vers ses parents. « Vous vous souvenez ? Vous êtes venus de Floride tous les deux, car vous étiez inquiets de me savoir si malheureuse. Ensuite, à peine un mois après avoir perdu mon enfant, j'ai pris le téléphone et entendu Annamarie Scalli parler à Gary, et je me suis rendu compte qu'elle était enceinte de lui. J'ai éprouvé une telle rage, un tel chagrin. Je me souviens d'avoir pensé qu'en prenant mon bébé Dieu m'avait punie à la place d'une autre. »

Ann Carpenter entoura de son bras les épaules de sa fille. Cette fois Molly ne repoussa pas son étreinte. « J'ai tellement peur, murmura-t-elle. J'ai tellement peur. »

Philip Matthews prit Walter Carpenter par le bras. « Allons dans la bibliothèque, dit-il. Je crois qu'il vaut mieux affronter la réalité. Il va falloir envisager de plaider coupable. »

Debout devant le juge, Molly essaya de se concentrer sur ce que disait le procureur. Il avait accepté avec réticence qu'elle plaide coupable d'homicide sans préméditation, ce qui entraînait une peine de dix ans de prison ; et cela uniquement parce que le point faible de l'accusation était Annamarie Scalli, la maîtresse de Gary Lasch, qui n'avait pas encore témoigné. Annamarie n'avait pas d'alibi pour la nuit de dimanche.

« Le procureur sait que j'essaierai d'attirer les soupçons sur Annamarie, lui avait expliqué Philip. Elle aussi en voulait à Gary. Nous pourrions tenter de faire avorter les délibérations du jury, mais si vous êtes condamnée, vous risquez la peine de mort. Tandis qu'en plaidant coupable, vous serez sortie de prison dans cinq ans. »

C'était son tour de dire les mots qu'ils attendaient d'elle. « Votre Honneur, puisque je suis incapable de me souvenir de cette horrible nuit, je reconnais que les charges réunies contre moi par l'Etat sont accablantes. J'accepte ce que ces preuves ont établi, à savoir que j'ai tué mon mari. » C'est un cauchemar, pensa Molly. Je vais me réveiller bientôt et me retrouver à la maison, en sécurité.

Un quart d'heure plus tard, après que le juge eut prononcé la peine de dix ans d'emprisonnement, Molly fut emmenée menottes aux poignets vers le fourgon qui allait la conduire à la prison de Niantic, le centre de détention pour femmes du Connecticut.

Cinq ans et demi plus tard

1

Assis à son bureau du 30 Rockefeller Plaza, Gus Brandt, le producteur du réseau câblé NAF-TV, s'interrompit dans son travail. Fran Simmons venait d'entrer. Il l'avait récemment engagée comme journaliste d'investigation pour le bulletin d'informations de dix-huit heures et lui avait demandé de collaborer régulièrement à son émission, «Crime et vérité».

«La nouvelle vient de tomber, annonça-t-il vivement. Molly Carpenter Lasch va être libérée. Elle sort de prison la semaine prochaine.

— Elle a obtenu sa libération conditionnelle! s'exclama Fran. Je suis vraiment contente!

— Je me demandais si vous vous souviendriez de cette affaire. Vous étiez en Californie il y a six ans. Que vous rappelez-vous exactement?

— Tout, à dire vrai. N'oubliez pas que j'ai fait mes études à la Cranden Academy de Greenwich avec Molly. Je me suis fait envoyer les coupures de la presse locale pendant toute la durée du procès.

— Sans blague! Vous êtes allée à l'école avec elle!

C'est formidable. Je veux un portrait détaillé d'elle pour notre émission, dès que possible.

— D'accord, Gus, mais ne croyez pas que j'aie mes entrées auprès de Molly, l'avertit Fran. Je ne l'ai pas revue depuis l'été de notre baccalauréat, il y a quatorze ans de cela. Lorsque je me suis inscrite à l'université de Californie, ma mère est venue s'installer à Santa Barbara, et j'ai perdu de vue pratiquement tout le monde à Greenwich. »

En réalité, nombreuses étaient les raisons qui les avaient conduites, sa mère et elle, à partir s'installer en Californie, laissant le Connecticut loin derrière elles, aussi loin que le permettaient leurs souvenirs. Le jour où Fran avait reçu son diplôme, son père les avait emmenées fêter l'événement au restaurant. A la fin du dîner il avait porté un toast à l'avenir de Fran dans l'université où il avait lui-même fait ses études, les avait toutes les deux embrassées, puis, prétendant avoir oublié son portefeuille dans la voiture, il était allé dans le parking et s'était tiré une balle dans la tête. Les jours suivants, la raison de son suicide était apparue claire-ment. Une enquête avait révélé qu'il avait détourné quatre cent mille dollars d'un fonds destiné à la construction de la bibliothèque de Greenwich dont il assurait bénévolement la gestion.

Gus Brandt était au courant de l'histoire, naturelle-ment. Il y avait fait allusion le jour où il était venu en Californie lui proposer ce job à la NAF-TV. « Ecoutez, c'est du passé. Ça ne sert à rien de vous cacher en Cali-fornie et, par ailleurs, le boulot que je vous propose sera excellent pour votre carrière. Ceux qui veulent réussir dans ce métier doivent bouger. Notre journal de dix-huit heures dépasse l'audimat des stations locales, et la série "Crime et vérité" est sur la liste des dix meilleures émissions en termes d'audience. Qui plus est, avouez-le, New York vous manque. »

Fran s'était attendue à ce qu'il lui cite le vieux dicton éculé selon lequel hormis New York tout ressemble à Bridgeport, mais il n'était pas allé jusque-là. Avec ses cheveux clairsemés et grisonnants et ses épaules voûtées, Gus paraissait ses cinquante-cinq ans, et il avait constamment l'expression du type qui a raté le dernier bus un soir de neige.

L'apparence était trompeuse, toutefois, et Fran le savait. En réalité, Gus avait un esprit acéré, un talent incomparable pour créer de nouvelles émissions et un sens imbattable de la compétition. Elle avait accepté son offre pratiquement sans réfléchir. Travailler pour Gus était la garantie du succès.

«Donc, vous n'avez jamais rencontré Molly ni eu de ses nouvelles depuis que vous avez quitté l'école? demanda-t-il.

— Non. Je lui ai écrit à l'époque du procès, pour lui offrir mon soutien, et j'ai reçu une circulaire de son avocat disant qu'elle était sensible à l'intérêt que je lui portais, mais ne correspondait avec personne. C'était il y a cinq ans et demi.

— A quoi ressemblait-elle alors? Quand elle était adolescente.»

Fran repoussa une mèche de ses cheveux châtains derrière son oreille, un geste machinal lorsqu'elle réfléchissait. Une image lui traversa l'esprit, pendant un instant elle revit Molly à l'âge de seize ans, à la Cranden Academy. «Molly a toujours été hors du commun, dit-elle au bout d'un moment. Vous avez vu des photos d'elle. C'était une vraie beauté. A l'époque où nous avions toutes l'air godiche, elle tournait déjà les têtes. Elle avait des yeux bleus extraordinaires, presque irisés, un teint à faire pâlir d'envie tous les mannequins de la planète et une chevelure d'un blond chatoyant. Mais ce qui m'a toujours impressionnée, c'est son maintien parfait en toute occasion. Je suis sûre que si elle avait rencontré le pape et la reine d'Angleterre dans une même réunion, elle aurait su comment s'adresser à eux et dans quel ordre. Et cependant, c'est étrange, j'ai toujours pensé qu'au fond d'elle-même elle était timide. Sous cette apparence composée, il y avait quelque chose d'hésitant chez elle. On eût dit un bel oiseau perché au bout d'une branche, en équilibre mais prêt à s'envoler. »

Elle se déplaçait dans une pièce comme si elle flottait, se rappela Fran, revoyant Molly vêtue d'une élégante robe du soir. Elle avait un port si majestueux qu'elle paraissait encore plus grande que son mètre soixante-dix.

« Etiez-vous très liée avec elle ? demanda Gus.

— Oh, je ne faisais pas véritablement partie de ses intimes. Molly appartenait au monde des clubs huppés, de l'élite fortunée. J'étais une bonne athlète et je me consacrais davantage au sport qu'aux mondanités. Je peux vous assurer que mon téléphone restait plutôt muet le vendredi soir.

— Comme aurait dit ma mère, vous avez reçu une éducation de jeune fille comme il faut », dit Gus en riant.

Je ne me suis jamais sentie à l'aise dans cette école, se rappela Fran. A Greenwich, il y avait beaucoup de familles appartenant à la classe moyenne, mais la classe moyenne ne suffisait pas à papa. Il rêvait de se faire valoir auprès de la haute société. Il voulait que je me lie avec des filles de familles riches, ou qui avaient des relations.

« En dehors de son apparence, comment était Molly ?

— Très gentille. Lorsque mon père est mort et que s'est répandue la nouvelle de ce qu'il avait fait — l'escroquerie, le suicide, tout ça —, je me suis mise à éviter tout le monde. Molly savait que je faisais tous les jours du jogging, et un matin elle m'a attendue. Elle a dit qu'elle voulait simplement me tenir compagnie pendant un moment. Son père étant alors l'un des principaux donateurs du fonds de la bibliothèque, vous pouvez imaginer ce qu'a signifié pour moi cette démonstration d'amitié.

— Vous n'aviez aucune raison d'avoir honte des actes commis par votre père », dit vivement Gus.

Le ton de Fran devint cassant. « Je n'avais pas *honte* de lui. J'étais seulement navrée pour lui — et en colère aussi, je suppose. Pourquoi s'était-il mis en tête que ma mère et moi manquions de quelque chose ? Après sa mort, nous avons compris qu'il avait dû s'affoler, car des consultants avaient été chargés peu auparavant de procéder à un audit de la trésorerie de la bibliothèque, et il savait qu'il allait être démasqué. » Elle s'interrompit, puis ajouta doucement : « Bien sûr, il était coupable. Coupable d'avoir pris l'argent et coupable d'avoir pensé que nous en avions besoin. Je me rends compte aujourd'hui qu'il était terriblement peu sûr de lui. Mais en même temps c'était un bonhomme tellement généreux.

— Le Dr Gary Lasch aussi. C'était également un bon gestionnaire. L'hôpital Lasch a une réputation de premier plan et le groupe Remington ne ressemble pas à tous ces foutus organismes de soins intégrés qui se mettent en faillite et laissent sur la grève toubibs et patients. » Gus eut un bref sourire. « Vous connaissez Molly, vous avez fait vos études secondaires avec elle, ce qui vous a permis de percer un peu sa personnalité. Pensez-vous qu'elle l'a tué ?

— Cela ne fait aucun doute, répondit spontanément Fran. Les preuves contre elles sont accablantes et j'ai couvert suffisamment de procès d'assises pour savoir que les gens les plus inattendus peuvent gâcher leur vie en perdant leur sang-froid pendant une fraction de seconde. Cependant, à moins que Molly n'ait changé radicalement depuis l'époque où je l'ai connue, c'est la dernière personne au monde que j'aurais crue capable de tuer quelqu'un. Et précisément pour cette raison, je peux comprendre qu'elle ait fait un blocage sur ce qui s'est passé.

— Voilà pourquoi cette affaire est formidable pour notre émission, dit Gus. Mettez-vous au travail. Lorsque Molly Lasch sortira de la prison de Niantic la semaine prochaine, je veux que vous fassiez partie du comité de réception qui l'accueillera. »

2

UNE semaine plus tard, le col de son manteau relevé autour de son cou, les mains enfoncées dans ses poches, les cheveux serrés sous son bonnet de ski, Fran faisait le pied de grue parmi le petit groupe de journalistes qui se pressait à la grille de la prison par un âpre jour de mars. Son cameraman, Ed Ahearn, se tenait à ses côtés.

Comme à l'habitude, l'humeur était maussade. Aujourd'hui c'était à cause de l'heure matinale et du temps — un vent froid qui soufflait des rafales de neige fondue. Et puis on ressassait une affaire qui avait fait les gros titres dans tout le pays cinq ans et demi auparavant.

Fran avait déjà enregistré plusieurs commentaires avec la prison en arrière-plan. Plus tôt dans la matinée, elle avait fait une intervention en direct. Tandis que l'antenne projetait une bande enregistrée, elle avait annoncé : « Nous sommes en ce moment à l'extérieur de la prison de Niantic, dans le nord du Connecticut, à quelques kilomètres de la frontière du Rhode Island. Molly Carpenter Lasch va bientôt sortir, après avoir passé cinq ans et demi derrière les barreaux où elle purgeait sa peine pour le meurtre de son mari, Gary Lasch. »

A présent, dans l'attente de l'apparition de Molly, elle prêtait l'oreille aux opinions des autres journalistes présents autour d'elle. De l'avis général, Molly était bel et bien coupable, elle avait une foutue chance de sortir de prison au bout de cinq ans et demi, et à qui voulait-elle faire avaler qu'elle ne se souvenait pas d'avoir démoli le crâne de ce pauvre type ?

Fran prévint la régie dès qu'elle vit une voiture bleu foncé apparaître à l'arrière du bâtiment principal de la prison. « La voiture de Philip Matthews s'apprête à partir », dit-elle. L'avocat de Molly était arrivé une demi-heure auparavant.

Ahearn actionna la caméra.

Les autres aussi avaient repéré la voiture. « Nous perdons notre temps, fit remarquer l'envoyé spécial du *Post*. Ma tête à couper qu'à la minute où s'ouvriront les grilles, ils vont démarrer sur les chapeaux de roues. Hé, regardez ! »

Fran se mit à parler calmement dans le micro. « Dans quelques secondes, Molly Carpenter Lasch sera en route vers la liberté. » Puis elle eut un sursaut de stupéfaction à la vue de la mince silhouette qui marchait d'un pas ferme à côté de la voiture. « Charley, dit-elle au présentateur du journal télévisé de la matinée, Molly Lasch n'est pas dans la voiture, elle s'approche de la sortie à pied. Je parie qu'elle va faire une déclaration. »

Les flashes partirent, les magnétophones se mirent en marche, les micros et les caméras assaillirent Molly Carpenter Lasch au moment où elle atteignait la grille, s'immobilisait, regardant les deux battants s'ouvrir. Elle a l'expression d'un enfant qui voit fonctionner un jouet mécanique pour la première fois, pensa Fran.

« On dirait que Molly n'en croit pas ses yeux », rapporta-t-elle.

Dès que Molly s'avança sur la route, elle fut immédiatement entourée, bousculée, harcelée de questions. *« Quelle impression cela fait-il ?... Pensiez-vous que ce jour finirait par arriver ?... Irez-vous rendre visite à la famille de Gary ?... Croyez-vous que vos souvenirs de cette nuit-là reviendront un jour ? »*

Comme les autres, Fran tendit son micro, mais elle resta intentionnellement un peu à l'écart. Elle savait qu'elle perdrait toutes ses chances d'obtenir plus tard une interview si Molly la percevait aujourd'hui comme une ennemie.

Molly fit un geste de protestation. « S'il vous plaît, laissez-moi parler », dit-elle rapidement.

Elle est si pâle et si maigre, songea Fran. Comme si elle relevait à peine d'une maladie. Elle est différente, et pas uniquement parce qu'elle a vieilli. Fran l'examina attentivement, cherchant à voir ce qui avait changé dans son apparence. Ses cheveux avaient foncé. Elle les portait plus longs qu'à l'école, retenus sur la nuque par une barrette. Le teint clair était ce matin couleur d'albâtre. Les lèvres que Fran avait souvent vues sourire dans le passé étaient aujourd'hui serrées et sévères, comme si la gaieté les avait depuis longtemps désertées.

Peu à peu, les questions s'épuisèrent et le silence se fit.

Philip Matthews était sorti de la voiture et se tenait aux côtés de Molly. « Molly, vous ne devriez pas... », commença-t-il, mais elle ne l'écoutait pas.

Fran observa l'avocat. De taille moyenne, blond, Matthews avait un visage mince à l'expression intense. L'image d'un fauve protégeant ses petits lui traversa l'esprit. Elle s'attendait presque à le voir entraîner de force Molly à l'intérieur de la voiture.

Molly l'interrompit : « Je n'ai pas le choix, Philip. »

Elle fit face aux appareils photo et aux caméras et se mit à parler d'une voix claire dans les micros. « Je suis heureuse de rentrer chez moi. Pour bénéficier de cette liberté conditionnelle, j'ai dû reconnaître que j'étais l'auteur de la mort de mon mari. J'ai admis que les charges qui pesaient sur moi étaient accablantes. Cela étant, je veux vous dire à tous une chose : en dépit des preuves, je sais au fond de mon âme que je suis incapable de supprimer la vie d'un être humain. Je sais que mon innocence ne sera peut-être jamais reconnue, mais une fois chez moi, au calme, j'espère retrouver *complètement* la mémoire de cette horrible nuit. Alors seulement je pourrai connaître la paix et reconstruire ma vie. »

Elle marqua une pause puis poursuivit d'une voix plus ferme : « Lorsque peu à peu les souvenirs me sont revenus à l'esprit, même partiellement, je me suis rappelé avoir trouvé Gary mourant dans son bureau. Récemment, une impression a resurgi. Je *crois* qu'il y avait quelqu'un d'autre dans la maison au moment où je suis arrivée, et je *crois* que cette personne a tué mon mari. Je ne pense pas qu'elle soit une création de mon imagination. C'est un être réel, de chair et de sang, et je le retrouverai et le ferai payer pour avoir pris la vie de Gary et détruit la mienne. »

Ignorant l'avalanche de questions qui suivit sa déclaration, Molly tourna les talons et s'engouffra dans la voiture. Philip Matthews ferma la portière et alla rapidement prendre place derrière le volant. La tête appuyée au dossier de son siège, Molly ferma les yeux tandis que Matthews, actionnant rageusement le klaxon, se frayait un passage à travers la foule des reporters et des photographes.

« C'est bon, Charley, dit Fran dans son micro. Vous

avez la déclaration de Molly, une véritable protestation d'innocence.

— Une déclaration stupéfiante, Fran. On va suivre l'affaire de près, voir s'il y a une suite. Merci, Fran.

— OK, Fran, terminé pour vous, annonça la régie.

— Que pensez-vous de ce petit discours, Fran ? » lui demanda Joe Hutnik, le vieux routier des affaires criminelles du *Greenwich Times*.

Paul Reilly, de l'*Observer,* ne laissa pas à Fran le temps de répondre. « Cette nana n'est pas idiote, fit-il d'un ton sarcastique. Elle pense probablement au bouquin qu'elle va écrire. Les gens vont tomber dans le piège, les cœurs sensibles seront tout prêts à croire que quelqu'un d'autre a tué Gary Lasch et que Molly est une victime, elle aussi. »

Joe Hutnik haussa les sourcils. « Ouais, c'est possible, mais à mon avis, le prochain qui épousera Molly Lasch ferait bien de ne pas lui tourner le dos quand elle se foutra en rogne contre lui. Qu'en dites-vous, Fran ? »

Un éclair d'irritation traversa le regard de Fran. « Je préfère me taire », dit-elle sèchement aux deux hommes.

3

Dans la voiture qui l'emportait, Molly examinait les panneaux indicateurs. Ils quittèrent enfin le Merritt Parkway à la sortie de Lake Street. Tous ces noms me sont familiers, naturellement, pourtant je n'ai presque aucun souvenir du trajet en fourgon jusqu'à la prison, pensa Molly. Je me souviens seulement du poids des chaînes, des menottes qui s'incrustaient dans mes poignets. Les yeux rivés devant elle, elle sentit plutôt qu'elle ne vit le regard que lui lançait Philip Matthews.

Elle répondit à sa question sans lui laisser le temps de la formuler. « Je me sens bizarre, dit-elle lentement. Ou plus exactement vidée.

— Je n'en démords pas, vous n'auriez pas dû garder la maison, et encore moins y retourner, dit-il. Et c'est également une erreur de ne pas laisser vos parents venir s'installer chez vous pendant quelque temps. »

Molly continuait de regarder fixement devant elle. La neige fondue se déposait sur le pare-brise plus vite que les essuie-glaces ne pouvaient la balayer. « J'ai dit ce que je pensais à ces journalistes. Maintenant que la page est tournée, c'est en vivant à la maison que j'ai une chance de retrouver la mémoire de ce qui s'est passé. Philip, je n'ai pas tué Gary — il est simplement impossible que je l'aie tué. Les psychiatres pensent que je refuse de reconnaître la réalité, mais je suis sûre qu'ils se trompent. Et s'il était prouvé qu'ils ont raison, je trouverais la force de l'accepter. Le pire est de ne pas savoir.

— Molly, supposons un instant que vos souvenirs soient justes, que vous ayez trouvé Gary blessé et perdant son sang. Supposons que vous ayez subi un choc, et que la mémoire des faits vous revienne. Vous rendez-vous compte que dans ce cas vous devenez un danger pour celui ou celle qui l'a véritablement tué ? Et que le tueur peut dès aujourd'hui vous considérer comme une réelle menace ? Vous venez d'annoncer que, une fois chez vous, vous espériez vous rappeler plus précisément qu'il y avait un intrus dans la maison cette nuit-là. »

Molly resta silencieuse. Pourquoi croyez-vous que j'aie demandé à mes parents de rester en Floride ? pensa-t-elle. Si je me trompe, personne ne s'intéressera à moi. Si j'ai raison, j'ouvre en grand ma porte au véritable tueur.

Elle tourna la tête vers Matthews. « Une fois, quand j'étais petite, mon père m'a emmenée à la chasse au canard. Je n'y ai pris aucun plaisir. Le jour était à peine levé, il pleuvait, il faisait froid, et j'aurais tout donné pour être au chaud dans mon lit. Mais j'ai appris une chose ce matin-là, Philip. *L'utilité d'un leurre.* Comme tous les autres, vous pensez que j'ai tué Gary dans un moment de folie. Vous en êtes convaincu, ne dites pas le contraire. Je vous ai entendus, mon père et vous, convenir qu'il n'y avait aucune chance d'obtenir un acquittement en suggérant qu'Annamarie Scalli était coupable. Vous avez dit que j'avais un bon espoir d'être condamnée pour homicide sans préméditation car le jury croirait probablement que j'avais tué Gary dans un accès de folie. Mais aussi que je pouvais être condamnée pour meurtre et que je ferais mieux de plaider coupable si le procureur l'acceptait. C'est bien ce que vous avez dit, n'est-ce pas?

— Oui.

— Bref, si j'ai vraiment tué Gary, j'ai eu de la chance de m'en tirer aussi facilement. Maintenant, si vous et tous les autres — y compris mes parents — avez raison, je ne crains absolument rien en parlant de cette présence dans la maison le soir où Gary est mort. Puisque d'après vous il n'y avait personne, je ne cours aucun risque que quelqu'un s'attaque à moi. C'est exact, n'est-ce pas?

— C'est exact, admit Philip.

— Donc, il est inutile de s'inquiéter pour moi. Si, en revanche, c'est moi qui ai raison et que je suis une menace pour quelqu'un, alors cela pourrait me coûter la vie. Mais croyez-moi, j'en suis arrivée à le souhaiter. Car si je suis assassinée, on ouvrira une enquête en évitant peut-être de présumer automatiquement que j'ai tué mon mari. »

Philip Matthews ne répondit pas.

« J'ai raison, n'est-ce pas, Philip? demanda Molly d'un ton presque enjoué. Si je suis tuée, il y aura peut-être une enquête approfondie sur le meurtre de Gary qui permettra de découvrir le véritable assassin. »

4

C'EST merveilleux de retrouver New York, songea Fran en contemplant le Rockefeller Center depuis son bureau. La matinée blafarde et neigeuse s'était transformée en un après-midi froid et gris, mais elle n'en appréciait pas moins le spectacle qui s'offrait à elle, les patineurs vêtus de couleurs vives, certains si gracieux, d'autres à peine capables de se tenir debout. Un joyeux mélange d'agilité et d'obstination. Son regard se porta ensuite plus loin, vers Saks, sur la Cinquième Avenue, dont les vitrines égayaient la morne atmosphère de mars.

La foule qui se pressait dans la rue à la sortie des bureaux lui rappela qu'il était cinq heures et que les New-Yorkais, comme tous les citadins du monde, avaient hâte de rentrer chez eux.

Je vais plier bagage, moi aussi, se dit-elle en prenant sa veste. La journée a été longue et elle n'est pas encore finie. Elle devait passer à l'antenne à dix-huit heures quarante pour un dernier commentaire sur la libération de Molly Lasch. Ensuite seulement elle pourrait rentrer chez elle. Elle aimait réellement son nouvel appartement situé dans la Deuxième Avenue, 56ᵉ Rue, avec vue sur les gratte-ciel et sur l'East River. Mais la perspective de trier les cartons et les caisses du déménagement la déprimait à l'avance.

Au moins son bureau était-il en ordre, se consola-t-elle. Elle avait garni les étagères de la bibliothèque derrière elle. Ses plantes vertes faisaient oublier la banalité du mobilier qui lui avait été attribué. Les murs d'un beige terne étaient réchauffés par des reproductions colorées de tableaux impressionnistes.

En regagnant le siège de la chaîne ce matin, elle avait fait le point avec Gus Brandt. « Je vais laisser passer une ou deux semaines, puis j'essaierai d'organiser un rendez-vous avec Molly », avait-elle expliqué après s'être entretenue avec lui de la déclaration inattendue de Molly Lasch à la presse.

Gus avait vigoureusement mâché le chewing-gum à la nicotine qui ne lui était d'aucun secours dans sa campagne antitabac personnelle. « Pour quelle raison se confierait-elle à vous ? avait-il demandé.

— Je n'en sais rien. Je me suis tenue intentionnellement à l'écart pendant qu'elle faisait sa déclaration, mais je suis presque certaine qu'elle m'a vue. Néanmoins j'ignore si elle m'a reconnue. Le rêve serait qu'elle coopère au reportage. Sinon, il faudra se passer d'elle.

— Qu'avez-vous pensé de cette déclaration ?

— Personnellement, je dirais que Molly a été très convaincante en laissant entendre qu'il y avait un intrus dans la maison la nuit du meurtre, mais je pense qu'elle prêche dans le désert, dit Fran. Bien sûr, il y a des gens qui la croiront, et peut-être lui faut-il avant tout semer le doute. Acceptera-t-elle de me parler ? Je l'ignore. »

Mais je peux toujours espérer, pensa Fran en se hâtant vers la salle de maquillage.

Cara, la maquilleuse, lui passa vivement une cape autour du cou. Betts, la coiffeuse, écarquilla les yeux. «Fran, dites-moi. Vous avez dormi avec votre bonnet de ski la nuit dernière, ou quoi?»

Fran eut un sourire moqueur. «Non. Je ne l'ai mis que ce matin. Débrouillez-vous toutes les deux pour faire des miracles.»

Tandis que les deux femmes s'activaient autour d'elle, Fran ferma les yeux et se repassa mentalement son introduction: «Ce matin à sept heures trente, les grilles de la prison de Niantic se sont ouvertes et Molly Carpenter Lasch s'est avancée dans l'allée pour faire aux médias une brève et stupéfiante déclaration.»

Cara et Betts travaillaient vite et, quelques minutes plus tard, elles déclarèrent Fran bonne pour la caméra.

Fran s'examina dans la glace. «Bravo, les filles, vous vous êtes surpassées!

— Fran, vous êtes ravissante au naturel. Vous avez seulement le teint pâlichon. Il suffit de le rehausser légèrement pour vous mettre en valeur», lui dit Cara.

Me mettre en valeur, pensa Fran. C'est la dernière chose dont j'aie jamais eu envie. J'ai toujours attiré l'attention. La plus petite de la maternelle. La plus petite en primaire. Le bout de chou. Elle avait fini par grandir brusquement, en classe de seconde à la Cranden Academy, et était parvenue à mesurer un acceptable mètre soixante-trois.

Cara la débarrassait de sa cape. «Superbe! s'écriat-elle. Ils vont tous tomber comme des mouches.»

Tom Ryan, un vieux routier du journal télévisé, et Lee Manners, la charmante speakerine de la météo, présentaient le journal de dix-huit heures. A la fin de l'émission, comme ils ôtaient leurs micros et se levaient, Ryan fit remarquer: «Très bon reportage sur Molly Lasch, Fran.

— Un appel pour vous, Fran, sur la quatre », l'informa une voix venant de la régie.

Avec étonnement, Fran entendit la voix de Molly Lasch. « Fran, j'ai cru vous reconnaître à la sortie de la prison ce matin. Je ne m'étais pas trompée. Merci pour les commentaires que vous venez de faire. Vous donnez l'impression d'avoir l'esprit ouvert au sujet de la mort de Gary.

— C'est sans doute parce que j'ai envie de vous croire, Molly. » Fran s'aperçut qu'elle croisait les doigts.

La voix de Molly Lasch devint plus hésitante. « Je me demandais... cela vous intéresserait-il de mener une enquête sur la mort de Gary ? En contrepartie, vous pourriez faire un sujet sur moi dans une des séries d'actualités de votre chaîne. Mon avocat m'a dit que pratiquement toutes les télévisions se sont manifestées pour demander l'exclusivité, mais je préférerais l'accorder à une personne que je connais et en qui je peux avoir confiance.

— Bien sûr que cela m'intéresse, Molly, dit Fran. A dire vrai, j'avais l'intention de vous le proposer. »

Elles prirent rendez-vous pour le lendemain matin chez Molly à Greenwich. En raccrochant le combiné, Molly leva les yeux vers Tom Ryan. « Réunion d'anciennes élèves, demain, dit-elle. Il en sortira peut-être quelque chose. »

5

L E siège du groupe Remington était situé sur le terrain de l'hôpital Lasch à Greenwich. Le directeur général, le Dr Peter Black, arrivait toujours à son bureau à sept heures précises, bien avant le personnel. Il affirmait que ces deux heures de calme et de tranquillité étaient les plus productives de sa journée.

Le mardi matin cependant, contrairement à son habitude, Black avait allumé la télévision et sélectionné la chaîne NAF-TV.

Sa secrétaire l'avait prévenu que Fran Simmons venait d'être engagée par la NAF, et lui avait rappelé qui était Fran. Il avait pourtant été surpris de la voir couvrir la sortie de prison de Molly. Le suicide de son père était survenu seulement quelques semaines après que Black eut accepté de rejoindre Gary Lasch à la direction de l'hôpital, et pendant des mois le scandale avait fait l'objet de toutes les conversations en ville. Il était peu probable qu'une seule personne à Greenwich ait oublié cette histoire.

Si Peter Black regardait les informations ce matin,

c'est parce qu'il voulait voir la veuve de son ancien associé.

Le regard fréquemment tourné vers l'écran par crainte de manquer la séquence en question, il avait fini par reposer sur sa table son stylo et ses lunettes. Avec sa masse de cheveux bruns, ses tempes prématurément argentées et ses grands yeux gris, Black affichait une attitude amicale qui rassurait les nouveaux membres de son service — jusqu'au jour où ils faisaient l'erreur de se mettre en travers de son chemin.

A sept heures trente-deux, les images qu'il attendait apparurent sur l'écran. L'air sévère, il regarda Molly marcher à côté de la voiture de son avocat vers la grille de la prison. Lorsqu'elle commença à parler dans les micros tendus vers elle, il rapprocha son fauteuil du poste et se pencha en avant, désireux de saisir chaque nuance de sa voix et de son expression.

Il augmenta le volume du son, encore qu'il entendît parfaitement chacun de ses mots. Une fois qu'elle eut fini, il se renversa en arrière et croisa les mains. Un instant plus tard il décrocha le téléphone et composa un numéro.

« La résidence Whitehall. »

Le léger accent de la femme de chambre agaçait toujours Black. « Passez-moi M. Whitehall, Rita. » Il évita de se présenter — elle connaissait sa voix. Quelqu'un prit immédiatement la communication.

Calvin Whitehall abrégea les préliminaires. « Je l'ai vue. On peut au moins dire qu'elle persiste à nier avoir tué Gary.

— Ce n'est pas ce qui m'inquiète.

— Je sais. Moi non plus, je ne suis pas ravi de voir Fran Simmons mettre son nez dans cette affaire. Il faudra peut-être s'en occuper. » Whitehall marqua une pause. « Je vous verrai à dix heures. »

Peter Black raccrocha sans ajouter un mot. La pensée que quelque chose pouvait mal tourner ne cessa de le hanter pendant le reste de la journée où il assista à une série de réunions ayant pour objet l'acquisition par Remington de quatre organismes de soins intégrés, une opération qui ferait du groupe l'un des principaux acteurs du secteur hautement lucratif de la santé.

6

E N reconduisant Molly à sa maison, Philip Matthews avait voulu entrer avec elle, mais elle l'en avait empêché. « S'il vous plaît, Philip, laissez ma valise à la porte », lui avait-elle demandé, ajoutant avec un sourire : « Vous vous souvenez de ce que disait Greta Garbo : "Je veux être seule." Eh bien, mettons que je sois Greta Garbo. »

Elle lui avait paru si mince et frêle, sur le perron de la belle demeure qu'elle avait partagée avec Gary Lasch. Durant les deux années qui s'étaient écoulées depuis son inévitable rupture avec sa femme, Philip Matthews s'était rendu compte que ses visites à la prison de Niantic étaient devenues peut-être un peu plus fréquentes que nécessaire d'un strict point de vue professionnel.

« Molly, savez-vous si quelqu'un s'est chargé de faire les courses ? demanda-t-il. En clair, avez-vous de quoi manger un morceau ?

— Mme Barry a dû veiller à tout ça.

— Mme Barry ! » Sa voix était montée d'un ton. « Qu'est-ce qu'elle fabrique chez vous ?

44

— Elle va revenir travailler ici. Le couple de gardiens est parti. Dès qu'ils ont su que j'allais être libérée, mes parents ont contacté Mme Barry de ma part et lui ont demandé de remettre la maison en état et de s'occuper des provisions. Elle viendra trois jours par semaine, comme avant.

— Cette femme a largement contribué à vous envoyer en prison !

— Non, elle a dit la vérité. »

Pendant le reste de la journée, même alors qu'il s'entretenait avec le procureur au sujet de son dernier client, un promoteur immobilier accusé d'homicide involontaire dans un accident de voiture, Philip ne parvint pas à chasser son inquiétude de savoir Molly seule dans cette maison.

A six heures, comme il fermait son bureau à clé et hésitait à appeler Molly, le téléphone retentit sur sa ligne privée. Sa secrétaire était partie. Il le laissa sonner plusieurs fois avant que la curiosité ne l'emporte sur son envie de laisser le répondeur enregistrer le message.

C'était Molly. « Philip, j'ai une bonne nouvelle. Vous vous souvenez de Fran Simmons, la journaliste qui était à la sortie de la prison ce matin ? Je vous ai raconté que nous avions été en classe ensemble.

— Oui. Molly, est-ce que tout va bien ? Vous n'avez besoin de rien ?

— Tout va très bien. Philip, j'ai donné rendez-vous à Fran Simmons demain. Elle veut effectuer une enquête sur la mort de Gary pour son émission, "Crime et vérité". Ce serait extraordinaire si par miracle elle pouvait m'aider à prouver qu'il y avait quelqu'un d'autre dans la maison cette nuit-là !

— Molly, je vous en prie, ne faites pas ça. »

Il y eut un silence à l'autre bout de la ligne. Lorsque Molly reprit la parole, son ton avait changé. « Je savais

45

que vous ne me comprendriez pas. Tant pis. Au revoir. »

Philip Matthews eut un choc en entendant le déclic résonner à son oreille. En raccrochant le combiné, il se souvint de l'histoire de ce capitaine de commandos qui avait engagé un écrivain pour prouver son innocence dans le meurtre de sa femme et de ses enfants, et qui plus tard avait vu son enquêteur improvisé devenir son principal accusateur.

Il alla à la fenêtre. Son bureau était situé dans le bas de Battery Park et la vue s'étendait à travers la baie de New York jusqu'à la statue de la Liberté.

Molly, si j'avais été du côté de l'accusation, je vous aurais fait condamner pour meurtre avec préméditation, se dit-il. Une telle émission risque de causer votre perte. Cette femme va se mettre à fouiner partout, et elle va surtout découvrir que vous vous en êtes très bien tirée.

Mon Dieu, pensa-t-il, pourquoi ne peut-elle pas tout simplement admettre qu'elle était complètement bouleversée et qu'elle a perdu tout contrôle d'elle-même ?

7

Molly avait du mal à réaliser qu'elle était enfin chez elle, à imaginer qu'elle était restée absente pendant cinq ans et demi. Lorsque Philip l'avait déposée, elle avait attendu de voir sa voiture s'éloigner avant d'ouvrir son sac et d'y prendre sa clé.

La porte d'entrée était en acajou sombre, encadrée de panneaux en verre teinté. Une fois à l'intérieur elle avait posé son sac par terre, refermé la porte et, par réflexe, poussé du talon le système de blocage en bas du battant. Ensuite seulement elle avait parcouru lentement chacune des pièces de la maison, caressant au passage le dossier du canapé du grand salon, effleurant du bout des doigts le service à thé en argent de sa grand-mère dans la salle à manger, chassant le souvenir du réfectoire de la prison, des assiettes grossières, des repas qui lui laissaient un goût de cendre. Tout ici lui paraissait si familier, et néanmoins elle éprouvait le sentiment d'être une intruse.

Elle s'attarda à la porte du bureau, parcourut la pièce du regard, s'étonnant malgré elle de ne pas la retrouver telle qu'elle était du vivant de Gary, avec ses lambris d'acajou, son mobilier imposant et les objets d'art qu'il avait si soigneusement rassemblés. Le canapé recouvert de chintz et les causeuses assorties semblaient déplacés, incongrus, trop féminins.

Ensuite Molly fit enfin ce qu'elle avait rêvé de faire pendant ces longues années. Elle monta dans la chambre à coucher, se déshabilla, alla dans sa penderie chercher la robe de chambre douillette qu'elle affectionnait particulièrement, entra dans la salle de bains et tourna les robinets du jacuzzi.

Elle se prélassa dans l'eau parfumée qui moussait et tourbillonnait autour d'elle, se lava de la tête aux pieds jusqu'à ce qu'elle se sente propre à nouveau. Peu à peu la tension quitta ses os et ses muscles. Puis elle prit une serviette sur le support chauffant et s'en drapa, envahie par une bienheureuse tiédeur.

Pour finir, elle tira les rideaux et s'allongea sur son lit. Elle ferma les yeux, écoutant le tambourinement du grésil contre les carreaux ; et elle sombra lentement dans le sommeil, se rappelant toutes ces nuits où elle s'était promis qu'un jour ce moment-là viendrait, qu'elle se retrouverait comme autrefois dans l'intimité de sa chambre, blottie sous l'édredon, la tête enfoncée dans la douceur de l'oreiller.

Il était tard dans l'après-midi quand elle se réveilla. Sans attendre, elle enfila sa robe de chambre et ses pantoufles, et descendit dans la cuisine. Du thé et des toasts, voilà ce qu'il me faut maintenant, songea-t-elle. En attendant le dîner.

La tasse fumante à la main, elle téléphona comme promis à ses parents : « Tout va bien, dit-elle d'une voix ferme. Oui, c'est bon de se retrouver à la maison. Non, je préfère rester seule pendant un certain temps. Pas trop longtemps, seulement quelques jours. »

Elle écouta les messages sur le répondeur. Jenna

Whitehall, sa meilleure amie, la seule personne à l'exception de ses parents et de Philip dont elle avait accepté les visites en prison, Jenna avait laissé un message. Elle disait qu'elle voulait passer la voir ce soir même, juste une minute, pour lui souhaiter un bon retour chez elle. Elle demandait à Molly de la rappeler.

Non, se dit Molly. Pas ce soir. Je ne veux voir personne, pas même Jenna.

Elle regarda les informations de dix-huit heures sur NAF-TV, espérant voir Fran Simmons.

Une fois l'émission terminée, elle appela le studio, demanda à parler à Fran, et lui proposa de faire une enquête sur elle dans le cadre de son émission.

Ensuite seulement elle téléphona à Philip. Elle s'attendait à sa désapprobation et s'efforça de ne pas en prendre ombrage.

Après lui avoir parlé, elle remonta dans sa chambre, enfila un pull et un pantalon, et pendant quelques minutes elle resta immobile devant sa coiffeuse, à examiner son reflet dans le miroir. Ses cheveux étaient trop longs ; ils avaient besoin d'une bonne coupe. Peut-être devrait-elle les faire éclaircir un peu ? Ils étaient plus blonds autrefois ; ils avaient foncé au cours des dernières années.

Elle se leva et se dirigea vers sa penderie. Pendant l'heure qui suivit elle examina systématiquement tout ce qu'elle contenait, écartant les vêtements qu'elle était certaine de ne plus jamais porter à l'avenir. Un sourire lui vint aux lèvres à la vue de certains ensembles, comme le tailleur du soir jaune d'or qu'elle avait porté, la dernière année, à la soirée de nouvel an du club de golf, et l'ensemble de velours noir que Gary avait repéré dans la vitrine de Bergdorf et qu'il avait voulu lui acheter.

Lorsqu'elle avait su qu'elle serait bientôt libérée,

elle avait fait parvenir à Mme Barry une liste de provisions. A huit heures, Molly redescendit au rez-de-chaussée et commença à préparer le dîner dont elle rêvait depuis des semaines : une salade verte avec un assaisonnement au vinaigre balsamique ; du pain italien croustillant, chauffé au four ; une sauce tomate légère pour accompagner des spaghettis «al dente» ; un verre de chianti.

Quand tout fut prêt, elle alla s'asseoir à la table d'angle réservée au petit déjeuner, un coin confortable qui donnait sur le jardin à l'arrière de la maison. Elle mangea sans se presser, savourant les pâtes et la sauce épicée, le pain craquant et la salade bien relevée, appréciant la chaleur veloutée du vin, tout en contemplant le jardin que la nuit assombrissait, heureuse à la pensée que le printemps approchait.

Les plantes pousseront en retard cette année, se dit-elle, mais tout finira par refleurir. Il y avait une autre promesse qu'elle s'était faite — retourner la terre chaude et humide, regarder jaillir du sol les tulipes aux couleurs vives, planter les habituelles impatients dans les bordures le long du chemin dallé.

Elle appréciait le silence, si reposant après le bruit constant, abrutissant de la prison. Une fois qu'elle eut nettoyé et rangé la vaisselle, elle alla dans le bureau. Elle y resta assise dans le noir, ses mains serrées autour de ses genoux ; sans bouger, cherchant à percevoir le bruit qu'elle avait cru entendre le soir où Gary avait été tué, un bruit suggérant une présence dans la maison, un son familier et pourtant inhabituel qui était venu régulièrement hanter ses cauchemars pendant presque six longues années. Ce soir, rien ne vint troubler le silence de la pièce, rien sinon le vent au-dehors et, plus près, le tic-tac d'une horloge.

8

E N sortant du studio, Fran décida de se rendre à pied jusqu'à l'appartement de quatre pièces qu'elle avait loué en arrivant à New York. C'est avec tristesse qu'elle avait vendu celui dont elle était propriétaire à Los Angeles mais, comme le lui avait prédit Gus, elle s'était vite aperçue que New York était unique.

Après tout, j'ai vécu à Manhattan jusqu'à l'âge de treize ans, pensa-t-elle en remontant Madison Avenue et en passant devant le restaurant Le Cirque 2000. Elle jeta un coup d'œil admiratif à la cour élégamment éclairée qui précédait l'entrée. Puis mon cher père a fait un beau coup en Bourse et décidé de se transformer en riche banlieusard.

C'est alors qu'ils avaient déménagé à Greenwich et acheté une maison à quelques rues de l'endroit où habitait Molly aujourd'hui. La maison était située dans le quartier élégant de Lake Avenue. Il s'avéra vite qu'elle était au-dessus de leurs moyens, et elle fut suivie d'une voiture trop coûteuse, et de vêtements tout aussi extravagants. Est-ce parce qu'il était affolé que papa a commencé à perdre de l'argent en Bourse ? se demanda Fran.

Il aimait participer à la vie de la cité et rencontrer des gens. Il pensait que les associations vous permettaient de vous faire des amis et il s'était spontanément tourné vers le bénévolat. Jusqu'au jour où il avait « emprunté » l'argent des donations destiné au fonds de la bibliothèque.

Fran avait craint de manquer de courage pour déballer ses cartons, mais la neige s'était arrêtée et le froid la revigora. Au moment où elle introduisit la clé dans la serrure de son appartement, le 21 E, elle avait retrouvé toute son énergie.

Du moins la salle de séjour était-elle habitable, se dit-elle en allumant la lumière, contemplant la pièce chaleureuse avec son canapé et ses fauteuils recouverts de velours vert mousse, le tapis persan dans les tons de rouge, d'ivoire et de vert.

La vue des rayons de la bibliothèque pratiquement vides la galvanisa. Elle enfila un vieux pull et un pantalon, mit de la musique sur sa chaîne stéréo et s'attaqua à la tâche, vida les cartons, tria les livres et les cassettes. Le carton contenant les instruments de cuisine fut le plus rapide à liquider. Pas grand-chose dedans. Cela en dit long sur mes talents de cuisinière !

Quatre heures après elle poussait un ouf de soulagement et tirait les derniers emballages jusqu'au local des poubelles. Ce n'est pas une mince affaire de transformer un lieu quelconque en un véritable chez-soi, pensa-t-elle avec satisfaction en parcourant l'appartement dans lequel elle se sentait enfin chez elle.

Elle s'attarda devant les photos de sa mère, de son beau-père et de ses demi-frères. Vous allez tous me manquer, pensa-t-elle. Venir à New York pour un court séjour était une chose, s'y installer pour de bon et savoir qu'elle ne verrait plus sa famille que par intermittence en était une autre. Sa mère ne voulait plus entendre parler de Greenwich. Elle ne mentionnait jamais qu'elle y avait vécu, et quand elle s'était remariée, elle avait insisté pour que Fran prenne le nom de son beau-père.

Fran avait refusé. Il n'en était pas question.

Satisfaite du travail accompli, elle se demanda ce qu'elle allait pouvoir préparer en guise de dîner, et après mûre réflexion se rabattit sur un croque-monsieur. Elle le mangea à la petite table de fer forgé devant la fenêtre de la cuisine d'où la vue s'étendait sur l'East River.

Molly passe sa première nuit chez elle après cinq ans et demi de prison, pensa-t-elle. Lors de notre entretien, je lui demanderai de me communiquer une liste de personnes que je pourrais rencontrer, de gens susceptibles de me parler d'elle. Mais j'ai aussi quelques questions personnelles à résoudre, dont toutes ne concernent pas nécessairement Molly.

Certaines de ces questions tourmentaient Fran depuis longtemps. Les quatre cent mille dollars détournés par son père avaient disparu sans laisser de trace. Etant donné son habitude de parier sur des valeurs à risque, on en avait conclu qu'il avait perdu la totalité de l'argent à la Bourse. Pourtant, après sa mort, personne n'avait retrouvé le moindre papier prouvant un investissement de cette ampleur.

J'avais dix-huit ans lorsque nous avons quitté Greenwich, se rappela Fran. Il y a quatorze ans de cela. Aujourd'hui, je vais revoir des gens que je connaissais à cette époque, m'entretenir avec des habitants de Greenwich, à propos de Molly et de Gary Lasch.

Elle se leva et alla se préparer un café. Tout en le buvant, elle songea à son père. Que représentait pour lui l'attrait d'un coup en Bourse? Elle le revoyait, si désireux de faire partie des clubs très fermés de Green-

wich, d'appartenir à l'élite qui se retrouvait régulièrement sur le terrain de golf.

Ses soupçons étaient nés spontanément. Devant
cette incapacité à découvrir le moindre document rela-
tif aux sommes que son père avait détournées, elle
s'était mise à avoir des doutes. Serait-il possible que
quelqu'un à Greenwich, quelqu'un que son père
aurait voulu impressionner, lui ait fait miroiter un
coup imparable, ait empoché l'argent et n'ait jamais
investi les quatre cent mille dollars ?

9

« **P**OURQUOI n'appelles-tu pas Molly ? »

Jenna Whitehall regarda son mari assis en face d'elle à la table de la salle à manger. Dans sa longue chemise confortable et son pantalon de soie noire, elle était d'une séduction irrésistible, que rehaussaient encore sa superbe chevelure auburn et ses yeux noisette. Elle était rentrée à six heures et avait écouté les appels sur son répondeur. Molly n'avait pas téléphoné.

S'efforçant de dissimuler son irritation, elle répondit calmement : « Cal, tu sais bien que j'ai laissé un message à Molly. Si elle avait souhaité de la compagnie, elle m'aurait rappelée. Manifestement, elle préfère ne voir personne aujourd'hui.

— Je ne comprendrai jamais pourquoi elle a voulu revenir dans cette maison, dit-il. Comment peut-elle pénétrer dans le bureau sans se remémorer ce qui s'y est passé, sans se rappeler qu'elle s'est emparée de cette sculpture et a fracassé la tête de ce pauvre Gary ? A sa place, j'aurais la chair de poule.

— Cal, je t'ai déjà demandé de ne plus en parler.

Molly est mon amie et je l'aime tendrement. Elle n'a aucun souvenir de la mort de Gary.

— C'est ce qu'elle raconte.

— Et je la crois. Maintenant qu'elle est rentrée, j'ai l'intention d'être auprès d'elle chaque fois qu'elle me le demandera. Et si elle ne veut pas me voir, je respecterai son désir, d'accord ?

— La colère te va bien, Jen. Allons, laisse-toi aller. Tu te sentiras mieux ensuite. »

Calvin Whitehall quitta sa place et s'approcha de sa femme. C'était un homme d'une stature imposante ; la cinquantaine, large d'épaules, des traits fortement marqués et des cheveux roux qui commençaient à se dégarnir. D'épais sourcils au-dessus de ses yeux d'un bleu très clair renforçaient l'impression d'autorité qui se dégageait de lui.

Rien dans son apparence ni dans son attitude ne laissait deviner la simplicité de ses origines. Il avait mis toute la distance possible entre ce qu'il était aujourd'hui et la modeste maison d'Elmira, dans l'Etat de New York, où il avait grandi.

Une bourse à Yale et un certain don pour imiter les manières de ses condisciples issus de la haute société avaient facilité son ascension météorique dans le monde des affaires. Il aimait à dire que le seul cadeau véritablement utile de ses parents était de lui avoir donné un nom qui sonnait bien.

Aujourd'hui, confortablement installé dans sa maison de douze pièces somptueusement meublée, Cal menait la vie dont il avait longtemps rêvé, lorsqu'il se réfugiait dans sa chambre minuscule, s'isolant de ses parents qui passaient leurs soirées à boire et à se quereller. Quand les disputes devenaient trop bruyantes ou violentes, les voisins appelaient la police. Cal avait appris à redouter le hurlement des sirènes, le regard méprisant des gens du quartier, les remarques insidieuses de ses camarades de classe, les commentaires sur la conduite de ses parents.

Il était très intelligent, assez malin pour savoir que sa seule voie de salut était l'école, et ses professeurs s'étaient vite rendu compte qu'il était exceptionnellement brillant. Dans sa chambre au plancher affaissé et aux murs écaillés, à la lumière de l'unique ampoule suspendue au plafond, il lisait et étudiait avec acharnement, se passionnant en particulier pour les possibilités présentes et futures de l'informatique.

A vingt-quatre ans, son MBA en poche, il avait été engagé dans une société d'informatique qui parvenait difficilement à se développer. A trente ans, peu après son installation à Greenwich, il arrachait le contrôle de la même société à son propriétaire ébahi. C'est ainsi qu'il commença à jouer au chat et à la souris avec ses proies, sachant toujours qu'il sortirait vainqueur du jeu. La satisfaction de la victoire apaisait la rage qui continuait à couver en lui contre un père brutal, et contre les humiliations qu'il avait subies.

Quelques années après, il avait revendu la société avec d'énormes bénéfices et aujourd'hui il gérait une myriade d'entreprises.

Il n'avait pas eu d'enfants, et il se félicitait que Jenna, au lieu d'en faire une obsession comme Molly, ait au contraire mis toute son énergie à poursuivre sa carrière d'avocate new-yorkaise. Elle aussi avait fait partie de son plan de carrière. L'installation à Greenwich. Le choix de Jenna — une jeune femme séduisante, intelligente, issue d'une excellente famille peu fortunée. Il savait que l'existence qu'il lui offrait avait pour elle un attrait considérable. Comme lui, elle appréciait le pouvoir.

Mais il aimait aussi jouer avec elle. Il lui adressa un sourire contrit et lui caressa les cheveux. « Pardonne-moi, dit-il doucement, je pensais seulement que Molly aurait été contente de te voir. C'est un grand changement de revenir dans cette maison vide et elle doit se trouver bigrement seule là-dedans. Elle avait de la compagnie en prison, même s'il s'agissait d'un genre de compagnie un peu particulier. »

Jenna repoussa la main de son mari. « Arrête. Tu sais que j'ai horreur que tu me décoiffes. » Elle se leva brusquement. « J'ai un dossier à étudier pour une confrontation qui a lieu demain matin.

— Ne jamais se laisser prendre au dépourvu. C'est le b. a.-ba d'un bon avocat. Tu ne m'as pas demandé comment s'étaient passées nos réunions aujourd'hui. »

Cal était président du conseil d'administration de l'hôpital Lasch et du groupe Remington. Avec un sourire satisfait, il ajouta : « Ce n'est pas encore complètement joué. Comme nous, American National veut mettre la main sur ces organismes de soins intégrés, mais c'est nous qui les aurons. Et le jour où nous les aurons, nous serons le plus gros groupe de la côte Est dans ce domaine. »

Jenna ne put s'empêcher de le regarder avec admiration. « Tu obtiens toujours ce que tu veux, hein ? »

Il hocha la tête. « Je t'ai eue, toi, me semble-t-il. »

Jenna pressa le bouton de la sonnette sous la table pour indiquer à la femme de chambre qu'elle pouvait desservir. « Oui, dit-elle posément, je pense que oui. »

10

Lᴀ circulation sur la I-95 n'est pas plus aisée qu'en Californie, pensa Fran en cherchant désespérément à changer de file. Elle regretta de ne pas avoir pris le Merritt Parkway. Elle était coincée derrière un semi-remorque qui faisait un raffut assourdissant et roulait à vingt kilomètres en dessous de la vitesse autorisée.

Le ciel s'était dégagé durant la nuit, et comme le présentateur de la météo de CBS l'avait déclaré sans se compromettre : «Aujourd'hui, du soleil et des nuages, avec peut-être quelques ondées.»

Voilà qui permet de faire face à toutes les situations, avait pensé Fran, qui se rendit compte qu'elle s'intéressait au temps et aux conditions de circulation uniquement parce qu'elle était nerveuse.

Chaque tour de roue la rapprochant de Greenwich et de son rendez-vous avec Molly Carpenter Lasch rappelait cruellement à sa mémoire le soir où son père s'était suicidé. Elle savait pourquoi. En se dirigeant vers la maison de Molly elle passerait devant le Barley Arms, le restaurant où il les avait emmenées, sa mère et elle, pour ce qui devait être leur dernier dîner familial.

Des détails auxquels elle n'avait pas songé depuis des années lui revenaient aujourd'hui à l'esprit. La cravate qu'il portait ce soir-là, à petits carreaux verts sur fond bleu. Elle avait coûté une fortune — sa mère en avait fait la réflexion le jour où la facture était arrivée avec le courrier. « Elle est cousue avec du fil d'or ou quoi, Frank ? C'est un prix exorbitant pour une petite bande de tissu. »

Il la portait pour la première fois ce jour-là, pour cette soirée qui allait être la dernière de sa vie. Au cours du dîner, maman lui avait demandé en riant s'il l'avait mise de côté spécialement pour cette occasion. Y avait-il un symbole dans son choix d'arborer cette cravate outrageusement chère tout en sachant qu'il allait se tirer une balle dans la tête à cause de ses problèmes financiers ?

Les panneaux indiquant la sortie de Greenwich apparaissaient. Fran quitta la I-95, roula encore pendant trois kilomètres et commença à prêter attention aux rues qui la rapprochaient du quartier où elle avait passé quatre années de son existence. Un frisson la parcourut malgré la chaleur qui régnait dans la voiture.

Quatre années instructives. C'était indéniable.

En passant devant le Barley Arms elle garda résolument les yeux rivés sur la chaussée, ne s'autorisant même pas un coup d'œil au parking en partie dissimulé où son père s'était assis sur la banquette arrière de leur voiture pour mettre fin à ses jours.

De même, elle évita délibérément la rue dans laquelle elle avait vécu. Ce sera pour une autre fois, se dit-elle. Quelques minutes plus tard, elle se garait devant la demeure de Molly, une longue maison à un étage en crépi couleur pierre avec des volets bruns.

Une femme aux formes généreuses, proche de la soixantaine, avec une masse de cheveux gris et des petits yeux perçants, ouvrit la porte avant même que Fran eût écarté son doigt du bouton de la sonnette. Fran reconnut le visage qu'elle avait vu dans les coupures de journaux concernant le procès. C'était Edna Barry, la femme de ménage dont la déposition avait été accablante pour Molly. Pourquoi Molly avait-elle voulu la reprendre à son service ?

Pendant qu'elle retirait son manteau, des pas résonnèrent dans l'escalier. Un instant plus tard Molly apparaissait et se hâtait à sa rencontre.

Elles restèrent un moment à s'étudier. Molly portait un jean et un chemisier bleu aux manches retroussées jusqu'aux coudes. Ses cheveux étaient relevés en un chignon lâche d'où s'échappaient quelques mèches rebelles qui bouclaient autour de son visage. Comme Fran l'avait remarqué à la sortie de la prison, Molly avait maigri et de fines rides marquaient le tour de ses yeux.

Fran avait mis sa tenue préférée, un tailleur-pantalon à fines rayures, de bonne coupe, et elle se sentit brusquement trop habillée. Puis elle se rappela que si elle voulait accomplir sérieusement cette enquête, elle devait dresser une barrière entre son moi actuel et la timide écolière de Cranden.

Molly fut la première à parler. «Fran, je craignais que vous ne changiez d'avis. J'ai été très surprise de vous voir à la prison hier et impressionnée quand je vous ai entendue au journal télévisé du soir. C'est alors que j'ai eu l'idée, peut-être saugrenue, que vous pourriez m'aider.

— Pourquoi aurais-je changé d'avis, Molly ?

— J'ai souvent regardé l'émission "Crime et vérité", en prison ; elle était très populaire auprès des détenues, et je peux vous assurer qu'il était rare d'y voir discuter de cas déjà résolus tels que le mien. Mais visiblement j'avais tort de m'inquiéter puisque vous êtes là. Mme Barry a préparé du café. En voulez-vous une tasse ?

— Volontiers. »

Fran suivit Molly dans le couloir. Comme elles passaient devant le grand salon, elle jeta un coup d'œil à l'intérieur, notant l'ameublement d'une élégante et coûteuse discrétion.

Devant la porte du bureau, Molly s'immobilisa. « C'était le bureau de Gary. C'est là qu'on l'a découvert. Avant de commencer notre entretien, j'aimerais vous montrer quelque chose. »

Elle entra dans la pièce et se tint près du canapé. « Le bureau de Gary se trouvait là, expliqua-t-elle. Il faisait face aux fenêtres, c'est-à-dire que Gary tournait le dos à la porte. Selon mes accusateurs, je suis entrée, j'ai saisi une sculpture sur une petite table qui était là (elle en désigna l'emplacement d'un geste de la main) et c'est avec elle que j'ai frappé Gary.

— Et vous avez accepté de plaider coupable parce que votre avocat a estimé qu'un jury vous accuserait d'avoir prémédité votre geste, dit doucement Fran.

— Fran, venez ici, à l'endroit où se trouvait le bureau de Gary. Je vais regagner le vestibule. Je vais ouvrir et refermer la porte d'entrée. Je vous appellerai ensuite par votre nom. Puis je reviendrai ici. Attendez un instant. »

Fran accepta d'un hochement de tête et pénétra dans la pièce, s'arrêta à la place que Molly lui avait indiquée.

Il n'y avait pas de moquette dans le vestibule et elle entendit distinctement les pas de Molly qui se dirigeaient vers la porte d'entrée ; un moment plus tard, elle l'entendit prononcer son nom d'une voix forte.

Ce qu'elle veut prouver, comprit Fran, c'est que si Gary avait été en vie, il l'aurait entendue.

Molly était déjà revenue auprès d'elle. « Vous m'avez entendue appeler, n'est-ce pas, Fran ?

— Oui.

— Gary m'avait téléphoné au Cape. Il m'avait suppliée de lui pardonner. Je n'avais pas voulu lui parler. J'avais dit que je le verrais le dimanche soir vers huit heures. J'étais un peu en avance, mais de toute façon j'aurais dû le trouver en train de m'attendre. Et dans ce cas, ne croyez-vous pas qu'il se serait levé ou qu'il aurait au moins tourné la tête en m'entendant ? Comment croire qu'il serait resté sans bouger ? La pièce n'était pas moquettée comme elle l'est aujourd'hui. En supposant même qu'il ne m'ait pas entendue l'appeler, il aurait fallu qu'il soit sourd pour ne pas s'apercevoir que j'entrais dans son bureau. Et il se serait retourné. Comment en douter ?

— Qu'a dit votre avocat quand vous lui avez donné ces explications ?

— Il a répondu que Gary était peut-être tout simplement en train de somnoler. Philip a même suggéré que cette hypothèse risquait de se retourner contre moi, qu'on pourrait croire que la rage s'était emparée de moi en constatant que Gary montrait tant d'indifférence à mon égard. »

Molly haussa les épaules. « Voilà, j'ai raconté mon histoire. Maintenant je vous laisse poser vos questions. Préférez-vous rester ici ou voulez-vous que nous allions nous installer dans une autre pièce ?

— C'est à vous de décider, Molly, dit Fran.

— Dans ce cas, restons ici. Sur les lieux du crime. » Elle prononça ces paroles d'un ton détaché, sans sourire.

Elles s'assirent côte à côte sur le canapé. Fran mit en marche son magnétophone et le posa sur la table basse. «J'espère que vous n'y voyez pas d'inconvénient, mais je dois enregistrer notre conversation.

— Je m'y attendais.

— Il faut que vous sachiez une chose, Molly — la seule façon dont je puisse vous nuire, ce serait de conclure cette émission par une phrase telle que celle-ci : "Bien que Molly Lasch affirme ne pas se souvenir d'avoir causé la mort de son mari, l'enquête a conclu de manière accablante qu'il n'y a aucune autre explication possible à l'assassinat de Gary Lasch." »

Des larmes brillèrent un instant dans les yeux de Molly. « Personne ne s'en offusquerait, dit-elle d'un ton catégorique. De toute façon, c'est ce qu'ils croient tous.

— Mais s'il existe une autre hypothèse, Molly, je ne pourrai vous aider à la découvrir qu'à la condition que vous soyez absolument sincère avec moi tout au long de mon investigation. Ne dissimulez rien, ne cherchez pas de faux-fuyants, même si certaines questions vous choquent. »

Molly hocha la tête. « Après plus de cinq années à Niantic, je sais ce que signifie une absence totale d'intimité. Si j'ai pu y survivre, je pourrai m'accommoder de vos questions. »

Mme Barry apporta le café. Fran vit au pli de sa bouche que la domestique de Molly désapprouvait leur présence dans cette pièce. Il lui sembla déceler chez elle une attitude protectrice à l'égard de sa maîtresse ; pourtant, au procès, elle avait fourni un témoignage qui lui avait été préjudiciable. Nul doute que Mme Barry fera partie de la liste des personnes que je veux interviewer, décréta-t-elle *in petto*.

Pendant les deux heures qui suivirent, Molly Lasch répondit aux questions de Fran sans marquer la moindre réticence. Ses réponses apprirent ainsi à Fran que, peu après sa sortie de l'université, Molly était tombée amoureuse et avait épousé un séduisant médecin de dix ans son aîné.

«Je venais d'être engagée à *Vogue*. J'aimais mon travail et commençais à monter en grade. Mais très vite je me suis retrouvée enceinte et j'ai fait une fausse couche. J'ai alors pensé que les horaires difficiles et les trajets quotidiens depuis la banlieue étaient responsables de cet accident, et j'ai renoncé à travailler.»

Elle se tut un instant. «Je désirais tellement avoir un enfant, reprit-elle d'une voix plus sourde. Mais j'ai dû attendre quatre ans avant d'être à nouveau enceinte et j'ai également perdu ce second bébé.

— Molly, quel genre de relations aviez-vous avec votre mari?

— Autrefois, je vous aurais répondu qu'elles étaient excellentes. Gary m'a beaucoup entourée après ma deuxième fausse couche. Il m'assurait que j'étais ce qu'il avait de plus précieux dans la vie, que jamais il n'aurait pu créer le groupe Remington sans mon aide.

— Qu'entendait-il par là?

— Je pense qu'il faisait allusion à mes relations. Celles de mon père. Jenna Whitehall a énormément compté aussi. Elle est née Jenna Graham — vous vous souvenez probablement d'elle, elle était à Cranden en même temps que nous.

— Je n'ai pas oublié Jenna.» Un autre membre de la fine fleur de l'école, se rappela Fran. «Elle était déléguée de classe en dernière année.

— Exact. Elle est restée ma meilleure amie. C'est Jenna qui m'avait présenté Gary et Cal lors d'une réception. Plus tard, Cal a rejoint Gary et Peter Black et ils se sont associés tous les trois. Cal est un génie de la finance et c'est lui qui a su amener d'importantes sociétés à fusionner avec Remington.» Elle sourit. «Mon père a apporté sa contribution, lui aussi.

— J'aimerais parler aux Whitehall, dit Fran. Pouvez-vous m'aider à obtenir un rendez-vous ?

— Bien sûr. Je serais heureuse que vous les rencontriez. »

Fran hésita. « Molly, parlez-moi d'Annamarie Scalli. Où est-elle à présent ?

— Je n'en ai aucune idée. Je crois savoir que le bébé est né durant l'été qui a suivi la mort de Gary, et on m'a dit qu'il avait été adopté.

— Vous doutiez-vous que Gary avait une liaison avec une autre femme ?

— Pas du tout. Je lui faisais totalement confiance. Je l'ai appris par hasard, en décrochant le téléphone de ma chambre pour composer un numéro. Gary était en ligne et je m'apprêtais à raccrocher quand je l'ai entendu dire : "Annamarie, calme-toi. Je prendrai soin de toi et, si tu décides de garder l'enfant, je subviendrai à ses besoins."

— Quel ton avait-il ?

— Irrité et très nerveux. Au bord de l'affolement.

— Comment Annamarie a-t-elle réagi ?

— Elle a dit quelque chose comme : "Comment ai-je pu être aussi stupide ?" et elle a raccroché.

— Qu'avez-vous fait ensuite, Molly ?

— J'étais bouleversée, anéantie. Je me suis précipitée en bas. Gary était assis à son bureau, prêt à partir à son travail. J'avais rencontré Annamarie à l'hôpital. Je lui ai dit ce que je venais d'entendre. Il a admis qu'il avait eu une liaison avec elle, en ajoutant que c'était une histoire absurde, une folie qu'il regrettait amèrement. J'étais hors de moi. Il était quasiment en larmes et m'a suppliée de lui pardonner. Puis il a dû partir pour l'hôpital. La dernière fois que je l'ai vu vivant, c'est quand j'ai claqué la porte derrière lui. Un souvenir magnifique à garder pour le restant de ses jours, non ?

« — Vous lui étiez très attachée, n'est-ce pas ?

— Je l'aimais et j'avais confiance en lui, et je l'ai toujours cru, du moins m'en suis-je persuadée. Je n'en suis plus aussi certaine aujourd'hui ; parfois je m'interroge. » Elle soupira et hocha la tête. « En tout cas, il y a une chose dont je suis sûre, c'est que le soir où je suis rentrée du Cape, j'étais plus blessée et triste qu'en colère. » Fran vit une expression de profonde détresse envahir son regard. Soudain Molly serra ses bras autour de sa poitrine et éclata en sanglots. « Comprenez-vous pourquoi je dois prouver que je ne l'ai pas tué ? »

Fran partit quelques minutes plus tard. Cette déclaration passionnée de Molly expliquait son désir désespéré de prouver son innocence. C'était absolument évident. Elle aimait passionnément son mari et elle ferait n'importe quoi pour que quelqu'un lui dise qu'elle ne l'avait pas tué. Je la crois sincère lorsqu'elle affirme ne se souvenir de rien, mais je pense néanmoins que c'est bien elle qui l'a frappé à mort. NAF-TV va perdre son temps et son argent à essayer de prouver qu'elle n'est pas coupable.

Il faut que j'en discute avec Gus, pensa-t-elle, mais auparavant je vais chercher ce que je peux trouver sur Gary Lasch.

Prise d'une impulsion soudaine, elle fit un crochet sur sa route pour passer devant l'hôpital Lasch, qui avait remplacé la clinique privée fondée par Jonathan Lasch, le père de Gary. C'était ici même que son propre père avait été transporté après s'être tiré une balle dans la tête, et c'était ici qu'il était mort sept heures plus tard.

L'hôpital était deux fois plus grand que l'établissement dont elle avait le souvenir. Il y avait un feu tricolore devant l'entrée principale, et elle ralentit suffisamment pour le laisser passer au rouge. Pendant qu'elle attendait, elle examina les installations, notant les ailes qui avaient été ajoutées au bâtiment principal, la nouvelle structure sur la droite du terrain, le parking couvert.

Avec un pincement au cœur elle chercha à distinguer la fenêtre de la salle du troisième étage où elle avait attendu des nouvelles de son père, sachant en son for intérieur qu'il était perdu.

Voilà un endroit où je trouverai des gens avec lesquels m'entretenir, se dit Fran. Le feu passa au vert et cinq minutes plus tard elle se retrouva à l'entrée du Merritt Parkway. En suivant le flot des voitures qui s'écoulait rapidement vers le sud, elle repensa à Gary Lasch et à son aventure avec Annamarie Scalli, une jeune infirmière de l'hôpital, concluant que cette folle imprudence lui avait coûté la vie.

Mais était-ce là sa seule imprudence?

Il ressortirait sans doute de l'enquête que Gary Lasch avait commis une erreur colossale, tout comme le père de Fran, mais qu'en dehors de ça il était un citoyen honnête, un excellent médecin, un responsable de services de santé dévoué et apprécié.

A moins que... Je fais ce métier depuis assez longtemps pour m'attendre à l'improbable, se dit Fran en franchissant la limite entre l'Etat du Connecticut et celui de New York.

11

APRÈS avoir raccompagné Fran Simmons à la porte, Molly regagna le bureau. A une heure et demie, Edna vint la trouver. « Molly, à moins que vous n'ayez autre chose à me demander, je vais vous laisser maintenant.

— Rien d'autre, merci, madame Barry. »

Edna Barry resta hésitante sur le pas de la porte. « J'aurais aimé vous préparer à déjeuner avant de partir.

— Je n'ai pas faim, vraiment. »

La voix de Molly était étouffée. Edna s'aperçut qu'elle avait pleuré. Le mélange de culpabilité et de peur qui avait hanté chaque heure de sa vie depuis près de six ans l'assaillit soudain plus fortement. Oh, mon Dieu, supplia-t-elle. Comprenez-moi. Je n'avais pas d'autre solution.

Dans la cuisine, elle enfila sa parka et noua une écharpe sous son menton. Elle ramassa son trousseau de clés sur le comptoir, le contempla un moment, et d'un geste nerveux le serra dans sa main.

Vingt minutes plus tard elle était de retour dans sa

modeste maison de Glenville. Son fils Wally regardait la télévision dans le séjour. Il ne quitta pas l'écran des yeux lorsqu'elle arriva, mais il paraissait calme, constata-t-elle. C'était au moins ça. Parfois, même sous calmants, il se montrait tellement agité.

Comme le dimanche où le Dr Lasch était mort. Wally était en colère parce que le docteur l'avait réprimandé quelques jours auparavant en découvrant qu'il était entré dans son bureau et avait déplacé la sculpture de Remington.

Edna Barry avait omis un détail en faisant le récit de ce qui s'était passé le lundi matin. Elle n'avait pas dit à la police que sa clé personnelle de la résidence des Lasch avait disparu de son trousseau, qu'elle avait dû entrer avec celle que Molly gardait cachée dans le jardin, et que plus tard elle avait découvert la clé manquante dans la poche de Wally.

Quand elle l'avait interrogé, il s'était mis à pleurer et s'était enfui dans sa chambre, claquant la porte derrière lui. « Ne le dis pas, maman, avait-il sangloté.

— Tu ne devras *jamais, jamais* en parler à personne », lui avait-elle fait promettre. Et il lui avait obéi, jusqu'à présent.

Elle s'était convaincue qu'il s'agissait d'une simple coïncidence. Après tout, elle avait trouvé Molly couverte de sang. Et la sculpture portait les empreintes de Molly.

Mais si Molly retrouvait peu à peu ses souvenirs ?

Si elle avait réellement vu quelqu'un dans la maison ?

Wally s'était-il trouvé sur place ? Comment pourrait-elle jamais le savoir ?

12

EMPRUNTANT les rues plongées dans l'obscurité, Peter Black arriva jusqu'à sa maison située dans Old Church Road. Elle avait fait partie jadis des communs d'une grande propriété. Il l'avait achetée au cours de son second mariage, qui, comme le premier, n'avait duré que quelques années. Sa deuxième femme, cependant, au contraire de la première, avait un goût exquis, et après son départ il n'avait pas cherché à modifier la décoration. Sa seule initiative avait été d'ajouter un bar et de le garnir copieusement. Sa femme ne buvait jamais une goutte d'alcool.

Peter avait rencontré son associé, Gary Lasch, à la faculté de médecine, et ils avaient gardé des relations amicales. C'est après la mort du père de Gary, le Dr Jonathan Lasch, que Gary était venu proposer à Peter de s'associer avec lui.

« Les organismes de soins intégrés sont l'avenir de la médecine, lui avait-il dit. La clinique mutualiste que mon père a créée ne peut continuer sur ce modèle. Nous allons la développer, la rendre rentable, et lancer notre propre organisme de soins intégrés. »

71

Gary, qui bénéficiait d'un nom reconnu dans le domaine médical, avait remplacé son père à la tête de l'hôpital. Le troisième partenaire, Cal Whitehall, se joignit à eux pour fonder le groupe Remington.

Aujourd'hui, l'Etat était sur le point d'approuver l'acquisition par Remington d'un certain nombre de plus petits organismes de soins intégrés. L'affaire se présentait bien, mais elle n'était pas conclue. La dernière étape était pratiquement franchie. Il ne restait qu'un problème : l'intérêt que montrait une compagnie d'assurances nationale dans l'acquisition de ces mêmes sociétés.

Tout pouvait encore capoter, se dit sombrement Peter en se garant dans l'allée devant le perron. Il n'avait pas l'intention de ressortir ce soir, mais il faisait froid et il avait envie de boire un verre. Pedro, son fidèle homme à tout faire, garerait la voiture plus tard.

En entrant, il alla directement dans la bibliothèque. La pièce était accueillante, comme à l'accoutumée, avec une flambée dans la cheminée et la télévision réglée sur la chaîne des informations. Pedro apparut immédiatement, lui posa la question rituelle : « Comme d'habitude, monsieur ? »

L'habitude était un scotch avec des glaçons, excepté lorsque Peter rompait avec la routine et demandait un bourbon ou une vodka.

Le premier scotch, qu'il savoura lentement, eut pour effet de calmer ses nerfs. Une petite assiette de saumon fumé apaisa en même temps une légère sensation de faim. Il avait horreur de dîner dans l'heure qui suivait son retour à la maison.

Il se versa un deuxième scotch après avoir pris sa douche. Emportant le reste de son verre dans sa chambre, il enfila un pantalon de toile et un polo de cachemire à manches longues. Finalement, presque détendu, sentant s'apaiser le sentiment de menace qui avait pesé sur lui plus tôt dans la journée, il regagna le rez-de-chaussée.

Peter Black dînait souvent avec des amis. Son statut de célibataire lui valait d'innombrables invitations de la part de femmes aussi séduisantes qu'intéressantes sur le plan social. Les rares soirs où il restait chez lui il parcourait volontiers un livre ou un magazine en dînant. Aujourd'hui pourtant il fit exception à la règle. Tout en dégustant son espadon au four accompagné d'asperges, le tout arrosé d'un verre de saint-émilion, il resta plongé dans ses pensées, méditant sur le déroulement des futures fusions.

La sonnerie du téléphone dans la bibliothèque n'interrompit pas le cours de ses réflexions. Pedro était habitué à répondre que son maître rappellerait plus tard. Aussi, en voyant son fidèle domestique entrer dans la salle à manger avec le téléphone portable, Peter Black haussa-t-il les sourcils d'un air agacé.

Pedro couvrit le récepteur de la main et murmura : « Excusez-moi, docteur, mais j'ai pensé que vous voudriez prendre cet appel. C'est Mme Lasch. Mme Molly Lasch. »

Peter Black eut un sursaut, puis vida son verre d'un trait et s'apprêta à saisir le téléphone. Sa main tremblait.

13

MOLLY avait communiqué à Fran une liste des gens qu'elle pourrait interviewer si elle le désirait. Le premier nom sur la liste était celui de l'associé de Gary, le Dr Peter Black. « Il ne m'a jamais adressé la parole après la mort de Gary », avait-elle fait remarquer.

Venait ensuite Jenna Whitehall. « Vous m'avez dit vous souvenir d'elle. »

Le mari de Jenna, Cal : « Quand ils ont eu besoin de fonds pour lancer Remington, c'est Cal qui a organisé le financement », expliqua-t-elle.

Son avocat, Philip Matthews : « Tout le monde pense qu'il a été formidable d'avoir obtenu une peine légère commuée ensuite en libération conditionnelle. Je l'aimerais davantage si je pensais qu'il n'a jamais douté de mon innocence. »

Edna Barry : « La maison était dans un ordre parfait lorsque je suis rentrée hier. Comme si je ne m'étais jamais absentée. »

Fran avait demandé à Molly de parler à chacune de ces personnes et de les prévenir qu'elle leur téléphonerait. Mais quand Edna Barry était venue lui dire au revoir avant de rentrer chez elle, Molly avait préféré se taire.

Elle alla à la cuisine et jeta un coup d'œil dans le réfrigérateur. Mme Barry était manifestement passée chez le traiteur en chemin. Il y avait du pain de seigle au cumin, du jambon de Virginie et du gruyère soigneusement rangés sur une clayette. Molly les sortit et avec application se prépara un sandwich ; elle trouva ensuite la moutarde piquante pour laquelle elle avait une prédilection.

Et des cornichons. Cela fait des années que je n'ai pas eu envie de cornichons. Un sourire inconscient aux lèvres, elle apporta l'assiette à table, accompagnée d'une tasse de thé, et chercha du regard le journal local qu'elle n'avait pas encore eu le temps de parcourir.

Elle tressaillit à la vue de sa photo en première page. La légende disait : « Molly Carpenter Lasch relâchée après cinq ans et demi de prison. » L'article reprenait les détails de la mort de Gary, le procès, et la déclaration qu'elle avait faite le matin même devant la grille de la prison.

Le plus pénible fut la lecture du long exposé consacré à sa famille. Il comprenait un portrait de ses grands-parents, véritables piliers de la bonne société de Greenwich et de Palm Beach, suivi de la liste de leurs réalisations et de leurs activités charitables. Il relatait aussi la carrière irréprochable de son père dans les affaires, le brillant parcours du Dr Lasch, le père de Gary, et décrivait le modèle d'organisme de santé que Gary avait fondé en association avec le Dr Peter Black.

Ce sont tous des gens honorables, qui ont accompli des tâches remarquables, et qui ont tous été salis par ce que l'on a raconté sur moi. L'appétit coupé, elle repoussa son sandwich. Une sensation d'épuisement et de sommeil l'envahit, semblable à celle qu'elle avait éprouvée plus tôt dans la journée. Le psychiatre de la prison l'avait soignée pour une dépression, et lui avait vivement conseillé de voir le médecin qui s'était occupé d'elle pendant la durée du procès.

« Vous m'avez dit que vous aimiez bien le Dr Daniels, Molly. Que vous vous sentiez en confiance avec lui parce qu'il vous croyait sincère lorsque vous affirmiez n'avoir aucun souvenir de la mort de Gary. Sachez-le, l'extrême fatigue est souvent un signe de dépression. »

Se massant le front pour contenir un début de migraine, Molly se rappela en effet que le Dr Daniels s'était montré bienveillant avec elle, et elle regretta de ne pas avoir inclus son nom dans la liste qu'elle avait donnée à Fran. Elle tâcherait d'obtenir un rendez-vous avec lui. Par la même occasion elle lui dirait qu'elle l'autorisait à parler librement d'elle avec Fran, si cette dernière lui téléphonait.

Molly quitta la table, jeta le reste du sandwich dans le broyeur et s'apprêta à monter au premier étage, emportant avec elle sa tasse de thé. Puis elle se ravisa. La sonnerie du téléphone était coupée, mais elle décida de vérifier s'il y avait des messages sur son répondeur.

Elle s'était fait inscrire sur la liste rouge et seules quelques personnes connaissaient son numéro. Parmi elles il y avait ses parents, Philip Matthews et Jenna. Jenna avait appelé deux fois. « Moll, que tu le veuilles ou non, je passerai ce soir. A huit heures. J'apporterai de quoi dîner. »

Une fois qu'elle sera ici, je serai contente de la voir, s'avoua Molly en s'engageant à nouveau dans l'escalier. Dans sa chambre, elle finit son thé, ôta ses chaussures, s'allongea sur son lit et s'enveloppa dans l'édredon. Elle s'endormit sur-le-champ.

Elle fit des rêves fragmentés. Elle était dans la maison. Elle essayait de parler à Gary, mais il refusait de l'entendre. Puis il y avait un bruit — quel bruit ? Si seulement elle pouvait le reconnaître, tout serait plus clair. Ce bruit. *Ce bruit.* A quoi ressemblait-il ?

En se réveillant à six heures et demie, elle avait les joues mouillées de larmes. C'est peut-être bon signe, pensa-t-elle. Hier matin avec Fran elle s'était mise à pleurer pour la première fois depuis presque six ans, depuis la semaine qu'elle avait passée au Cape Cod, où elle avait sangloté du matin au soir. A la mort de Gary, quelque chose en elle s'était desséché, était devenu à jamais aride. Depuis ce jour jusqu'à hier, elle n'avait pas versé le moindre pleur.

Elle se força à se lever, s'aspergea le visage, brossa ses cheveux, et troqua son jean et son chemisier de coton contre un pull beige et un pantalon sport. Saisie d'une arrière-pensée, elle se maquilla légèrement et mit des boucles d'oreilles. Lorsque Jenna était venue la voir à la prison, elle l'avait incitée à se maquiller pour aller au parloir. « Pavillon haut, Moll, souviens-toi de notre devise. »

Redescendue au rez-de-chaussée, Molly alluma le brûleur dans la cheminée de la confortable salle de séjour attenante à la cuisine. Les soirs où ils restaient tranquilles à la maison, Gary et elle aimaient y regarder ensemble de vieux films. Sa collection de films classiques s'alignait encore sur les rayons.

Elle réfléchit aux gens qu'elle devait appeler pour leur demander de coopérer avec Fran Simmons. Il y en avait un dont la réponse était incertaine. Peter Black. Elle préférait ne pas lui téléphoner à son bureau, mais elle *voulait* qu'il accepte de recevoir Fran, aussi décida-t-elle de le joindre chez lui. Et plutôt que de remettre sa résolution à plus tard, elle le ferait ce soir. Non, tout de suite.

Elle avait rarement pensé au domestique de Peter ces dernières années, mais le son de sa voix au bout du fil lui rappela brusquement les petits dîners qu'il organisait autrefois. Il arrivait qu'ils soient seulement tous les six — Jenna et Cal, Peter et sa femme ou la petite amie du moment, Gary et elle.

Elle n'en voulait pas à Peter de l'éviter désormais. Elle aurait probablement eu la même réaction si quelqu'un s'était attaqué à Jenna. « Les vieux amis sont les meilleurs. » C'était leur leitmotiv à toutes les deux.

Elle s'attendait à s'entendre dire que Peter n'était pas disponible, et elle fut étonnée de l'entendre lui répondre. Hésitante, Molly le mit rapidement au courant : « Demain, Fran Simmons de NAF-TV va sans doute vous téléphoner pour vous demander un rendez-vous. Elle consacre une des émissions "Crime et vérité" à la mort de Gary. Peu importe ce que vous direz sur moi, Peter, mais je vous en prie, recevez-la. Fran espère que vous vous montrerez coopératif, sinon elle trouvera un moyen de s'informer autrement. »

Elle attendit. Après un long silence, Peter Black dit calmement : « J'imaginais que vous auriez la décence de ne pas remuer toute cette affaire, Molly. » Sa voix était tendue, bien que les mots fussent un peu brouillés. « Croyez-vous que la réputation de Gary ne mérite pas mieux que d'exhumer l'histoire d'Annamarie Scalli ? Vous avez payé un prix modeste pour votre acte. Je vous avertis, c'est vous qui serez perdante si une émission de télévision de bas étage fait revivre votre crime devant des milliers de téléspectateurs... »

Le déclic du récepteur quand il raccrocha fut couvert par la sonnerie insistante de la porte d'entrée.

Pendant les deux heures suivantes, Molly eut l'impression que la vie était presque redevenue normale. Jenna avait apporté non seulement le dîner, mais une bouteille du meilleur montrachet de la cave de Cal. Elles savourèrent le vin dans la salle de séjour et y prirent leur repas sur la table basse. Jenna mena la conversation, décrivit les projets qu'elle avait conçus pour son amie. Molly viendrait à New York, elle séjournerait pendant quelques jours dans leur appartement, s'achèterait une nouvelle garde-robe, irait chez le coiffeur et dans un institut de beauté; bref, elle s'offrirait une remise en beauté totale, des pieds à la tête. «J'ai prévu de prendre une journée entière de liberté pour t'accompagner, qu'en penses-tu?

— Plus tard, peut-être. Nous en reparlerons. Mais pour l'instant, c'est non. »

Molly termina son café. «Jen, Fran Simmons est venue aujourd'hui. Tu te souviens probablement d'elle. Elle était à Cranden avec nous.

— C'est elle dont le père s'est suicidé, n'est-ce pas? Il avait détourné une grosse somme d'argent à la bibliothèque.

— C'est ça. Elle est journaliste d'investigation pour NAF-TV. Elle a l'intention de faire une émission sur Gary dans la série "Crime et vérité". »

Jenna Whitehall ne dissimula pas sa consternation. «Molly, non! »

Molly haussa les épaules. «Je ne m'attendais pas à ton approbation, et je m'attends encore moins à ce que tu approuves la suite. Jenna, il faut que je rencontre Annamarie Scalli. Sais-tu où je peux la trouver?

— Molly, tu es folle! Pourquoi, au nom du ciel, veux-tu voir cette femme? Quand on pense...» Elle laissa la phrase en suspens.

«Quand on pense que si elle n'avait pas tourné autour de mon mari, il serait peut-être en vie aujourd'hui? C'est ça que tu t'apprêtais à dire, n'est-ce pas? Tu as raison, mais il faut quand même que je la voie. Habite-t-elle encore par ici?

— Je n'ai pas la moindre idée de l'endroit où elle vit. D'après ce qu'on m'a dit, elle a accepté l'arrangement de Gary et quitté la ville. Personne n'a plus entendu parler d'elle depuis. Elle aurait dû être citée comme témoin au procès, mais étant donné que Philip a choisi de plaider coupable, la question ne s'est plus posée.

— Jenna, je voudrais que tu demandes à Cal de la faire rechercher. Tu sais comme moi qu'il en a les moyens, ou du moins peut-il demander à quelqu'un de le faire à sa place. »

La réputation de toute-puissance de Cal avait été un sujet de plaisanterie entre elles jadis. Aujourd'hui, toutefois, Jenna ne rit pas.

« Je préférerais ne pas aborder ce sujet avec lui », dit-elle, soudain nerveuse.

Molly crut comprendre la raison de l'hésitation de Jenna. « Jenna, il faut que tu saches une chose. J'ai payé ma dette pour la mort de Gary, que j'en sois responsable ou non. A ce stade il me semble que j'ai le droit de savoir ce qui s'est exactement passé cette nuit-là et pourquoi. J'ai besoin d'analyser mes propres actes et mes réactions. Ensuite seulement je pourrai reprendre une vie normale, tenter de reconstruire quelque chose qui ressemble à une vie normale. »

Elle se leva, alla dans la cuisine, et en revint avec le journal du jour. « Peut-être l'as-tu déjà lu. C'est le genre d'histoire qui me suivra toute ma vie.

— Je l'ai lu. » Jenna repoussa le journal et prit les mains de Molly entre les siennes. « Molly, un hôpital, tout comme un être humain, peut perdre sa réputation à la suite d'un scandale. Toutes ces histoires à propos de la mort de Gary, y compris la révélation de sa liaison avec une jeune infirmière, suivie de ton procès, ont causé un tort considérable à l'hôpital Lasch. Il joue un rôle utile pour la communauté, et par ailleurs le groupe Remington est florissant à une époque où beaucoup d'organismes de soins intégrés se portent mal. Je t'en supplie, pour ton bien, pour le bien de l'hôpital, décommande Fran Simmons et ne cherche pas à retrouver Annamarie Scalli. »

Molly secoua la tête.

« Réfléchis, Molly, l'exhorta Jenna. Ecoute, tu sais que je te soutiendrai jusqu'au bout, mais s'il te plaît, pense au moins à ma proposition.

— Aller à New York et m'offrir les soins d'un institut de beauté ? »

Jenna sourit. « Exactement. » Elle se leva. « Je ferais mieux de filer. Cal va se demander où je suis. »

Elles se dirigèrent bras dessus bras dessous vers la porte d'entrée. La main sur la poignée, Jenna hésita, puis dit : « Il m'arrive de regretter Cranden, de vouloir tout recommencer de zéro, Moll. La vie était si facile alors. Cal est différent de nous. Il n'a pas les mêmes règles du jeu. Toute personne qui lui fait perdre de l'argent devient l'ennemi.

— Y compris moi ? demanda Molly.

— J'en ai peur, oui. » Jenna ouvrit la porte. « Je t'aime, Molly. Assure-toi que les verrous sont mis et l'alarme branchée. »

14

T IM MASON, trente-six ans, commentateur sportif
de NAF-TV, était en vacances au moment où
Fran avait été engagée par la chaîne. Il avait
grandi à Greenwich, et y était resté quelque temps
après sa sortie de l'université, trouvant un emploi de
journaliste débutant au *Greenwich Times*. C'est alors que
s'était manifesté son intérêt pour les sports et qu'il
avait décroché un poste de reporter sportif dans un
quotidien du nord de l'Etat de New York.

Un an plus tard la station de radio locale l'engageait,
et après douze années d'une carrière en progression
constante vint le couronnement : la direction des
sports de NAF-TV. Dans une zone qui couvrait trois
Etats, son émission d'une heure diffusée le soir faisait
une concurrence sévère aux trois chaînes nationales,
et Tim Mason acquit bientôt la réputation d'être le
plus brillant des commentateurs sportifs de la nouvelle
génération.

Grand et élancé, avec des traits irréguliers qui lui
donnaient un charme juvénile, aimable et décon-

tracté, Tim n'avait pas son pareil pour commenter une manifestation quelle qu'elle soit.

Quand il entra impromptu dans le bureau de Gus en fin d'après-midi ce jour-là, il se trouva face à Fran Simmons pour la première fois. Elle était encore en manteau et rapportait à Gus sa visite à Molly Lasch.

Je l'ai déjà vue, se dit Tim, mais où ?

Son excellente mémoire lui fournit instantanément la réponse. Il avait débuté au *Greenwich Times* l'été même où le père de Fran, Frank Simmons, s'était suicidé après avoir détourné les fonds de la bibliothèque. On disait de lui à Greenwich que c'était un arriviste, avide d'ascension sociale, et qu'il avait voulu faire un gros coup en Bourse. L'épouse et la fille de Simmons avaient quitté Greenwich presque immédiatement et le scandale avait été rapidement étouffé.

Fran avait changé, et Tim aurait parié qu'elle ne le reconnaissait pas, mais il sentit sa curiosité éveillée. Une investigation à Greenwich sur l'affaire Molly Lasch n'était pas exactement le job qu'il aurait choisi s'il avait été à sa place. Mais naturellement il ne connaissait pas les sentiments de Fran Simmons concernant le suicide de son père.

Ce salaud a laissé sa femme et sa fille affronter seules le scandale, pensa Tim. Simmons avait choisi la solution de la lâcheté. Il eût mieux fait d'expédier femme et enfant au loin, et d'affronter ensuite seul les conséquences de ses actes.

Tim avait couvert l'enterrement pour le *Times,* et il se souvenait d'avoir vu Fran et sa mère à la sortie de l'église. C'était une très jeune fille alors, les yeux baissés et le visage caché derrière de longs cheveux. Aujourd'hui Fran Simmons était une jeune femme très séduisante, dont il apprécia la poignée de main directe et le sourire chaleureux.

Il s'excusa de débarquer ainsi au milieu de leur

entretien. «En général Gus est seul à cette heure-ci, tâchant de prévoir ce qui va foirer dans le journal du soir.» Il fit mine de partir, mais Fran l'arrêta.

«Gus m'a dit que votre famille est originaire de Greenwich et que vous-même y avez passé votre enfance, dit-elle. Connaissiez-vous les Lasch?»

En clair, pensa Tim, cela signifie : je sais que vous savez qui je suis et je préfère que nous n'en parlions pas. «Le Dr Lasch, le père de Gary, était notre médecin de famille, répondit-il. Un homme d'une grande bonté et un merveilleux médecin.

— Et Gary?» demanda vivement Fran.

Le regard de Tim se durcit. «Un médecin très dévoué, dit-il sèchement. C'est lui qui s'est occupé de ma grand-mère peu avant qu'elle ne meure à l'hôpital Lasch. Quelques semaines avant sa propre disparition.»

Tim n'ajouta pas qu'à l'hôpital sa grand-mère avait souvent été soignée par Annamarie Scalli.

Annamarie était jolie, très compétente, et c'était une gentille fille sans prétention, se rappela-t-il. Grand-mère l'aimait beaucoup. En réalité, Annamarie se trouvait auprès d'elle au moment où elle est morte. Lorsque je suis arrivé, grand-mère avait cessé de vivre et Annamarie était assise à son chevet et elle pleurait. Combien d'infirmières auraient eu cette réaction?

«Je vais voir ce qui m'attend à mon bureau, annonça-t-il. Je reviendrai te voir plus tard, Gus. Ravi de vous avoir rencontrée, Fran.» Après un salut de la main il sortit et s'éloigna dans le couloir. Il avait préféré taire à Fran que son opinion sur Gary Lasch avait radicalement changé lorsqu'il avait appris sa liaison avec Annamarie Scalli.

Ce n'était qu'une jeune fille, pensa Tim avec colère, et d'une certaine manière son sort ressemblait à celui de Fran Simmons : elle avait été la victime de l'égoïsme d'un autre. Elle avait été obligée d'abandonner son travail et de quitter la ville. Le procès pour meurtre avait eu un retentissement national, et elle s'était retrouvée citée dans tous les journaux à scandale.

Il se demanda où elle vivait maintenant. L'enquête de Fran Simmons risquait d'affecter la nouvelle existence qu'elle menait sans doute quelque part.

15

ANNAMARIE SCALLI longeait d'un pas vif la rue de Yonkers où habitait son premier patient de la journée. Infirmière à domicile depuis cinq ans, elle s'était peu à peu retrouvée en paix avec elle-même, du moins jusqu'à un certain point. Ses responsabilités à l'hôpital ne lui manquaient plus. Elle avait cessé de regarder constamment les photos de l'enfant qu'elle avait porté. Au bout de cinq ans, d'un commun accord, il avait été décidé que les parents adoptifs ne lui enverraient plus chaque année le portrait d'un petit garçon qui ressemblait comme deux gouttes d'eau à son père, Gary Lasch.

Elle portait le nom de jeune fille de sa mère désormais, Sangelo. Son corps s'était épaissi et, comme sa mère et sa sœur, elle faisait un bon 44. Les cheveux noirs qui ondulaient autrefois sur ses épaules formaient aujourd'hui un casque bouclé autour de son visage ovale. A vingt-neuf ans, elle ressemblait à la femme qu'elle était dans la réalité — compétente, efficace, généreuse. Rien dans son apparence ne rappelait l'«autre femme», la séduisante infirmière dont tout le monde avait parlé lors du meurtre du Dr Gary Lasch.

La veille au soir, Annamarie avait regardé aux informations le court reportage sur Molly Lasch et entendu la déclaration qu'elle avait faite aux médias. La vue de la prison de Niantic à l'arrière-plan l'avait bouleversée. Depuis, elle était hantée par le souvenir de ce jour, voilà trois ans, où, poussée par une impulsion irrésistible, elle avait voulu passer en voiture devant la prison. Elle s'était imaginée détenue derrière ces murs.

C'est *là* que je devrais être, se dit-elle farouchement en son for intérieur, gravissant le perron de ciment craquelé de la maison de M. Olsen. En arrivant devant la prison, le courage lui avait manqué, et elle avait regagné directement son petit appartement de Yonkers. C'était la seule fois où elle avait failli téléphoner à cet avocat bienveillant qui avait été son patient à l'hôpital Lasch. Elle aurait voulu lui demander de l'aider à se livrer à la justice.

Alors qu'elle sonnait à la porte de M. Olsen, puis s'introduisait avec sa clé en lançant un joyeux « Bonjour », Annamarie eut le pressentiment que ce regain d'intérêt pour l'affaire Lasch allait inévitablement amener un regain d'intérêt pour elle. Et elle ne voulait pas que toute cette affaire revienne sur le tapis.

Elle ne le voulait pas et elle le *redoutait.*

16

CALVIN WHITEHALL ignora la secrétaire de Peter Black et, sans s'annoncer, ouvrit la porte du bureau imposant qu'occupait Peter. Black leva la tête, interrompant la lecture des dossiers dans lesquels il était plongé. « Vous êtes en avance.

— Absolument pas, répliqua sèchement Whitehall. Jenna a vu Molly hier soir.

— Molly a eu l'aplomb de me téléphoner pour me prévenir que je ferais mieux d'accepter de recevoir Fran Simmons, cette journaliste de NAF. Jenna vous a-t-elle parlé de l'émission "Crime et vérité" pour laquelle Fran Simmons s'apprête à faire un reportage sur Gary ? »

Calvin Whitehall hocha la tête. Les deux hommes se regardèrent. « Il y a pire, dit Whitehall. Molly semble déterminée à retrouver Annamarie Scalli. »

Peter Black blêmit. « Dans ce cas, trouvez un moyen de l'envoyer sur une fausse piste, dit-il d'un ton froid. La balle est dans votre camp, cette fois-ci. Et vous feriez mieux d'agir avec précaution ; je n'ai pas besoin de

vous rappeler les conséquences qui pourraient s'en-
suivre pour nous deux. »

D'un geste nerveux, il désigna les documents qu'il
était en train d'étudier. « Ce sont de nouvelles
menaces de poursuites pour faute professionnelle ,
— Stoppez-les.
— C'est bien mon intention. »

Cal Whitehall observa son associé, remarqua le léger
tremblement de sa main, la couperose qui envahissait
ses joues et son menton. Il ne chercha pas à dissimuler son dégoût. « Il faut arrêter cette maudite journaliste et empêcher Molly de rencontrer Annamarie. En
attendant, cela vous ferait du bien de prendre un
verre. »

17

Dès l'instant où elle s'était trouvée face à Tim Mason, Fran avait compris qu'il était au courant de son passé. *Je ferais mieux de m'y habituer,* pensa-t-elle. Tous les gens qui ont vécu à Greenwich vont avoir la même réaction. Il leur suffira de faire appel à leur mémoire. Fran Simmons ? Attendez. *Simmons... Pourquoi ce nom m'est-il familier ? Oh, bien sûr... Son père était le type qui...*

Elle dormit mal et arriva fatiguée à son bureau le lendemain matin. Un rappel immédiat de ses mauvais rêves l'attendait sur son bureau — un message de Molly Lasch lui communiquant le nom du psychiatre qui l'avait assistée pendant le procès : «J'ai appelé le Dr Daniels. Il ne pratique plus qu'à mi-temps, mais il vous recevra volontiers. Son cabinet est situé dans Greenwich Avenue. »

Le Dr Daniels ; l'avocat de Molly, Philip Matthews ; le Dr Peter Black ; Calvin et Jenna Whitehall ; Edna Barry, la femme de ménage que Molly avait reprise à son service — telles étaient les personnes que Molly lui suggérait de rencontrer en premier lieu, mais Fran avait d'autres interlocuteurs en tête. Annamarie Scalli, pour commencer.

Elle écouta à nouveau le message de Molly et décida d'appeler d'abord le Dr Daniels.

John Daniels avait été prévenu par Molly Lasch de l'appel de Fran. Il répondit qu'il pouvait la recevoir le jour même dans l'après-midi. Bien qu'âgé de soixante-quinze ans, il n'avait pu se résoudre à abandonner complètement sa clientèle, malgré les exhortations de sa femme. Trop de gens avaient encore besoin de lui.

Un de ses rares échecs concernait Molly Carpenter Lasch. Il l'avait connue lorsqu'elle était enfant, et avait parfois rencontré ses parents dans des dîners en ville. Il avait le souvenir d'une petite fille exquise, toujours polie et possédant une maîtrise d'elle-même bien supérieure à celle des enfants de son âge. Rien dans son attitude ni dans les tests qu'il lui avait fait subir après son arrestation n'indiquait qu'elle pouvait être capable de l'accès de violence qui avait provoqué la mort de Gary Lasch.

Ruthie Roitenberg, sa fidèle réceptionniste depuis vingt-cinq ans, n'hésitait pas à affirmer franchement ses opinions et à lui rapporter par le menu les ragots du jour. En apprenant que Fran Simmons avait rendez-vous à deux heures, elle ne manqua pas de lui faire remarquer : « Docteur, vous n'ignorez pas qui était son père, n'est-ce pas ?

— Suis-je censé le savoir ? demanda doucement Daniels.

— Vous vous souvenez du type qui avait détourné l'argent de la bibliothèque, et qui s'est suicidé ensuite ? Fran Simmons est sa fille. Elle était à la Cranden Academy avec Molly Carpenter. »

John Daniels ne laissa pas son étonnement transparaître. Il se souvenait très bien de Frank Simmons. Lui-même avait fait don de dix mille dollars à la bibliothèque. De l'argent jeté par la fenêtre, à cause de Simmons. «Molly n'a pas jugé nécessaire de m'en parler. Elle a sans doute pensé que c'était sans importance dans le cas présent.»

Le reproche à demi voilé passa inaperçu de Ruthie. «A sa place, j'aurais changé de nom, poursuivit-elle. D'ailleurs, il me semble que Molly serait bien inspirée de changer elle aussi de nom si elle veut prendre un nouveau départ dans la vie. Vous savez, docteur, tout le monde estime qu'elle aurait mieux fait de dire en sortant de prison qu'elle regrettait d'avoir tué son malheureux mari au lieu de raviver l'attention générale.

— Et s'il existait vraiment une autre explication à la mort de Gary Lasch?

— Ceux qui pensent ça croient encore au Père Noël!»

Fran n'apparaissant pas à l'antenne avant le journal du soir, elle passa la matinée à son bureau à organiser ses interviews. Ses rendez-vous pris, elle acheta un sandwich et un soda avec l'intention de manger en route. Elle partit pour Greenwich à midi un quart, plus tôt qu'il n'était nécessaire, mais elle voulait avoir le temps, avant son rendez-vous, de faire le tour de la ville et de retrouver les endroits qu'elle avait connus jadis.

Il lui fallut moins d'une heure pour atteindre les abords de Greenwich. Une fine couche de neige était tombée durant la nuit, et les arbres, les haies et les pelouses scintillaient sous le pâle soleil de ces derniers jours d'hiver.

C'est réellement une jolie ville, pensa Fran. Je ne peux blâmer papa d'avoir voulu vivre ici. Bridgeport, où son père avait grandi, n'était qu'à une demi-heure de distance au nord, mais l'atmosphère y était radicalement différente.

La Cranden Academy était située sur Round Hill Road. Fran ralentit en passant devant l'école, admirant les bâtiments de pierre patinée, se souvenant des années qu'elle y avait passées, des étudiantes qu'elle y avait côtoyées. L'une d'elles était Jenna Graham, aujourd'hui Jenna Whitehall. Molly et elle étaient inséparables, bien que très différentes. Jenna était beaucoup plus entreprenante, plus sûre d'elle. Molly infiniment plus réservée.

Avec une bouffée d'émotion, elle se rappela Bobbitt Williams qui avait fait partie de l'équipe de basket-ball avec elle. Habitait-elle encore dans la région ? C'était aussi une bonne musicienne — elle aurait voulu que je prenne des leçons de piano avec elle, mais je savais que c'était peine perdue. Je n'avais pas le moindre talent musical.

Alors qu'elle se dirigeait vers Greenwich Avenue, Fran éprouva soudain l'envie de revoir ses amies de classe, surtout celles dont elle avait conservé un souvenir affectueux, comme Bobbitt. Ma mère et moi n'avons plus jamais parlé des quatre années que nous avons passées ici, mais elles ont existé, et peut-être est-il temps de les retrouver. Il y avait des gens ici que j'aimais sincèrement ; en revoir certains serait peut-être une bonne thérapie.

Qui sait, se dit-elle en vérifiant l'adresse du Dr Daniels dans son agenda, peut-être pourrai-je un jour revenir ici sans éprouver cet affreux sentiment de rage et de honte qui m'a habitée depuis le jour où j'ai compris que mon père était un escroc.

Ignorant le regard soupçonneux de Ruthie, le Dr John Daniels fit entrer Fran dans son bureau. La jeune femme lui plut dès le premier regard — il aima son allure posée, sa voix calme, son chic décontracté.

Sous son manteau, elle portait une veste de tweed marron et un pantalon beige. Ses cheveux châtains naturellement ondulés effleuraient le col de sa veste. Le Dr Daniels l'observa tandis qu'elle prenait place dans le fauteuil en face de lui. Elle était réellement très séduisante. Mais c'étaient ses yeux qui retenaient l'attention — ils étaient d'une teinte inhabituelle, couleur du temps, qui passait probablement du bleu au gris selon son humeur. Il secoua la tête. Les récents propos de Ruthie sur le père de Fran Simmons l'avaient entraîné malgré lui à examiner la jeune femme avec insistance et il espéra qu'elle ne s'en était pas aperçue.

« Docteur, vous savez donc que j'ai l'intention de réaliser une émission sur Molly Lasch et la mort de son mari, dit Fran d'emblée. Je crois que Molly vous a autorisé à me parler librement d'elle.

— En effet.

— Etait-elle votre patiente avant la mort de son mari ?

— Non, absolument pas. Je rencontrais parfois ses parents au club de golf. J'y ai vu Molly de temps en temps lorsqu'elle était encore une enfant.

— Avez-vous d'une façon ou d'une autre décelé chez elle un comportement agressif ?

— Jamais.

— La croyez-vous quand elle affirme ne pas se souvenir des circonstances de la mort de son mari ? Laissez-moi m'exprimer autrement. Croyez-vous qu'elle puisse avoir oublié les circonstances de la mort de son mari ainsi que le moment où elle l'a découvert alors qu'il était mourant, voire mort ?

— Je pense que Molly dit la vérité telle qu'elle la connaît.

— Ce qui signifie ?

94

— Ce qui signifie que les événements qui ont eu lieu cette nuit-là sont tellement douloureux qu'elle les a enfouis au plus profond de son subconscient. Pourra-t-elle un jour les faire revenir à la surface ? Je n'en sais rien.

— Si jamais elle peut reconstituer certaines de ses impressions — par exemple, le sentiment que quelqu'un d'autre se trouvait dans la maison —, s'agira-t-il d'un souvenir précis ? »

John Daniels retira ses lunettes et les essuya. Il les remit immédiatement, conscient de se sentir ridiculement vulnérable sans elles.

« Molly Lasch souffre d'amnésie dissociative. Une affection qui comporte des pertes de mémoire reliées à des événements extrêmement stressants et traumatisants. Visiblement, la mort de son mari, quelle que soit la façon dont elle est survenue, entre dans cette catégorie.

« Certaines personnes souffrant de cette forme d'amnésie réagissent bien à l'hypnose et peuvent retrouver le souvenir de l'événement en question. Molly a accepté de se soumettre à l'hypnose avant le procès, mais nous n'avons obtenu aucun résultat. C'est normal. Elle était émotionnellement anéantie par la mort de son mari et terrifiée à la pensée du procès à venir, beaucoup trop angoissée et fragile pour être hypnotisée avec succès.

— A-t-elle une chance de retrouver un jour la mémoire de ce qui est survenu réellement, docteur ?

— J'aimerais pouvoir dire que Molly a de bonnes chances de retrouver la mémoire et de faire reconnaître son innocence. D'après moi, ce qu'elle prendra pour un souvenir ne sera pas automatiquement fidèle à la réalité. Si elle a un jour l'impression de retrouver ce qui s'est passé cette nuit-là, il est très probable que son souvenir représentera ce qu'elle aimerait y trouver. Elle peut sincèrement croire se rappeler ce qui est arrivé, sans que ce soit nécessairement ce qui est arrivé exactement. C'est ce que l'on nomme la "falsification rétrospective de la mémoire". »

De retour dans sa voiture, Fran resta pensive, hésitant à démarrer. Quelle serait la prochaine étape de son enquête ? Il était trois heures moins le quart. Les bureaux du *Greenwich Times* se trouvaient deux ou trois rues plus loin. Elle songea soudain à Joe Hutnik. Il travaillait dans ce journal. C'est lui qui avait couvert la sortie de prison de Molly. Elle était coupable à ses yeux, et il l'avait clairement laissé entendre. Avait-il également couvert son procès ?

Ce n'était pas le genre de type à s'en laisser conter, et visiblement il faisait ce métier depuis des lustres.

Depuis trop longtemps peut-être ? murmura une voix intérieure. Il a peut-être couvert également l'affaire de ton père. As-tu vraiment envie d'être confrontée au passé ?

Dehors, le soleil hivernal disparaissait sous un amoncellement de gros nuages gris. Mars et ses imprévisibles changements de temps. Fran mit fin à ses hésitations. Pourquoi ne pas tenter le coup ? décida-t-elle, prenant son téléphone portable.

Un quart d'heure plus tard, elle serrait la main de Joe Hutnik. Il était dans son bureau, un réduit situé à côté de la salle de rédaction encombrée d'ordinateurs du *Greenwich Times*. La cinquantaine, le regard vif et intelligent sous d'épais sourcils noirs. Il lui fit signe de s'asseoir sur le canapé à deux places, dont la moitié était occupée par des piles de livres.

« Qu'est-ce qui vous amène à "la Porte de la Nouvelle-Angleterre", comme l'on nomme notre belle ville, Fran ? » Il n'attendit pas sa réponse. « Laissez-moi deviner. Molly Lasch. Le bruit court que vous préparez une émission sur elle pour "Crime et vérité".

— Les bruits courent trop vite à mon goût, répondit Fran. Joe, est-ce que nous pouvons parler franchement, vous et moi ?

— Bien sûr. A condition que ça ne me coûte pas un gros titre. »

Fran sourit. « Je crois que nous allons nous entendre, dit-elle. Question : avez-vous couvert le procès de Molly ?

— Qui n'y était pas ? Il ne se passait pas grand-chose d'excitant à ce moment-là et elle nous a donné de quoi faire de la copie.

— Joe, je peux trouver toutes les informations voulues sur Internet mais, on a beau lire et relire les témoignages, on se fait une meilleure idée de la vérité en voyant le comportement des témoins, surtout quand ils sont interrogés par la partie adverse. Manifestement, vous êtes convaincu que Molly a tué son mari.

— Absolument.

— Question suivante : que pensiez-vous du Dr Gary Lasch ? »

Joe Hutnik se renversa dans son fauteuil pivotant qu'il fit tourner d'un côté puis de l'autre, plongé dans ses réflexions. Il finit par répondre lentement : « Fran, j'ai vécu à Greenwich toute ma vie. Ma mère a soixante-seize ans. Elle passe son temps à raconter une histoire qui date de quarante ans. Ma sœur avait attrapé une pneumonie. Elle avait trois mois. Les médecins faisaient alors des visites à domicile. On ne vous disait pas d'enrouler votre gosse dans une couverture et de l'amener au service des urgences. »

Hutnik immobilisa son fauteuil et croisa les mains sur son bureau. « Nous habitions en haut d'une côte assez raide. Le Dr Lasch, Jonathan Lasch, le père de Gary, n'avait pas pu grimper la pente en voiture. Les roues patinaient. Il avait abandonné sa bagnole et était monté à pied jusqu'à la maison, avec de la neige jusqu'aux genoux. Il était onze heures du soir. Je le revois encore, penché au-dessus de ma sœur. Il l'avait placée sous une grosse lampe, enveloppée dans une couverture, sur la table de la cuisine. Il est resté avec elle pendant trois heures. Il lui avait fait une double injection de pénicilline et il a attendu qu'elle respire normalement et que la température ait chuté avant de rentrer chez lui. Le lendemain, il était de retour pour surveiller son état.

— Gary Lasch était-il le même genre de médecin ? »

Il resta silencieux un moment avant de répondre. « Il y a beaucoup de médecins dévoués à Greenwich, et partout ailleurs, j'imagine. Gary en faisait-il partie ? Honnêtement, je ne saurais vous le dire, Fran, mais d'après la rumeur, lui et son associé, le Dr Peter Black, ont toujours été très concernés par les aspects lucratifs de la médecine, et peut-être un peu moins par les soins proprement dits.

— Ils semblent avoir réussi. L'hôpital Lasch a doublé de taille depuis ma dernière visite », fit remarquer Fran. Elle espéra que sa voix ne tremblait pas.

« Depuis que votre père y est décédé, voulez-vous dire. Écoutez, Fran, je vis ici depuis longtemps. Je connaissais votre père. C'était un homme sympathique. Inutile d'ajouter que, comme bien d'autres, je n'ai pas apprécié la disparition de l'argent de la fondation. Ce fric était destiné à construire une bibliothèque dans un des quartiers les plus défavorisés de la ville, pour que les gosses puissent facilement s'y rendre à pied. »

Fran détourna les yeux.

« Désolé, s'excusa Hutnik. Je n'aurais pas dû vous rappeler cette histoire. Restons-en à Gary Lasch. Après la mort de son père, il a fait venir son camarade de la faculté de médecine, le Dr Peter Black, de Chicago. Et ils ont transformé la clinique Jonathan Lasch en hôpital Lasch. Ils ont aussi mis sur pied le groupe Remington qui est l'un des rares organismes de soins intégrés à connaître le succès.

— Que pensez-vous de ces organismes en général ? demanda Fran.

— Ce qu'en pense la majorité des gens. Rien de bon. Même les meilleurs — et je pense que Remington entre dans cette catégorie — placent les médecins dans une position infernale en leur imposant des obligations contradictoires. La plupart d'entre eux doivent adhérer à un ou même plusieurs de ces organismes, ce qui signifie que leurs diagnostics peuvent être révisés ; d'autre part, s'ils jugent qu'un patient a besoin de consulter un spécialiste, leur décision risque d'être annulée. Pour finir, ils sont payés après un long délai — au point qu'ils sont nombreux à connaître des difficultés financières. Les patients sont dirigés vers des services éloignés dans le seul but de décourager les visites trop fréquentes. Et quand apparaissent des médicaments ou des traitements nouveaux susceptibles d'améliorer la santé en général, les types qui ont le pouvoir de décider si oui ou non vous suivrez ces traitements sont justement ceux qui gagneront du fric si vous ne les suivez pas. Un vrai progrès, non ? »

Joe secoua la tête d'un air indigné. « Au moment où je vous parle, le groupe Remington, c'est-à-dire le directeur général Peter Black et le président Cal Whitehall, notre grand homme, sont en train de négocier avec l'Etat l'autorisation d'absorber quatre autres organismes plus petits. Si l'opération aboutit, le cours de l'action en Bourse de la société va s'envoler. Quelque chose peut-il se mettre en travers ? Pas vraiment. Excepté que leur concurrent, American National, aimerait bien lui aussi reprendre ces mêmes organismes, et qu'il tentera sans doute par la même occasion une OPA hostile sur Remington.

— Ont-ils une chance de réussir ?

— On ne sait jamais. Mais probablement pas. Remington et l'hôpital Lasch ont bonne réputation. Ils ont rebondi après le scandale soulevé par le meurtre de Gary Lasch et la révélation de sa liaison avec une jeune infirmière. Cependant je suis convaincu que Black et Whitehall auraient préféré conclure l'affaire avant que Molly Lasch ne se pointe en ville en laissant entendre qu'il y a peut-être plus derrière le meurtre de son mari que ce que l'on a dit.

— Quel genre de "plus" pourrait affecter la fusion ? » demanda Fran.

Joe haussa les épaules. « Ma chère, si bizarre que cela puisse paraître, la morale revient à la mode de nos jours, du moins pour le moment. American National est dirigé par un ancien chirurgien qui a juré de réformer les organismes de soins intégrés. Remington est bien placé pour cette acquisition, mais dans ce monde de fous un coup de froid peut compromettre la moisson. Et une simple rumeur de scandale pourrait changer la donne. »

18

Il n'y a personne sur qui je puisse compter, pensa Molly en se réveillant. Elle consulta le réveil sur sa table de chevet. Six heures dix. Elle s'était couchée peu après le départ de Jenna; elle avait donc dormi sept heures.

En prison elle avait passé de nombreuses nuits blanches, incapable de s'endormir, sentant le sommeil peser entre ses yeux comme un bloc de glace que rien ne pouvait faire fondre.

Elle s'étira et son bras gauche effleura l'oreiller inoccupé à côté d'elle. En prison, elle avait rarement pensé à Gary. Depuis son retour, elle était constamment consciente de son absence. Comme si toutes ces années n'avaient été qu'un rêve. Un rêve? Non — *un cauchemar*!

Ils avaient été si proches l'un de l'autre. « Nous ne faisons qu'un », lui disait-il.

J'étais si sûre de moi. Manifestement, j'étais également stupide. Elle se redressa dans son lit, complètement réveillée à présent. Il faut que je sache, se dit-elle. Combien de temps cette liaison avec l'infirmière a-t-elle duré ? Combien de temps ma vie avec Gary a-t-elle été un mensonge ?

Annamarie Scalli était la seule à pouvoir lui donner la réponse qu'elle cherchait.

A neuf heures, elle téléphona au bureau de Fran Simmons et laissa le nom du Dr Daniels. A dix heures elle appela Philip Matthews. Elle s'était rendue à une ou deux occasions dans son bureau du World Trade Center. Sa fenêtre donnait sur la statue de la Liberté. Pendant qu'elle l'avait écouté organiser sa défense, cette image lui avait paru incongrue — le symbole de la liberté s'offrant à elle alors qu'elle était menacée de prison.

Molly se souvint d'en avoir fait la remarque à Philip. Pour lui, au contraire, cette statue avait une valeur prémonitoire : lorsqu'il défendait un client, son objectif était d'obtenir sa liberté.

Philip connaissait probablement la dernière adresse d'Annamarie Scalli, car il avait été question de la citer comme témoin. Molly allait tenter d'obtenir le renseignement de sa part.

De son côté, Philip Matthews se demandait s'il devait ou non appeler Molly lorsque sa secrétaire lui annonça qu'elle était en ligne. Il saisit le téléphone. Depuis l'instant où elle était sortie de prison, il n'avait cessé de penser à elle. Et pour ne rien améliorer, il avait assisté à un dîner deux soirs auparavant où tout le monde se faisait tirer les cartes. Il n'avait pu éviter de participer au jeu, bien qu'il mît les extralucides, cartomanciennes et astrologues dans le même panier — celui de la mystification.

Mais la voyante en vérité l'avait mis mal à l'aise. Elle avait observé les cartes qu'il avait tirées, avait froncé les sourcils, battu le jeu à nouveau, lui avait demandé de tirer d'autres cartes, déclarant alors d'un ton catégorique : « Quelqu'un de proche, une femme semble-t-il, court un grave danger. »

Philip essaya de se convaincre que la prédiction concernait une de ses clientes accusée d'homicide par imprudence mais, il avait beau se raisonner, il savait au fond de lui-même qu'il s'agissait de Molly.

Sa conversation avec Molly ne fit que renforcer ses craintes. Elle lui confirma qu'elle n'avait pas l'intention de demander à ses parents de venir habiter avec elle.

« Pas dans l'immédiat, en tout cas, dit-elle d'un ton ferme. Philip, je voudrais retrouver Annamarie Scalli. Connaissez-vous sa dernière adresse ?

— Molly, cessez de remuer toute cette histoire. Je vous en prie. C'est fini. Vous devez songer à recommencer une nouvelle vie.

— C'est justement ce que je m'efforce de faire. Et c'est pourquoi j'ai besoin de lui parler. »

Philip poussa un soupir. « Sa dernière adresse connue est celle de l'appartement où elle vivait à l'époque de la mort de Gary. J'ignore où elle habite aujourd'hui. »

Il devina qu'elle allait raccrocher. « Molly, dit-il, cherchant à tout prix à la garder en ligne. Il faut que je vous voie ce soir. Si vous refusez de venir dîner avec moi, j'ai l'intention de rester planté devant votre porte et de frapper jusqu'à ce que les voisins protestent. »

Molly l'imaginait très bien dans ce rôle. Sa voix vibrait de la même intensité qu'à l'époque du procès, quand il démontait les dépositions des témoins de l'accusation. C'était un homme déterminé, habitué à obtenir gain de cause. Cependant elle n'avait pas envie de le voir, pas tout de suite. « Philip, j'ai besoin d'être un peu seule. Ecoutez, nous sommes jeudi. Venez dîner à la maison samedi. Je préparerai quelque chose de simple. »

Après un moment d'hésitation il accepta son invitation, résigné à s'en satisfaire pour l'instant.

19

EDNA BARRY avait mis un poulet à cuire dans le four. C'était l'un des plats préférés de Wally, surtout lorsqu'elle l'agrémentait de sa farce dite « spéciale », un mélange tout préparé auquel elle ajoutait des oignons sautés, du céleri et des épices.

Les effluves appétissants qui emplissaient la maison apaisèrent son anxiété. Cuisiner lui rappelait les années où son mari, Martin, était encore en vie, et où Wally était un petit garçon normal et éveillé. Selon les médecins, ce n'était pas la mort de Martin qui avait déclenché ces troubles chez son fils. Ils disaient que la schizophrénie était une maladie mentale qui n'apparaissait souvent qu'à l'adolescence, voire à l'âge adulte.

Edna n'en croyait rien. Wally avait toujours souffert de l'absence de son père.

Parfois Wally parlait de se marier et de fonder une famille, mais elle savait que cet espoir ne se réaliserait jamais. Tout le monde l'évitait. Il était trop irascible, il perdait trop vite son sang-froid.

Que deviendrait-il le jour où Edna disparaîtrait ? Cette question la tourmentait nuit et jour. Mais tant qu'elle était là, elle pouvait au moins s'occuper de lui, l'obliger à prendre ses médicaments.

Le Dr Morrow avait été le seul à gagner la confiance de Wally — ah, si seulement il était encore en vie.

En refermant la porte du four, Edna pensa à Jack Morrow qui savait si bien s'y prendre avec les gens comme Wally. Jeune généraliste, il avait son cabinet au rez-de-chaussée d'une maison à trois rues de chez elle. On l'avait retrouvé tué par balle deux semaines seulement avant la mort du Dr Lasch.

Naturellement, les circonstances étaient différentes. L'armoire à pharmacie du Dr Morrow avait été forcée et dévalisée. Pour la police, il n'y avait aucun doute : il s'agissait d'un crime lié à la drogue. Ils avaient interrogé tous ses patients. Si bizarre que cela puisse paraître, Edna avait remercié le ciel que son fils se soit cassé la cheville peu auparavant. Elle l'avait obligé à remettre son plâtre avant que la police ne vienne l'interroger.

Aujourd'hui, elle se rendait compte qu'elle n'aurait jamais dû accepter de travailler à nouveau chez Molly Lasch. C'était trop dangereux. Il y avait toujours le risque que Wally vienne traîner dans la maison, comme il l'avait fait quelques jours avant la mort du Dr Lasch. Elle lui avait dit d'attendre dans la cuisine, mais il était entré dans le bureau du docteur et avait déplacé la sculpture de Remington.

Cesserait-elle un jour de se faire du souci ? se dit-elle avec un soupir, tout en dressant la table.

« Maman, Molly est revenue chez elle, hein ? »

Edna leva les yeux. Wally se tenait dans l'embrasure de la porte, les mains dans les poches, ses cheveux noirs retombant sur son front. « Pourquoi me poses-tu cette question, Wally ? demanda-t-elle vivement.

— Parce que je voudrais la voir.

— Tu ne dois pas aller chez elle, jamais.

— Je l'aime bien, maman. » Wally plissa les yeux comme s'il cherchait à se souvenir de quelque chose. Il regarda fixement un point par-dessus l'épaule de sa mère. « Elle ne se serait pas mise en colère contre moi comme le Dr Lasch. »

Un frisson glacé parcourut Edna. Wally n'avait pas fait allusion à cet incident depuis des années, pas depuis qu'elle lui avait interdit de parler du Dr Lasch et de la clé de la maison qu'elle avait trouvée dans sa poche le lendemain du meurtre.

« Molly est très gentille avec *tout le monde*, dit-elle d'un ton catégorique. Et maintenant nous ne parlerons plus jamais du Dr Lasch, d'accord ?

— D'accord, maman. Quand même, je suis content que le docteur soit mort. Il ne criera plus après moi. »

Le téléphone sonna. Nerveusement, Edna décrocha. Son « allô » tremblant trahit son inquiétude.

« Madame Barry, j'espère que je ne vous dérange pas. Fran Simmons à l'appareil. Nous nous sommes rencontrées hier chez Molly Lasch.

— Oui. Je me souviens. » Edna Barry eut soudain conscience de la sécheresse de sa voix. « Bien sûr, je me souviens de vous, reprit-elle d'un ton plus aimable.

— Accepteriez-vous de me recevoir quelques minutes ? J'aimerais m'entretenir avec vous. Je pourrais venir samedi prochain.

— Samedi ? » Edna Barry chercha désespérément un prétexte pour refuser de voir Fran.

« Oui. A moins que dimanche ou lundi ne vous convienne mieux. »

Pourquoi remettre à plus tard ? A priori, Fran Simmons n'était pas femme à se décourager. « Entendu pour samedi, dit Edna à contrecœur.

— Onze heures ?

— Si vous voulez.

— Très bien, laissez-moi seulement m'assurer que j'ai la bonne adresse. »

Fran raccrocha. Cette femme est comme un crin, se dit-elle. Sa tension était perceptible à l'autre bout du fil. Elle était déjà à cran hier, chez Molly. Pourquoi est-elle aussi nerveuse ?

Edna Barry avait vu le corps de Gary Lasch. La décision de Molly de la reprendre à son service serait-elle liée à une intuition de sa part ? Mettrait-elle en doute le récit de cette femme ?

C'est une hypothèse intéressante, pensa Fran, après avoir jeté un coup d'œil au contenu du réfrigérateur et renfilé son manteau avec l'intention d'aller plutôt manger un hamburger chez P.J. Clark au bout de la rue.

En marchant d'un pas énergique le long de la 56e Rue, elle se dit qu'à la réflexion Molly n'était peut-être pas la seule à souffrir de « falsification de la mémoire ».

20

« JENNA, tu es une femme intelligente. Tu devrais donc me comprendre lorsque je t'affirme que, en ce qui nous concerne, Annamarie Scalli a virtuellement disparu de la circulation. Et si j'étais capable de retrouver sa trace, ce qui n'est pas le cas, je t'assure que Molly est bien la dernière personne à laquelle je donnerais la plus petite indication sur elle. »

Les taches rouges qui marbraient les joues de Calvin Whitehall étaient le signe d'une exaspération qu'il parvenait difficilement à contenir, mais Jenna n'en tint pas compte. « Cal, pourquoi t'opposes-tu à ce que Molly entre en rapport avec cette femme ? Cette démarche pourrait l'aider, lui permettre de conclure définitivement cette histoire. »

Ils prenaient leur petit déjeuner à une table près de la fenêtre dans leur chambre. Jenna était prête à partir à son bureau, son sac et son manteau posés sur une chaise. Calvin reposa brutalement sa tasse de café. « Je me fiche de Molly. Ce que je veux conclure, ce sont les négociations que je mène depuis trois ans pour notre bénéfice à *tous les deux*. » Il respira profondément. « Tu risques de rater ton train. Lou ne pourra pas t'amener à la gare à temps si tu tardes encore. »

Jenna se leva. « Je resterai sans doute à l'appartement ce soir.

— Comme tu veux. »

Ils se dévisagèrent pendant une minute, puis le regard de Calvin Whitehall s'adoucit et il sourit. « Ma chérie, je voudrais que tu voies ton expression. Je parie que si tu avais cette sculpture de cow-boy à cheval sous la main, je subirais le même sort que Gary. Vous, les filles de la Cranden Academy, vous avez un sacré caractère. »

Jenna pâlit. « Tu es donc tellement inquiet pour tes négociations ? Tu n'es pas aussi cruel habituellement.

— Habituellement, je ne risque pas de voir une affaire de plusieurs millions de dollars me filer entre les doigts. Jen, tu es la seule à pouvoir faire entendre raison à Molly. Emmène-la à New York. Essaie de la convaincre. Dis-lui que, à force de vouloir persuader le monde entier qu'elle n'a pas tué Gary, elle finira par ternir encore davantage la mémoire de son mari et se fera du tort par la même occasion. »

Sans répondre, Jenna enfila son manteau et prit son sac. Alors qu'elle se dirigeait vers l'escalier, son mari lui cria : « Une affaire de plusieurs millions de dollars, Jen. Admets-le. Pas plus que moi tu ne voudrais gâcher ça. »

Lou Knox sortit précipitamment de la voiture en voyant Jenna apparaître sur le perron de la maison. Il lui ouvrit la portière, la referma derrière elle et s'installa rapidement au volant.

« Bonjour, madame Whitehall. Nous ne sommes pas en avance aujourd'hui. Tant pis, je pourrai toujours vous conduire jusqu'à New York si nous ratons le train.

— Non, Lou. Cal a besoin de la voiture et j'ai horreur des encombrements », dit sèchement Jenna. Parfois les remarques enjouées de Lou l'agaçaient prodigieusement, mais il faisait partie des meubles. Il avait fréquenté le même lycée déshérité que Cal, et ce dernier l'avait engagé à son service lorsqu'il s'était installé à Greenwich quinze ans auparavant.

Jenna était la seule à connaître l'origine de leurs relations. « Lou comprend parfaitement que les gens n'ont pas à savoir que nous avons usé ensemble nos fonds de culotte sur les bancs de l'école », avait déclaré Cal.

Elle devait rendre justice à Lou. Il s'adaptait sur-le-champ à votre humeur. Il devina qu'elle n'avait pas envie de parler, et régla la radio sur la station de musique classique du *New York Times*, sans oublier de baisser le volume. C'était généralement le souhait de Jenna, sauf si, pour une raison quelconque, elle désirait écouter les nouvelles.

Lou avait l'âge de Cal, quarante-six ans, et bien qu'il fût en bonne forme physique, Jenna lui avait toujours trouvé quelque chose de malsain. Il était un peu trop obséquieux à son goût, un peu trop désireux de plaire. Elle ne parvenait pas à lui faire entièrement confiance. Même aujourd'hui, durant le court trajet jusqu'à la gare, elle avait le sentiment que ses yeux la scrutaient dans le rétroviseur, qu'il observait son attitude.

J'ai fait ce que j'ai pu, se dit-elle, songeant à la discussion qu'elle venait d'avoir avec son mari. Il était inutile d'insister, Cal n'aiderait pas Molly à retrouver Annamarie Scalli. Au lieu d'en éprouver de la colère, cependant, elle sentit resurgir l'admiration qu'elle lui vouait malgré elle.

Cal était un homme puissant, et il possédait le charisme qui accompagne le pouvoir. Il avait bâti seul sa fortune depuis l'acquisition de cette petite société d'informatique, qu'il qualifiait d'épicerie de quartier, et fini par devenir un homme dont le simple nom inspirait le respect. Contrairement à beaucoup d'hommes d'affaires qui faisaient parler d'eux en gagnant et perdant des sommes extravagantes, Cal préférait rester en retrait, bien qu'il fût reconnu comme l'un des personnages les plus importants de la finance, et redouté de ceux qui se mettaient en travers de sa route.

Le pouvoir — c'était cette qualité chez lui qui avait attiré Jenna dès le début. Et qui continuait de la fasciner. Son activité d'avocate dans un grand cabinet la satisfaisait pleinement. Elle ne devait sa réussite qu'à elle-même. Si elle n'avait pas rencontré Cal, elle aurait eu néanmoins une belle carrière, et cette conviction lui procurait un sentiment d'indépendance. «Le petit arpent de Jenna», disait Cal, mais elle savait qu'il la respectait justement pour cette raison.

Par ailleurs, il ne lui déplaisait pas d'être Mme Calvin Whitehall et de jouir de tout le prestige attaché à ce nom. A l'inverse de Molly, elle n'avait jamais eu envie d'avoir des enfants, ni jamais éprouvé beaucoup d'intérêt pour la vie de banlieue chic que sa mère ou celle de Molly avaient toujours appréciée.

Ils arrivaient en vue de la gare. Le sifflement du train retentit. «Pile à l'heure», fit Lou en s'élançant hors de la voiture pour lui ouvrir la portière. Désirez-vous que je vienne vous rechercher ce soir, madame Whitehall?»

Jenna hésita un instant avant de répondre : «Oui, à l'heure habituelle. Prévenez mon mari que je rentrerai.»

21

« BONJOUR, docteur. »
Peter Black leva les yeux. L'embarras inscrit sur le visage de sa secrétaire laissait présager une nouvelle qui ne lui ferait pas forcément plaisir. Louise Unger était timide, mais c'était une secrétaire extrêmement efficace. Et si sa timidité irritait Peter Black, il appréciait son efficacité. Ses yeux se portèrent rapidement sur la pendule murale. Huit heures trente. Louise était arrivée tôt, comme à l'accoutumée.

Il marmonna un bonjour et attendit.

« M. Whitehall a téléphoné, docteur. Il a dû prendre une autre communication entre-temps, mais il vous prie de le rappeler. » Elle s'interrompit. « Il semblait très contrarié. »

Peter Black était passé maître dans l'art de ne pas trahir ses émotions. Il eut un mince sourire. « Merci de me prévenir, Louise. M. Whitehall est souvent contrarié. Vous le savez comme moi, n'est-ce pas ? »

Sa secrétaire hocha la tête avec empressement, ses petits yeux d'oiseau brillèrent de satisfaction. « Je voulais simplement vous avertir, docteur. »

De sa part, c'était une déclaration hardie. Peter Black préféra l'ignorer. « Merci, Louise », dit-il posément.

La sonnerie de son téléphone retentit. Il indiqua à Louise de décrocher le récepteur sur son bureau.

Elle commença à dire : « Le secrétariat du Dr Black... », mais s'interrompit rapidement. « C'est M. Whitehall, docteur », dit-elle, mettant la communication en attente avant de quitter la pièce et de refermer la porte.

Peter Black savait que toute marque de faiblesse devant Cal Whitehall signait votre arrêt de mort. Il avait appris à ignorer les allusions de Cal à son penchant pour la boisson, et était convaincu que l'unique raison pour laquelle Whitehall se limitait à un verre de vin par jour était de prouver sa supériorité.

Il souleva le téléphone et ne laissa pas à son interlocuteur le temps de parler en premier.

« Cal, comment va l'empire ? » Peter Black aimait poser cette question. Il n'ignorait pas qu'elle irritait Whitehall.

« Il irait beaucoup mieux si Molly Lasch se tenait tranquille. »

La voix tonitruante de Cal fit vibrer le récepteur. Tenant le combiné de la main gauche, Peter étira lentement les doigts de sa main droite, un geste qu'il faisait machinalement pour soulager sa tension. « Il me semblait que nous avions déjà abordé le sujet, répondit-il.

— Jenna l'a vue avant-hier. Molly voudrait que je retrouve Annamarie Scalli. Elle dit qu'elle veut la rencontrer et n'a visiblement pas l'intention de renoncer. Jenna m'en a reparlé ce matin. Je lui ai répondu que je n'avais pas la moindre idée de l'endroit où crèche cette fille.

— Moi non plus. » Black parlait intentionnellement

d'un ton calme, pesant ses mots. Il se rappelait la panique dans la voix de Gary Lasch : *Annamarie, c'est une question de survie pour l'avenir de l'hôpital. Il faut faire quelque chose.*

J'ignorais alors qu'elle avait une liaison avec Gary, se souvint Peter. Que se passerait-il si Molly parvenait à la joindre à présent ? se demanda-t-il. Et si Annamarie décidait de raconter ce qu'elle savait ?

Il s'aperçut que Cal parlait toujours. Que demandait-il ?

« ... y a-t-il quelqu'un à l'hôpital qui pourrait être resté en contact avec elle ?

— Je n'en sais rien. »

Une minute plus tard, Peter Black raccrocha et appela sa secrétaire par l'interphone. « Ne me passez plus aucune communication, Louise. » Il posa ses coudes sur le bureau et appuya ses paumes sur son front.

Il était sur la corde raide. Pendant combien de temps pourrait-il tenir ?

22

« **E**LLE ne voulait pas t'inquiéter, Billy. »
Billy Gallo regarda son père par-dessus le lit de sa mère. Ils se trouvaient dans le service de réanimation de l'hôpital Lasch. Les yeux de Tony Gallo étaient gonflés de larmes. Ses rares cheveux gris étaient décoiffés et sa main tremblait tandis qu'il tapotait le bras de sa femme.

La parenté des deux hommes ne faisait aucun doute. Ils se ressemblaient de façon frappante — mêmes yeux bruns, même bouche charnue, même mâchoire carrée.

Tony Gallo, soixante-six ans, vigile à la retraite, était aujourd'hui chargé de régler la circulation à la sortie d'une école dans la ville de Cos Cob, offrant une vision familière, sévère et rassurante au croisement de Willow et Pine Street. Son fils Billy, trente-cinq ans, trombone dans l'orchestre d'une compagnie théâtrale itinérante, était arrivé en avion de Detroit.

« Ce n'était pas maman qui ne voulait pas m'inquiéter, dit Billy d'un ton furieux. C'est toi qui l'as empêchée de me téléphoner, hein ?

— Billy, tu es resté au chômage pendant six mois. Nous ne voulions pas que tu perdes ton job.

— Au diable mon job. Il fallait m'appeler — je les aurais forcés à agir. Quand ils lui ont refusé l'autorisation d'aller voir un spécialiste, je me serais battu pour les y obliger.

— Billy, tu ne comprends pas ; le Dr Kirkwood a tout fait pour qu'elle aille consulter un spécialiste. Maintenant ils ont donné leur feu vert pour l'intervention chirurgicale. Elle va guérir.

— *Il* s'y est pris trop tard. »

Josephine Gallo s'agita dans son lit. Elle entendait son mari et son fils se disputer, et elle se rendait vaguement compte que c'était à cause d'elle. Elle se sentait engourdie et incroyablement légère. C'était plutôt agréable d'avoir cette impression de flotter, de ne pas participer à leur dispute. Elle était lasse de devoir constamment supplier Tony de donner un coup de main à Billy quand il n'avait pas d'engagement. Billy était un bon musicien, mais il n'était pas fait pour travailler de neuf heures à cinq heures. Une chose que Tony ne comprenait pas.

Leurs voix irritées résonnaient à ses oreilles. Elle ne voulait plus qu'ils se disputent. Josephine se souvint de la douleur qui l'avait tirée de son sommeil ce matin-là ; c'était cette même contraction qu'elle avait décrite au Dr Kirkwood, son médecin traitant.

Ils se querellaient encore ; leurs voix semblaient grossir, de plus en plus fortes, et elle eût aimé leur dire d'arrêter, de se taire. Puis elle entendit des cloches sonner dans le lointain. Des pas qui couraient. Et la douleur la terrassa de nouveau. Une vague de douleur. Elle voulut tendre le bras vers eux : « Tony… Billy… »

Comme elle aspirait une dernière bouffée d'air, elle entendit leurs voix, à l'unisson, déformées par la peur, par le chagrin : « Maaaaaaamm, Joseeeeeph… » Puis plus rien.

23

A midi moins le quart, Fran pénétra dans le hall de l'hôpital Lasch. Refoulant tout ce que lui rappelait cruellement cet endroit, le souvenir d'avoir trébuché en marchant, le souvenir des bras de sa mère autour d'elle, elle se força à s'arrêter et à observer attentivement les lieux.

Le comptoir de l'accueil se trouvait au fond, à l'opposé de l'entrée. Cela tombait bien. Elle n'avait pas envie de voir une bénévole bien intentionnée lui proposer de la conduire auprès d'un patient. Elle avait une histoire toute prête à cette intention : elle venait chercher une amie qui était en visite auprès d'un parent malade.

Elle examina la salle. Le mobilier — canapés et chaises — était uniformément recouvert de faux cuir vert, avec des accoudoirs en plastique et des pieds en faux érable. A peine la moitié des places étaient occupées. Dans le couloir sur la gauche du bureau de la réception, une flèche indiquait : ASCENSEURS. Fran trouva ce qu'elle cherchait — le panneau de l'autre côté du hall sur lequel était inscrit CAFÉTÉRIA. Elle prit cette direction, passa devant le kiosque à journaux. L'hebdomadaire local y était en bonne place, et une photo sur la couverture montrait Molly à la sortie de la prison. Fran chercha cinquante cents dans sa poche.

Elle était arrivée délibérément avant la ruée du déjeuner et elle s'attarda à la porte de la cafétéria pendant quelques instants, à regarder autour d'elle, tâchant de repérer l'emplacement le plus favorable. La salle comportait une vingtaine de tables, ainsi qu'un comptoir avec une douzaine de tabourets. Les deux femmes derrière le comptoir, avec leurs tabliers à rayures rose bonbon, étaient des bénévoles.

Il y avait quatre personnes au comptoir ; dix autres réparties entre les différentes tables. Trois hommes en blouse blanche, visiblement des médecins, étaient plongés dans une discussion près de la fenêtre. Fran repéra une petite table libre à côté d'eux. Alors qu'elle restait indécise, hésitant à s'y installer, Fran vit l'hôtesse se diriger vers elle.

«Je vais m'asseoir au comptoir», décida Fran subitement. En prenant un café, elle pourrait peut-être engager la conversation avec l'une des serveuses. Les deux femmes avaient une soixantaine d'années. Peut-être se trouvaient-elles déjà là six ans auparavant, à l'époque où Gary Lasch dirigeait l'hôpital.

La femme qui lui servit son café et un bagel arborait un badge sur lequel était inscrit : «Bonjour, je m'appelle Susan Branagan.» Elle avait un visage plaisant, des cheveux blancs et un air affairé ; elle considérait manifestement qu'engager la conversation faisait partie de son travail. «Comment croire que nous serons au printemps dans moins de deux semaines ?» fit-elle remarquer.

C'était l'occasion que cherchait Fran. «J'ai longtemps vécu en Californie, et j'ai du mal à me réhabituer au climat de la Nouvelle-Angleterre.

— Vous êtes venue voir quelqu'un à l'hôpital ?

— J'attends seulement une amie qui est en visite auprès d'un patient. Y a-t-il longtemps que vous travaillez ici ? »

Susan Branagan eut un large sourire. « Dix ans tout juste.

— C'est formidable de se dévouer de cette façon, dit Fran avec sincérité.

— Je ne saurais que faire de mes journées si je ne venais pas à l'hôpital trois fois par semaine. Je suis veuve, mes enfants sont mariés, pris par leurs propres activités. A quoi pourrais-je m'occuper, je vous le demande ! »

La question n'appelait pas de réponse.

Mine de rien, Fran posa le journal qu'elle venait d'acheter sur le comptoir, le plaçant de telle manière que Susan Branagan ne puisse manquer de voir la photo de Molly et le titre de l'article : LA VEUVE DU DR GARY LASCH PROCLAME SON INNOCENCE.

Susan Branagan secoua la tête. « Venant de Californie, vous ne le savez peut-être pas, mais le Dr Lasch était autrefois le directeur de cet hôpital. Sa mort a été un scandale terrible. Il n'avait que trente-six ans, et c'était un très bel homme.

— Que s'est-il passé ? demanda Fran.

— Oh, il avait eu une aventure avec une jeune infirmière d'ici, et sa femme… j'imagine que la malheureuse a eu un accès de démence ou quelque chose de ce genre. Elle a prétendu qu'elle ne se souvenait pas de l'avoir tué, mais naturellement personne ne l'a crue. Une vraie tragédie et une vraie perte. Et le plus triste, c'est que cette infirmière, Annamarie, était la plus adorable des filles. La dernière personne au monde qu'on eût crue capable de se laisser séduire par un homme marié.

— C'est courant, dit Fran.

— Bien sûr. Mais ce fut une surprise quand même, car il y avait cet autre jeune médecin — un chic garçon — qui était sincèrement épris d'elle. Nous pensions toutes que leur idylle allait s'épanouir, et voilà qu'elle a eu la tête tournée par le Dr Lasch. Quoi qu'il en soit, le pauvre Dr Morrow est resté sur le carreau, paix à son âme. »

Le Dr Morrow. Paix à son âme.

« Vous parlez du Dr Jack Morrow ?

— Oh, vous le connaissiez ?

— Je l'ai rencontré à une occasion, il y a des années, quand j'habitais ici. » Fran se souvint du visage compatissant du jeune médecin qui avait essayé de la réconforter le jour où sa mère et elle avaient accompagné son père mourant à l'hôpital.

« Il a été abattu dans son bureau, deux semaines avant que le Dr Lasch ne soit tué. Son armoire à pharmacie avait été cambriolée. » Susan Branagan poussa un soupir. « Deux jeunes médecins, tous deux morts assassinés. Je sais bien que les deux affaires n'avaient aucun rapport, mais c'est une affreuse coïncidence. »

Une coïncidence, pensa Fran, alors que les deux hommes étaient tous deux liés à Annamarie Scalli ? Pouvait-on vraiment parler de coïncidence quand il s'agissait de meurtres ?

24

Voilà trois nuits que je dors à la maison, songea Molly. Trois matins que je me réveille dans mon lit, dans ma chambre.

Aujourd'hui, elle s'était levée un peu avant sept heures, était descendue se préparer une tasse de café qu'elle avait emportée avec elle dans sa chambre. Calée sur ses oreillers, savourant son café, elle parcourut la pièce du regard, reprenant peu à peu possession des lieux.

Pendant ses nuits d'insomnie en prison elle avait souvent pensé à sa chambre, à l'épaisse moquette ivoire, à la douceur de l'édredon de satin contre sa peau, aux oreillers moelleux au creux desquels elle enfouissait sa tête, aux stores qu'elle laissait relevés pour contempler le ciel nocturne pendant que Gary dormait paisiblement à ses côtés.

Peu à peu, au fil des mois puis des années, son esprit était devenu moins confus, elle s'était mise à formuler les questions qui aujourd'hui l'obsédaient. Des questions telles que celle-ci : si Gary avait pu la tromper aussi délibérément, peut-être s'était-il montré tout aussi malhonnête dans d'autres domaines ?

Comme elle s'apprêtait à aller prendre sa douche, elle s'arrêta devant la fenêtre pour regarder dehors. C'était un geste simple, dont elle avait été privée pendant si longtemps, une impression de liberté qui la laissait encore étonnée. Le ciel était couvert et des plaques de glace recouvraient l'allée par endroits ; l'envie lui prit néanmoins d'enfiler un survêtement et de sortir faire du jogging.

Courir sans entrave, pensa-t-elle en s'habillant. Sortir sans demander l'autorisation, sans attendre que quelqu'un déverrouille votre porte. Elle sentit une sorte d'euphorie la gagner. Dix minutes plus tard, elle courait le long des rues qu'elle avait toujours connues mais qui lui paraissaient si peu familières.

Pourvu que je ne croise personne de connaissance, pria-t-elle. Elle passa devant la maison de Kathryn Busch, une exquise demeure coloniale située au coin de Lake Street. Elle se rappela que Kathryn avait fait partie du conseil d'administration de la société philharmonique, et qu'elle avait beaucoup œuvré pour développer un ensemble de musique de chambre local.

Tout comme Bobbitt Williams. Molly revit soudain le visage de cette amie qui avait presque disparu de sa mémoire. Bobbitt a suivi ses études à Cranden en même temps que Jenna, Fran et moi, mais elle était très peu mondaine et elle est ensuite partie s'installer à Darien.

Au fur et à mesure qu'elle courait, ses idées s'éclaircissaient, les rues et leurs habitants étaient moins vagues dans son souvenir. Les Brown avaient ajouté une nouvelle aile à leur maison. Les Catese avaient repeint leur façade. Brusquement Molly se rendit compte que c'était la première fois qu'elle sortait ainsi, seule, depuis le jour où on l'avait menottée et poussée dans le fourgon qui allait la conduire à la prison de Niantic.

Le vent matinal était froid et tonifiant — un air vif qui agitait ses cheveux, emplissait ses poumons, redonnait peu à peu à chacun de ses sens une nouvelle vie.

Au bout de trois kilomètres, fatiguée et le souffle court, elle fit demi-tour et rentra chez elle. Elle se dirigeait vers la porte de la cuisine quand une impulsion la poussa à traverser la pelouse et à longer le côté de la maison jusqu'à la fenêtre de la pièce qui avait été le bureau de Gary. Elle écarta les buissons, s'approcha de la fenêtre et regarda à l'intérieur.

Pendant un court instant elle s'attendit à voir le grand bureau de Gary, les murs lambrissés d'acajou, les bibliothèques remplies d'ouvrages médicaux, les sculptures et les tableaux qu'il avait amassés avec passion. Elle ne vit qu'une pièce assez banale, trop vaste pour une seule personne. Les sièges recouverts de chintz et les tables de chêne clair lui parurent soudain sans attrait.

Je me tenais sur le seuil de la porte et je regardais dehors.

Cette pensée surgit sans raison dans son esprit, et disparut tout aussitôt.

Soudain consciente que quelqu'un pouvait la surprendre en train d'épier par la fenêtre de sa propre maison, Molly revint sur ses pas et entra par la porte de la cuisine. En retirant ses chaussures, elle décida qu'elle avait le temps de prendre un autre café avant l'arrivée de Mme Barry.

Mme Barry.

Wally.

Pourquoi pensait-elle à lui ?

Fran lui téléphona tard dans l'après-midi, depuis son bureau où elle se préparait pour le journal du soir.

« Molly, une question rapide. Connaissiez-vous le Dr Jack Morrow ? »

La mémoire de Molly fut brutalement projetée en arrière, à ce lointain matin où un coup de téléphone avait interrompu leur petit déjeuner. Elle avait immédiatement compris qu'il s'agissait de mauvaises nouvelles. Le visage de Gary était devenu d'un gris cendreux pendant qu'il écoutait en silence. En raccrochant, il avait prononcé d'une voix blanche : « Jack Morrow a été retrouvé assassiné dans son bureau. C'est arrivé hier en fin de journée. »

« Je le connaissais à peine, répondit Molly à Fran. Il faisait partie du personnel médical de l'hôpital, je l'avais rencontré à l'occasion des fêtes de Noël, dans des manifestations de ce genre. Gary et lui ont été tués à deux semaines d'intervalle. »

Soudain consciente de ce qu'elle venait de dire, elle imagina l'effet de ses paroles sur Fran. Ont été tués. Un accident qui avait frappé ces deux hommes, mais qui n'avait rien à voir avec un acte de violence qu'elle aurait elle-même commis. En tout cas, personne ne peut m'accuser de la mort de Jack Morrow, pensa-t-elle. Gary et moi assistions à un dîner ce soir-là. Elle en fit part à Fran.

« Molly, je n'ai jamais imaginé que vous aviez un rapport quelconque avec la mort de Jack Morrow, dit Fran. J'ai mentionné son nom parce que j'ai découvert une information intéressante à son sujet. Saviez-vous qu'il était amoureux d'Annamarie Scalli ?

— Non, je l'ignorais.

— Il est clair désormais que je dois parler à Annamarie Scalli. Qui saurait où la trouver ?

— J'ai déjà demandé à Jenna que Cal la fasse rechercher, mais il ne veut pas en entendre parler. »

Fran resta silencieuse un instant avant de réagir.

«Vous ne m'aviez pas dit que *vous* tentiez de votre côté de retrouver Annamarie. »

Molly perçut l'étonnement dans le ton de Fran. « Fran, dit-elle, mon désir de parler personnellement avec Annamarie ne concerne en rien votre enquête. Les années que j'ai passées en prison sont directement liées à l'aventure que mon mari a eue avec elle. Comment une personne que je ne connais pas a-t-elle pu avoir un tel impact sur mon existence ? C'est ce que je voudrais comprendre. Il faut au moins que je la rencontre une fois. Concluons un marché — si je la retrouve, ou si j'obtiens le moindre indice, je vous mettrai au courant. Vous ferez de même de votre côté, vous me préviendrez si vous entendez parler d'elle, d'accord ?

— J'ai besoin d'y réfléchir, dit Fran. Je vais appeler votre avocat et lui demander ce qu'il sait d'elle. Annamarie était sur la liste des témoins qui auraient dû être cités à votre procès. Il connaît peut-être sa dernière adresse.

— J'ai déjà interrogé Philip à ce propos et il affirme qu'il ne la connaît pas.

— Je vais quand même lui en parler, à tout hasard. Il faut que je vous quitte, maintenant. » Fran marqua une pause. « Molly, faites attention.

— C'est drôle. Jenna m'a dit la même chose hier soir. »

Molly raccrocha et repensa à ce qu'elle avait dit à Philip Matthews — que si un malheur lui arrivait, cela prouverait que quelqu'un avait des raisons de redouter l'enquête de Fran sur la mort de Gary.

Le téléphone sonna à nouveau. Elle sut instinctivement que c'étaient sa mère et son père qui appelaient de Floride. Ils parlèrent de tout et de rien avant d'aborder le sujet qui les préoccupait : comment se débrouillait-elle, « seule dans cette maison » ? Après les avoir rassurés, Molly demanda : «Après sa mort, qu'est-il advenu de tout qui se trouvait dans le bureau de Gary?»

Ce fut sa mère qui répondit. «Le procureur a fait prendre la totalité de ses affaires à l'exception des meubles. Après le procès, j'ai enfermé ce qu'ils ont restitué dans des cartons que j'ai rangés au grenier.»

Molly écourta la conversation, raccrocha et monta sans perdre une minute au grenier. Elle y trouva les cartons soigneusement emballés et rangés sur les rayonnages ainsi que sa mère le lui avait expliqué. Elle écarta ceux qui contenaient des livres et des tableaux, et s'empara des boîtes étiquetées BUREAU. Elle savait ce qu'elle cherchait : le carnet de rendez-vous que Gary portait toujours sur lui, ainsi que l'agenda qu'il gardait enfermé dans le tiroir supérieur de son bureau.

Peut-être comportaient-ils des notes qui l'éclaireraient sur les pans cachés de sa vie.

Elle ouvrit le premier carton avec un sentiment d'angoisse à la pensée de ce qu'elle risquait d'y découvrir, mais déterminée cependant à en apprendre le maximum.

25

Notre vie était si différente il y a sept ans, songea Barbara Colbert en regardant le paysage familier se dérouler sous ses yeux. Comme chaque semaine, son chauffeur Dan la conduisait de son appartement de la Cinquième Avenue à la résidence Natasha Colbert voisine de l'hôpital Lasch. Lorsqu'ils arrivèrent à l'entrée de la résidence, elle resta assise dans la voiture pendant quelques instants, sans bouger, s'armant de courage, sachant qu'elle allait passer l'heure suivante auprès de sa fille, le cœur déchiré, qu'elle lui tiendrait la main, prononcerait des paroles que Natasha n'entendrait probablement pas, ne comprendrait pas.

Barbara Colbert avait plus de soixante-dix ans et n'ignorait pas que depuis le jour de l'accident elle semblait avoir vieilli de vingt ans. Les cycles bibliques comportent sept années d'abondance suivies de sept années de famine, se rappela-t-elle en fermant le dernier bouton de sa veste de vison. Les événements cycliques impliquent la possibilité d'un changement, mais elle savait que rien ne changerait jamais pour

Natasha, qui vivait depuis plus de six ans dans un état d'inconscience.

Natasha, la source de tant de joie — arrivée dans leur vie comme un cadeau merveilleux et inattendu. Barbara avait quarante-cinq ans, et son mari Charles cinquante, lorsqu'elle avait appris qu'elle était enceinte. Avec leurs fils à l'université, Charles et elle s'étaient persuadés qu'ils n'auraient plus d'enfant.

Invariablement, alors qu'elle rassemblait ses forces avant de sortir de la voiture, le même souvenir lui revenait en mémoire. Ils habitaient Greenwich à l'époque. Natasha, alors étudiante en droit, était venue passer le week-end à la maison. Elle avait surgi dans la salle à manger. Elle était en tenue de jogging, ses cheveux roux retenus en queue de cheval, ses yeux bleu sombre pétillant de gaieté et d'intelligence. Son vingt-quatrième anniversaire aurait lieu dans une semaine. «A bientôt tout le monde», avait-elle dit, et elle était partie.

Ce furent les derniers mots qu'ils l'entendirent jamais prononcer.

Une heure plus tard, le téléphone avait sonné et ils s'étaient rués à l'hôpital Lasch. Il y avait eu un accident, leur avait-on expliqué, et Natasha avait été transportée aux urgences. Barbara se remémorait la terreur qui l'avait habitée pendant le court trajet. Elle se rappelait les mots de prière qu'elle n'avait cessé de murmurer : «Mon Dieu, pitié, mon Dieu, je vous en supplie. »

Jonathan Lasch avait été leur médecin de famille autrefois. Aussi avait-elle été un peu réconfortée en apprenant que Natasha se trouvait entre les mains de Gary Lasch, le fils de Jonathan. Mais dès qu'elle l'avait vu dans la salle de réanimation, Barbara avait compris à son expression qu'elle devait s'attendre au pire.

Il leur annonça que Natasha avait trébuché en courant et que sa tête avait heurté le trottoir. La blessure en soi était bénigne, mais avant d'arriver à l'hôpital elle avait eu une crise d'arythmie cardiaque. « Nous faisons tout ce que nous pouvons », avait-il promis. Il était apparu rapidement qu'il n'y avait rien à faire. La crise avait interrompu l'oxygénation du cerveau, provoquant des lésions irréversibles. Si ce n'est qu'elle pouvait respirer sans assistance, Natasha avait pour ainsi dire quitté le monde réel.

Malgré tout l'argent du monde, bien que nous soyons le groupe de presse le plus puissant du pays, nous n'avons pas pu venir en aide à notre fille, pensa Barbara en indiquant silencieusement à Dan qu'elle était prête à sortir de la voiture.

Remarquant qu'elle avait plus de mal à marcher qu'à l'accoutumée, il passa la main sous son bras. « Le sol est verglacé, madame, dit-il. Permettez-moi de vous accompagner jusqu'à la porte. »

Lorsque Barbara et son mari s'étaient résignés au fait que Natasha ne se rétablirait jamais, Gary Lash les avait incités à la placer dans l'institution médicalisée pour séjours de longue durée qui était en construction sur le terrain de l'hôpital.

Il leur avait montré les plans du modeste bâtiment, et le projet les avait intéressés, créant une diversion à leur chagrin. Ils avaient immédiatement convoqué l'architecte, fait une donation permettant de transformer et d'agrandir la résidence, de la doter de chambres claires et agréables, confortablement meublées, et d'un équipement médical dernier cri. Aujourd'hui les résidents qui, comme Natasha, avaient vu leur existence soudainement brisée, bénéficiaient de tous les soins et de tout le confort possibles.

Un appartement particulier de trois pièces avait été aménagé pour Natasha. Une infirmière et une aide-soignante restaient en permanence à ses côtés. Tous les jours, on la transportait de la chambre au salon qui donnait sur un jardin privé.

Massages, pédicure, manucure conservaient à son corps toute sa beauté et sa souplesse ; ses cheveux flamboyants étaient quotidiennement lavés et brossés pour retomber en vagues souples sur ses épaules. Elle portait un pyjama et un peignoir de soie. Les infirmières avaient pour instructions de lui parler comme si elle pouvait les comprendre.

Barbara songea aux mois pendant lesquels Charles et elle étaient venus voir Natasha presque chaque jour. Mais les mois s'étaient transformés en années. Epuisés moralement et physiquement, ils avaient fini par réduire le nombre de leurs visites à deux par semaine. A la mort de Charles, elle avait à contrecœur suivi les conseils de ses fils et renoncé à sa maison de Greenwich pour s'installer dans un appartement à New York. A présent elle ne faisait le trajet qu'une fois par semaine.

Aujourd'hui comme les autres jours elle traversa le hall d'accueil et suivit le couloir qui menait à l'appartement de sa fille. Les infirmières avaient installé Natasha sur le canapé du petit salon. Barbara savait que sous la courtepointe des sangles l'empêchaient de tomber, une précaution contre les soubresauts involontaires de son corps.

Le cœur brisé, Barbara contempla la physionomie sereine de sa fille. Elle croyait parfois détecter un mouvement des yeux ou un soupir, et la pensée insensée la traversait que tout espoir n'était peut-être pas perdu.

Elle s'assit près du canapé et lui prit la main. Pendant l'heure qui suivit elle lui parla de la famille. « Amy va entrer à l'université, Natasha, est-ce que tu te rends compte ? Elle avait dix ans seulement à l'époque où tu as eu ton accident. Elle te ressemble beaucoup.

131

George junior se sent un peu loin de nous ; sinon, il est satisfait de son école préparatoire. »

Barbara poursuivit ainsi son monologue puis, épuisée mais en paix, elle embrassa sa fille sur le front et fit signe à l'infirmière qu'elle pouvait reprendre sa place auprès de Natasha.

De retour dans le hall, elle trouva le Dr Black qui l'attendait. A la mort de Gary Lasch, les Colbert avaient envisagé d'installer leur fille dans une autre résidence, mais le Dr Black les avait convaincus de la laisser où elle était.

« Comment avez-vous trouvé Natasha aujourd'hui, madame Colbert ?

— Comme d'habitude, docteur. C'est le mieux que je puisse espérer, n'est-ce pas ? » Barbara Colbert savait que ses sentiments ambigus à l'égard de Peter Black étaient irrationnels. Gary Lasch l'avait choisi pour diriger l'hôpital avec lui, et elle n'avait aucune raison de penser que Natasha ne recevait pas les meilleurs soins. Cependant elle n'éprouvait pas une once de sympathie pour cet homme. Peut-être à cause de son association avec Calvin Whitehall, que Charles qualifiait de « requin de la finance ». Lors des rares occasions où elle retournait à Greenwich et dînait au club avec ses amis, elle y voyait immanquablement Whitehall et Black ensemble.

Comme elle souhaitait le bonsoir à Peter Black et se dirigeait vers la porte, Barbara ne put deviner que le médecin la regardait avec une intensité particulière, ni qu'il se rappelait ce moment terrible où, après les lésions irréversibles causées à sa fille, Annamarie Scalli avait lancé au visage de Gary : « Cette gosse est arrivée ici avec une simple commotion. *Et maintenant, vous l'avez détruite à jamais tous les deux !* »

26

PHILIP MATTHEWS était convaincu qu'aucun avocat d'assises n'aurait fait mieux que lui pour obtenir une peine modérée à l'encontre de Molly Lasch. Cinq ans et demi pour le meurtre d'un médecin de trente-six ans, c'était inespéré.

Il l'avait dit et répété à Molly lors des visites qu'il lui faisait en prison : « Une fois libre, il faudra laisser tout ça derrière vous. »

Aujourd'hui Molly n'était plus en prison, et elle faisait exactement le contraire. Il était clair qu'elle n'avait pas le sentiment de s'en être aussi bien tirée qu'il le prétendait.

Plus que tout, Philip désirait protéger Molly des personnes qui tenteraient inévitablement de l'exploiter.

Des personnes telles que Fran Simmons.

Tard dans l'après-midi du vendredi, alors qu'il s'apprêtait à partir en week-end, sa secrétaire lui annonça un appel de Fran Simmons.

Philip faillit refuser de prendre la communication, puis se ravisa. Mieux valait savoir ce qu'elle avait à lui dire. Ce fut d'un ton froid, cependant, qu'il la salua.

Fran aborda directement le sujet. « Maître, je suppose que vous avez une transcription du procès de Molly Lash. J'aimerais en avoir une copie dès que possible.

— Mademoiselle Simmons, je crois savoir que vous étiez en classe avec Molly. Il me semble donc qu'en raison de cette ancienne amitié vous devriez envisager d'annuler cette émission. Vous savez comme moi qu'elle ne peut que nuire à Molly.

— Pourrais-je avoir une copie de la transcription dès lundi, maître ? » demanda à nouveau Fran d'un ton cassant, avant d'ajouter : « Vous savez certainement que je prépare cette émission d'un commun accord avec Molly. A dire vrai, c'est à sa demande que je l'ai entreprise. »

Philip tenta une autre approche. « Je peux vous communiquer cette transcription avant lundi. J'en ferai établir une copie et je vous la ferai porter dès demain, mais je vais vous demander une chose en contrepartie. Molly est à mon avis beaucoup plus fragile qu'on ne le croit. Si vos investigations vous apportent la conviction de sa culpabilité, je vous demanderai d'annuler votre émission. Molly ne parviendra pas à se justifier auprès du public comme elle le souhaite. Ne la détruisez pas avec un verdict du style "coupable des chefs d'accusation portés contre elle", à seule fin de plaire aux abrutis de la télé qui n'attendent qu'une chose : voir des malheureux mis en charpie sous leurs yeux.

— Je vais vous donner mon adresse, dit seulement Fran, espérant que sa voix reflétait suffisamment son exaspération.

— Je vous passe ma secrétaire. Au revoir, mademoiselle Simmons. »

Une fois qu'elle eut raccroché, Fran se leva et alla à la fenêtre. Elle était attendue à la cabine de maquillage, mais elle avait besoin d'un moment pour retrouver son calme. Sans l'avoir jamais rencontré, elle éprouvait envers Philip Matthews une profonde hostilité, tout en reconnaissant qu'il semblait vraiment sincère dans son désir de protéger Molly.

Elle se demanda soudain si personne avait jamais songé à chercher une autre explication à la mort de Gary Lasch. Les parents et les amis de Molly, Philip Matthews, la police de Greenwich et le procureur qui avait requis contre elle — tous avaient dès le départ préjugé de sa culpabilité.

C'est exactement ce que j'ai fait moi-même, pensa Fran. Peut-être est-il temps de tout recommencer avec l'approche opposée.

« Molly Carpenter Lasch n'a pas tué son mari, Gary Lasch », prononça-t-elle tout haut, évaluant la résonance de ces mots, curieuse de savoir où ils allaient la conduire.

27

L E vendredi après-midi, Annamarie Scalli rentra
directement chez elle après avoir soigné son
dernier patient. Le week-end était proche et
elle pressentait déjà qu'il n'aurait rien d'agréable.
Depuis mardi matin, où la libération de Molly Lasch
avait fait la une du journal télévisé, la moitié des
patients d'Annamarie avaient fait allusion à l'affaire.

Qu'ils n'aient aucune connaissance de son rapport
avec toute cette histoire était un pur hasard. Ces
pauvres gens étaient confinés chez eux et ils regar-
daient les mêmes programmes répétitifs — surtout des
séries télévisées. Un crime comme celui-ci n'était ni
plus ni moins qu'un sujet de discussion nouveau et différent — une jeune femme privilégiée clamant qu'elle
n'a pas tué son mari, bien qu'elle ait plaidé coupable
d'homicide sans préméditation, et purgé une peine de
prison pour son crime.

Les commentaires allaient bon train, depuis ceux de
la vieille et acerbe Mme O'Brien pour laquelle un mari
qui trompait sa femme avait ce qu'il méritait, jusqu'à
ceux de M. Kunzman déclarant que Molly Lasch aurait

été condamnée à vingt ans si elle avait été noire et pauvre.

Gary Lasch ne valait pas que l'on passe une seule journée en prison pour lui, pensa Annamarie en ouvrant la porte de son rez-de-chaussée. J'ai été trop stupide pour m'en apercevoir.

Sa cuisine n'était guère qu'un réduit mais elle en avait tiré le meilleur parti en peignant le plafond en bleu azur et les murs d'un treillis de fleurs, donnant ainsi l'illusion d'un petit jardin d'hiver.

Ce soir toutefois rien ne parvint à lui remonter le moral. Le rappel d'anciens et douloureux souvenirs l'avait déprimée, et elle avait besoin de partir se changer les idées. Un seul endroit et une seule personne étaient susceptibles de la réconforter. Sa sœur aînée, Lucy, vivait à Buffalo, dans la maison familiale. Annamarie lui rendait rarement visite depuis la mort de leur mère, cependant elle décida d'aller passer le week-end chez elle. Elle décrocha le téléphone.

Quarante-cinq minutes plus tard elle jetait sur le siège arrière de sa voiture un fourre-tout hâtivement rempli et, d'humeur déjà plus joyeuse, tournait la clé de contact. C'était un long voyage, mais peu lui importait.

Tout en conduisant, elle laissa sa pensée vagabonder, se laissant envahir par les regrets. Regret de ne pas avoir écouté sa mère. Regret de s'être montrée aussi sotte. Comment avait-elle pu se laisser séduire par Gary Lasch ? Si seulement elle avait cédé aux sentiments qu'elle éprouvait pour Jack Morrow. Si seulement elle s'était rendu compte qu'elle était attachée à lui...

Elle se souvint douloureusement de la confiance et de l'amour qu'elle avait lus dans son regard. Elle avait trompé Jack Morrow comme les autres, et il n'avait jamais su ni soupçonné qu'elle avait une liaison avec Gary Lasch.

Bien qu'il fût minuit passé, Lucy avait entendu la voiture arriver et ouvert la porte d'entrée. Allégrement, Annamarie prit son sac derrière elle. Un moment plus tard elle serrait sa sœur dans ses bras, heureuse de se retrouver dans cette maison où, au moins le temps du week-end, elle pourrait chasser ses regrets.

28

L E samedi matin, Edna Barry se réveilla en sursaut. C'était aujourd'hui que cette journaliste
avait rendez-vous avec elle, et il ne fallait pas
que Wally fût dans les parages quand elle arriverait. Il
était d'humeur maussade ces temps derniers, et depuis
l'apparition de Molly à la télévision il ne cessait de
répéter qu'il voulait aller la voir. La veille, il avait
décrété qu'il n'irait pas au club. L'établissement était
géré par le comté de Fairfield pour des patients non
résidents comme Wally, et c'était l'endroit où il se rendait le plus volontiers le samedi matin.

Je demanderai à Marta de le garder chez elle, se dit
Edna. Marta Gustafson Jones était sa voisine depuis
trente ans. Les deux femmes avaient surmonté
ensemble maladie et veuvage, et Marta montrait beaucoup d'affection pour Wally. Elle était une des rares
personnes à savoir le calmer quand il perdait son sang-
froid.

Lorsque la sonnette de la porte retentit à onze
heures tapantes, Wally était en lieu sûr et Edna
accueillit Fran aimablement, allant même jusqu'à lui

offrir une tasse de café que Fran accepta. « Pourquoi ne pas rester dans la cuisine ? proposa-t-elle, déboutonnant son manteau.

— Si vous voulez. » Edna était à juste titre fière de sa cuisine immaculée, avec son coin-repas et sa table de bois clair qu'elle avait achetée en solde.

Une fois installée, Fran sortit son magnétophone de son sac et le posa sur la table. « Madame Barry, je suis venue vous voir parce que je voudrais aider Molly, et je sais que vous le voulez autant que moi. Avec votre autorisation, j'aimerais vous enregistrer. Certaines choses pourraient se révéler utiles pour Molly. Elle est de plus en plus convaincue qu'elle n'est pas responsable de la mort de son mari. Plus précisément, elle commence à se rappeler certains détails de cette nuit maudite, en particulier que quelqu'un se trouvait dans la maison lorsqu'elle est arrivée du Cape Cod. Si elle parvenait à en faire la preuve, le jugement pourrait être cassé et une nouvelle enquête ouverte. Ce serait merveilleux, non ?

— Oui, bien sûr. » Edna Barry était en train de verser l'eau dans la cafetière. « Oh, mon Dieu ! » s'exclama-t-elle.

Les yeux de Fran se plissèrent en voyant que Mme Barry avait renversé de l'eau sur le comptoir. Elle a la main qui tremble, pensa-t-elle. Quelque chose la trouble dans toute cette affaire. J'ai bien vu qu'elle était nerveuse l'autre jour chez Molly, et très tendue lorsque je lui ai parlé au téléphone pour prendre rendez-vous.

Sentant l'arôme du café se répandre dans la pièce, Fran en profita pour amener Edna à se détendre. « J'étais en classe avec Molly à Cranden, commença-t-elle. Est-ce qu'elle vous l'a dit ?

— Oui, elle me l'a raconté. » Edna prit deux tasses et deux soucoupes dans le placard et les plaça sur la

140

table. Elle observa Fran par-dessus ses lunettes avant de s'asseoir.

Elle pense au scandale de la bibliothèque, songea Fran, mais elle fit mine de ne pas s'en rendre compte et poursuivit la conversation. « Mais vous la connaissiez bien avant, n'est-ce pas ?

— Oh, oui. Je tenais la maison de ses parents quand elle était petite. Ils sont partis en Floride juste après son mariage, et c'est alors que j'ai commencé à travailler chez elle.

— Vous connaissiez donc bien le Dr Lasch ? »

Edna Barry pesa ses mots avant de répondre. « Je dirais oui et non. Je venais trois matinées par semaine. Le docteur était déjà parti à l'hôpital lorsque j'arrivais à neuf heures, et il était rarement de retour à treize heures, quand je m'en allais. Mais si Molly recevait des gens à dîner — ce qui était fréquent —, elle me demandait de servir et de débarrasser. C'est le seul moment où je les ai vus réellement ensemble. Il était toujours très aimable. »

Les lèvres d'Edna Barry se serrèrent comme si une pensée désagréable lui traversait l'esprit.

« Quand il vous arrivait de les voir ensemble, aviez-vous l'impression qu'ils étaient heureux ?

— Jusqu'au jour où j'ai trouvé Molly en larmes et s'apprêtant à partir pour le Cape, je n'avais jamais assisté à la moindre dispute entre eux. Elle donnait seulement l'impression de s'ennuyer un peu. Elle faisait beaucoup de bénévolat en ville, et je sais qu'elle joue très bien au golf, mais elle me disait parfois qu'elle regrettait de ne pas travailler. Et, bien sûr, elle avait dû surmonter des moments difficiles. Elle était si désireuse d'avoir des enfants. Elle avait changé après la dernière fausse couche, elle était devenue silencieuse, repliée sur elle-même. »

Rien de ce que m'a dit cette femme n'est d'une

grande aide pour Molly, pensa Fran une demi-heure plus tard. Il ne lui restait que quelques questions à poser, et jusque-là Edna avait répondu sans réticence. « Madame Barry, l'alarme de la maison n'était pas branchée quand vous êtes arrivée le lundi, n'est-ce pas ?

— Non.

— Avez-vous vérifié s'il y avait une porte non verrouillée qu'un intrus aurait pu utiliser ?

— Les portes étaient *toujours* verrouillées. » L'hostilité pointait à nouveau dans la voix d'Edna, et ses pupilles s'étaient élargies.

J'ai touché une corde sensible, pensa Fran, et elle me cache quelque chose. « Combien de portes y a-t-il dans la maison ?

— Quatre, répondit Edna spontanément. La porte d'entrée. La porte de la cuisine. Ces deux-là ont la même clé. La porte de la salle de séjour qui donne sur la cour. La porte du sous-sol.

— Les avez-vous toutes vérifiées vous-même ?

— Non, mais la police l'a fait, mademoiselle Simmons. Pourquoi ne leur posez-vous pas la question ?

— Madame Barry, je ne mets pas en doute ce que vous m'avez dit », dit Fran d'un ton conciliant.

Apparemment rassérénée, Edna Barry reprit : « Le vendredi après-midi, en partant, j'ai vérifié que toutes les portes étaient fermées à clé. Le Dr Lasch entrait toujours par la porte de devant. Le verrou du bas n'était pas enclenché le lundi matin, ce qui signifie que quelqu'un avait utilisé cette porte pendant le week-end.

— Le verrou du bas ?

— Le verrou qui se manœuvre au pied. Molly le mettait toujours, le soir. La porte de la cuisine était fermée à double tour lorsque je suis arrivée. Je suis catégorique sur ce point. »

Les joues d'Edna Barry étaient enflammées. La

pauvre femme semblait au bord des larmes. Etait-ce la pensée qu'elle aurait pu oublier de fermer les portes qui la mettait dans cet état ?

« Merci de votre aide, madame Barry, et merci de votre hospitalité, dit Fran. J'ai pris suffisamment de votre temps pour le moment, mais j'aurai peut-être quelques questions supplémentaires à vous poser plus tard, et je vous demanderai peut-être de participer à l'émission.

— Je ne désire pas participer à l'émission.

— Très bien. Comme vous voudrez. » Fran éteignit son magnétophone et se leva. A la porte, elle posa une dernière question : « Madame Barry, supposons que quelqu'un se soit introduit dans la maison le soir de la mort du Dr Lasch. Savez-vous si les serrures des portes ont été changées ?

— Pas à ma connaissance.

— Je vais suggérer à Molly de le faire. Sinon, elle pourrait être victime d'un rôdeur à son tour. Vous ne croyez pas ? »

Le visage d'Edna Barry perdit toute couleur. « Mademoiselle Simmons, dit-elle, si vous aviez vu ce que j'ai vu quand je suis montée à l'étage — Molly couchée sur le lit, couverte de sang —, vous sauriez que personne n'est entré dans la maison cette nuit-là. Cessez de vouloir mettre en cause des innocents.

— De quels innocents parlez-vous, madame Barry ? s'étonna Fran. Je veux seulement aider une jeune femme, quelqu'un que vous connaissez depuis toujours et dont vous dites vous soucier, je veux l'aider à démontrer qu'elle-même est innocente ! »

Mme Barry serra les lèvres. Sans ajouter un mot elle raccompagna Fran à la porte. « Nous nous reverrons, madame Barry, dit Fran gravement. J'ai l'intuition qu'il reste encore beaucoup de questions sans réponse. »

29

E N entendant le téléphone sonner le samedi
après-midi, Molly sut tout de suite que c'était
Jenna.

«Je viens de m'entretenir avec Philip Matthews, dit
Jenna. J'ai ainsi appris que tu l'avais invité à dîner.
Bravo.

— Seigneur, ne commence pas à te faire des idées,
protesta Molly. Il serait encore en train de cogner à la
porte si je ne l'avais pas invité, et puisque je ne suis pas
prête à aller dans un restaurant, j'ai préféré cette solution.

— Très bien, quant à Cal et moi, invités ou non,
nous avons l'intention de passer prendre un verre chez
toi avant le dîner. Cal ne t'a pas vue depuis longtemps.

— Vous n'êtes pas invités, en effet, dit Molly, mais
venez vers sept heures.

— Moll, dit Jenna, puis elle hésita.

— Dis-le, vas-y.

— Oh, ce n'est rien d'important. C'est seulement
que tu sembles avoir retrouvé ton équilibre... et je suis
si contente pour toi. »

144

Quel équilibre ? se demanda Molly. « Rien de tel que des fenêtres sans barreaux et un édredon de satin pour guérir les bleus à l'âme, répondit-elle.

— Que fais-tu aujourd'hui ? »

Molly n'avait pas envie de confier, fût-ce à Jenna, qu'elle était en train d'éplucher les agendas de Gary. Elle répondit vaguement : « Puisque c'est moi qui reçois, même si ce rôle ne m'enthousiasme guère, je vais préparer deux ou trois choses à la cuisine. Il y a longtemps que je n'ai pas touché à une casserole. »

C'était un demi-mensonge. A la vérité, les carnets de rendez-vous de Gary datant de plusieurs années étaient tous empilés sur la table de la cuisine. Remontant en arrière à partir de la date de sa mort, elle les examinait page après page, ligne par ligne.

L'emploi du temps de Gary avait toujours été très chargé, et il noircissait ses agendas de pense-bêtes. Elle en avait déjà trouvé plusieurs, du genre : « 5 heures. Appeler Molly au club. »

Elle se souvint avec un pincement au cœur qu'il arrivait à Gary de lui téléphoner et de demander : « Pourquoi ai-je noté dans mon carnet de t'appeler à cette heure-ci ? »

Soudain, juste avant de dresser la table pour le dîner, Molly trouva ce qu'elle cherchait. C'était un numéro de téléphone qui apparaissait à plusieurs reprises dans le dernier agenda de Gary. Elle vérifia auprès du service des renseignements et apprit que le code régional de ce numéro correspondait à la ville de Buffalo.

Elle composa le numéro. Une voix de femme lui répondit et elle demanda si Annamarie était là.

« C'est elle-même », répondit doucement Annamarie Scalli.

30

En quittant la maison d'Edna Barry, Fran décida de faire un pèlerinage sur les lieux de sa jeunesse, une sorte de voyage au pays des souvenirs. Elle commença par le Stationhouse Pub avec l'intention d'y déjeuner. Nous avions l'habitude d'y manger un morceau avant d'aller au cinéma, se souvint-elle.

Elle commanda un sandwich à la dinde avec du pain de seigle. Le régal de sa mère. Elle parcourut la salle du regard. Il était peu probable que sa mère revienne jamais à Greenwich. L'épreuve avait été trop douloureuse pour elle.

Fran avait envisagé de passer devant la maison où ils avaient vécu pendant ces quatre années, mais le courage lui manqua. Pas aujourd'hui, décida-t-elle en demandant l'addition.

De retour chez elle à New York, elle constata que Philip Matthews avait tenu parole. Un paquet volumineux l'attendait sur le bureau du concierge. Elle l'ouvrit. Il contenait la transcription in extenso du procès de Molly Lasch.

Malgré son impatience, elle attendit avant de se plonger dans sa lecture. Elle avait besoin de remplir son réfrigérateur, de passer chez le teinturier et d'acheter deux ou trois bricoles de première nécessité avant de commencer.

L'après-midi était bien entamé quand elle s'installa enfin dans son confortable fauteuil club, allongea ses jambes sur le pouf et ouvrit le dossier.

Le texte n'avait rien de réconfortant. L'exposé des faits établi par le procureur était accablant : *Y a-t-il des traces de lutte ? Non... la blessure béante à la tête... le crâne défoncé... Le Dr Gary Lasch a été frappé à mort alors qu'il était assis à son bureau, le dos tourné à son agresseur... totalement sans défense... L'enquête montrera que la sculpture portait les empreintes de Molly Lasch, nettes et sanglantes, que son visage, ses mains et ses vêtements étaient maculés du sang de la victime... qu'il n'y avait aucune trace d'effraction...*

« Aucune trace d'effraction. » Visiblement la police avait vérifié toutes les portes. Cependant, ils ne précisaient pas si elles étaient verrouillées ou non. Philip Matthews avait-il cherché à en savoir plus sur ce point ? Fran souligna cette partie de l'attestation au marqueur jaune.

Molly Lasch n'a pas tué son mari, Gary Lasch. Je commence à croire qu'elle pourrait dire vrai. Imaginons. Mettons que quelqu'un d'autre ait tué Gary Lasch et ait eu la chance que Molly soit rentrée du Cape Cod peu après, qu'elle ait découvert son mari et, sous le coup de l'affolement, ait accompli par inadvertance tous les gestes pouvant l'incriminer. Manipuler l'arme du crime, toucher le visage et la tête de Gary, s'éclabousser de sang en l'approchant.

S'éclabousser de sang, pensa Fran. Si Gary Lasch était encore en vie lorsqu'elle est entrée dans son bureau, est-il possible qu'il lui ait dit quelque chose, qu'il ait été *capable* de lui dire quelque chose ? Et si quelqu'un d'autre se trouvait dans la maison, Molly serait donc arrivée quelques instants après que Gary avait été attaqué.

Molly est-elle rentrée chez elle, s'est-elle dirigée vers le bureau, a-t-elle trouvé son mari mortellement blessé mais encore en vie ? Cela expliquerait qu'elle l'ait touché, que son visage et sa bouche aient été maculés de sang. A-t-elle tenté de le réanimer ?

Ou a-t-elle tenté de le réanimer après s'être rendu compte de ce qu'elle avait fait ?

Si nous partons de l'idée qu'elle est innocente, alors il existe sûrement quelqu'un en ce moment même qui n'en mène pas large.

Fran eut soudain la certitude que Molly courait un grave danger. Si Gary Lasch s'était trouvé seul dans la maison — une maison dont toutes les portes étaient verrouillées, d'après l'enquête — et qu'il n'avait pas entendu son agresseur s'introduire dans le bureau, comme le laissaient supposer les apparences, la même chose pouvait arriver à Molly.

Fran saisit le téléphone. Elle va penser que je suis folle mais tant pis.

Molly lui répondit d'un ton pressé. «Fran, c'est à croire que tout le monde s'est donné le mot pour se réunir chez moi ! s'exclama-t-elle. J'ai invité Philip Matthews à dîner, Jenna et Cal ont insisté pour venir prendre un verre. Et je viens de recevoir un appel de Peter Black. Il n'avait pas l'air enchanté quand je lui ai annoncé que vous désiriez le rencontrer, mais il s'est montré plus aimable à l'instant. Et il a l'intention de passer me voir lui aussi.

— Dans ce cas, je ne vais pas vous retarder, dit Fran. Mais j'ai eu une arrière-pensée. Mme Barry m'a dit que les portes ont toujours les mêmes serrures depuis que vous habitez la maison.

— C'est exact.

— Ecoutez, je crois qu'il serait prudent de les faire changer.

— Je n'y aurais pas pensé.

— Combien de personnes disposent d'un trousseau de clés ?

— Ce n'est pas un trousseau. Il n'y a qu'une seule clé en réalité. L'entrée et la cuisine ont la même serrure. La porte qui donne sur la cour et celle du sous-sol sont fermées de l'intérieur avec une chaîne. Il n'existait que quatre doubles. La clé de Gary. La mienne. Celle de Mme Barry. Et celle qui reste cachée dans le jardin.

— Qui est au courant de l'existence de cette dernière ?

— Personne à ma connaissance. Nous la laissions là en cas de nécessité mais elle n'a jamais été utilisée. Ce n'était pas le genre de Gary d'oublier ses clés, ni le mien. Mme Barry n'oublie jamais *rien*. Fran, pardonnez-moi mais je dois vous quitter.

— Molly, je vous en prie, faites venir un serrurier dès lundi.

— Mais je ne cours aucun danger, à moins que...

— A moins que vous n'ayez eu la malchance d'arriver sur les lieux d'un crime et de subir un choc émotionnel, et qu'aujourd'hui quelqu'un redoute de vous voir retrouver la mémoire. »

Fran entendit un cri étouffé dans l'appareil. Puis, avec un tremblement dans la voix, Molly dit : « C'est la première fois en six ans que j'entends quelqu'un suggérer que je pourrais être innocente.

— Vous comprenez donc pourquoi je souhaite que vous changiez les serrures ? Je vous verrai lundi.

— Entendu. Il se peut que j'aie des nouvelles très intéressantes pour vous », dit Molly.

Fran raccrocha. De quoi Molly voulait-elle lui parler ?

31

TIM MASON avait prévu de passer un week-end de ski à Stowe dans le Vermont, mais un appel de son cousin Michael, à Greenwich, l'obligea à changer ses plans. La mère de Billy Gallo, un de leurs anciens camarades de classe, venait de mourir d'une crise cardiaque, et Michael supposait que Tim voudrait assister à ses obsèques.

C'est pourquoi ce samedi soir Tim roulait sur le Merritt Parkway, vers le sud du Connecticut, et pensait au temps où il était en classe avec Billy Gallo et où ils jouaient tous les deux dans l'orchestre du lycée. Billy était déjà un vrai musicien. Tim se rappela le groupe qu'ils avaient formé en dernière année et leurs répétitions chez Billy.

Mme Gallo les invitait toujours à rester pour le dîner, et ils ne se faisaient pas prier. C'était une femme chaleureuse, hospitalière, sa cuisine avait des odeurs alléchantes, des odeurs de pain cuit au four, d'ail et de sauce tomate en train de mijoter. Tim se souvenait aussi de M. Gallo qui allait directement à la cuisine en rentrant de son travail, comme s'il craignait de ne pas y trouver sa femme. Puis un grand sourire éclairait son visage et il disait : « Josie, tu as encore ouvert des boîtes de conserve. »

Avec un sourire triste, Tim songea à ses propres parents et aux années qui avaient précédé leur divorce. Il était heureux alors de pouvoir échapper aux disputes qui éclataient régulièrement entre eux.

M. Gallo se moquait toujours gentiment de sa femme et elle riait volontiers de ses plaisanteries. Ils étaient visiblement toujours amoureux l'un de l'autre. M. Gallo, en revanche, n'avait jamais compris Billy. Il estimait que son fils perdait son temps à faire de la musique.

Evoquant le passé tandis que les kilomètres défilaient, Tim se remémora un autre enterrement auquel il avait assisté à Greenwich. Il avait terminé ses études alors, et était déjà journaliste.

Il revoyait Fran Simmons, accablée de chagrin. A l'église, ses sanglots étouffés s'étaient entendus tout au long de la messe. On avait ensuite porté le cercueil jusqu'au corbillard et, tandis que les photographes mitraillaient le cortège, il avait pris des notes pour son article tout en ayant l'impression d'être un voyeur.

Fran Simmons avait changé en quatorze ans. Elle n'avait pas seulement grandi. Il y avait chez elle une sorte de froideur professionnelle, comme une armure invisible ; cette attitude l'avait frappé le jour où ils s'étaient rencontrés dans le bureau de Gus. Tim regrettait de lui avoir rappelé que son père était un escroc. Pourquoi avait-il le sentiment qu'il lui devait des excuses ?

Il était tellement plongé dans ses pensées qu'il atteignit la sortie de North Street avant même de s'en apercevoir, et faillit rater la bretelle. Trois minutes plus tard, il pénétrait dans le funérarium.

Les amis de la famille Gallo remplissaient la pièce. Tim reconnut des visages familiers, des gens qu'il avait perdus de vue, dont plusieurs s'approchèrent de lui pendant qu'il attendait pour présenter ses condoléances à M. Gallo et à Billy. La plupart le complimentèrent pour ses articles, puis vinrent des commentaires à propos de Fran Simmons, qui travaillait sur la même chaîne que lui.

« Il s'agit bien de cette Fran Simmons dont le père avait vidé le fonds de la bibliothèque ? demanda la sœur de Mme Gallo.

— Ma tante croit l'avoir aperçue à la cafétéria de l'hôpital Lasch, fit remarquer quelqu'un d'autre. Qu'est-ce qu'elle y fabriquait ? »

La question fut posée à Tim à l'instant où il s'approchait de Billy Gallo, qui l'entendit comme lui. Les yeux gonflés, il serra la main de Tim. « Si Fran Simmons enquête sur l'hôpital, dis-lui de chercher pourquoi ils laissent mourir leurs patients », dit-il d'un ton amer.

Tony Gallo effleura le bras de son fils. « Billy, c'était la volonté de Dieu.

— Non, papa, ce *n'était pas* la volonté de Dieu. On sauve aujourd'hui quantité de gens victimes d'une crise cardiaque. » La voix de Billy, nerveuse et tendue, monta d'un ton. Il désigna le cercueil de sa mère. « Maman ne devrait pas être là, elle n'aurait pas dû y être avant vingt ans. Les médecins de Lasch n'ont rien fait — ils l'ont laissée mourir. » Il sanglotait presque, à présent. « Tim, toi et Fran Simmons et tous les journalistes de votre émission, il faut que vous alliez mettre votre nez là-dedans. Il faut que vous sachiez pourquoi ils ont attendu si longtemps, pourquoi on ne l'a pas envoyée consulter un spécialiste à temps. »

Avec un gémissement étranglé, Billy Gallo plongea son visage entre ses mains et ne contint plus ses pleurs.

Tim le saisit fermement par les deux bras, l'étreignant jusqu'à ce que, enfin apaisé, il parvînt à lui demander : «Tim, avoue-le, hein, que tu n'as jamais mangé de meilleurs spaghettis que les siens?»

32

POURQUOI ai-je accepté qu'ils viennent tous me rendre visite ? se demanda Molly, en posant un plateau de fromage accompagné de crackers sur la table de la salle de séjour. La vue de Peter Black et de Cal réunis ici la troublait plus qu'elle ne l'avait prévu. La paix, le réconfort qu'elle avait éprouvés en se retrouvant seule dans sa maison l'avaient soudain désertée. Il lui semblait que son intimité avait été violée. La présence des deux hommes lui rappelait leurs fréquentes réunions dans le bureau de Gary. Ils tenaient conférence à trois pendant des heures — les autres membres du conseil d'administration du groupe Remington n'étaient que des potiches.

Depuis son retour, la maison lui semblait différente de ce qu'elle était dans ses souvenirs. Comme si les années de prison avaient changé sa perception de l'existence qu'elle y avait connue.

Avant la mort de Gary, je croyais être heureuse. Je croyais que la fébrilité qui s'emparait de moi parfois provenait de ma frustration de ne pas avoir d'enfant.

Et maintenant l'envahissait à nouveau la sensation

d'engourdissement qui lui était familière. Jenna s'était rendu compte de son changement d'humeur. Elle l'avait entraînée à la cuisine, avait insisté pour couper le fromage en cubes, disposer les crackers sur une assiette, plier les serviettes.

Après s'être montré cassant au téléphone, Peter Black s'était mis en quatre pour être agréable ce soir. Il l'avait embrassée sur la joue en arrivant. Son message était clair : ne parlons plus de cette terrible tragédie.

Pouvait-on vraiment ne plus en parler ? Pouvait-on rayer aussi facilement que ça un meurtre, plusieurs années de prison ? Comme si rien n'était arrivé ? Je ne le crois pas, conclut-elle en elle-même, dévisageant le groupe de vieux amis — étaient-ils vraiment des amis ? — réunis dans la pièce.

Peter Black — il avait l'air mal à l'aise. Pourquoi diable avait-il tenu à venir ?

Philip Matthews était le seul à paraître détendu. Il était arrivé avant les autres, à sept heures précises, une amaryllis en pot dans les bras. « Je sais que vous êtes impatiente de reprendre le jardinage, avait-il dit. Vous trouverez bien un coin pour cette plante ? »

Les fleurs rouge pâle étaient ravissantes. « Prenez garde, l'avait-elle prévenu. L'amaryllis fait partie de la famille des belladones, c'est un poison. »

La légèreté d'esprit qu'elle avait éprouvée alors l'avait quittée. A présent, Molly avait l'impression que même l'air était empoisonné. Cal Whitehall et Peter Black n'étaient pas venus lui souhaiter un heureux retour chez elle — non. Ils avaient autre chose à lui faire savoir. Ce qui expliquait la nervosité de Jenna. Car c'était elle qui avait imposé cette réunion.

Molly aurait voulu dire à Jenna de ne pas s'inquiéter. Elle *savait* qu'on ne résistait pas à Cal, que Jenna n'aurait pas pu l'empêcher de venir, de toute façon.

La raison de leur visite ne mit pas longtemps à apparaître. Ce fut Cal qui aborda le sujet. « Molly, cette petite journaliste, Fran Simmons, est venue à la cafétéria de l'hôpital pour interroger le personnel. Est-ce vous qui lui avez suggéré de venir fouiner chez nous ?

— Non, j'ignorais que Fran avait l'intention de se rendre là-bas. » Elle haussa les épaules. « Mais je n'y vois pas d'inconvénient.

— Oh, Molly, s'il te plaît, murmura Jenna. Ne comprends-tu pas le tort que tu te fais à toi-même ?

— Si, je comprends très bien, Jen. » Le ton de Molly était calme et ferme.

Cal reposa brutalement son verre, éclaboussant la table.

Molly résista à l'envie d'éponger la tache, de s'activer pour échapper à cette ambiance détestable. Elle se contenta de regarder fixement les deux hommes qui avaient été les associés de son mari.

Cal se leva brusquement, marmonna : « Je vais chercher de quoi essuyer. » Dans la cuisine il chercha autour de lui, trouva un torchon. Alors qu'il s'apprêtait à rejoindre les autres, son regard s'arrêta sur le calendrier. Un seul rendez-vous y était porté. Il le considéra avec attention.

Les joues de Peter Black étaient empourprées ; manifestement il n'en était pas à son premier verre de la soirée. « Molly, vous savez que nous sommes en discussion pour l'acquisition d'autres organismes. Si vous persistez à autoriser, voire à encourager la réalisation de cette émission, pouvez-vous au moins prier Fran Simmons d'attendre que la fusion soit conclue ? »

Voilà donc la raison de cette petite réunion, pensa Molly. Ils redoutent que je ravive de vieilles blessures, que cela puisse rejaillir sur eux.

« Bien entendu, nous n'avons rien à cacher,

ajouta-t-il avec vigueur. Mais les bavardages et les rumeurs ont fait capoter plus d'une négociation. »

Molly le regarda vider son verre de scotch. Il avait la réputation d'être un gros buveur jadis. Apparemment, il n'avait pas changé.

« Molly, *je t'en prie*, renonce à retrouver Annamarie Scalli, l'implora Jenna. Si jamais elle apprenait l'existence de ce projet d'émission, elle pourrait vendre son histoire à un de ces journaux à scandale. »

Molly contempla ses trois interlocuteurs sans rien dire, sentant ses vieilles frayeurs et ses doutes bouillonner en elle sous le calme apparent qu'elle était parvenue à garder jusque-là.

« Je pense que chacun a exposé son point de vue, dit sèchement Philip Matthews, rompant le silence. Le mieux à mon avis est de clore le sujet pour l'instant. »

Peter Black, Jenna et Cal partirent peu après. Philip Matthews attendit que la porte se fût refermée derrière eux pour demander : « Molly, préférez-vous que nous renoncions au dîner et que je vous laisse ? »

Au bord des larmes, elle acquiesça, puis ajouta : « Ce n'est que partie remise, si vous n'avez pas changé d'avis d'ici là.

— Je n'aurai pas changé d'avis. »

Molly avait préparé un coq au vin accompagné de riz sauvage. Après le départ de Philip, elle recouvrit les plats et les mit au réfrigérateur ; ensuite elle vérifia que toutes les portes étaient fermées au verrou et, une fois rassurée, alla dans le bureau. Ce soir, peut-être à cause de la venue chez elle de Cal et de Peter Black, il lui semblait sentir quelque chose rôder autour d'elle, à la frontière de sa conscience, quelque chose qui essayait de se frayer un passage.

De vieux souvenirs, peut-être, d'anciennes craintes qui l'entraîneraient au plus profond de la dépression ? Ou des réponses à ses questions, des réponses qui l'aideraient à échapper à l'obscurité menaçante, prête à l'envelopper ?

Que penseraient Cal, Peter et Philip Matthews, se demanda-t-elle, s'ils savaient que demain soir à huit heures, dans un restoroute de Rowayton, elle se préparait à rencontrer Annamarie Scalli ?

33

Rien ne valait un dimanche matin à Manhattan, décréta Fran en ouvrant la porte de son appartement à sept heures et demie pour prendre le *Times* sur son paillasson. Elle se prépara un jus d'orange, du café et un muffin, s'installa dans le grand fauteuil et se plongea dans la lecture des premières pages du journal. Quelques minutes plus tard, elle le reposa, consciente de ne prêter aucune attention à ce qu'elle lisait.

« Je suis inquiète », dit-elle, sacrifiant à son habitude de parler tout haut.

Elle avait mal dormi et était convaincue que sa nervosité était due au ton sibyllin de Molly lui annonçant qu'elle aurait peut-être des nouvelles très intéressantes à lui communiquer. Quel genre de nouvelles pouvaient être « très intéressantes » ?

Si Molly mène une enquête de son côté, elle risque de ne plus pouvoir contrôler la situation, pensa Fran. Repoussant le journal, elle se leva, se servit une deuxième tasse de café et regagna son fauteuil, cette fois pour lire la transcription du procès de Molly.

Pendant l'heure qui suivit elle lut les minutes, ligne par ligne. Il y avait le procès-verbal des premiers policiers arrivés sur les lieux, et celui du médecin légiste. Venaient ensuite les témoignages de Peter Black et des Whitehall, décrivant leur dernière rencontre avec Gary Lasch quelques heures avant sa mort.

Il avait fallu arracher ses réponses à Jenna avant qu'elle ne dise une parole négative, pensa Fran en examinant soigneusement sa déposition.

LE PROCUREUR : Avez-vous parlé à l'accusée durant la semaine qui a précédé la mort de son mari, pendant qu'elle était chez elle au Cape Cod ?

JENNA : Oui, je lui ai parlé.

LE PROCUREUR : Comment décririez-vous son état émotionnel ?

JENNA : Triste. Elle était très triste.

LE PROCUREUR : A-t-elle manifesté de la colère envers son mari, madame Whitehall ?

JENNA : Elle était bouleversée.

LE PROCUREUR : Vous n'avez pas répondu à ma question. Est-ce que Molly Carpenter était en colère contre son mari ?

JENNA : Oui, je pense que l'on peut le dire ainsi.

LE PROCUREUR : A-t-elle manifesté plus que de la colère contre son mari ?

JENNA : Pouvez-vous répéter la question ?

LE PROCUREUR : Certainement. Votre Honneur, serait-il possible de demander au témoin de répondre sans équivoque ?

LE JUGE : La cour demande au témoin de répondre à la question.

LE PROCUREUR : Madame Whitehall, durant votre conversation téléphonique avec Molly Carpenter Lasch au cours de la semaine qui a précédé la mort

160

de son mari, celle-ci a-t-elle manifesté une colère très vive à son égard ?

JENNA : Oui.

LE PROCUREUR : Saviez-vous pourquoi Molly Carpenter Lasch était en colère contre son mari ?

JENNA : Non, pas au début. Je le lui ai demandé, mais elle a refusé de me répondre. C'est le dimanche après-midi qu'elle me l'a dit.

Quand elle passa au témoignage de Calvin Whitehall, Fran s'aperçut que, volontairement ou non, il avait fait des déclarations extrêmement dommageables pour Molly. Le procureur a dû boire du petit-lait, pensa-t-elle.

LE PROCUREUR : Monsieur Whitehall, le Dr Peter Black et vous-même avez rendu visite au Dr Lasch le dimanche 8 avril dans l'après-midi. Est-ce exact ?

CALVIN WHITEHALL : Oui.

LE PROCUREUR : Quel était le but de votre visite ?

CALVIN WHITEHALL : Le Dr Black m'avait dit qu'il s'inquiétait à propos de Gary. Il lui avait semblé que Gary était très préoccupé, nous avions donc décidé d'aller le voir.

LE PROCUREUR : Qu'entendez-vous exactement par « nous » ?

CALVIN WHITEHALL : Le Dr Peter Black et moi-même.

LE PROCUREUR : Que s'est-il passé une fois que vous êtes arrivés là-bas ?

CALVIN WHITEHALL : Il était environ cinq heures. Gary nous a conduits dans la salle de séjour. Il avait préparé un plateau de fromages avec des crackers et ouvert une bouteille de vin. Il nous a versé un verre à chacun et a dit : « Je regrette sincèrement ce que j'ai à vous annoncer, mais il est temps que vous sachiez la vérité. » Puis il nous a avoué qu'il avait eu une liaison avec une infirmière de l'hôpital, une

161

dénommée Annamarie Scalli, et qu'elle était enceinte.

LE PROCUREUR : Le Dr Lasch a-t-il paru soucieux de ce qu'allait être votre réaction ?

CALVIN WHITEHALL : Naturellement. Cette infirmière n'avait qu'une vingtaine d'années. Nous pouvions craindre des répercussions — un procès pour harcèlement sexuel, par exemple. Gary était à la tête de l'établissement, après tout. Le nom de Lasch, grâce à son père, est un symbole d'intégrité dont a bénéficié l'hôpital, et par la suite le groupe Remington. Nous étions profondément affectés à la pensée que cette image risquait d'être ternie par un scandale.

Fran lut la transcription du procès pendant encore une heure. Quand elle reposa le dossier sur la table, elle se massa le front du bout des doigts, s'efforçant de chasser un début de migraine.

Gary Lasch et Annamarie Scalli se sont assurément bien débrouillés pour dissimuler leur liaison, se dit-elle. Ce qui ressort de ces pages, c'est la stupéfaction de Molly, de Peter Black et des Whitehall quand ils ont été mis au courant. Or c'étaient les personnes les plus proches de Gary.

Elle se rappela l'étonnement exprimé par Susan Branagan, la bénévole de l'hôpital. Selon elle, tout le monde avait cru qu'Annamarie Scalli sortait avec le sympathique Dr Morrow.

Jack Morrow, qui avait été assassiné peu de temps avant Gary Lasch.

Il était dix heures du matin. Fran songea à aller faire du footing, se tâta, puis décida qu'elle n'avait pas envie de courir aujourd'hui. Je vais voir ce que l'on joue au cinéma, se dit-elle. Comme papa l'aurait dit, je vais me payer une toile.

Le téléphone sonna au moment où elle compulsait

le cahier «Spectacles» du journal pour y chercher le bon film, au bon cinéma, à la bonne heure.

C'était Tim Mason. «J'espère que vous n'y voyez pas d'inconvénient. J'ai appelé Gus et il m'a communiqué votre numéro de téléphone.

— Pas du tout. Si vous faites une enquête sur le sport, sachez que, bien que j'aie vécu en Californie pendant quatorze ans, les Yankees sont mon équipe favorite. Je veux aussi que l'on reconstruise le stade d'Ebbets Field. Et je dois dire qu'entre les Giants et les Jets le choix est difficile, mais s'il fallait vraiment choisir j'aurais une préférence pour les Giants.»

Mason éclata de rire. «Voilà ce que j'aime — une femme décidée. A dire vrai, je voulais savoir si, par hasard, vous aviez quelque chose de mieux à faire que d'aller prendre un brunch avec moi chez Neary.»

Le restaurant Neary était situé pratiquement au coin de sa rue, dans la 57ᵉ.

Fran s'avoua qu'elle n'était pas seulement surprise mais heureuse de cette invitation. Elle en avait voulu à Tim d'avoir eu cet éclair dans le regard montrant qu'il n'ignorait pas qui elle était ni ce qu'avait fait son père. Puis elle s'était raisonnée; elle devait s'attendre à ce genre de réaction. Elle ne pouvait lui en vouloir de savoir que son père avait été un escroc.

«Merci, j'accepte avec plaisir, dit-elle sincèrement.

— A midi?

— Entendu.

— Inutile de vous mettre sur votre trente et un.

— Je n'en avais pas l'intention. Jamais le dimanche.»

Après avoir raccroché, Fran se mit à parler tout haut pour la deuxième fois de la matinée : «Pourquoi m'invite-t-il? Il ne s'agit certainement pas du coup de foudre éculé de l'époque de ma grand-mère!»

Elle arriva chez Neary et trouva Tim en conversation avec le barman. Il portait une chemise sport au col ouvert, une veste de velours côtelé vert foncé et un pantalon tabac. Ses cheveux étaient ébouriffés et le tissu de sa veste lui sembla froid quand elle lui toucha le bras.

«Apparemment, vous n'êtes pas venu en taxi, dit-elle comme il se retournait pour l'accueillir.

— J'ai horreur de cette voix électronique qui vous rappelle de boucler votre ceinture, dit-il. Je suis donc venu à pied. Je suis content de vous voir, Fran.» Il lui sourit.

Fran portait des boots à talons plats et, comme au lycée autrefois, elle se sentit toute petite.

Jimmy Neary les plaça à l'une des quatre tables d'angle, preuve aux yeux de Fran que Tim Mason était un habitué. Depuis son retour à New York, elle était venue une fois dans ce restaurant, avec un couple qui habitait son immeuble, et on leur avait également attribué une table d'angle. Ils lui en avaient donné la raison.

Pendant qu'ils buvaient leur bloody mary, Tim lui parla de lui. «Mes parents ont quitté Greenwich après leur divorce. J'étais sorti un an auparavant de l'université et je travaillais au *Greenwich Times*. Pour le rédacteur en chef, j'étais un reporter débutant, mais en réalité je faisais surtout office de garçon de courses. Je n'ai plus vécu là-bas depuis.

— Depuis combien d'années en êtes-vous parti?

— Quatorze.»

Elle fit un rapide calcul. «Voilà pourquoi mon nom ne vous était pas inconnu. Vous saviez ce qu'a fait mon père.»

Il haussa les épaules : «Oui», et sourit pour se faire pardonner.

La serveuse leur tendit la carte, mais ils commandèrent spontanément des œufs Bénédicte. Après son départ, Tim reprit la conversation. «Vous ne m'avez rien demandé, mais je vais quand même vous raconter ma vie qui va sûrement vous passionner puisque vous vous intéressez tellement au sport. »

Nous avons beaucoup de points communs, songea Fran en l'écoutant lui parler de son premier job à la radio, où il couvrait des matches de lycéens dans une petite ville paumée au nord de l'Etat de New York. Elle lui raconta à son tour qu'elle avait débuté comme stagiaire dans une chaîne câblée près de San Diego, où l'événement le plus passionnant était la réunion du conseil municipal. « Au début, vous prenez le premier boulot qu'on vous offre. »

Lui aussi était enfant unique mais, contrairement à elle, il n'avait pas de demi-frères et sœurs.

« Après le divorce, ma mère est partie s'installer à Bronxville, expliqua-t-il. Dans la ville où mon père et elle avaient grandi. Elle y a acheté une maison. Et devinez la suite ! Mon père est venu habiter le même lotissement. Ils se disputaient comme des chiffonniers quand ils étaient mariés, mais aujourd'hui ils sortent ensemble et pendant les vacances on prend l'apéritif chez lui et on dîne chez elle. J'ai trouvé ça un peu compliqué au début, mais l'arrangement semble leur convenir.

— Ma mère, elle, est très heureuse et c'est tant mieux, dit Fran. Elle s'est remariée il y a huit ans. Elle a toujours su que je finirais par revenir à New York, et m'a conseillé de prendre le nom de mon beau-père, à cause du scandale provoqué par l'histoire de mon père. »

Il hocha la tête. « Vous avez été tentée de le faire ? »

Fran déplia et replia sa serviette. « Non, jamais.

— Est-ce bien raisonnable de mener une enquête qui vous ramène à Greenwich ?

— Probablement pas, mais pourquoi cette question ?

— Fran, j'ai assisté hier soir à la veillée funèbre d'une femme que j'ai connue quand j'étais gosse. Elle est morte à la suite d'une crise cardiaque à l'hôpital Lasch. Son fils est un ami et il est furieux. Il est convaincu qu'on aurait pu faire davantage pour elle. Et puisque vous êtes dans le coin, il suggère que vous vous intéressiez à la qualité des soins prodigués aux malades de l'hôpital.

— Aurait-on pu faire davantage pour sa mère ?

— Je n'en sais rien. Il était peut-être fou de chagrin, mais je ne serais pas surpris qu'il vous contacte. Il s'appelle Billy Gallo.

— Pourquoi me contacterait-il ?

— Il a appris qu'on vous avait aperçue à la cafétéria de l'hôpital, vendredi dernier. Parions qu'aujourd'hui toute la ville sait que vous étiez là. »

Fran secoua la tête d'un air incrédule. « Je ne croyais pas être à l'antenne depuis assez longtemps pour que les gens me reconnaissent aussi facilement. Je le regrette. » Elle eut un haussement d'épaules. « J'ai néanmoins recueilli une information intéressante en bavardant avec une serveuse dans la cafétéria. Et elle serait probablement restée fermée comme une huître si elle avait su que j'étais journaliste.

— Cette visite avait-elle un rapport avec l'émission que vous préparez sur Molly ?

— Oui, mais je voulais surtout voir le décor, répondit-elle évasivement, ne souhaitant pas s'étendre sur ses investigations. « Tim, connaissez-vous Joe Hutnik du *Greenwich Times* ?

— Oui. Joe était déjà là quand j'y travaillais. Un chic type. Pourquoi ?

— Il ne pense pas grand bien des organismes de soins intégrés en général, mais il semble estimer que Remington n'est pas pire que les autres.

— Ce n'est pas l'avis de Billy Gallo. » Il vit un soupçon d'inquiétude apparaître sur le visage de Fran. « Ne vous en faites pas. C'est un garçon formidable — il est simplement bouleversé en ce moment. »

Lorsque le café fut servi, Fran regarda autour d'elle. La presque totalité des tables étaient occupées à présent, et il régnait un joyeux brouhaha. Tim Mason est sûrement quelqu'un de bien, pensa-t-elle. Son ami m'appellera ou non. Le message de Tim, en clair, c'est que tout le monde à Greenwich a les yeux braqués sur moi, et que les vieux racontars — et les plaisanteries — à propos de la mort de mon père vont refaire surface.

Fran ne vit pas le regard de sympathie que lui jetait Tim, et ne s'aperçut pas davantage que l'expression de ses yeux rappelait soudain à Tim l'image de l'adolescente qui pleurait la mort de son père.

34

ANNAMARIE SCALLI avait accepté de rencontrer Molly à huit heures dans un petit restoroute de Rowayton, une ville à quinze kilomètres au nord de Greenwich.

L'heure et le lieu avaient été suggérés par Annamarie. « C'est un endroit qui n'a rien de particulièrement attirant et qui est tranquille le dimanche, surtout à une heure aussi tardive, avait-elle dit. Et je suis certaine que vous n'avez pas plus que moi envie de tomber sur quelqu'un de connaissance. »

A six heures — beaucoup trop tôt, elle le savait — Molly était prête à partir. Elle s'était changée deux fois, troquant d'abord son tailleur noir qu'elle jugeait trop habillé contre un jean qui lui parut trop sport, avant de se décider finalement pour un pantalon bleu nuit et un pull à col roulé blanc. Elle releva ses cheveux en un chignon torsadé, se rappelant que Gary aimait la voir coiffée ainsi, avec quelques mèches rebelles qui tombaient dans son cou et lui donnaient l'air plus naturel.

« Tu es toujours si parfaite, Molly, lui disait-il. Parfaite et élégante et bien élevée. Même en jean et en sweat-shirt, tu donnes l'air d'être habillée pour une soirée. »

Elle croyait alors qu'il la taquinait. Aujourd'hui, elle n'en était plus aussi sûre. C'était ce qu'elle voulait savoir. Les maris parlent de leurs femmes à leurs maîtresses, se dit-elle. J'ai besoin de savoir ce que Gary disait de moi à Annamarie. Et il y a autre chose que je veux découvrir — je veux savoir où elle se trouvait le soir où Gary est mort. Personne apparemment n'a songé qu'elle avait des raisons d'être furieuse contre lui, elle aussi. J'ai entendu son ton lorsqu'elle lui a parlé au téléphone.

A sept heures, Molly décida qu'il était enfin temps de partir pour Rowayton. Elle décrocha son imperméable dans la penderie du rez-de-chaussée et se dirigea vers la porte. Une arrière-pensée l'arrêta en route et elle remonta dans sa chambre, prit un foulard bleu dans un tiroir et chercha une paire de lunettes noires qui lui cachaient la moitié du visage, un style qui était probablement démodé mais qui lui permettrait de passer inaperçue.

Autrefois le garage abritait sa BMW décapotable, la Mercedes de Gary, et le monospace noir qu'il avait acheté deux ans avant sa mort. Molly se souvenait de sa surprise en voyant apparaître Gary au volant de ce dernier. « Tu ne pêches pas, tu ne chasses pas, tu préférerais mourir plutôt que d'aller camper. La malle de ta Mercedes est bien assez grande pour tes clubs de golf. A quoi diable peut te servir cette voiture ? »

Il ne lui avait pas traversé l'esprit, à cette époque, que Gary pouvait avoir désiré un véhicule exactement semblable à des douzaines d'autres dans le voisinage.

Après la mort de Gary, un de ses cousins s'était occupé de faire reprendre ses voitures. En prison, Molly avait demandé à ses parents de vendre la sienne.

Dès qu'elle avait obtenu sa libération conditionnelle, ils avaient fêté l'événement en lui en achetant une nouvelle, une BMW bleu marine qu'elle avait choisie sur catalogue.

Elle était allée admirer la voiture le jour de son retour, mais ne l'avait encore jamais utilisée, et elle apprécia l'odeur du cuir neuf. C'était la première fois qu'elle conduisait depuis presque six ans, et le simple fait de sentir la clé de contact dans sa main lui procura soudain une extraordinaire sensation de liberté.

Son dernier trajet au volant d'une voiture, elle l'avait accompli lors de ce sombre dimanche où elle était rentrée du Cape Cod. Je me cramponnais si farouchement au volant que j'en avais les mains douloureuses, se souvint-elle en reculant hors du garage. Elle parcourut lentement la longue allée et tourna dans la rue. En temps normal, j'aurais dû rentrer la voiture dans le garage, mais je me suis arrêtée devant la maison et je l'ai laissée garée là. Pourquoi ? se demanda-t-elle, s'efforçant de rassembler ses souvenirs. Avait-elle voulu éviter ainsi de porter son sac de voyage sur une trop longue distance ?

Non, j'étais seulement pressée de parler à Gary. Je voulais lui poser les questions que je vais poser à Annamarie Scalli dans quelques minutes. Je voulais connaître ses sentiments exacts à mon égard, savoir pourquoi il partait si souvent, et pourquoi, si notre mariage ne le rendait pas heureux, il n'avait pas eu l'honnêteté de me le dire au lieu de me laisser perdre tant de temps et d'énergie dans mon rôle de parfaite épouse.

Molly sentit ses lèvres se serrer, ses anciennes rancœurs la gagner à nouveau. Arrête ! se raisonna-t-elle. Arrête, sinon rentre à la maison !

Annamarie Scalli pénétra dans le Sea Lamp Diner à sept heures vingt. Elle savait qu'elle était très en avance pour son rendez-vous avec Molly Lasch, mais elle avait tenu à arriver la première. Son choc en entendant Molly au téléphone, en apprenant qu'elle avait retrouvé sa piste, ne s'était atténué qu'après avoir accepté de la rencontrer.

Sa sœur Lucy avait vainement tenté de l'en dissuader. « Annamarie, cette femme était tellement hors d'elle-même à cause de toi qu'elle a frappé son mari à mort. Qui te dit qu'elle ne va pas s'attaquer à toi ? Si elle dit la vérité quand elle prétend ne pas se souvenir de l'avoir tué, cela prouve bien qu'elle est mentalement dérangée. *N'y va pas !* »

Elles en avaient discuté toute la soirée, mais Annamarie était déterminée à aller jusqu'au bout. D'après elle, puisque Molly Lasch avait retrouvé sa piste, mieux valait la rencontrer dans un endroit public plutôt que de risquer de la voir débouler chez elle à Yonkers, ou encore débarquer à l'improviste chez un de ses patients.

Une fois dans le restaurant, Annamarie s'était dirigée vers un box au fond de la salle tout en longueur. Quelques clients étaient installés au bar, l'air maussade. Aussi peu aimable était la serveuse, qui lui avait jeté un regard noir quand elle avait refusé de s'asseoir à une table près de l'entrée.

L'ambiance lugubre de l'endroit ne fit qu'accroître le sentiment d'appréhension et d'abattement qui s'était emparé d'elle durant le long trajet en voiture depuis Buffalo. Elle se sentait recrue de fatigue. C'est certainement pour cette raison que je suis si déprimée, se dit-elle sans conviction, en buvant lentement le café tiède que la serveuse avait posé brusquement devant elle.

Elle savait que c'était sa dispute avec sa sœur qui

était la cause de sa tristesse. Bien qu'elle aimât tendrement Annamarie, Lucy n'hésitait pas à frapper là où c'était douloureux, et sa rengaine des « si seulement » avait fini par l'atteindre.

« Annamarie, si seulement tu avais épousé Jack Morrow. Comme le disait maman, c'était l'homme le plus gentil de la planète. Il était *amoureux fou* de toi. Et c'était un médecin, un excellent médecin de surcroît ! »

Annamarie lui avait fourni la réponse qu'elle lui donnait obstinément depuis six ans. « Ecoute, Lucy. Jack savait que je n'étais pas amoureuse de lui. En d'autres circonstances, je l'aurais peut-être aimé. J'aurais peut-être vu les choses autrement dans un contexte différent. Mais j'avais vingt-deux ans et c'était mon premier emploi. Je commençais seulement à vivre. Je n'étais pas prête pour le mariage. Jack l'avait compris. »

Une semaine avant d'être assassiné, Jack s'était disputé avec Gary Lasch. Annamarie se dirigeait à ce moment-là vers le bureau de Gary, et elle se souvenait de s'être immobilisée près de la réception en entendant des éclats de voix. La secrétaire avait murmuré : « Le Dr Morrow est avec le Dr Lasch. Il est furieux. Je n'ai pas compris de quoi il s'agissait, mais je suppose que c'est la même chose que d'habitude — un traitement qu'il avait requis pour un patient et qu'on lui refuse. »

Je me rappelle avoir été terrifiée à la pensée qu'ils se querellaient peut-être à mon sujet, pensa Annamarie. Je me suis enfuie plutôt que de courir le risque d'être confrontée à Jack ; j'étais persuadée que Jack avait tout découvert.

Mais par la suite, lorsque Jack l'avait croisée dans le couloir, il n'avait montré aucun ressentiment à son égard ; au contraire, il lui avait demandé si elle projetait d'aller voir sa mère bientôt. Annamarie lui avait répondu qu'elle comptait s'y rendre le week-end suivant, et il lui avait parlé de la copie d'un dossier important qu'il aurait aimé lui confier afin qu'elle la mette à l'abri temporairement dans le grenier de sa mère.

J'étais tellement soulagée qu'il n'ait rien découvert à propos de mon histoire avec Gary et si bouleversée par ce que je savais sur l'hôpital que je ne me suis même pas demandé ce que contenait ledit dossier. Il a ajouté qu'il me le donnerait bientôt, et m'a fait promettre de n'en parler à personne. Mais il ne me l'a jamais donné. Une semaine plus tard il était mort.

« Annamarie ? »

Surprise, Annamarie leva les yeux. Elle était tellement plongée dans ses pensées qu'elle n'avait pas vu Molly Lasch s'approcher. Un seul regard à l'autre femme lui suffit pour se sentir lourde et sans charme. Les grosses lunettes ne parvenaient pas à cacher les traits ravissants de Molly. Les mains qui dénouaient sa ceinture d'imperméable étaient longues et minces. Lorsqu'elle ôta le foulard qui lui recouvrait la tête, ses cheveux parurent à Annamarie plus foncés que dans son souvenir.

Molly observa son interlocutrice tout en se glissant sur la banquette en face d'elle. Elle ne ressemble pas à ce que j'attendais, pensa-t-elle. Elle avait vu Annamarie à l'hôpital à deux ou trois occasions, et elle avait gardé le souvenir d'une ravissante jeune fille avec une silhouette provocante et une masse de cheveux noirs.

Il n'y avait rien de provocant chez la femme assise devant elle, simplement habillée. Ses cheveux étaient coupés court et son visage était resté charmant malgré ses formes rondelettes. Elle avait de beaux yeux bruns, ombrés de longs cils noirs, mais leur expression trahissait une grande tristesse et de la peur.

Elle a peur de moi, pensa Molly, étonnée de produire cet effet sur quelqu'un.

La serveuse réapparut, plus aimable cette fois. Nul doute qu'elle était impressionnée par Molly.

« Un thé citron, je vous prie, dit Molly.

— Et un autre café pour moi, si ce n'est pas trop vous demander », ajouta Annamarie au moment où la femme tournait les talons.

Molly attendit qu'elles fussent seules pour parler. « Je vous suis reconnaissante d'avoir accepté cette entrevue. Je sais qu'elle vous est aussi pénible qu'à moi, et je vous promets de ne pas m'attarder, mais vous pouvez m'être d'une grande aide en répondant franchement à mes questions. »

Annamarie hocha la tête.

« Quand vos relations avec Gary ont-elles commencé ?

— Un an avant sa mort. Un jour où ma voiture avait refusé de démarrer, il m'a raccompagnée chez moi. Il est entré prendre un café. » Annamarie regardait Molly sans détourner les yeux. « Je savais qu'il était prêt à me draguer. Une femme sent toujours ce genre de chose, n'est-ce pas ? » Elle se tut, contempla ses mains. « La vérité est que j'avais le béguin pour lui, et je ne lui ai pas résisté. »

Il était prêt à la draguer, pensa Molly. Etait-elle la première ? Probablement pas. La dixième ? Elle ne le saurait jamais. « Avait-il des aventures avec d'autres infirmières ?

— Pas à ma connaissance, mais je travaillais à l'hôpital depuis peu de temps. Il avait insisté sur la nécessité d'une discrétion absolue, ce qui me convenait. Je viens d'une famille italienne catholique, et ma mère n'aurait pas supporté de voir sa fille sortir avec un homme marié.

« Madame Lasch, je voudrais que vous sachiez… »

Annamarie s'interrompit au moment où la serveuse revenait avec le thé et un autre café. Elle attendit qu'elle se fût éloignée pour poursuivre. «Je voudrais que vous sachiez que je regrette profondément, sincèrement, tout ce qui est arrivé. Je sais que j'ai détruit votre vie. Qu'à cause de moi le Dr Lasch est mort. J'ai fait adopter mon enfant parce que je voulais qu'il grandisse dans une famille heureuse, avec deux parents. Un jour peut-être, lorsqu'il sera adulte, il voudra me voir. J'espère alors qu'il comprendra et qu'il pourra me pardonner. C'est peut-être vous qui avez mis fin à la vie du Dr Lasch, mais c'est ce que j'ai fait qui a provoqué cette tragédie.

— Ce que vous avez fait?

— Si je n'avais pas eu une liaison avec le Dr Lasch, rien de tout cela ne serait jamais arrivé. Si je ne l'avais pas appelé à son domicile, vous n'auriez sans doute jamais rien su.

— Pourquoi lui avez-vous téléphoné chez lui?

— Eh bien, au début il m'avait dit que vous envisagiez de divorcer, vous et lui, mais il ne voulait pas que vous appreniez l'existence d'une autre femme dans sa vie. Il disait que cela ne ferait que compliquer le divorce, et aurait pour seul effet de vous rendre jalouse et vindicative.»

Voilà donc ce que mon mari disait de moi à sa petite amie? songea Molly, indignée. Que nous envisagions de divorcer et que j'étais jalouse et vindicative? Voilà l'homme pour lequel j'ai été en prison?

«D'après lui, c'était aussi bien que vous ayez perdu votre bébé; l'enfant n'aurait fait que compliquer la séparation.»

Molly resta silencieuse, stupéfaite. Mon Dieu, Gary pouvait-il avoir dit une chose pareille? *Que c'était aussi bien que j'aie perdu mon enfant.*

«Le jour où je lui ai annoncé que j'étais moi-même

enceinte, il a été pris de panique ; il m'a dit de m'en débarrasser. Il a cessé de venir me voir. A l'hôpital, il m'ignorait. Son avocat m'a téléphoné pour me proposer un arrangement, à condition que je m'engage par écrit à garder le secret. J'ai appelé chez vous parce qu'il fallait que je lui parle et qu'il refusait de me rencontrer à l'hôpital. J'étais au désespoir ; je voulais savoir s'il avait l'intention de reconnaître son enfant. A ce moment-là, je n'avais pas l'intention de le faire adopter.

— Et j'ai décroché le téléphone ?

— Oui.

— Mon mari vous a-t-il jamais parlé de moi, Annamarie ? Autrement que pour vous raconter que nous envisagions de divorcer ?

— Oui.

— S'il vous plaît, dites-moi ce qu'il disait. J'ai besoin de le savoir.

— Je comprends à présent qu'il me disait de vous ce que j'avais envie d'entendre.

— Dites-le-moi quand même. »

Annamarie se tut, hésitante, puis regarda franchement la femme qui était devant elle, une femme pour laquelle elle avait d'abord éprouvé du mépris, puis de la haine, et qui maintenant, en fin de compte, lui inspirait de la compassion. « Il vous qualifiait de bonnet de nuit de banlieue chic. »

Bonnet de nuit de banlieue chic. Pendant un instant, Molly crut retrouver la prison, la nourriture sans goût, le tintamarre des serrures, les nuits blanches.

« Comme mari — *et* comme médecin — il ne valait pas le prix que vous avez payé pour l'avoir tué, madame Lasch, dit calmement Annamarie.

— Annamarie, vous croyez évidemment que j'ai tué mon mari, mais, voyez-vous, je n'en suis pas sûre moi-même. En toute honnêteté, je ne sais pas ce qui s'est passé. J'ignore si je retrouverai un jour la mémoire de cette nuit-là. C'est à cela que je m'efforce. Pouvez-vous me dire où vous étiez ce dimanche soir-là ?

— Chez moi en train de faire mes bagages.

— Y avait-il quelqu'un avec vous ? »

Les yeux d'Annamarie s'agrandirent. « Madame Lasch, vous perdez votre temps si vous êtes venue avec l'idée que je pourrais avoir quelque chose à voir avec la mort de votre mari.

— Voyez-vous quelqu'un qui aurait eu une raison de le tuer ? » Molly vit l'effroi traverser les yeux de son interlocutrice. « Annamarie, vous avez peur de quelque chose. De quoi ?

— Pas du tout, je n'ai pas peur. Je ne sais rien de plus. Ecoutez, il faut que je parte. » Annamarie posa une main sur la table, s'apprêtant à se lever.

Molly la saisit par le poignet. « Annamarie, vous n'aviez qu'une vingtaine d'années. Gary était un homme complexe. Il nous a trompées toutes les deux, et nous avions toutes les deux des motifs de lui en vouloir. Mais je ne crois pas l'avoir tué. Si vous pensez que quelqu'un d'autre aurait pu avoir des griefs contre lui, s'il vous plaît, *je vous en prie*, dites-le-moi. Cela me fournirait un point de départ. L'avez-vous entendu se quereller avec quelqu'un en particulier ?

— Il y a une seule dispute dont j'aie eu connaissance. Avec le Dr Jack Morrow.

— Le Dr Morrow ? Mais il est mort avant Gary.

— Oui, et avant de mourir le Dr Morrow s'était comporté bizarrement. Il m'avait demandé de garder chez moi un dossier qui lui appartenait. Mais il a été assassiné avant de me le confier. » Annamarie retira sa main. « Madame Lasch, j'ignore si vous avez ou non tué votre mari, mais si ce n'est pas vous qui l'avez tué, vous feriez mieux d'être très prudente et de ne pas vous répandre partout en posant des questions. »

Annamarie faillit heurter la serveuse qui revenait leur proposer davantage de thé ou de café. Molly demanda l'addition et la paya. Elle détestait la curiosité qu'elle lut dans les yeux de la femme. Quelques minutes plus tard, elle enfilait son imperméable, impatiente de rejoindre Annamarie dehors. *Un bonnet de nuit de banlieue chic*, se répéta-t-elle amèrement en sortant à la hâte du restoroute.

Sur la route qui la ramenait à Greenwich, Molly repassa mentalement la courte conversation qu'elle avait eue avec Annamarie Scalli. Elle sait quelque chose qu'elle ne me dit pas. On eût dit qu'elle avait peur. Mais de quoi... ?

Ce même soir, aux nouvelles de onze heures sur CBS, Molly apprit avec horreur que l'on venait de découvrir le corps d'une femme non identifiée, poignardée dans sa voiture sur le parking du Sea Lamp Diner.

35

LE substitut du procureur Tom Serrazzano n'avait pas requis précédemment contre Molly Carpenter Lasch, mais il aurait bien souhaité en avoir l'occasion. Pour lui sa culpabilité dans le meurtre de son mari ne faisait aucun doute et c'était uniquement en raison de sa position sociale qu'elle avait bénéficié d'un traitement de faveur — même pas six ans pour avoir tué son mari.

Tom se trouvait dans le bureau lorsque Molly avait été inculpée du meurtre de son mari. Stupéfait, il avait vu le procureur accepter que l'accusée plaide coupable d'homicide sans préméditation contre une remise de peine. A son avis, tout procureur digne de ce nom aurait mené le procès à son terme et obtenu une condamnation pour meurtre.

Il s'indignait particulièrement lorsqu'il s'agissait de criminels ayant de la fortune et des relations, comme Molly Carpenter Lasch.

A quarante ans, Tom avait fait toute sa carrière au service de la loi. Il avait commencé comme stagiaire auprès d'un juge, puis avait rejoint le bureau du procureur de l'Etat, et au fil des ans il avait acquis la réputation d'être lui-même un procureur redoutable.

Le lundi matin, le meurtre d'une jeune femme, d'abord identifiée sous le nom d'Annamarie Sangelo, habitant Yonkers, prit une nouvelle signification quand l'enquête révéla qu'elle s'appelait en réalité Annamarie Scalli, l'«autre femme» dans l'affaire Gary Lasch.

La déclaration de la serveuse du Sea Lamp Diner, décrivant la femme qu'Annamarie Scalli y avait rencontrée, emporta la conviction de Serrazzano. Pour lui, le cas était résolu.

«Seulement, cette fois, elle ne plaidera pas coupable», dit-il d'un air implacable en envoyant ses inspecteurs enquêter.

36

IL est essentiel que je sois parfaitement précise dans ce que je leur dirai, se répéta Molly pendant toute la nuit.

Annamarie est sortie du restaurant avant moi. J'ai payé l'addition. Pendant que je marchais vers la porte, j'ai eu un éblouissement. Tout ce que j'entendais c'était la voix d'Annamarie me disant que Gary avait été soulagé que j'aie perdu mon bébé, et qu'il me qualifiait de bonnet de nuit. J'ai eu brusquement l'impression d'étouffer.

Il y avait très peu de voitures dans le parking quand je suis arrivée. L'une d'elles était une jeep. Elle était encore là lorsque je suis partie. Une voiture a démarré au moment où je suis sortie du restaurant. J'ai cru que c'était Annamarie, et je l'ai appelée. Je me souviens que je voulais lui demander quelque chose. *Mais quoi ?* Qu'est-ce que je voulais lui demander ?

La serveuse me décrira. Ils sauront qui je suis. Ils me questionneront. Il faut que j'appelle Philip pour lui expliquer ce qui est arrivé.

Philip croit que j'ai tué Gary.

L'ai-je tué ?

Mon Dieu, je suis sûre que je n'ai fait aucun mal à Annamarie Scalli. Me croiront-ils ? Non ! Pas une deuxième fois ! Je ne supporterai pas ça une deuxième fois.

Fran. Fran m'aidera. Elle commence à douter que j'aie tué Gary. Je *sais* qu'elle m'aidera.

Au journal de sept heures, le présentateur révéla le nom de la victime du meurtre de Rowayton, Annamarie Sangelo, une infirmière de Yonkers. Ils ne savent pas encore qui elle est, pensa Molly. Mais ils ne vont pas tarder à l'apprendre.

Elle se força à attendre jusqu'à huit heures pour appeler Fran. Le désarroi et l'incrédulité dans la voix de Fran l'emplirent d'appréhension. « Molly, ne me dites pas que vous avez rencontré Annamarie Scalli hier soir, et qu'elle a été assassinée ?

— Si.

— Avez-vous prévenu Philip Matthews ?

— Pas encore. Mon Dieu, il m'avait dit de ne pas la voir. »

Fran se rappela en un éclair la transcription du procès qu'elle avait lue, y compris le témoignage accablant de Calvin Whitehall. « Molly, je vais appeler Matthews immédiatement. » Elle s'interrompit, puis reprit d'une voix plus pressante : « Ecoutez-moi. Ne décrochez pas le téléphone. N'ouvrez pas la porte. Ne parlez à personne, pas même à Jenna, avant que Philip Matthews ne vous rejoigne. Jurez-moi de m'obéir.

— Fran, croyez-vous que j'ai tué Annamarie ?

— Non, Molly, je ne le crois pas, mais d'autres le croiront. Restez calme. Je serai chez vous dès que possible. »

Elle arriva une heure plus tard. Molly guettait sa voiture et elle ouvrit la porte avant même qu'elle eût frappé.

Elle a l'air en état de choc, pensa Fran. Seigneur, se pourrait-il qu'elle soit coupable des deux meurtres ? Le visage de Molly était couleur de cendre, aussi blanc que la robe de chambre qui semblait flotter sur elle.

« Fran, je ne revivrai pas deux fois la même épreuve. Je me tuerais plutôt, murmura-t-elle.

— Ne dites pas des inepties pareilles », dit Fran en prenant ses mains entre les siennes. Des mains glacées et tremblantes. « Philip Matthews était à son cabinet lorsque j'ai téléphoné. Il sera là dans quelques instants. Molly, montez prendre une douche chaude et habillez-vous. En route, j'ai entendu à la radio qu'Annamarie venait d'être identifiée. La police ne va pas tarder à débarquer pour vous interroger. Il est hors de question qu'ils vous trouvent dans cet état. »

Molly hocha la tête et, telle une enfant obéissante, tourna les talons et commença à monter l'escalier.

Fran ôta son manteau, regardant avec appréhension par la fenêtre. Dès que la nouvelle se répandrait que Molly avait rencontré Annamarie Scalli dans ce resto-route, les médias se précipiteraient comme une meute de loups.

Tiens, voilà le premier, pensa-t-elle comme une petite voiture rouge s'engageait dans l'allée. Soulagée, elle aperçut Edna Barry au volant. Elle alla immédiatement l'accueillir à la cuisine et, ignorant l'hostilité qui se lisait sur le visage de Mme Barry, demanda : « Madame Barry, pourriez-vous préparer du café ainsi que le petit déjeuner habituel de Molly.

— Y a-t-il quelque chose… »

La sonnette de l'entrée interrompit sa question.

« Je vais ouvrir », dit Fran. Mon Dieu, faites que ce soit Philip Matthews.

Elle poussa un soupir en le voyant sur le seuil de la porte, bien que son expression sombre lui indiquât clairement qu'il avait déjà arrêté son jugement.

Il ne mâcha pas ses mots : « Mademoiselle Simmons, je vous remercie de m'avoir appelé. J'apprécie également que vous ayez dit à Molly de ne parler à personne avant mon arrivée. Toutefois cette situation va vous donner du grain à moudre dans le cadre de votre émission. Je dois vous avertir que je ne vous laisserai ni questionner Molly ni assister à mes entretiens avec elle. »

Il semble aussi tendu que le jour où il a tenté d'empêcher Molly de parler à la presse devant la prison, remarqua Fran. Peut-être pense-t-il toujours que Molly a tué son mari, mais c'est néanmoins l'avocat dont elle a besoin. Il serait prêt à se battre contre vents et marées pour elle.

Cette pensée la réconforta. Puis elle se reprit, décidée à défendre ses propres intérêts. « Maître, dit-elle, je suis suffisamment au courant de la loi pour savoir que vos conversations avec Molly sont confidentielles alors que les miennes ne le sont pas. Je crois savoir que vous êtes toujours convaincu que Molly a tué son mari. C'est ce que j'ai pensé moi aussi au début, mais au cours de ces derniers jours j'ai commencé à douter de sa culpabilité. Au minimum, je me pose de nombreuses questions auxquelles j'aimerais avoir une réponse. »

Philip Matthews continuait à la regarder froidement.

Elle poursuivit d'un ton plus sec. « Vous pensez sans doute qu'il s'agit d'un coup journalistique. Vous vous trompez. Parce que j'éprouve de l'affection pour Molly et que je veux l'aider, parce que je veux connaître la vérité, si cruelle soit-elle, je vous suggère d'aborder le cas de Molly avec un esprit plus ouvert ; sinon, vous feriez mieux de la laisser définitivement tranquille. »

Elle lui tourna le dos. Je crois que j'ai besoin d'un café, se dit-elle.

Matthews la suivit dans la cuisine. « Écoutez, Fran…
c'est bien Fran, n'est-ce pas ? » Il s'interrompit. « Je
veux dire… c'est ainsi que vous appellent vos amis ?

— Oui.

— Nous pourrions peut-être nous appeler par nos
prénoms. Il est évident que vous ne pouvez pas assister à mes entretiens avec Molly, mais il serait utile que
vous me communiquiez toute information en votre
possession susceptible de l'aider. »

L'hostilité avait disparu de son visage. L'intonation
protectrice avec laquelle il prononçait le nom de Molly
était frappante. Elle est davantage pour lui qu'une
simple cliente, conclut Fran. C'était une pensée extrêmement rassurante. « En fait, j'aimerais revoir avec
vous un certain nombre de points », dit-elle.

Mme Barry avait préparé le plateau de Molly. « Café,
jus d'orange, et un muffin. C'est tout ce qu'elle
prend. »

Fran et Matthews se servirent une tasse de café. Fran
attendit que Mme Barry fût partie pour demander :
« Saviez-vous que le personnel de l'hôpital a été stupéfait en apprenant la liaison d'Annamarie avec Gary
Lasch ? Ils croyaient tous qu'elle était amoureuse du
Dr Jack Morrow. Et il a été assassiné chez lui deux
semaines seulement avant la mort du Dr Lasch. Étiez-
vous au courant ?

— Non, je l'ignorais.

— Avez-vous déjà rencontré Annamarie Scalli ?

— Non, le jugement a été rendu avant qu'elle ne
soit citée comme témoin.

— Au cours de l'enquête, a-t-il été mentionné
qu'une clé de la maison restait toujours cachée dans
le jardin ? »

Philip Matthews réfléchit. « On l'a peut-être mentionné, mais sans que personne y attache d'importance. Très franchement, mon sentiment est que, étant

donné les circonstances du meurtre et comme on a retrouvé Molly couverte du sang de son mari, l'enquête a tourné uniquement autour d'elle.

«Fran, allez prévenir Molly que je dois la voir tout de suite. Il y a un boudoir attenant à sa chambre. Je l'y attendrai, je veux parler avec elle avant de laisser la police l'approcher. Mme Barry les retiendra en bas. »

A cet instant, Mme Barry entra en trombe dans la cuisine, l'air affolé. «Quand je lui ai apporté son petit déjeuner, Molly était couchée sur son lit, complètement habillée, les yeux fermés. Seigneur Jésus, c'est exactement comme la dernière fois ! »

37

PETER BLACK commençait invariablement sa journée par un coup d'œil rapide aux cours des
Bourses internationales sur l'une des chaînes de
télévision spécialisées. Il avalait ensuite un petit déjeuner frugal dans un silence absolu, puis écoutait de la
musique classique à la radio pendant le trajet en voiture jusqu'à l'hôpital.

En arrivant aux abords de l'établissement, il faisait
parfois une rapide marche à pied avant d'aller s'installer à son bureau.

Ce lundi matin, le soleil brillait. Pendant la nuit la
température était montée de presque dix degrés, et
Black se dit que dix minutes de marche lui remet-
traient les idées en place.

Il avait passé un sale week-end. Leur visite à Molly
Lasch samedi soir avait été un fiasco total, une fois de
plus. C'était une idée stupide de la part de Cal Whitehall d'avoir voulu ainsi gagner la confiance et la coopé-
ration de cette femme.

Peter Black se rembrunit en voyant traîner au bord
du parking un papier de chewing-gum. Il nota de faire

appeler le service d'entretien par sa secrétaire pour leur signaler leur négligence.

L'obstination de Molly à clamer son innocence le mettait hors de lui. *C'est pas moi, c'est un autre.* Qui croyait-elle duper avec cette histoire ? Il savait ce qu'elle cherchait à faire, cependant. C'était une tactique de sa part : criez haut et fort un mensonge, et il se trouvera toujours des gens pour vous croire.

Il n'y a rien à craindre, se rassura-t-il. Les fusions vont réussir. Après tout, ils étaient les mieux placés pour absorber les autres organismes, et le processus était déjà en cours. C'est là que Gary nous manque cruellement, pensa Black. J'ai horreur des mondanités et embrassades qui sont indispensables pour attirer à nous les gros pontes de ces sociétés. Cal peut utiliser le poids de ses affaires pour en séduire quelques-uns, mais ses démonstrations de pouvoir ne sont pas du goût de tout le monde. Si nous n'y prenons garde, certains pourraient préférer d'autres groupes.

Les sourcils froncés, les mains enfoncées dans ses poches, Peter Black poursuivit sa marche autour de la nouvelle aile de l'hôpital, songeant à ses débuts, se rappelant avec envie et admiration l'aisance de Gary Lasch parmi tous ces gens de « la haute ». Il était capable de charmer et, si nécessaire, de vous écouter avec une expression de réel intérêt qu'il maîtrisait à la perfection.

Gary savait ce qu'il faisait quand il avait épousé Molly. C'était l'épouse idéale ; elle avait la beauté, l'argent et les relations de sa famille. La fine fleur était toujours flattée d'être conviée à sa table.

Tout avait fonctionné comme sur des roulettes, jusqu'au jour où Gary s'était montré assez fou pour avoir une aventure avec Annamarie Scalli. Parmi toutes les jeunes femmes attirantes de la planète, il avait fallu qu'il en choisisse justement une qui était intelligente.

Trop intelligente.

Ses pas l'avaient mené devant l'entrée du bâtiment en brique de style colonial qui abritait les bureaux du groupe Remington. Il hésita à poursuivre sa marche, mais se décida à entrer. A un moment ou à un autre, il fallait bien qu'il attaque la journée.

A dix heures, il reçut un appel de Jenna. Elle semblait au bord de l'hystérie. « Peter, avez-vous entendu les nouvelles ? Une femme a été assassinée hier soir dans le parking d'un restoroute à Rowayton. Ils viennent de l'identifier. Il s'agit d'Annamarie Scalli. La police est en train d'interroger Molly. Aux informations, ils ont indiqué qu'elle faisait partie des suspects.

— Annamarie Scalli est morte ? Molly soupçonnée ? » Peter Black pressa Jenna de lui fournir davantage de détails.

« Molly apparemment a rencontré Annamarie dans ce restaurant. Vous vous souvenez que samedi soir elle nous a dit vouloir la rencontrer. La serveuse a déclaré qu'Annamarie avait quitté la salle la première, mais que Molly l'avait suivie moins d'une minute plus tard. Lorsque le restaurant a fermé peu après, quelqu'un a remarqué une voiture stationnée dans le parking et ils sont allés y jeter un coup d'œil parce qu'ils avaient eu des ennuis avec des jeunes qui venaient se garer là pour boire. Ce qu'ils ont découvert, en fait, c'est le corps d'Annamarie poignardé. »

Quand Peter Black eut reposé le récepteur, il se renfonça dans son siège, le visage empreint d'une expression songeuse. Puis un sourire lui vint aux lèvres et il poussa un long soupir, comme si l'on venait de soulager ses épaules d'un grand poids. Plongeant la main dans un tiroir de son bureau, il en sortit une flasque et se versa une rasade de whisky. Il porta un toast. « Merci, Molly », dit-il à voix haute, et il but son gobelet d'un trait.

38

LUNDI après-midi, en rentrant chez elle, Edna Barry vit sa voisine Marta s'élancer vers elle avant même qu'elle ne fût descendue de sa voiture.

« C'est sur toutes les chaînes d'information, dit-elle essoufflée. Ils disent que Molly Lasch est interrogée par la police et qu'elle est suspectée dans le meurtre de cette infirmière.

— Entre prendre un thé avec moi, dit Edna. Tu ne peux pas imaginer la matinée que j'ai eue. »

Assises à la table de la cuisine devant une tasse de thé et un biscuit fait maison, Edna raconta sa panique à la vue de Molly allongée sur son lit, tout habillée sous l'édredon. « J'ai cru que mon cœur s'arrêtait de battre. Elle dormait à poings fermés, exactement comme la dernière fois. Et quand elle a rouvert les yeux, elle a eu l'air complètement désorientée et elle a souri. Un frisson glacé m'a parcourue de la tête aux pieds. J'avais l'impression de me retrouver six ans en arrière. Je m'attendais presque à voir du sang sur elle. »

Elle expliqua qu'elle s'était ruée en bas pour prévenir l'avocat de Molly et cette journaliste, Fran Simmons, qui était arrivée très tôt dans la matinée. Ils avaient aidé Molly à s'asseoir, puis ils l'avaient conduite dans son boudoir et l'avaient obligée à boire plusieurs tasses de café.

« Au bout d'un certain temps, Molly a repris un peu de couleurs, mais ses yeux avaient ce drôle de regard vide. Et ensuite (Edna Barry se pencha vers Marta), ensuite Molly a dit : "Philip, je n'ai pas tué Annamarie Scalli, n'est-ce pas ?"

— Non ! » Marta resta bouche bée. Ses yeux s'agrandirent derrière ses lunettes aux montures multicolores.

« Tu ne vas pas me croire, mais figure-toi que, au moment où Molly a dit ça, Fran Simmons m'a saisie par le bras et entraînée en bas de l'escalier sans me laisser le temps de protester. Elle ne voulait pas que je puisse raconter à la police ce que je risquais de surprendre. »

Edna Barry n'ajouta pas que la question posée par Molly lui avait libéré l'esprit d'un immense souci. Indéniablement, Molly souffrait de déséquilibre mental. Il fallait être détraquée pour tuer deux personnes et n'en garder aucun souvenir. Toutes les inquiétudes secrètes qu'Edna avait nourries concernant Wally s'étaient envolées.

A présent, dans le refuge de sa cuisine, Edna pouvait rapporter par le menu les événements de la matinée. « Nous n'étions pas plus tôt descendues, cette journaliste et moi, que deux inspecteurs se sont présentés à la porte. Ils appartenaient au bureau du procureur. Fran Simmons les a conduits dans la salle de séjour. Elle leur a dit que Molly était en consultation avec son avocat, mais je savais qu'en réalité il ne voulait pas qu'elle se présente dans l'état où elle était. »

Sa bouche réduite à un mince trait désapprobateur,

Edna se servit une deuxième tranche de biscuit. « Il a fallu attendre une bonne demi-heure avant que l'avocat de Molly ne descende. C'est lui qui l'avait défendue à son procès.

— Alors que s'est-il passé ? demanda Marta avec impatience.

— M. Matthews — c'est l'avocat — a dit qu'il allait faire une déclaration au nom de sa cliente. Il a dit que Molly avait donné rendez-vous hier soir à Annamarie Scalli dans ce restaurant car elle voulait mettre un point final à la terrible tragédie de la mort de son mari. Elles sont restées ensemble pendant quinze ou vingt minutes. Annamarie Scalli a quitté le restaurant tandis que Molly payait l'addition. Puis Molly est allée directement à sa voiture et elle est rentrée chez elle. Elle a appris la mort de Mme Scalli aux informations à la radio et présente ses condoléances à la famille. Hormis cela, elle n'a aucune connaissance de ce qui a pu se passer.

— Edna, as-tu revu Molly ensuite ?

— Elle est descendue à la seconde où la police est partie. Elle était sans doute restée en haut de l'escalier à écouter.

— Comment s'est-elle comportée ? »

Pour la première fois depuis le début de la conversation, Edna manifesta un peu de compassion pour sa patronne. « Tu sais, Molly est toujours calme, mais ce matin c'était différent. Elle semblait complètement ailleurs. Je veux dire qu'elle avait l'air égaré, comme après la mort du Dr Lasch, comme si elle ne savait ni où elle se trouvait ni ce qui se passait autour d'elle.

« Elle s'est adressée à M. Matthews : "Ils croient que je l'ai tuée, n'est-ce pas ?" Puis Fran Simmons m'a dit qu'elle aimerait me parler dans la cuisine, ce qui était une façon de m'empêcher d'entendre ce qu'ils combinaient.

— Bref, tu ne sais pas de quoi ils ont parlé.

— Non, mais je peux le deviner. La police veut savoir si Molly a tué l'infirmière.

— Maman, est-ce que quelqu'un veut du mal à Molly ? »

Edna sursauta. Wally se tenait dans l'embrasure de la porte.

« Non, Wally, absolument pas, l'apaisa Edna. Ne te tourmente pas. Ils lui posent simplement quelques questions.

— Je veux la *voir*. Elle a toujours été *gentille* avec moi. Le Dr Lasch, lui, était *méchant*.

— Allons, Wally, ne parlons plus de tout ça », dit Edna nerveusement, espérant que Marta n'attacherait pas d'importance à la colère qui perçait dans la voix de Wally, ni au rictus qui déformait ses traits.

Wally se dirigea vers le comptoir et leur tourna le dos. « Il est venu me voir hier, chuchota Marta. Il m'a dit qu'il voulait rendre visite à Molly Lasch. Peut-être devrais-tu l'emmener lui dire bonjour. Ça le calmerait. »

Edna ne l'écoutait plus. Son attention était concentrée sur son fils. Elle vit qu'il fouillait dans son sac. « Que fais-tu, Wally ? » demanda-t-elle vivement, d'une voix plus aiguë qu'à l'habitude.

Il se tourna vers elle, tenant un trousseau de clés. « Je voulais juste prendre la clé de Molly, maman. Cette fois, c'est promis, je la remettrai à sa place. »

39

Dans l'après-midi du lundi, Gladys Fluegel, la serveuse du Sea Lamp Diner, accompagna l'inspecteur Ed Green au tribunal de Stamford où elle rapporta ce qui l'avait frappée dans la rencontre entre Annamarie Scalli et Molly Carpenter Lasch.

S'efforçant de dissimuler le plaisir que lui procurait la déférence qu'on lui montrait, Gladys laissa l'inspecteur Green la conduire dans les locaux du tribunal. Ils furent accueillis par un homme d'aspect plutôt jeune, qui se présenta à eux : « Inspecteur Victor Packwell, adjoint au bureau du procureur. » Il les introduisit dans une pièce contenant une table de conférence et demanda à Gladys si elle désirait une tasse de café, un verre d'eau ou un soda.

« Ne vous inquiétez pas, madame Fluegel, la rassura-t-il, devinant son appréhension. Je suis certain que vous pouvez nous être d'une grande aide.

— C'est pour ça que je suis venue, répondit Gladys avec un sourire. Un soda, sans sucre. »

A cinquante-huit ans, Gladys avait un visage sillonné de rides, conséquence de quarante ans d'une vie passée à fumer comme un pompier. Des racines grises apparaissaient à la base de ses cheveux d'un roux éclatant. Elle ne s'était jamais mariée, n'avait jamais eu d'ami régulier, et vivait avec ses vieux parents acariâtres.

Le passage des années n'avait certes pas amélioré la vision qu'avait Gladys de l'existence. Plus rien d'intéressant ne lui arriverait jamais. Elle avait attendu patiemment que quelque chose d'excitant survienne dans sa vie, mais elle n'avait jamais rien vu venir. Jusqu'à aujourd'hui.

Son métier de serveuse lui plaisait, bien qu'au fil du temps elle fût devenue impatiente et brusque avec les clients, surtout en certaines occasions. Elle souffrait de voir des couples se tenir les mains en travers de la table, ou des parents débarquer avec leur marmaille pour une soirée de fête. Elle n'avait jamais eu ce genre de joie.

Son irascibilité augmentant avec l'âge, elle avait perdu un certain nombre d'emplois, jusqu'au jour où elle était devenue plus ou moins une figure du Sea Lamp Diner, connu pour sa cuisine médiocre et la rareté des clients. L'endroit s'accordait parfaitement à sa personnalité.

Le dimanche soir, donc, elle était particulièrement contrariée, car l'autre serveuse s'était fait porter malade et elle avait dû assurer son service en plus du sien.

« Une femme est arrivée aux environs de sept heures et demie, expliqua-t-elle, proprement ravie de voir les deux hommes lui prêter une vive attention, sans parler du greffier, qui prenait en note chacune de ses paroles.

« Voulez-vous la décrire, je vous prie, madame Fluegel. » Le jeune inspecteur, Ed Green, qui l'avait conduite jusqu'à Stamford, se montrait très courtois.

«Vous pouvez m'appeler Gladys, comme tout le monde.

— A votre guise, Gladys. »

Gladys sourit, porta sa main à sa bouche, feignant de réfléchir, de rassembler ses souvenirs. « La femme qui est arrivée en premier, voyons… » Elle fit une moue. Pas question de leur raconter qu'elle avait senti la moutarde lui monter au nez parce que cette fille avait tenu à s'asseoir dans un box au fond de la salle. « Je lui aurais donné une petite trentaine, elle avait des cheveux bruns, coupés court, faisait un bon 44. C'est difficile d'être affirmative sur ce point. Elle portait un pantalon et une parka. »

Elle se rendit compte qu'ils savaient assurément à quoi ressemblait cette femme et qu'elle s'appelait Annamarie Scalli, mais elle comprit qu'ils avaient besoin que leur soient précisés les faits. Par ailleurs, une fois de plus, toute cette attention à son égard la ravissait.

Elle leur raconta que Mme Scalli n'avait commandé que du café, pas même un petit pain ni une tranche de gâteau, ce qui signifiait que le pourboire ne suffirait pas à acheter une malheureuse tablette de chewing-gum.

Ils sourirent à cette dernière remarque, mais leurs sourires étaient bienveillants et elle les prit pour un encouragement à poursuivre son récit.

« Puis cette dame très chic est entrée, et je peux vous dire que c'était pas le grand amour entre elles. »

L'inspecteur Green lui tendit une photo. « Est-ce la femme qui est venue rejoindre Annamarie Scalli ?

— C'est elle !

— Comment se sont-elles comportées l'une envers l'autre ? Réfléchissez attentivement — votre réponse pourrait être cruciale.

— Elles étaient aussi nerveuses l'une que l'autre, dit

196

Gladys d'un ton catégorique. Quand j'ai apporté son thé à la deuxième dame, j'ai entendu la première l'appeler Mme Lasch. Je n'ai pas distingué vraiment ce qu'elles se disaient, excepté quelques bribes de conversation au moment où j'ai apporté le thé, et quand j'ai nettoyé la table. »

S'apercevant que cette dernière information avait déçu les inspecteurs, elle se dépêcha d'ajouter : « Mais il n'y avait pas beaucoup de monde dans la salle, et quelque chose dans leur attitude m'avait intriguée, alors je me suis assise sur un tabouret au comptoir et je suis restée à les observer. C'est seulement plus tard que je me suis souvenue d'avoir vu la photo de Molly Lasch dans les journaux la semaine précédente.

— Qu'avez-vous observé dans l'attitude de Molly Lasch et d'Annamarie Scalli ?

— Eh bien, la femme brune, celle que vous appelez Annamarie Scalli, s'est montrée de plus en plus nerveuse. Je vous jure, on aurait dit qu'elle avait peur de Molly Lasch.

— Peur ?

— Ouais, c'est ça. Elle ne la regardait pas en face, et je peux vous dire que je ne l'en blâme pas. La blonde, je veux dire Mme Lasch... Croyez-moi, pendant qu'Annamarie Scalli parlait, vous auriez dû voir la physionomie de cette Mme Lasch. Glaciale, comme un iceberg. C'est sûr, ce qu'elle entendait ne lui plaisait pas.

« Alors j'ai vu Mme Scalli s'apprêter à se lever. C'était visible qu'elle aurait tout donné pour être à des milliers de kilomètres de là. Je me suis approchée pour leur demander si elles désiraient autre chose — davantage de café ou je ne sais quoi.

— Ont-elles dit quelque chose ? demandèrent en même temps Ed Green et Victor Packwell.

— Laissez-moi vous expliquer, répondit Gladys.

197

Annamarie Scalli s'est levée. Mme Lasch l'a saisie par le poignet pour l'empêcher de s'en aller. Mme Scalli s'est dégagée et s'est précipitée dehors. Elle a failli me renverser au passage tellement elle se hâtait.

— Qu'a fait Mme Lasch ? demanda Packwell.

— Elle n'aurait pas pu filer aussi vite, de toute façon, affirma Gladys. Je lui ai donné l'addition. Il y en avait pour un dollar trente. Elle a posé cinq dollars sur la table et s'est élancée à la poursuite de Mme Scalli.

— Avait-elle l'air bouleversé ? » demanda Packwell.

Gladys plissa les yeux, faisant mine de se concentrer pour décrire l'attitude de Molly Lasch à cet instant. « Je dirais qu'elle avait un drôle d'air, comme si elle avait reçu un coup à l'estomac.

— L'avez-vous vue monter dans sa voiture ? »

Gladys secoua la tête énergiquement. « Non, je ne l'ai pas vue. Quand elle a ouvert la porte qui mène au parking, elle semblait parler toute seule, ensuite je l'ai entendue crier "Annamarie !", et j'ai pensé qu'elle avait quelque chose à dire à l'autre femme.

— Savez-vous si Annamarie Scalli l'a entendue ? »

Gladys comprit que les inspecteurs seraient très déçus si elle leur disait qu'elle n'en était pas sûre. Elle hésita. « Eh bien, je suis pratiquement certaine qu'elle a eu l'attention attirée, parce que Mme Lasch l'a appelée à nouveau et a crié : "Attendez, s'il vous plaît !"

— Elle a demandé à Annamarie d'attendre ! »

C'était bien ce qui s'était passé, n'est-ce pas ? s'interrogea Gladys. Je croyais que Mme Lasch allait revenir chercher sa monnaie, mais j'ai bien vu que la seule chose qui l'intéressait c'était de rattraper l'autre femme.

Attendez, s'il vous plaît !

Etait-ce Molly Lasch qui avait parlé alors, ou ce couple qui venait de s'asseoir à une table et qui l'avait appelée, elle, Gladys. *Mademoiselle, s'il vous plaît ?*

Gladys vit à leur expression le soudain intérêt des deux inspecteurs. Elle voulait prolonger ce moment. C'était ce qu'elle avait toujours attendu. Toute sa vie. Enfin *son* tour était venu. Elle regarda franchement les visages impatients qui lui faisaient face. «Ce que je veux dire, c'est qu'elle a appelé Annamarie à deux reprises. Ensuite, quand elle a crié "Attendez", j'ai eu l'impression qu'elle avait attiré son attention. Je me souviens d'avoir pensé qu'Annamarie Scalli avait probablement attendu Mme Lasch dehors pour lui parler.»

C'était plus ou moins ce qui s'était passé, se dit Gladys tandis que ses interlocuteurs affichaient un large sourire.

«Gladys, vous nous êtes d'une grande aide, la remercia Victor Packwell. Sachez que vous serez sûrement appelée à témoigner ultérieurement.

— Je serai contente de vous aider», lui assura Gladys.

Une heure après, ayant lu et signé sa déposition, Gladys regagna Rowayton dans la voiture de l'inspecteur Green.

Au même moment, au tribunal de Stamford, le substitut du procureur Tom Serrazzano s'employait à convaincre un juge de délivrer un mandat de perquisition les autorisant à fouiller le domicile et la voiture de Molly Carpenter Lasch.

«Monsieur le juge, disait Serrazzano, nous avons toutes les raisons de penser que Molly Lasch a assassiné Annamarie Scalli. Nous croyons pouvoir trouver des preuves de ce crime dans l'un ou l'autre de ces deux endroits. S'il y a des traces de sang, de cheveux ou de fibres soit sur ses vêtements, soit sur une arme, soit dans sa voiture, nous devons les saisir avant qu'elle ne les fasse disparaître.»

40

PENDANT le trajet entre Greenwich et New York, Fran repassa consciencieusement dans son esprit les événements de la matinée.

Les médias étaient arrivés chez Molly à l'instant précis où en sortaient les inspecteurs du procureur. Gus Brandt avait utilisé la bande d'archives de la libération de Molly sur laquelle Fran avait fait son commentaire en voix off depuis la maison.

Au moment où le Merritt Parkway devenait l'Hutchinson River Parkway, Fran se remémora ce qu'elle avait dit. «Dans un rebondissement stupéfiant de l'affaire Gary Lasch, nous venons d'avoir la confirmation de l'identité de la femme découverte hier soir poignardée dans le parking du Sea Lamp Diner à Rowayton, Connecticut. Il s'agit d'Annamarie Scalli, l'"autre femme" dans l'affaire du meurtre du Dr Gary Lash. Une affaire qui a été abondamment couverte par les médias il y a six ans, et encore la semaine dernière lorsque Molly Lasch, l'épouse du Dr Lasch, a été libérée de la prison où elle purgeait une peine pour l'assassinat de son mari.

« Bien que l'on dispose de peu d'informations pour le moment, la police a révélé que Mme Lasch a été vue dans la soirée d'hier au restoroute de Rowayton, où elle avait apparemment rendez-vous avec la victime.

« Dans sa déclaration, l'avocat de Molly Lasch, Philip Matthews, a expliqué que sa cliente avait elle-même suscité cette rencontre avec Mme Scalli dans le but de mettre définitivement fin à un chapitre douloureux de son existence, et que toutes les deux avaient eu un entretien franc et sincère. Annamarie Scalli est sortie la première du restaurant et Molly Lasch ne l'a pas revue par la suite. Elle présente ses condoléances à la famille Scalli. »

Après avoir terminé son reportage, Fran était montée dans sa voiture, avec l'intention de regagner immédiatement New York, mais Mme Barry était sortie en courant de la maison pour la rattraper. A l'intérieur, Philip Matthews, l'air sombre et désapprobateur, lui avait demandé d'entrer dans le bureau. Elle y avait trouvé Molly assise sur le canapé, les mains jointes, les épaules courbées. L'impression immédiate de Fran fut que Molly avait l'air de flotter dans son jean et son pull bleu torsadé — elle paraissait soudain si menue.

« Molly m'affirme que dès que je serai parti, elle vous racontera tout ce qu'elle vient de me rapporter, lui avait annoncé Matthews. Etant son avocat, je peux seulement la conseiller. Malheureusement, je ne peux la forcer à suivre mes recommandations. Je sais que Molly vous considère comme une amie, Fran, et je crois que vous lui êtes sincèrement attachée, mais il est possible que vous soyez citée à comparaître, et obligée alors de répondre à des questions auxquelles nous ne tenons pas à répondre. Pour cette raison, j'ai suggéré à Molly de vous taire les événements d'hier soir. Mais encore une fois, je ne peux que la conseiller. »

Fran avait confirmé à Molly que Philip disait vrai,

mais Molly avait malgré tout voulu que Fran sache ce qui s'était passé.

« Hier soir, j'ai rencontré Annamarie. Nous avons parlé pendant quinze ou vingt minutes. Elle est partie avant moi et je suis rentrée à la maison. Je ne l'ai pas vue sur le parking. Une voiture partait au moment où je suis sortie du restaurant et j'ai appelé, pensant que c'était elle. La personne qui était dans la voiture soit ne m'a pas entendue, soit n'a pas voulu m'entendre. »

Fran avait demandé s'il était possible que le conducteur de la voiture *ait été* Annamarie, et qu'elle soit revenue sur le parking plus tard, mais Philip avait souligné qu'Annamarie avait été trouvée morte dans sa jeep ; Molly était certaine que le véhicule qu'elle avait vu quitter le parking était une berline.

Ayant appris comment les deux femmes s'étaient quittées, Fran avait demandé à Molly quel avait été le sujet de leur conversation. Sur ce point, Fran avait senti que Molly était moins loquace. Y avait-il quelque chose qu'elle préférait ne pas dévoiler ? Si oui, quoi et pourquoi ? Molly essayait-elle d'une certaine manière de se servir d'elle ?

Comme elle s'engageait sur le Cross Country Parkway, qui la mènerait dans le bas du West Side à Manhattan, elle passa en revue les autres questions restées sans réponse, au premier rang desquelles celle-ci : pourquoi Molly était-elle retournée se coucher ce matin, après avoir pris sa douche et s'être habillée ?

Un doute la fit frissonner. Et si j'avais eu raison au début ? Si Molly avait réellement tué son mari ?

Et l'interrogation peut-être la plus importante : qui *est* Molly, quelle sorte de *personne* est-elle ?

Ce fut d'ailleurs par cette question que Gus l'accueillit à son retour. « Fran, cette histoire prend le chemin d'une deuxième affaire O. J. Simpson, et vous êtes sacrément bien placée auprès de Molly Lasch. Si elle continue à supprimer tout ce qui bouge autour d'elle, il nous faudra plus de deux épisodes pour raconter son histoire.

— Vous êtes convaincu que Molly a poignardé Annamarie Scalli, n'est-ce pas ?

— Fran, nous avons repassé les bandes montrant les lieux du crime. La fenêtre de la jeep était ouverte. Imaginez la scène. Scalli a entendu Molly l'appeler et a baissé la vitre.

— Cela signifierait que Molly s'est rendue dans ce restaurant en ayant tout prévu, y compris d'emporter un couteau.

— Peut-être n'a-t-elle pas trouvé de sculpture qui entrait dans son sac», fit-il avec un haussement d'épaules.

Fran alla jusqu'à son bureau, les mains enfoncées dans les poches de son pantalon, se rappelant que ses demi-frères se moquaient de son habitude : «Quand Franny laisse ses mains tranquilles, c'est son cerveau qui bouillonne.»

Ce sera le même scénario que la dernière fois, pensa-t-elle. Même s'ils ne peuvent pas fournir le moindre début de preuve sérieuse reliant Molly à la mort d'Annamarie Scalli, peu importe — elle est déjà présumée coupable d'un second meurtre. Hier je me disais que personne ne s'était jamais soucié de chercher une explication différente à la mort de Gary Lasch. La même chose est en train de se produire.

«Edna Barry! dit-elle à voix haute en entrant dans son bureau.

— Edna Barry? Que voulez-vous dire?»

Stupéfaite, Fran pivota sur elle-même. Tim Mason se tenait juste derrière elle. «Tim, je viens de penser à quelque chose. Ce matin, la femme de ménage de

203

Molly Lasch, Edna Barry, a dévalé l'escalier pour nous annoncer, à Philip Matthews et à moi, que Molly s'était recouchée. Elle a dit : "Oh mon Dieu, c'est exactement comme l'autre fois."

— Et alors, Fran ?

— Il y a quelque chose qui me tracasse. Non pas ce qu'elle a dit, mais la façon dont elle l'a dit, Tim, comme si elle était contente d'avoir trouvé Molly dans cet état. Pourquoi cette femme se réjouirait-elle de voir Molly réagir de la même façon qu'à la mort de Gary Lasch ? »

41

« MOLLY ne répond pas au téléphone. Conduisez-moi chez elle, Lou. »
    Contrariée d'avoir dû s'attarder à New
York à cause d'un déjeuner d'affaires prévu depuis
longtemps, Jenna avait pris le train de deux heures dix
pour Greenwich, où Lou Knox l'attendait à la gare.

Lou jeta un coup d'œil dans le rétroviseur. L'humeur de Jenna ne lui avait pas échappé et il savait que
ce n'était pas le moment de la contrarier, mais il
n'avait pas le choix. « Madame Whitehall, votre mari
aimerait que vous rentriez directement à la maison.

— Eh bien, c'est très dommage, Lou, mais mon
mari attendra. Conduisez-moi chez Molly et laissez-moi
là-bas. Si Cal a besoin de la voiture, vous viendrez me
rechercher plus tard, ou j'appellerai un taxi. »

Ils étaient arrivés au croisement. Il fallait tourner à
droite pour aller chez Molly Lasch. Lou actionna le cli-
gnotant gauche et s'attira la réaction à laquelle il s'attendait.

« Lou, êtes-vous sourd ou quoi ?

— Madame Whitehall, dit Lou en espérant que son

205

ton était suffisamment obséquieux, vous savez que je ne peux pas désobéir à M. Whitehall. » Vous êtes la seule à pouvoir vous y risquer, pensa-t-il.

Lorsque Jenna pénétra dans le vestibule, elle claqua la porte d'entrée avec une telle force que le bruit se répercuta dans la maison tout entière. Elle trouva son mari assis à son fauteuil dans son bureau au premier étage. Des larmes de rage dans les yeux, la voix tremblante de fureur d'avoir été traitée aussi cavalièrement, Jenna s'avança jusqu'au bureau et s'y appuya des deux mains. Regardant son mari droit dans les yeux, elle dit : « Depuis quand ton lèche-bottes de valet a-t-il la haute main sur mes déplacements ? »

Calvin Whitehall jeta un regard glacial à sa femme. « Mon lèche-bottes de valet, comme tu l'appelles, n'avait pas d'autre choix que de suivre mes ordres. Aussi est-ce à moi qu'il faut t'en prendre, ma chère, pas à lui. Je voudrais simplement pouvoir inspirer la même dévotion au reste de notre personnel. »

Jenna sentit qu'elle était allée trop loin, et fit machine arrière. « Cal, je regrette. Mais ma meilleure amie est seule. La mère de Molly m'a téléphoné ce matin. Elle a appris ce qui est arrivé à Annamarie Scalli, bien entendu, et elle m'a suppliée d'aller voir Molly. Elle veut le cacher à Molly, mais son père a eu une petite attaque la semaine dernière, et les médecins refusent de le laisser voyager. Sinon, ils auraient déjà pris l'avion pour être auprès d'elle durant cette épreuve. »

La colère quitta le visage de Calvin Whitehall. Il se leva, fit le tour de son bureau et entoura de son bras les épaules de sa femme en lui murmurant à l'oreille : « Il y a eu un malentendu entre nous, Jen. Je ne voulais pas que tu ailles chez Molly parce que je viens d'avoir une information confidentielle. Le bureau du procureur a obtenu un mandat pour perquisitionner chez elle et mettre les scellés sur sa voiture. Dans ces conditions, vois-tu, non seulement tu ne serais d'aucune aide à ton amie, mais en plus il pourrait être désastreux pour les projets du groupe Remington que Mme Calvin Whitehall se trouve publiquement associée à Molly Lasch pendant qu'une enquête est en cours. Plus tard, tu iras la voir, naturellement. D'accord ?

— Un mandat de perquisition ! Cal, pourquoi une perquisition ? » Jenna s'écarta de son mari et le regarda en face.

« Pour la bonne raison que les présomptions contre Molly dans le meurtre de l'infirmière sont devenues accablantes. D'après ce qu'on m'a dit, d'autres éléments vont apparaître. La serveuse du restoroute de Rowayton aurait parlé aux gens des services du procureur, et pratiquement accusé Molly. Voilà pourquoi ils ont obtenu un mandat si rapidement. Mais j'ai eu d'autres informations. Par exemple, le portefeuille d'Annamarie Scalli était posé à côté d'elle sur le siège de sa voiture. Il contenait plusieurs centaines de dollars. Si le vol avait été le motif du crime, on l'aurait dérobé. » Il attira sa femme vers lui à nouveau. « Jen, ton amie restera toujours ton amie de classe, la sœur que tu n'as jamais eue. Il est normal que tu l'aimes, bien sûr ; mais comprends aussi que les forces qui l'habitent aient pu la conduire à devenir une meurtrière. »

Le téléphone sonna. « C'est probablement l'appel que j'attendais », dit Cal en relâchant Jenna avec une petite tape sur l'épaule.

Lorsque Cal disait qu'il attendait un appel, c'était le signe pour Jenna de le laisser seul et de refermer la porte derrière elle.

42

CE n'est pas possible ! se dit Molly. C'est un mauvais rêve. Non, pas un mauvais rêve. C'est un horrible *cauchemar*!

Depuis ce matin son esprit était en pleine confusion, peuplé d'idées contradictoires et d'images floues, de vagues réminiscences. Recroquevillée dans un coin du canapé du bureau, entourant ses genoux de ses bras, le menton appuyé sur ses mains, elle s'efforçait de réfléchir.

Me voilà presque en posture fœtale, pensa-t-elle. Je suis là, prostrée dans ma propre maison, pendant que de parfaits inconnus mettent tout à sac, passent chaque recoin au peigne fin. Lui revint alors en mémoire l'expression que Jenna et elle s'amusaient à employer lorsqu'une difficulté leur paraissait écrasante. « Prenons la posture fœtale », disaient-elles.

Mais c'était bien longtemps auparavant, à une époque où un ongle cassé ou un match de tennis perdu vous mettait au désespoir. Le mot « écrasant » avait pris aujourd'hui une tout autre signification.

Ils m'ont dit d'attendre ici. J'avais cru que, une fois

libérée, je ne recevrais plus jamais d'ordres régentant mes allées et venues, plus jamais. Voilà une semaine j'étais encore en prison. Aujourd'hui, je suis chez moi. Et bien que ce soit ma maison, je suis obligée d'accepter la présence de tous ces gens.

Je vais me réveiller et tout sera terminé, se dit-elle en fermant les yeux. Mais refuser la réalité ne servait à rien. Elle regarda autour d'elle. La police avait fini de fouiller la pièce ; ils avaient soulevé les coussins du canapé, ouvert tous les tiroirs, tâté les rideaux, explorant chaque pli.

Ils s'attardaient dans la cuisine à présent, inspectaient chaque tiroir, chaque placard. Elle avait entendu quelqu'un donner l'ordre d'emporter tous les couteaux à découper.

L'enquêteur le plus âgé avait dit au plus jeune d'aller chercher les vêtements et les chaussures que la serveuse lui avait vu porter au restaurant.

Elle ne pouvait qu'attendre. Attendre que la police s'en aille, attendre que sa vie reprenne son cours normal — quel qu'il soit.

Mais je ne peux pas rester assise là sans rien faire. Il faut que je sorte. Et où aller sans que les passants me montrent du doigt, chuchotent sur mon passage, sans que les journalistes se lancent à ma poursuite ?

Le Dr Daniels. Il faut que je lui parle, décida Molly. Lui m'aidera.

Il était cinq heures. Le trouverait-elle encore à son cabinet ? C'est curieux, je n'ai pas oublié son numéro de téléphone, constata-t-elle. Même après six ans.

Lorsque le téléphone sonna, Ruthie Roitenberg était en train de fermer son bureau et le Dr Daniels sur le point de décrocher son manteau dans la penderie. Ils échangèrent un regard.

« Voulez-vous laisser la messagerie noter l'appel ? demanda Ruthie. A partir de maintenant, c'est le Dr McLean qui est de service. »

John Daniels était fatigué. Il avait eu une séance difficile avec l'un de ses patients les plus perturbés et il sentait tout le poids de ses soixante-quinze ans. Il avait hâte de rentrer chez lui.

Une intuition, pourtant, le poussa à répondre à cet appel. « Voyez au moins de qui il s'agit, Ruthie », dit-il.

Ruthie semblait médusée lorsqu'elle lui annonça dans un murmure : « Molly Lasch. » Il resta indécis, son manteau à la main, pendant que Ruthie répondait à son interlocutrice : « Je crains que le docteur ne soit déjà parti, madame Lasch. Je l'ai vu se diriger vers l'ascenseur. Je vais voir si je peux le rattraper. »

Molly Lasch. Après un instant de réflexion, Daniels regagna son bureau et prit le récepteur des mains de Ruthie. « J'ai entendu la nouvelle au sujet d'Annamarie Scalli, Molly. En quoi puis-je vous aider ? »

Il écouta. Une demi-heure plus tard, Molly était dans son cabinet.

« Je suis désolée d'arriver si tard, docteur. Mais au moment où j'ai voulu prendre ma voiture, la police m'en a empêchée. J'ai dû appeler un taxi. »

Molly avait un ton stupéfait, comme si ce qu'elle disait lui paraissait incroyable. John Daniels l'observa attentivement. Ses yeux évoquaient ceux d'une biche surprise par les phares d'une voiture. Mais elle était manifestement plus que surprise. Elle paraissait *hantée*. Il comprit tout de suite qu'elle risquait de retomber dans l'état léthargique qui l'avait saisie après la mort de Gary Lasch.

« Pourquoi ne pas vous allonger sur le divan pendant que nous parlons ? » proposa-t-il. Elle s'était assise sur la chaise devant son bureau. Il alla jusqu'à elle et posa une main sur son coude, sentant la rigidité de son corps. «Allons, Molly», insista-t-il.

Elle se laissa guider. «Je sais qu'il est très tard. Vous êtes si gentil de me recevoir maintenant, docteur.»

Daniels eut soudain le souvenir de la petite fille si bien élevée qu'il croisait parfois au club. Une enfant bénie, pensa-t-il, le parfait produit d'une excellente éducation et d'une fortune discrète. Qui aurait pu imaginer que ce moment-ci était inscrit dans son avenir — qu'elle serait un jour soupçonnée d'un meurtre, un *second* meurtre, que la police perquisitionnerait sa maison à la recherche de preuves matérielles contre elle? Il secoua la tête tristement.

Pendant une heure, Molly tenta d'expliquer clairement — pour elle-même autant que pour lui — pourquoi elle avait eu besoin de parler à Annamarie.

«Et alors, Molly? Dites-moi à quoi vous pensez.

— Je me rends compte maintenant que lorsque je suis partie me réfugier au Cape, je l'ai fait poussée par la colère. Mais ma colère n'avait pas pour cause ce que je venais de découvrir à propos d'Annamarie, je n'étais pas furieuse parce que Gary avait une liaison avec une autre femme. Non, j'étais bouleversée parce que j'avais perdu mon enfant alors qu'*elle* était enceinte. C'est moi qui aurais dû avoir cet enfant.»

Le cœur serré, John Daniels laissa Molly poursuivre.

«J'ai voulu rencontrer Annamarie car je pensais que si je n'avais pas tué Gary, c'était peut-être elle qui l'avait fait. Personne ne lui avait demandé où *elle* se trouvait cette nuit-là. Et je savais qu'elle lui en voulait terriblement; c'était manifeste au ton de sa voix quand elle lui avait parlé au téléphone.

— Lui avez-vous posé la question, hier soir?

— Oui. Et je l'ai crue lorsqu'elle l'a nié. Mais elle a ajouté que Gary était content que j'aie perdu mon

211

enfant, qu'il envisageait de demander le divorce, et que le bébé aurait tout compliqué.

— Les hommes disent souvent à l'"autre femme" qu'ils ont l'intention de divorcer. La plupart du temps ce n'est pas vrai.

— Je sais, et peut-être lui mentait-il en effet. Mais il ne mentait pas en disant qu'il était content que j'aie perdu mon bébé.

— C'est Annamarie qui vous l'a dit?

— Oui.

— Qu'avez-vous ressenti?

— C'est ce qui m'effraie le plus. Je crois qu'à cet instant-là je l'ai haïe de toutes les fibres de mon corps, pour le seul fait d'avoir prononcé ces mots. »

De toutes les fibres de son corps, songea John Daniels.

Molly se mit soudain à parler précipitamment. «Savez-vous la pensée qui m'a traversé l'esprit, docteur? Cette phrase de la Bible : *C'est Rachel qui pleure ses enfants et ne veut pas être consolée.* J'ai pensé que j'avais pleuré mon bébé. J'avais commencé à le sentir bouger en moi, et je l'avais perdu. A ce moment j'étais devenue Rachel et la colère m'avait quittée. J'avais pris le deuil. »

Molly soupira, et lorsqu'elle continua son récit toute trace d'émotion avait disparu de sa voix. «Docteur, Annamarie a quitté le restaurant avant moi. Elle était partie quand j'ai atteint le parking. J'ai le souvenir précis d'être rentrée à la maison et de m'être couchée tôt.

— Un souvenir très précis, Molly?

— Docteur, la police est en train de fouiller ma maison. Ils ont voulu me faire parler ce matin. Philip m'a ordonné de taire à tout le monde, y compris Jen, ce que m'avait dit Annamarie. »

Sa voix prit un rythme plus accéléré. «Est-ce la même chose qui recommence? Ai-je accompli un geste terrible que j'ai effacé de ma mémoire comme la première fois ? Si oui, et si la preuve en est faite, je ne les laisserai pas me remettre en prison. Je préfère mourir. »

Ça recommence. John Daniels l'observa d'un air pensif. « Molly, depuis que vous êtes revenue chez vous, avez-vous éprouvé à nouveau le sentiment que quelqu'un d'autre se trouvait dans la maison le soir où Gary est mort ? »

Il la vit se détendre tandis qu'une lueur d'espoir traversait son regard. « Il y *avait* quelqu'un dans la maison ce soir-là, dit-elle. J'en suis presque certaine. »

Et je suis presque certain qu'il n'y avait personne, pensa John Daniels avec tristesse.

Un peu plus tard, il reconduisit Molly chez elle. La maison était plongée dans l'obscurité. Elle fit remarquer qu'il n'y avait plus aucune voiture garée à l'extérieur, aucun signe de présence policière. Daniels refusa de partir avant que Molly fût en sécurité à l'intérieur, qu'elle eût allumé les lumières de l'entrée. « Prenez le calmant que je vous ai donné pour dormir, lui recommanda-t-il en partant. Nous reparlerons demain. »

Il attendit de l'entendre fermer la porte au verrou avant de regagner sa voiture.

Elle n'avait pas encore atteint le point où elle pourrait attenter à ses jours. Il en était convaincu. Mais si l'on trouvait une preuve permettant de l'inculper du meurtre d'Annamarie Scalli, il savait que Molly Lasch risquait de choisir un autre moyen d'échapper à la réalité. Pas l'amnésie dissociative, cette fois, mais la mort.

Le cœur lourd, il rentra lentement chez lui où l'attendait un dîner tardif.

43

LORSQUE Fran arriva à son bureau le mardi matin, elle trouva un message de Billy Gallo marqué «urgent». Il indiquait simplement qu'il était un ami de Tim Mason, et qu'il désirait lui parler d'une affaire très importante.

Quand elle l'appela, il décrocha immédiatement et alla droit au fait. «Mademoiselle Simmons, ma mère a été enterrée hier. Elle est morte d'un infarctus qui aurait pu et aurait dû être évité. J'ai appris que vous prépariez une émission sur le meurtre du Dr Gary Lasch, et je vous suggère d'y inclure une investigation sur le soi-disant plan d'assurance médicale qu'il avait commencé à mettre en place.

— Tim m'a parlé de votre mère, et je suis sincèrement navrée de ce qui est arrivé, dit Fran, mais je suis sûre que vous avez la possibilité de porter plainte si vous estimez qu'elle n'a pas reçu les soins appropriés.

— Oh, vous connaissez les réponses évasives qui vous sont données lorsque vous déposez une plainte. Ecoutez, je suis musicien et je ne peux me permettre de perdre mon engagement actuel dans un spectacle qui mal-

214

heureusement se donne à Detroit. Je dois repartir bientôt. J'ai parlé à Roy Kirkwood, le médecin traitant qui s'occupait de ma mère, et il m'a assuré qu'il avait insisté pour que l'on procède d'urgence à de nouveaux examens. Devinez ce qui s'est passé. Sa demande a été refusée. Il est convaincu qu'on aurait pu faire davantage pour ma mère, mais ils ne l'ont même pas laissé essayer. Allez lui parler. J'étais prêt à lui défoncer le crâne le jour où je suis allé le trouver, et je suis ressorti de notre entretien navré pour lui. Le Dr Kirkwood n'a que cinquante-six ans, mais il a décidé de renoncer à pratiquer la médecine et de prendre une retraite anticipée tant il est dégoûté de travailler pour le groupe Remington. »

Lui défoncer le crâne, pensa Fran. Une idée insensée lui vint à l'esprit : y avait-il une chance, une sur un million, que le parent d'un patient ait pu éprouver les mêmes sentiments à l'égard de Gary Lasch ?

« Donnez-moi son numéro de téléphone et son adresse, dit-elle. Je vais lui parler. »

A onze heures, elle quittait à nouveau le Merritt Parkway pour entrer dans Greenwich.

Molly avait accepté de la voir à une heure, cependant elle avait refusé d'aller déjeuner dehors. « Je ne *peux* pas, c'est tout. Je me sens trop vulnérable. Tout le monde me regarderait. Ce serait horrible. Je ne peux pas. »

Elles étaient convenues que Fran irait acheter une quiche à la boulangerie et qu'elles la mangeraient à la maison. « Mme Barry ne vient pas le mardi, avait expliqué Molly. Et de toute façon, je suis coincée chez moi. La police a immobilisé ma voiture. »

La seule bonne nouvelle de la journée, pensa Fran, c'est que Mme Barry ne traînera pas dans les parages pendant que nous bavardons. Pour une fois je pourrai parler librement avec Molly.

Mais elle avait besoin de voir Edna Barry et son premier arrêt en arrivant à Greenwich fut une visite impromptue au domicile de la femme de ménage.

Je n'irai pas par quatre chemins avec elle, décida Fran en cherchant la rue où habitait Edna Barry. Pour une raison qui m'échappe, cette femme fait preuve d'hostilité envers Molly et de surcroît elle a peur de moi. J'aimerais savoir pourquoi.

Ses plans tombèrent à l'eau quand elle sonna à la porte d'Edna Barry. Personne ne vint lui ouvrir et la Subaru rouge n'était pas dans l'allée.

Déçue, Fran hésita à glisser un mot sous la porte pour prévenir Edna Barry qu'elle était passée et souhaitait lui parler. Ce type de message l'inquiéterait et c'était le but recherché par Fran. Elle voulait faire pression sur cette femme.

Mais ne risquait-elle pas de mettre seulement Edna sur ses gardes ? Nul doute qu'elle dissimule quelque chose, peut-être un élément très important. Il ne faut pas que je l'effraie.

Fran hésitait encore sur la conduite à tenir quand elle entendit un appel :

« Hou… hou ! »

Elle se retourna. Une femme d'âge moyen aux cheveux crêpés et le nez chaussé de lunettes à monture bigarrée traversait en hâte la pelouse de la maison voisine.

« Edna va bientôt rentrer, expliqua la femme en reprenant son souffle quand elle eut rejoint Fran. Wally, son fils, était très agité aujourd'hui et elle l'a emmené chez le docteur. Lorsque Wally ne prend pas son médicament, il devient intenable. Voulez-vous attendre Edna chez moi ? Je m'appelle Marta Jones, j'habite à côté.

— C'est très aimable de votre part, la remercia Fran.

Mme Barry ignorait ma visite, mais je serais heureuse de l'attendre. » Et j'aimerais aussi *vous* parler, ajouta-t-elle en son for intérieur. « Je me nomme Fran Simmons. »

Marta Jones la conduisit dans la petite pièce réservée à la télévision, qui avait visiblement fait partie de la véranda à l'origine. « C'est un endroit confortable, d'où nous pourrons voir Edna arriver », expliqua-t-elle en apportant deux tasses de café frais préparé. Elle s'installa dans le fauteuil en face de Fran. « C'est dommage qu'Edna ait dû emmener Wally chez le docteur aujourd'hui. Mais au moins elle n'a pas été obligée de s'absenter de son travail. Elle s'occupe de la maison de Molly Lasch trois matinées par semaine — le lundi, le mercredi et le vendredi. »

Fran enregistra l'information.

« Vous avez peut-être entendu parler de Molly Lasch, poursuivit Marta Jones. C'est cette femme qui vient de sortir de prison après avoir purgé une peine pour l'assassinat de son mari, et l'on raconte maintenant qu'elle aurait tué sa petite amie. Etes-vous au courant de cette histoire, madame… excusez-moi, je n'ai pas retenu votre nom.

— Simmons, Fran Simmons. »

Elle vit le regard que Marta Jones posait sur elle et devina ce qu'elle pensait. *C'est cette journaliste de la télévision, et c'est la fille de cet homme qui a volé l'argent de la bibliothèque et s'est suicidé.* Fran s'arma de courage, mais l'étonnement de Marta Jones fit place à de la bienveillance. « Je ne vais pas faire semblant d'ignorer ce qui est arrivé à votre père, dit-elle doucement. J'ai été désolée pour votre mère et pour vous à cette époque.

— Merci.

— Vous voilà journaliste à la télévision, et vous faites une émission sur Molly. Bien sûr, vous connaissez toute son histoire.

— Plus ou moins.

— Bon, je suis persuadée qu'Edna ne refusera pas de vous entendre. Vous voulez bien que je vous appelle Fran ?

— Bien sûr.

— Je suis restée éveillée toute la nuit dernière, à me demander si c'était dangereux pour Edna de travailler chez Molly Lasch. Comprenez-moi, qu'elle ait tué son mari peut probablement s'expliquer. C'était une crise de folie passagère, certainement. C'est vrai, il la trompait et tout... Mais si une semaine après sa sortie de prison elle poignarde son ancienne petite amie, alors là c'est qu'elle a l'esprit complètement dérangé. »

Fran se rappela la réflexion de Gus Brandt à propos de Molly. L'idée qu'elle tue au cours d'accès de folie est en train de se répandre comme une traînée de poudre, songea-t-elle.

« Je vais vous dire une chose, continua Marta. Je n'aimerais pas me trouver longtemps seule dans une maison avec ce genre de personne. Ce matin, quand j'ai parlé à Edna — elle était sur le point de partir chez le docteur avec Wally —, je lui ai dit : "Edna, que deviendrait Wally si Molly Lasch était prise d'un coup de folie et t'assommait ou te poignardait ? Qui prendrait soin de *lui* ?"

— Wally demande-t-il beaucoup d'attention ?

— Tant qu'il prend ses médicaments, il reste plutôt calme. Mais s'il se bute et refuse de les prendre, alors il devient quelqu'un de différent, et il lui arrive de perdre les pédales. Hier, par exemple, il a pris la clé de la maison de Molly Lasch dans le trousseau d'Edna. Il voulait aller la voir. Bien sûr, Edna l'a obligé à la remettre en place.

— Il a pris la *clé* de la maison de Molly Lasch ? » Fran s'efforça de garder un ton égal. « Est-il coutumier du fait ?

— Oh, je ne crois pas. Edna ne le laisse jamais traîner par là-bas. Le Dr Lasch faisait tout un cirque avec sa collection d'art américain. Certaines pièces avaient apparemment beaucoup de valeur. Je sais que Wally s'est introduit une fois dans le bureau et a déplacé quelque chose à quoi il n'aurait pas dû toucher. Edna était dans tous ses états. Il n'a rien cassé, mais c'était une pièce de prix, et il paraît que le Dr Lasch s'est mis dans une colère noire, qu'il a hurlé contre Wally et l'a fichu dehors. Wally l'a très mal pris... oh, voilà Edna. »

Elles rejoignirent Edna au moment où elle ouvrait la porte de sa maison. L'air ennuyé de Mme Barry quand elle l'aperçut avec Marta Jones confirma à Fran, si besoin était, que cette femme avait quelque chose à cacher.

« Rentre, Wally », ordonna-t-elle à son fils.

Fran eut à peine le temps d'entrevoir un homme jeune, la trentaine, grand et d'aspect plaisant, avant qu'Edna ne le pousse à l'intérieur de la maison et ne referme la porte.

Ensuite seulement elle se retourna pour faire face à Fran. La colère lui colorait les joues et faisait trembler sa voix. « Mademoiselle Simmons, dit-elle, j'ignore pourquoi vous êtes ici, mais j'ai eu une matinée pénible, et je ne peux pas vous parler maintenant.

— Oh, Edna, interrogea Marta Jones, Wally n'est-il pas plus calme ?

— Wally va très bien », répliqua sèchement Edna Barry. Sa voix trahissait un mélange de peur et d'irritation. « Marta, j'espère que tu n'as pas déversé dans les oreilles de Mlle Simmons toutes les médisances qui courent au sujet de Wally.

— Edna, comment peux-tu dire ça ? Wally n'a pas de meilleure amie que moi. »

Des larmes embuèrent les yeux d'Edna Barry. « Je

sais. Je sais. Mais c'est si dur… Je te demande pardon. Je te ferai signe, Marta. »

Fran et Marta Jones restèrent figées sur le perron, le regard fixé sur la porte qu'Edna Barry venait de leur claquer au nez. « Edna n'est pas revêche de nature, l'excusa Marta. Mais l'existence n'a pas été facile pour elle. D'abord le père de Wally est mort, ensuite le Dr Morrow. Et peu après, le Dr Lasch a été assassiné, et…

— Le Dr Morrow ? l'interrompit Fran. Quel rapport avait-il avec Edna Barry ?

— Oh, c'était le médecin qui suivait Wally et il savait drôlement bien s'y prendre avec lui. Il était aussi très gentil. Quand Wally refusait de prendre son médicament, ou faisait des histoires, Edna n'avait qu'une chose à faire, c'était appeler le Dr Morrow.

— Vous parlez bien du Dr Jack Morrow, n'est-ce pas ?

— Oui. Vous le connaissiez ? »

Fran revit le jeune médecin compatissant qui l'avait embrassée quatorze ans plus tôt, en lui annonçant la mort de son père. « Oui, je le connaissais, dit-elle.

— Il a été assassiné deux semaines seulement avant le Dr Lasch.

— Je suppose que sa mort a bouleversé Wally.

— Ne m'en parlez pas. Ce fut affreux. Ça s'est passé juste après que le Dr Lasch s'était tellement fâché contre lui. Pauvre Wally. Les gens ne comprennent pas. Ce n'est pas sa faute s'il est comme ça. »

Non, pensa Fran en remontant dans sa voiture après avoir remercié Marta de son hospitalité. Non, les gens ne comprennent pas ; ils ne ne savent même pas l'importance des troubles dont souffre Wally. Et si Edna Barry dissimulait quelque chose ? Se pourrait-il qu'elle ait laissé condamner Molly pour un crime que son fils aurait commis ?

Serait-ce possible ?

44

L E somnifère que le Dr Daniels avait donné à
Molly s'était révélé efficace. Elle l'avait pris à dix
heures du soir et avait dormi jusqu'à huit
heures du matin. Un sommeil lourd, profond, dont
elle émergea un peu chancelante, mais reposée.

Elle passa une robe de chambre et descendit se préparer son jus d'orange et son café habituels qu'elle
décida de prendre au lit; une fois confortablement
calée contre ses oreillers, elle tâcherait de considérer
les choses plus clairement. Mais en se dirigeant vers la
cuisine, elle se rendit compte du désordre qui régnait
autour d'elle.

En dépit de leurs efforts pour remettre en place ce
qu'ils avaient dérangé, les policiers avaient changé
l'atmosphère de la maison. Les choses qu'ils avaient
examinées ou touchées n'étaient plus exactement à
leur place, elles étaient posées de guingois, n'importe
comment.

Elle ne retrouvait plus l'ambiance harmonieuse
dont le souvenir l'avait tant soutenue durant toutes ces

221

journées et ces nuits d'emprisonnement. Il ne lui restait plus qu'à la recréer.

Après une douche rapide, elle enfila un jean, des tennis et un vieux sweat-shirt, et s'attaqua à la tâche. La tentation de téléphoner à Mme Barry et de lui demander de venir l'aider fut de courte durée. C'est ma maison. J'ai peut-être perdu le contrôle de ma vie, mais je suis encore capable de remettre de l'ordre chez moi, se chapitra-t-elle en s'armant d'un balai et d'un seau rempli d'eau savonneuse.

Il y avait moins de taches qu'elle ne l'avait craint, seulement des marques de doigts et des traces de saleté, constata-t-elle en rangeant les assiettes et les plats, en alignant la batterie de cuisine.

La fouille de la maison par la police lui avait rappelé les inspections-surprises de sa cellule. Elle se souvenait du martèlement des pas le long du corridor, de l'obligation de rester plaquée contre le mur pendant qu'ils mettaient sa couchette à sac afin d'y chercher de la drogue.

Elle ne s'aperçut pas qu'elle s'était mise à pleurer jusqu'au moment où elle se frotta la joue et se mit du savon dans l'œil.

Elle avait une raison supplémentaire de se réjouir de l'absence de Mme Barry aujourd'hui. Je n'ai pas à lui cacher mon chagrin. Je peux me laisser aller. Le Dr Daniels serait content de moi.

Elle était occupée à cirer la table de l'entrée lorsque Fran Simmons téléphona.

Pourquoi ai-je accepté de déjeuner avec elle? se demanda Molly quand elle eut raccroché.

Mais elle savait pourquoi. Malgré les avertissements de Philip, elle voulait raconter à Fran qu'Annamarie Scalli lui avait paru effrayée.

Et ce n'est pas de moi qu'elle avait peur, bien qu'elle ait été convaincue que j'avais tué Gary.

Oh, mon Dieu, mon Dieu, pourquoi tout ça m'arrive-t-il ? soupira-t-elle en se laissant tomber sur la dernière marche de l'escalier. Ses pleurs redoublèrent. Je suis si seule. Si seule. Elle se remémora les paroles de sa mère au téléphone hier soir : « Chérie, tu as raison, il vaut mieux que nous ne venions pas pour l'instant. » J'aurais voulu que maman m'annonce qu'ils voulaient être à mes côtés, pensa Molly. J'ai besoin d'eux *maintenant.* J'ai besoin qu'on m'aide.

A dix heures trente la sonnette retentit. Molly s'avança sur la pointe des pieds, s'appuya contre la porte et attendit. Je ne vais pas répondre, se dit-elle. On croira que je ne suis pas à la maison.

Puis elle entendit une voix : « Molly, ouvre. C'est moi. »

Avec une exclamation de soulagement Molly ouvrit la porte, et un instant après elle s'effondrait en sanglotant dans les bras de Jenna.

« Les vieux amis sont les meilleurs, lui rappela Jenna, les larmes aux yeux. Que puis-je faire pour toi ? »

Molly parvint à rire au milieu de ses sanglots. « Remonter la pendule en arrière de plusieurs années, dit-elle, et ne pas me présenter Gary Lasch. Sinon, tu peux juste rester auprès de moi.

— Philip n'est pas encore arrivé ?

— Il a dit qu'il passerait me voir dans la journée. Il devait aller au tribunal.

— Molly, il faut que tu l'appelles. Cal a eu une information. Ils ont trouvé des traces du sang d'Annamarie sur les boots que tu portais dimanche soir, et dans ta voiture aussi. Je suis navrée. Cal a entendu dire que le procureur s'apprêtait à lancer un mandat d'amener contre toi. »

45

APRÈS l'appel l'informant que des traces du sang d'Annamarie Scalli avaient été découvertes sur les boots de Molly et dans sa voiture, Calvin alla trouver Peter Black dans son bureau.

« Cette histoire va faire un raffut de tous les diables, annonça-t-il à Black », puis il s'interrompit et scruta son associé avec attention. « Vous n'avez pas l'air si bouleversé que ça.

— Bouleversé par le fait qu'Annamarie Scalli, qui risquait de nous causer des ennuis, ne soit plus de ce monde ? Non, sûrement pas, dit Peter avec un air de satisfaction méprisante.

— Vous m'avez assuré qu'il n'existait aucune preuve, et que si elle avait parlé, elle se serait par la même occasion compromise elle-même.

— Oui, c'est ce que j'ai dit, et c'est toujours vrai. Néanmoins, je bénis Molly. Bien que tout cette affaire tourne au sordide, elle n'a rien à voir avec nous deux, ni avec l'hôpital ni avec Remington. »

Whitehall réfléchit aux paroles de son associé.

Peter Black avait toujours été intrigué par la capacité de Cal à rester immobile lorsqu'il se concentrait. On eût dit que son corps puissant était subitement changé en pierre.

Cal hocha enfin la tête. « C'est très bien vu, Peter.

— Comment Jenna prend-elle tout ça ?

— Elle a tenu à se rendre auprès de Molly.

— Est-ce raisonnable ?

— Jenna sait que je ne tolérerai pas de la voir apparaître dans les journaux bras dessus bras dessous avec Molly. Une fois les fusions conclues, elle pourra apporter à Molly toute l'aide qu'elle voudra. Jusque-là, elle restera discrète.

— Quelle aide peut-elle lui apporter, Cal ? Si Molly est jugée à nouveau, son brillant avocat ne pourra pas obtenir le genre d'arrangement qu'il avait arraché au procureur la dernière fois.

— Je sais. Mais vous devez comprendre Jenna. Molly et elle s'aiment comme deux sœurs. J'admire la fidélité de ma femme, même si je suis obligé de lui tenir la bride en ce moment. »

Black consulta sa montre impatiemment. « A quelle heure doit-il appeler ?

— D'une minute à l'autre.

— Cela vaudrait mieux. Roy Kirkwood va débouler ici. Il a perdu une patiente l'autre jour et accuse le système. Le fils de ladite patiente est sur le sentier de la guerre.

— Kirkwood ne court aucun risque d'être poursuivi.

— Ce n'est pas une question d'argent.

— *Tout* est une question d'argent, Peter. »

La sonnerie de la ligne privée de Peter Black retentit. Il décrocha, puis pressa la touche du haut-parleur et baissa le volume. « Cal est ici et nous sommes prêts, professeur, dit-il d'un ton respectueux.

225

— Bonjour, professeur. » La voix autoritaire de Cal avait perdu son arrogance habituelle.

« Félicitations, messieurs. Je crois que nous avons accompli un nouvelle percée, dit la voix à l'autre bout du fil. Et à mon humble avis, les autres découvertes feront pâle figure en comparaison. »

46

Fran s'aperçut immédiatement que Molly avait pleuré. Elle avait les yeux gonflés et la mine défaite malgré un léger maquillage.

« Entrez, Fran. Philip vient d'arriver. Il s'est installé dans la cuisine pendant que je prépare une salade. »

Ainsi Philip est déjà là, pensa Fran. Je me demande pourquoi il est venu si vite. Une chose est certaine, il ne va pas être ravi de me voir débarquer.

Dans le couloir, Molly ajouta : « Jenna est passée me voir ce matin. Elle est repartie déjeuner avec Cal, mais elle a été formidable, elle m'a aidée à remettre la maison en ordre. Les policiers devraient apprendre à perquisitionner plus proprement, sans laisser leurs empreintes partout. »

La voix de Molly avait un son métallique. Elle semble au bord de l'hystérie ou de la dépression, se dit Fran.

Philip Matthews nourrissait visiblement la même inquiétude. Il ne quittait pas Molly des yeux tandis qu'elle s'affairait, sortait la quiche de son carton, la mettait dans le four. Elle continua avec le même débit précipité : « Il paraît qu'ils ont trouvé des traces du sang d'Annamarie sur les boots que je portais dimanche soir. Et également dans ma voiture. »

Fran échangea un regard navré avec Philip. Elle était certaine qu'ils partageaient la même pensée.

« Qui sait ? C'est peut-être mon dernier repas dans cette maison avant longtemps — n'est-ce pas, Philip ?

— Non, sûrement pas, répliqua-t-il d'une voix tendue.

— Ce qui signifie qu'une fois arrêtée, je ressortirai libérée sous caution. C'est utile d'avoir de l'argent. Pour les privilégiés comme moi il suffit de remplir un chèque.

— Ne parlez pas comme ça », l'interrompit Fran. Elle alla jusqu'à Molly et la saisit par les épaules : « Lorsque j'ai commencé mes investigations, j'étais persuadée que vous aviez tué votre mari. Les doutes sont venus après. Je me suis dit que la police n'avait pas suffisamment enquêté sur le meurtre de Gary, qu'elle n'avait pas examiné sérieusement d'autres hypothèses. Mais j'admets avoir été troublée en vous voyant si déterminée à retrouver Annamarie Scalli. Vous y êtes parvenue et maintenant elle est morte. Pourtant, même si on vous tient pour une criminelle pathologique, je pressens qu'il y a une autre vérité. Je crois qu'un réseau d'intrigues dont on n'a pas idée enveloppe cette affaire et que vous vous trouvez prise dans un piège. Bien sûr, je peux me tromper. Vous êtes peut-être coupable, comme le croient quatre-vingt-dix-neuf pour cent des gens. Mais je fais partie du un pour cent qui pense le contraire. Et je ferai l'impossible pour démontrer votre innocence dans les meurtres de Gary Lasch et d'Annamarie Scalli.

— Et si vous vous trompez ? demanda Molly.

— Si je me trompe, Molly, je ferai mon possible pour que vous soyez placée dans un établissement correct où vous recevrez les soins qui vous permettront de guérir. »

Les yeux de Molly brillèrent de larmes contenues. «Fran, vous êtes la première et la seule personne qui accepte d'envisager mon innocence et veuille la démontrer. La seule parmi tout le monde.» Elle se tourna vers Philip. «Y compris vous, mon cher Philip, qui êtes prêt à vous battre pour me sauver. Y compris Jenna, qui se jetterait au feu pour moi. Et même mes parents qui, s'ils me croyaient innocente, seraient ici en ce moment, à remuer ciel et terre. Je pense — et j'espère — que je suis innocente de ces deux meurtres. Dans le cas contraire, je vous promets que je ne mettrai plus longtemps en péril ceux qui m'entourent.»

Fran et Philip échangèrent un regard. D'un commun accord ils se turent, préférant ne pas relever ce qui visiblement était une menace voilée de suicide.

Garder bonne contenance dans l'épreuve, pensa Fran en regardant Molly servir la quiche dans un plat de porcelaine blanche rehaussée d'un filet d'or. Les sets de table étaient ornés d'un délicat motif floral rappelant celui des tentures murales.

La cuisine s'ouvrait sur l'extérieur par une large baie vitrée. Les premières pousses vertes annonçaient l'arrivée du printemps. Au fond du jardin qui s'élevait en pente douce, Fran distingua un arrangement de rocailles qui lui rappela un sujet qu'elle voulait aborder avec Molly.

«L'autre jour, je vous ai posé une question à propos des clés de la maison. Ne m'avez-vous pas parlé alors d'une clé de secours?

— Si, nous la cachions là-bas.» Molly indiqua le jardin de rocailles. «L'une de ces pierres est fausse.

Une cachette qui vaut bien l'habituel lapin en céramique avec une oreille détachable, non?

— Vous est-il jamais arrivé d'oublier votre clé, Molly? demanda Fran d'un ton faussement indifférent.

— Fran, vous savez bien que je suis une femme organisée, parfaite pour ainsi dire. N'est-ce pas l'avis général? C'est bien ce que tout le monde disait à l'école, non?

— Si, et on le disait parce que c'était la vérité.

— Je me demandais souvent ce que je serais devenue dans la vie si je n'avais pas eu une existence aussi facile. Mais j'en étais parfaitement consciente. Je savais que j'étais privilégiée. J'admirais votre détermination à l'école; lorsque vous avez commencé à jouer au basket, vous étiez la plus petite de toute la classe, mais si rapide, si obstinée que vous avez été engagée dans l'équipe.

« Ensuite, lorsque votre père est mort, j'ai compati à votre chagrin. Les gens étaient toujours pleins d'égards pour mon père — c'est un homme qui attire naturellement le respect et il a toujours été un père merveilleux. Mais votre père *montrait* à quel point il était fier de vous. Et vous lui en avez souvent donné l'occasion — ce qui ne fut jamais mon cas. Mon Dieu, je me souviens de son expression quand vous avez rentré le panier de la victoire au dernier match de l'année. C'était extraordinaire! »

Non, Molly! aurait voulu crier Fran.

« Je regrette sincèrement que les choses aient mal tourné pour lui, Fran. Il a peut-être été pris dans un enchaînement de circonstances. Comme moi. Des événements qui échappent à votre contrôle. » Elle reposa sa fourchette. « Fran, la quiche est délicieuse, mais je n'ai pas faim.

— Molly, est-ce qu'il arrivait à Gary d'oublier sa

clé?» demanda Fran. Elle sentit le regard de Philip posé sur elle, la priant silencieusement de ne pas importuner Molly avec ces questions.

«Gary? Oublier? Mon Dieu, non. Gary était un homme parfait. Et il n'aurait pas supporté une femme inorganisée. C'était ce qu'il appréciait chez moi, que je ne sois jamais en retard, que je ne laisse pas la clé de contact enfermée à l'intérieur de la voiture, que tout soit prêt à temps. Sur ce plan-là, je méritais dix sur dix.» Elle s'interrompit, eut un petit sourire. «C'est curieux, avez-vous remarqué que je parle en termes scolaires, que je m'attribue des notes?»

Molly repoussa sa chaise et se mit à trembler. Inquiète, Fran s'élança vers elle. Au même moment, le téléphone sonna.

«C'est sans doute papa ou maman, ou bien Jenna.» La voix de Molly était si basse qu'on l'entendait à peine.

Philip Matthews décrocha l'appareil. «C'est le Dr Daniels, Molly. Il veut savoir comment vous vous sentez.»

Fran répondit pour Molly. «Elle a besoin d'aide. Demandez-lui s'il peut venir la voir.»

Matthews échangea quelques mots avec son interlocuteur, raccrocha et se tourna vers les deux femmes. «Il arrive tout de suite, annonça-t-il. Molly, vous devriez aller vous reposer pendant quelques minutes. Vous ne tenez plus debout.»

Il passa son bras autour de ses épaules et l'entraîna hors de la pièce.

Fran contempla le repas pratiquement intact. Il ne me reste qu'à desservir. Personne ne viendra terminer cette quiche, maintenant.

Lorsque Matthews fut de retour, elle l'interrogea : «Que va-t-il se passer à présent?

— Si le laboratoire confirme qu'il existe un lien

entre les pièces saisies et la mort d'Annamarie Scalli, Molly sera arrêtée. Nous le saurons très vite.

— Oh, mon Dieu !

— Fran, j'ai fait promettre à Molly d'en dire le moins possible sur sa conversation avec Annamarie Scalli. Une partie de ses propos pourrait lui porter un tort considérable, laisser entendre qu'elle avait de bonnes raisons de haïr Annamarie. Mais je suis prêt à courir le risque de vous raconter ce qu'elle m'a confié, en espérant que vous pourrez l'aider. Je vous crois sincèrement déterminée à prouver son innocence.

— Dont vous n'êtes pas convaincu vous-même, n'est-ce pas ?

— Je suis convaincu qu'elle n'est pas responsable de ces deux morts.

— Ce n'est pas la même chose.

— Fran, pour commencer, Annamarie lui a appris que Gary se félicitait que Molly ait perdu l'enfant qu'elle attendait ; pour lui, cette naissance n'aurait fait que compliquer la situation. Puis elle a raconté avoir entendu Gary et le Dr Morrow se quereller quelques jours seulement avant l'assassinat de Morrow. Ce dernier lui aurait ensuite demandé de conserver en lieu sûr un dossier très important, mais il est mort avant de pouvoir le lui confier. Molly a eu l'impression très nette qu'Annamarie lui taisait quelque chose, et qu'elle avait peur.

— Peur pour sa propre sécurité ?

— C'est le sentiment qu'a eu Molly.

— Bon, c'est une piste qu'il faudra creuser. Il y a autre chose que j'aimerais vérifier. Le fils de Mme Barry, Wally, est visiblement instable sur le plan psychique. Il a été terriblement bouleversé par la mort du Dr Morrow et, pour une raison que j'ignore, il était furieux contre Gary Lasch. Par ailleurs, il semble éprouver un intérêt particulier pour Molly. Hier encore, il a subtilisé la clé de la maison dans le trousseau de sa mère.»

La sonnette de la porte retentit. «J'y vais, dit Fran. C'est probablement le Dr Daniels.»

Elle ouvrit la porte et se trouva face à deux hommes qui lui mirent sous le nez leurs plaques et leurs cartes de la police. Le plus âgé annonça : «Nous avons un mandat d'arrêt concernant Molly Carpenter Lasch. Voulez-vous nous conduire jusqu'à elle, je vous prie?»

Quinze minutes plus tard, les premiers cameramen étaient sur place et filmaient la sortie de Molly Lasch, les mains derrière le dos, menottes aux poignets, son manteau jeté sur les épaules, tandis qu'une voiture du procureur de l'Etat s'apprêtait à la conduire au tribunal de Stamford où, exactement comme presque six ans plus tôt, elle fut inculpée d'homicide et mise en état d'arrestation.

47

Recrue de fatigue, Edna Barry attendait le journal télévisé du soir en buvant son thé — la troisième tasse en une heure. Les médicaments avaient calmé Wally et il était allé dormir dans sa chambre. Elle espérait qu'il se sentirait mieux à son réveil. Il avait passé une mauvaise journée, s'était agité, tourmenté par des voix qu'il était seul à entendre. En revenant de chez le docteur, il avait balancé un coup de poing dans la radio de la voiture parce qu'il avait cru que le journaliste parlait de lui.

Edna était heureusement parvenue à le pousser à l'intérieur de la maison avant que Fran Simmons ne s'aperçoive de son état fébrile. Mais qu'est-ce que Marta avait pu raconter au juste à propos de Wally?

Bien sûr, Marta ne ferait jamais de tort à Wally, du moins intentionnellement, mais cette maudite journaliste n'était pas née de la dernière pluie, et elle avait déjà commencé à poser des questions sur la clé de secours de la maison de Molly.

Hier, Marta avait vu Wally prendre la clé dans le porte-monnaie d'Edna, et elle l'avait entendu dire qu'il la remettrait en place. Pourvu qu'elle n'en ait pas parlé à Fran Simmons.

Elle se rappela soudain ce matin de cauchemar où elle avait découvert le corps du Dr Lasch, la terreur qui s'était emparée d'elle alors et qui la poursuivait depuis, chaque fois qu'il était question de clé. Lorsque la police m'a questionnée au sujet des clés de la maison, se souvint-elle, je leur ai donné celle que j'avais prise dans la cachette du jardin. J'avais été incapable de retrouver la mienne ce matin-là. J'avais peur que Wally ne l'ait prise, une crainte qui plus tard se trouva justifiée. Elle avait redouté que la police ne lui pose davantage de questions à propos des clés, mais ils s'en étaient tenus là.

Edna concentra son attention sur l'écran de télévision où venait d'apparaître le présentateur du journal. Stupéfaite, elle apprit que Molly avait été inculpée de meurtre, présentée à la cour et qu'elle venait d'être remise en liberté sous caution d'un million de dollars. La caméra montrait Fran Simmons, en direct depuis le parking du restoroute de Rowayton. Les lieux du crime étaient délimités et interdits d'accès par les habituels cordons jaunes de la police.

« C'est ici qu'Annamarie Scalli est morte poignardée, disait Fran. Un meurtre dont est accusée Molly Carpenter Lasch que la police a arrêtée cet après-midi. Des traces du sang de la victime ont été trouvées sur la semelle d'une des chaussures de Molly Lasch, ainsi que sur le plancher de sa voiture. »

« Maman, est-ce que Molly est encore couverte de sang ? »

Edna se retourna brusquement et vit Wally debout derrière elle, les cheveux hirsutes, les yeux étincelants de colère.

« Ne dis pas des bêtises pareilles, Wally, répondit-elle nerveusement.

— La statue du cow-boy à cheval que j'ai déplacée cette fois-là, tu te souviens?

— Wally, tais-toi, je t'en supplie, tais-toi.

— Je voulais seulement t'en parler à toi, c'est tout.

— Wally, il ne faut plus en parler.

— Mais tout le monde en parle, maman. Dans ma chambre, tout à l'heure, ils hurlaient dans ma tête — la bande au complet. Ils parlaient de la statue. Elle n'était pas trop lourde pour moi parce que je suis fort, mais elle était beaucoup trop lourde pour Molly. »

Les voix étaient revenues le tourmenter, pensa Edna, atterrée. Les médicaments n'avaient pas agi.

Elle se leva, s'approcha de son fils et lui prit la tête entre les mains. « Chuuut, fit-elle d'une voix apaisante. Ne parlons plus de Molly ni de la statue. Ces voix te bouleversent, mon chéri. Promets-moi de ne plus dire un mot de cette statue, de ne plus penser ni au Dr Lasch ni à Molly. D'accord? Viens, maintenant, c'est l'heure de prendre ton dernier médicament. »

48

FRAN conclut son commentaire et éteignit son micro. Pat Lyons, un jeune cameraman, était venu spécialement de New York pour la filmer au Sea Lamp. «C'est sympa ici, dit-il. On se croirait dans un village de pêcheurs.

— Rowayton est une ville agréable», reconnut Fran, se rappelant qu'elle y venait parfois en visite chez une amie, lorsqu'elle habitait Greenwich. Encore que le Sea Lamp ne fût pas à première vue l'endroit le plus chic du monde, se dit-elle en contemplant la façade miteuse du restaurant. Néanmoins elle avait l'intention d'y dîner. Malgré les événements des deux derniers jours, les cordons et les marques de craie jaune délimitant l'emplacement de la voiture d'Annamarie Scalli, l'établissement était resté ouvert.

Fran s'était assurée que Gladys Fluegel travaillait au Sea Lamp ce soir. Elle s'arrangerait pour se faire servir par elle.

Elle constata avec une certaine surprise que la salle était à moitié pleine ; visiblement, la curiosité et le battage autour du meurtre avaient attiré les clients. Elle hésita un instant à l'entrée, cherchant le meilleur moyen d'engager la conversation avec Gladys. Mais cette dernière se dirigea spontanément vers elle. «Vous êtes Fran Simmons, n'est-ce pas? Nous vous avons regardée pendant que vous faisiez le reportage en direct. Je m'appelle Gladys Fluegel. C'est moi qui ai servi Molly Lasch et Annamarie Scalli l'autre soir. Elles étaient assises là-bas.» Elle indiqua un box au fond de la salle.

Manifestement, Gladys Fluegel était impatiente de ressortir son couplet. «Je serais très contente de bavarder un peu avec vous, dit Fran. Peut-être pourriez-vous me rejoindre à cette même table, si vous avez un moment.

— Donnez-moi deux minutes. Je vais presser ces deux vieux qui n'arrivent pas à se décider (elle désigna un couple âgé près d'une fenêtre) et ensuite je viendrai m'asseoir avec vous.»

Fran mesura la distance entre l'entrée et le box du fond. Environ douze mètres, décida-t-elle. Pendant qu'elle attendait Gladys, elle examina les lieux. La salle était mal éclairée, le box plongé dans l'ombre, l'idéal pour quelqu'un désireux de ne pas se faire remarquer. Molly avait dit à Philip qu'Annamarie lui avait paru inquiète pendant leur entretien, mais qu'elle ne semblait pas avoir peur d'elle. Qu'est-ce qui l'effrayait, alors?

Et pourquoi Annamarie avait-elle changé de nom? Pour échapper au scandale entourant la mort de Gary Lasch? Ou avait-elle une autre raison de vouloir disparaître?

D'après Molly, Annamarie avait été la première à quitter le restaurant, puis Molly avait payé l'addition et était sortie à son tour. Combien de temps avait-elle mis pour rejoindre le parking? Pas longtemps, sinon Molly aurait logiquement pensé que la voiture d'Annamarie était déjà partie. Mais assez longtemps quand même pour qu'Annamarie ait pu traverser le parking et monter dans sa jeep.

Molly disait l'avoir appelée depuis la porte. L'avait-elle rattrapée?

«Ouf, j'en ai fini avec ces deux-là», dit Gladys en la rejoignant à sa table. Elle tendit la carte à Fran. «On a de la fricassée de poulet et du goulasch en plats du jour.»

J'irai manger un hamburger chez P.J. Clark en rentrant à New York, décida Fran, marmonnant qu'elle était attendue plus tard pour dîner. Elle commanda un café et un petit pain.

Lorsqu'elle revint la servir, Gladys s'assit en face d'elle. «J'ai deux minutes de pause, dit-elle. Mme Lasch était assise à ma place. Annamarie Scalli à la vôtre. Ainsi que je l'ai dit aux inspecteurs hier, Scalli était nerveuse — j'aurais juré que Molly Lasch lui faisait *peur*. Puis, quand elle s'est levée pour partir, Molly Lasch l'a saisie par le poignet. Scalli s'est dégagée brusquement et elle est partie à toute vitesse, comme si elle craignait que Molly Lasch ne la poursuive, ce qu'elle n'a pas manqué de faire, naturellement. Ecoutez, combien de femmes vous refilent un billet de cinq dollars pour payer un thé et un café qui coûtent un dollar cinquante? Croyez-moi, ça me donne la chair de poule de penser que, quelques secondes après avoir quitté cette table, la malheureuse n'était plus de ce monde.» Elle soupira. «J'imagine qu'il va falloir que j'aille témoigner au procès.»

Elle en meurt d'envie, pensa Fran. «Y avait-il d'autres serveuses que vous dimanche soir? demanda-t-elle.

— Mon chou, le dimanche soir dans ce boui-boui on n'a pas besoin de deux serveuses. En réalité le dimanche est censé être mon jour de congé, mais l'autre fille s'est fait porter malade, alors devinez qui s'est tapé le boulot ? Cependant je ne le regrette pas, avec tout ce qui s'est passé.

— Et y avait-il un cuisinier ou un barman ?

— Oh, bien sûr, le cuisinier était là lui aussi, bien qu'on puisse difficilement qualifier de cuisinier ce genre d'oiseau. Mais il n'était pas en salle, il reste toujours à l'arrière. Rien vu, rien entendu, si vous voyez ce que je veux dire.

— Qui se trouvait derrière le bar ?

— Bobby Burke, un étudiant. Il travaille ici pendant le week-end.

— J'aimerais lui parler.

— Il habite dans Yarmouth Street à Belle Island. C'est de l'autre côté du petit pont, à deux cents mètres d'ici. Son nom est Robert Burke junior. Vous le trouverez dans l'annuaire. Est-ce que vous aurez besoin de m'interviewer pour la télévision ?

— Lorsque j'enregistrerai l'émission concernant Molly Lasch, je souhaiterai en effet vous parler, dit Fran.

— Je serai ravie de vous aider. »

Je n'en doute pas, pensa Fran.

Fran téléphona chez les Burke depuis sa voiture. Le père de Bobby Burke commença par refuser catégoriquement de la mettre en communication avec son fils. « Bobby a fait une déposition à la police, dit-il, et il n'a rien d'autre à ajouter. Il a juste vu ces deux femmes entrer et sortir. Depuis le comptoir du bar il ne distinguait pas le parking.

— Monsieur Burke, l'implora Fran. Laissez-moi vous expliquer. Je suis à cinq minutes de votre maison. Je viens de m'entretenir avec Gladys Fluegel et je crains que son récit de la rencontre entre Molly Lasch et Annamarie Scalli ne soit quelque peu déformé. Je suis

240

journaliste, mais je suis aussi une amie de Molly Lasch. Nous étions en classe ensemble. C'est au simple nom de l'équité que je m'adresse à vous. Molly Lasch a besoin qu'on lui vienne en aide.

— Ne quittez pas. »

Une minute plus tard, Burk revint en ligne. « Très bien, mademoiselle Simmons, vous pouvez venir interroger Bobby, mais j'insiste pour assister à l'entretien. Je vais vous indiquer le chemin pour arriver à la maison. »

Voilà le genre de garçon dont tout parent serait fier, se dit Fran, assise en face de Bobby Burke dans la salle de séjour. C'était un adolescent dégingandé de dix-sept ans, avec une crinière châtaine et des yeux bruns pétillants d'intelligence. Certes il restait sur ses gardes et lançait de fréquents coups d'œil vers son père pour quêter son approbation, mais une lueur d'humour brillait dans son regard quand il répondait à certaines questions, particulièrement celles concernant Gladys.

« Il y avait peu de monde et j'ai bien vu ces deux dames entrer dans le restaurant, dit-il. Elles sont arrivées séparément, à quelques minutes d'intervalle. Gladys a fait des histoires. Elle voulait placer les gens à la table près du comptoir parce qu'elle avait la flemme de porter les commandes au bout de la salle, mais la première dame a tenu à s'installer dans le box du fond.

— Avez-vous trouvé qu'elle avait l'air inquiet?

— Cela ne m'a pas frappé.

— Vous dites qu'il y avait peu de monde?

— Très peu. A peine quelques personnes au comptoir. Et avant que les deux femmes ne s'en aillent, un couple est entré et s'est installé à une table. Gladys était alors retournée auprès des deux femmes.

241

— Pour les servir ?

— Non, elle faisait l'addition. Mais elle a pris tout son temps. Elle est très curieuse, elle aime bien être au courant de ce qui se passe. Je me souviens que le nouveau couple s'est impatienté et l'a appelée. La deuxième dame était en train de partir à ce moment-là.

— Bobby, pensez-vous que la première femme — celle qui a été tuée dans le parking — s'est sauvée comme si elle était inquiète, ou effrayée ?

— Elle est partie assez rapidement, mais elle ne courait pas.

— Et la seconde ? Vous savez certainement qu'elle s'appelle Molly Lasch ?

— Oui, je sais.

— L'avez-vous vue partir ?

— Oui.

— Est-ce qu'elle courait ?

— Non, elle marchait vite, elle aussi. Mais j'ai eu l'impression qu'elle s'était mise à pleurer et qu'elle ne voulait pas qu'on la surprenne dans cet état. Je me suis senti triste pour elle. »

Elle s'était mise à pleurer, pensa Fran. La description ne correspondait pas à une femme saisie d'une rage meurtrière.

« L'avez-vous entendue crier un nom au moment où elle est partie ?

— Il me semble qu'elle a appelé quelqu'un, cependant je n'ai pas compris le nom.

— A-t-elle appelé une seconde fois ? A-t-elle crié : "Annamarie, attendez" ?

— Je ne l'ai pas entendue appeler une seconde fois. Mais j'étais en train de servir un café, et je ne l'ai peut-être pas remarqué.

— Je viens de quitter le Sea Lamp, Bobby. Le comptoir se trouve près de la porte. Si Molly Lasch avait crié un nom assez fort pour que quelqu'un se trouvant dans une voiture à l'autre bout du parking puisse l'entendre, il me semble que vous l'auriez entendue, non ? »

Il resta songeur un instant. « Je pense que oui.

— La police vous a-t-elle interrogé sur ce point ?

— Pas précisément. Ils m'ont demandé si j'avais entendu Mme Lasch appeler l'autre femme depuis la porte, et j'ai répondu que je croyais l'avoir entendue.

— Bobby, qui était assis au comptoir à ce moment-là ?

— Deux types qui viennent de temps à autre. Ils sortaient du bowling. Mais ils étaient plongés dans une discussion et n'ont pas prêté attention à ce qui se passait autour d'eux.

— Et qui étaient ces gens qui sont arrivés plus tard, se sont installés à une table et ont appelé Gladys ?

— J'ignore leur nom. Ils ont à peu près l'âge de mes parents ; je les vois quelquefois. Je suppose qu'ils vont au cinéma ou ailleurs et qu'ils viennent manger un morceau au restoroute avant de rentrer chez eux.

— Bobby, si vous les revoyez, pouvez-vous leur demander leur nom et leur numéro de téléphone et, au cas où ils refuseraient, leur donner ma carte en les priant de m'appeler ?

— Bien sûr, mademoiselle Simmons. » Un large sourire éclaira son visage. « Vous savez, j'aime beaucoup vos reportages à la télévision, et je regarde toujours "Crime et vérité". C'est génial

— Il n'y a pas longtemps que je participe à ce programme, en réalité. L'affaire Lasch sera ma première émission. » Elle se leva et se tourna vers Robert Burke senior. « Je vous remercie d'avoir autorisé cet entretien avec Bobby, dit-elle.

— A vrai dire, j'ai pas mal regardé les informations ces temps-ci, dit-il, et j'ai le sentiment que les conclusions ont été trop hâtives dans cette affaire ; je vois que vous partagez cette opinion. » Il sourit. « Je suis peut-être de parti pris. Je suis avocat. »

Il reconduisit Fran à la porte. « Mademoiselle Simmons, si vous êtes une amie de Molly Lasch, il faut que vous sachiez également ceci : aujourd'hui, quand les policiers ont interrogé Bobby, j'ai eu l'impression qu'ils cherchaient uniquement à obtenir la confirmation des déclarations faites par Gladys Fluegel, et cette femme ne pense visiblement qu'à une seule chose, attirer l'attention sur elle. Je ne serais pas étonné si d'autres détails lui revenaient comme par hasard en mémoire. Je connais ce genre de personne. Elle racontera à la police tout ce qu'ils ont envie d'entendre, et vous pouvez être certaine que rien de tout cela ne sera favorable à Molly Lasch. »

49

ILS l'avaient inculpée, photographiée, identifiée. Elle avait entendu Philip Matthews dire : « Ma cliente plaide non coupable, Votre Honneur. » Elle avait entendu le procureur prétendre qu'elle pouvait prendre la fuite et demander qu'elle soit assignée à résidence ; le juge fixer la caution à un million de dollars et lui interdire de sortir de chez elle.

Frissonnant dans sa cellule, puis mise en liberté sous caution, Molly, telle une enfant docile, indifférente et détachée, avait obéi sans murmurer, jusqu'au moment où elle s'était retrouvée dans la voiture de Philip qui la reconduisait chez elle.

Son bras passé autour d'elle, il l'avait à moitié portée jusqu'à la salle de séjour. Là, il l'aida à s'allonger sur le sofa, plaça un coussin sous sa tête et partit à la recherche d'une couverture dont il l'enveloppa.

« Vous tremblez. Où se trouve l'allume-gaz ?

— Sur la cheminée. » Elle parlait machinalement, ne prenait conscience de ses réponses qu'en entendant le son de sa propre voix.

Peu après, le feu crépitait dans l'âtre, chaud et réconfortant.

«Je reste avec vous, dit Philip. J'ai emporté du travail. Je m'installerai à côté, sur la table de la cuisine. Fermez les yeux.»

Quand elle les rouvrit, se réveillant en sursaut, il était sept heures et le Dr Daniels était assis à côté d'elle. «Comment vous sentez-vous, Molly?

— Annamarie, dit-elle d'une voix étouffée. J'étais en train de rêver d'elle.

— Racontez-moi votre rêve.

— Annamarie savait qu'un malheur allait lui arriver. C'est pourquoi elle a si vite quitté le restaurant. Elle voulait échapper à son destin. Au lieu de quoi, elle s'est précipitée à sa rencontre.

— Vous pensez qu'Annamarie savait qu'elle allait mourir, Molly?

— Oui.

— Pourquoi pensez-vous qu'elle le savait?

— Docteur, cela faisait partie du rêve. Vous connaissez la fable de l'homme à qui l'on avait prédit qu'il rencontrerait la mort à Damas? Il partit se réfugier à Samarie. Dans la rue, un étranger vint à sa rencontre et lui dit : "Je suis la Mort. Je croyais que nous avions rendez-vous à Damas."» Elle saisit les mains du Dr Daniels. «Tout était si réel dans mon rêve.

— Vous voulez dire qu'Annamarie n'avait aucun moyen d'échapper à la mort?

— Aucun. Et je ne pourrai pas me sauver, moi non plus.

— Expliquez-vous, Molly.

— C'est très confus, murmura-t-elle. Après qu'ils m'ont mise dans la cellule aujourd'hui, et qu'ils ont fermé la porte à clé, je n'ai pas cessé d'entendre une autre porte se fermer et s'ouvrir. C'est étrange...

— Etait-ce une porte de prison?

— Non. Mais j'ignore de quoi il s'agit. C'est quelque chose qui se rapporte à la nuit où Gary a été tué. » Elle soupira et se redressa, repoussant la couverture. « Oh, mon Dieu, pourquoi ai-je tout oublié ? Si seulement je pouvais retrouver mes souvenirs, peut-être aurais-je une chance de m'en sortir.

— Molly, le fait que vous identifiiez des détails ou des bruits précis est déjà très bon signe.

— Vraiment ? » dit-elle faiblement.

Le Dr Daniels l'observa attentivement. La tension de ces derniers jours marquait ses traits ; elle avait une expression atone, fermée, l'expression de quelqu'un qui s'abandonne à la fatalité. Visiblement elle n'avait pas envie de parler davantage.

« Molly, j'aimerais vous voir tous les jours pendant un certain temps. D'accord ? »

Il s'était attendu à un refus de sa part, mais elle se contenta de hocher la tête.

« Je vais avertir Philip que je m'en vais, dit-il.

— Lui aussi devrait rentrer chez lui, fit remarquer Molly. Je vous remercie tous les deux. Je n'ai pas vu grand monde autour de moi ces derniers temps. Mon père et ma mère, par exemple, ont brillé par leur absence. »

La sonnette de la porte se fit entendre. Un éclair de panique traversa le regard de Molly. Pourvu que ce ne soit pas la police !

« Je vais ouvrir », dit Philip depuis la cuisine.

John Daniels vit le soulagement se peindre sur le visage de Molly en entendant un claquement de hauts talons et une voix de femme qui annonçaient l'arrivée de Jenna. Son mari et Philip entrèrent dans la pièce à sa suite.

Jenna serra rapidement Molly dans ses bras. « Service de restauration à domicile, ma chérie. Pas de maître d'hôtel. Le tout-puissant Calvin Whitehall fera le service, aidé par l'avocat Philip Matthews.

— Je vous laisse », fit en souriant le Dr Daniels, heureux de voir Molly entourée de ses amis et impatient lui-même de regagner son domicile. Il éprouvait une antipathie irraisonnée pour Calvin Whitehall, qu'il n'avait rencontré qu'à de rares occasions. Son instinct lui disait que cet homme était le type même du tyran, n'hésitant pas à utiliser son pouvoir considérable, non seulement pour arriver à ses fins, mais pour manipuler les individus, les regarder avec délectation s'agiter au bout d'un fil comme des marionnettes.

C'est avec surprise et sans enthousiasme qu'il vit Whitehall l'accompagner jusqu'à la porte.

Whitehall parlait à voix basse, comme s'il craignait d'être entendu. « Docteur, je suis heureux que vous soyez présent auprès de Molly. Nous tenons tous beaucoup à elle. A votre avis, la justice pourrait-elle la déclarer inapte à comparaître ou, à défaut, non coupable du second meurtre pour cause d'aliénation mentale ?

— Votre question signifie qu'à vos yeux elle est l'auteur du meurtre d'Annamarie Scalli, n'est-ce pas ? »

Whitehall parut étonné et offensé par le ton sec et le reproche à peine voilé contenu dans la voix de son interlocuteur.

« J'espère que ma question reflète toute l'affection que ma femme et moi portons à Molly, et notre conviction qu'une longue peine de prison serait pour elle l'équivalent d'une condamnation à mort. »

Gare à quiconque se frotte à vous, songea le Dr Daniels à la vue du rouge qui montait aux joues de Whitehall et de l'éclat glacial de ses yeux. « Monsieur Whitehall, dit-il, je suis sensible à votre inquiétude. J'ai l'intention de rendre visite tous les jours à Molly, et pour l'instant nous nous contenterons de prendre les problèmes l'un après l'autre. » Avec un signe de tête, il se dirigea vers la porte.

Jenna Whitehall est peut-être la meilleure amie de Molly, réfléchit-il en prenant la route qui le ramenait chez lui ; mais elle est mariée à un homme qui ne supporte pas la contradiction et ne laisse personne se mettre en travers de son chemin. Ce regain d'intérêt pour le scandale qui a entouré la mort de Gary Lasch, le fondateur du groupe Remington, n'est probablement pas au goût de l'homme qui lui a succédé à la tête de l'organisation.

Whitehall était-il venu chez Molly pour accompagner son épouse chez sa meilleure amie, ou pour concocter un plan lui permettant de limiter les dégâts ?

Jenna avait apporté un gratin d'asperges, un carré d'agneau accompagné de pommes de terre nouvelles et de brocolis et des gâteaux. Avec efficacité, elle dressa la table dans la cuisine, tandis que Cal débouchait le vin, une bouteille de château-lafite — « le meilleur de ma cave », fit-il remarquer à Molly.

Elle surprit l'expression amusée de Philip et la moue imperceptible de Jenna devant le ton prétentieux de Cal.

Ils sont pleins de bonnes intentions, pensa-t-elle avec lassitude, mais j'aurais sincèrement préféré qu'ils ne viennent pas. Ils se donnent tant de mal pour faire comme s'il s'agissait d'une soirée ordinaire à Greenwich, d'un dîner improvisé. Autrefois, à l'époque où Gary était encore en vie et où elle croyait mener une vie heureuse, Jenna et Cal leur rendaient souvent visite à l'improviste et restaient dîner.

Le bonheur domestique — telle était ma vie. J'aimais cuisiner et trouvais naturel de préparer un dîner en quelques minutes. Je n'éprouvais ni le besoin ni le désir d'avoir un cuisinier ou une domestique à demeure. Gary paraissait fier de moi. Il se plaisait à me complimenter devant nos invités. «*Non seulement elle est intelligente et ravissante, mais elle sait tout faire à la maison.*»

Comédie !

Elle avait la tête si douloureuse. Elle se massa les tempes du bout des doigts.

«Molly, peut-être préféreriez-vous aller vous reposer?» lui demanda Philip. Il était assis en face d'elle à la table.

«*Comme mari — et comme médecin — il ne valait pas le prix que vous avez payé pour l'avoir tué, madame Lasch.*»

Molly leva les yeux et vit le regard interrogateur que Philip fixait sur elle.

«Molly, que voulez-vous dire?» demanda-t-il.

Confuse, elle s'aperçut que Cal et Jenna la dévisageaient avec le même air interloqué.

«Excusez-moi, dit-elle d'une voix entrecoupée, je crois que je ne fais plus la différence entre ce que je pense et ce que je dis. Je venais juste de me rappeler cette phrase qu'Annamarie Scalli a prononcée au restaurant hier soir. Ce qui m'a frappée à ce moment-là, c'est sa certitude que j'avais tué Gary, alors que j'étais venue dans l'espoir de découvrir qu'elle-même l'avait assassiné, au cours d'un accès de fureur.

— Molly, n'y pense pas pour le moment, insista Jenna. Bois un peu de vin. Essaie de te détendre.

— Jenna, écoute-moi, poursuivit Molly d'un ton fébrile. Annamarie a dit que comme *médecin* Gary ne valait pas le prix que j'avais payé pour l'avoir tué. Pour quelle raison a-t-elle dit ça? C'était un excellent médecin. N'est-ce pas?»

Seul le silence lui répondit. Jenna continua à s'affairer, et Cal à la regarder fixement. «Vous comprenez où je veux en venir? reprit Molly, presque implorante.

Il existait peut-être dans la vie professionnelle de Gary quelque chose que nous ignorons tous.

— C'est une piste à explorer, déclara calmement Philip. Pourquoi ne pas en discuter avec Fran ? » Il se tourna vers Cal et Jenna. « A l'origine, j'étais opposé au fait que Molly coopère avec Fran Simmons, leur dit-il. Mais j'ai vu Fran en action et aujourd'hui je crois sincèrement qu'elle est prête à aider Molly. »

Puis, s'adressant à Molly : « A propos, elle a téléphoné pendant que vous dormiez. Elle a parlé au jeune homme qui servait au bar du restoroute l'autre soir. Selon lui, vous n'avez pas appelé Annamarie une deuxième fois, contrairement au dire de la serveuse. C'est un détail, mais nous pourrons probablement l'utiliser pour contester la véracité de son témoignage.

— Tant mieux. Je n'en avais aucun souvenir, dit Molly. Parfois, je confonds la réalité et le fruit de mon imagination. Tout à l'heure, j'ai dit au Dr Daniels qu'un bruit me revenait constamment à l'esprit, un bruit qui se rapporte à la nuit où Gary est mort — quelque chose au sujet d'une porte. D'après lui, le fait que je commence à me souvenir de détails précis est bon signe. Peut-être y a-t-il d'autres explications à ces deux morts. Je l'espère. En tout cas je suis certaine d'une chose, je ne supporterai pas de me retrouver en prison. » Elle se tut puis murmura plus pour elle-même que pour les autres : « Je n'irai pas. »

Suivit un long silence que Jenna rompit avec une détermination enjouée. « Allons, ne laissons pas refroidir cet excellent dîner », dit-elle en s'asseyant.

Une heure plus tard, en rentrant chez eux en voiture, avec Lou Knox au volant, Jenna et Cal gardèrent le silence pendant la moitié du trajet. Puis Jenna interrogea : « Cal, crois-tu que Fran Simmons pourrait découvrir des preuves en faveur de Molly ? C'est une journaliste d'investigation, après tout.

— Pour cela il faudrait déjà avoir des éléments sur lesquels enquêter, répondit sèchement Cal Whitehall. Or il n'y en a pas. Plus Fran Simmons creusera, plus elle retombera sur la même explication, qui est évidente.

— Que voulait dire Annamarie Scalli en critiquant Gary en tant que médecin ?

— Ma chérie, je crains que les petits éclairs de mémoire de notre malheureuse Molly soient peu fiables, et personnellement je n'y attacherais guère d'importance, pas plus que toi certainement. Tu l'as entendue. Elle menace de se suicider.

— C'est absurde de donner à Molly de faux espoirs ! Je préférerais que Fran Simmons ne se mêle pas de toute cette affaire !

— Oui, c'est exaspérant de la voir fouiner partout, renchérit Cal. Cette femme est une enquiquineuse. »

Il n'eut pas besoin de regarder le rétroviseur pour savoir que Lou Knox les observait. Il fit un imperceptible signe de tête à son attention.

50

AI-JE remarqué un changement chez Natasha l'autre soir, ou est-ce seulement un effet de mon imagination ? se demanda Barbara Colbert, le regard perdu dans le vague tandis que la voiture l'emmenait vers Greenwich. Elle croisait et décroisait nerveusement les mains.

L'appel du Dr Black l'avait surprise au moment où elle se préparait à partir pour le Metropolitan Opera où elle avait un abonnement pour les représentations du mardi soir.

« Madame Colbert, avait dit Peter Black d'une voix grave, nous avons observé une évolution concernant l'état de Natasha. Nous craignons que ses fonctions vitales ne cessent bientôt de fonctionner. »

Mon Dieu, je vous en prie, faites que j'arrive à temps, implora-t-elle. Je voudrais me trouver auprès d'elle quand elle s'en ira. On a toujours prétendu qu'elle n'entend ni ne comprend rien de ce qu'on lui dit, mais je n'en ai jamais été sûre. Quand le moment viendra, je veux qu'elle sache que je suis là. Je veux qu'elle meure dans mes bras.

Elle s'enfonça dans son siège et étouffa un sanglot. La pensée de perdre son enfant était comme un coup de poignard en plein cœur. Natasha... Natasha... Comment un tel drame avait-il pu arriver ?

Barbara Colbert trouva Peter Black au chevet de sa fille. Son expression trahissait une consternation de circonstance. « Nous ne pouvons qu'attendre », dit-il d'une voix compatissante.

Elle l'ignora. Une infirmière approcha une chaise du lit afin qu'elle puisse se tenir près de Natasha et glisser un bras sous sa tête. Barbara contempla le visage ravissant de sa fille, si paisible, comme si elle était simplement endormie et allait ouvrir les yeux d'une minute à l'autre et lui dire « bonjour, maman ».

Les heures s'écoulèrent, la nuit passa, et Barbara veilla là, indifférente aux infirmières qui se tenaient à l'écart, indifférente à Peter Black qui modifiait de temps en temps la solution du goutte-à-goutte coulant dans les veines de Natasha.

A six heures du matin, Black lui effleura le bras. « Madame Colbert, l'état de Natasha semble pour le moment stationnaire. Vous devriez aller vous reposer et prendre un café pendant que les infirmières vont donner les soins à Natasha. Vous reviendrez un peu plus tard. »

Elle leva les yeux vers lui. « Oui. Et je dois m'entretenir avec mon chauffeur. Vous êtes certain... »

Il savait ce qu'elle voulait dire et hocha la tête. « Personne ne peut être certain, mais je ne crois pas que Natasha soit prête à nous quitter tout de suite, du moins dans les instants à venir. »

Barbara Colbert alla jusqu'à la réception. Comme elle s'y attendait, Dan s'était endormi dans un des fauteuils clubs. Une main posée sur son épaule suffit à le réveiller.

Dan était déjà au service des Colbert avant la naissance de Natasha, et il faisait presque partie de la famille. Barbara répondit à sa question muette : « Pas encore. Son état est stationnaire. Mais ça peut arriver d'un instant à l'autre.

— Je vais prévenir les garçons, madame. »

Ils ont cinquante et quarante-huit ans, et il les appelle encore les garçons, pensa Barbara, un peu consolée à la pensée que Dan partageait son chagrin. « Que l'un ou l'autre passe à l'appartement et me ramène quelques affaires. Demandez à Netty de les mettre dans une valise. »

Elle s'obligea à pénétrer dans la petite cafétéria. Elle savait qu'elle n'allait pas tarder à sentir les effets d'une nuit blanche.

La serveuse était visiblement au courant de l'état de Natasha. « Nous sommes de tout cœur avec vous », dit-elle, puis elle soupira. « Nous avons eu une triste semaine. M. Magim est mort samedi, tôt dans la matinée.

— Je l'ignorais. Je suis désolée.

— Nous nous attendions à ce qu'il parte bientôt, bien sûr, mais nous espérions tous qu'il fêterait son quatre-vingtième anniversaire. Pourtant il y a eu un moment extraordinaire, quand il a ouvert les yeux juste avant de mourir. Mme Magim jure qu'il l'a regardée. »

Si Natasha pouvait me dire adieu, pensa Barbara. Nous étions une famille heureuse, mais pas particulièrement démonstrative. Je le regrette maintenant. La plupart des parents abreuvent leurs enfants de « je t'aime ». Je jugeais, pour ma part, cette attitude un peu exagérée, voire un tantinet bêtasse. A présent je m'en veux de ne pas l'avoir répété et répété à Natascha.

Quand elle regagna l'appartement de sa fille, l'état de Natasha n'avait pas changé. Debout à la fenêtre du petit salon, le Dr Black lui tournait le dos. Il parlait dans son téléphone mobile. Avant que Barbara n'ait pu manifester sa présence, elle l'entendit dire : « Je ne suis pas d'accord, mais si vous insistez, je n'ai pas le choix, me semble-t-il. » Sa voix était tendue, pleine de colère — ou de peur ?

Je me demande qui lui donne des ordres, pensa-t-elle.

51

L E mercredi matin, Fran avait rendez-vous à Greenwich avec le Dr Roy Kirkwood, le médecin traitant de Josephine Gallo, la mère de l'ami de Tim Mason. Elle s'étonna de trouver la salle d'attente vide — c'était assez inhabituel à l'époque actuelle pour un cabinet médical.

La réceptionniste ouvrit la vitre de séparation qui isolait son bureau de la réception. « Mademoiselle Simmons, dit-elle sans demander son nom à Fran, le docteur vous attend. »

Roy Kirkwood approchait de la soixantaine. Ses cheveux gris clairsemés, ses sourcils poivre et sel, ses lunettes cerclées de métal, son front ridé et ses yeux vifs au regard bienveillant, tout en lui inspirait confiance. Si j'étais malade, je le choisirais tout de suite comme médecin, pensa Fran dès qu'elle le vit.

Pourtant, réfléchit-elle en prenant le siège qu'il lui indiquait en face de lui, elle était là parce que l'une de ses patientes était morte.

« C'est très aimable à vous de me recevoir, docteur », commença-t-elle.

Il l'interrompit. « Non, je dirais que c'est *nécessaire* pour moi de vous recevoir, mademoiselle Simmons. Vous avez probablement remarqué que ma salle d'attente était vide. Excepté pour mes patients de longue date, que je continuerai à soigner en attendant de transmettre leurs dossiers à d'autres médecins, je suis dorénavant à la retraite.

— Cette décision est-elle liée à la mort de la mère de Billy Gallo ?

— Entièrement liée, mademoiselle Simmons. C'est vrai, Mme Gallo aurait pu succomber à une crise cardiaque dans d'autres circonstances. Mais si elle avait bénéficié d'un quadruple pontage, elle aurait eu de bonnes chances de survie. Son électrocardiogramme était normal, certes, mais ce n'est pas l'unique moyen de détecter un problème chez un patient. Je suspectais qu'elle avait les coronaires obstruées et je voulais faire procéder à des examens approfondis. Ma demande, cependant, a été rejetée.

— Par qui ?

— Par le contrôle de gestion — celui de Remington, pour être précis.

— Avez-vous protesté contre cette décision ?

— Mademoiselle Simmons, j'ai protesté et continué de protester jusqu'au moment où j'ai dû baisser les bras. J'ai protesté contre ce veto comme je l'ai fait dans d'innombrables autres cas où mes demandes d'examens approfondis auprès de spécialistes ont toujours été refusées.

— Donc Billy Gallo a raison — la vie de sa mère aurait pu être prolongée. C'est votre avis ? »

Roy Kirkwood avait l'air désabusé et amer. « Mademoiselle Simmons, lorsque Mme Gallo a fait cet infarctus, je suis allé trouver Peter Black et j'ai exigé que soient effectués ces pontages coronariens.

— Et qu'a-t-il répondu ?

— Il a accepté, difficilement, mais Mme Gallo est morte subitement. Nous aurions pu la sauver si l'opération avait été autorisée plus tôt. Bien sûr, pour le centre de soins elle n'est qu'un élément statistique, et sa mort est un facteur positif pour la courbe de profit de Remington. Si bien que vous pouvez vous interroger sur l'intérêt qu'ils portent aux malades.

— Vous avez fait ce que vous avez pu, docteur, dit Fran doucement.

— Ce que j'ai pu ? Je suis à la fin de ma carrière, j'aurai une retraite confortable. Mais que Dieu prenne en pitié les jeunes médecins. La plupart débutent avec un lourd endettement, et doivent rembourser les emprunts de leurs études. C'est à peine croyable mais la moyenne se situe autour de cent mille dollars. Et ils seront ensuite obligés d'emprunter pour équiper leur cabinet et se constituer une clientèle. Résultat, soit ils travaillent directement pour un centre de soins, soit quatre-vingt-dix pour cent de leurs patients y adhèrent eux-mêmes.

« De nos jours, on impose à un médecin un nombre limité de consultations par jour. Certains centres vont jusqu'à allouer à un médecin quinze minutes par patient, et leur demandent de tenir une feuille de temps. Il est courant de voir des médecins travailler cinquante-cinq heures par semaine, pour une rémunération inférieure à celle qu'ils avaient avant que ces organismes de soins intégrés ne se soient emparés de la médecine.

— Quelle est la solution ? demanda Fran.

— Des centres à but non lucratif. Et que les médecins créent leurs propres syndicats. La médecine progresse à pas de géant. De nombreux traitements et médicaments nouveaux sont mis à la disposition des praticiens, et certains nous permettent véritablement de prolonger la vie et d'en améliorer la qualité. L'absurdité est que ces nouvelles techniques nous sont refusées arbitrairement, comme ce fut le cas pour Mme Gallo.

— Le groupe Remington peut-il se comparer aux autres centres, docteur ? Après tout, il a été fondé par deux médecins.

— Par deux médecins qui ont hérité de la réputation exceptionnelle de leur prédécesseur, le Dr Jonathan Lasch. Gary Lasch ne ressemblait pas à son père — ni comme médecin ni comme homme. En ce qui concerne Remington, c'est une organisation extrêmement efficace. Par exemple, les frais de personnel et de fonctionnement de l'hôpital Lasch sont systématiquement réduits dans le cadre d'une campagne permanente de limitation des coûts. Je souhaite seulement que Remington et les organismes qu'ils sont en train d'absorber soient repris par cette organisation que dirige l'ancien ministre de la Santé. C'est le genre d'homme dont a besoin l'ensemble de notre système de santé. »

Roy Kirkwood se leva. « Je vous prie de m'excuser, mademoiselle Simmons, je me rends compte que je suis simplement en train de déverser ma bile devant vous. Mais j'ai une bonne raison de le faire. Je crois que vous pourriez jouer un rôle très utile, grâce à la notoriété de votre émission, en attirant l'attention du public sur le cynisme inquiétant de ces comportements. Trop de gens ignorent que la médecine ne tourne plus rond. »

Fran s'apprêta à partir. « Docteur, connaissiez-vous le Dr Morrow ? »

Kirkwood eut un petit sourire. « Jack Morrow était l'un des meilleurs parmi nous. Une intelligence remarquable, un diagnostic toujours juste, adoré de ses patients. Sa mort a été un vrai drame.

— Il est étrange que ce meurtre n'ait jamais été élucidé.

— Si vous me trouvez critique à l'égard du groupe Remington, qu'auriez-vous dit en entendant Jack Morrow! J'admets qu'il avait peut-être dépassé les limites.

— Dépassé les limites?

— Jack était très soupe au lait. On m'a raconté qu'il avait traité Peter Black et Gary Lasch de "paire d'assassins". C'était aller trop loin, bien que j'avoue avoir eu le même sentiment envers Black et leur foutu système lorsque Josephine Gallo est morte. Mais je ne l'ai pas *dit*.

— Qui a entendu le Dr Morrow s'exprimer ainsi?

— Mme Russo, ma réceptionniste, entre autres. Elle travaillait pour Jack. J'ignore s'il y en a eu d'autres.

— Mme Russo est-elle cette dame que j'ai vue tout à l'heure?

— C'est elle.»

Fran remercia le Dr Kirkwood de son accueil et se dirigea vers la réception. «J'ai cru comprendre que vous aviez travaillé pour le Dr Morrow, madame, dit-elle à la petite dame aux cheveux gris assise derrière son bureau. Je me souviens qu'il s'est montré très gentil avec moi à la mort de mon père.

— Il était gentil avec tout le monde.

— Madame Russo, mon nom ne vous semblait pas inconnu lorsque je suis arrivée. Savez-vous que je fais une enquête sur la mort du Dr Gary Lasch pour l'émission télévisée "Crime et vérité"?

— Bien sûr.

— Le Dr Kirkwood m'a dit que vous aviez entendu le Dr Morrow traiter les Dr Lasch et Black d'assassins. C'est un terme excessivement fort, il me semble.

— Il revenait de l'hôpital et était complètement bouleversé. Il s'agissait certainement d'un cas comme

261

il y en a eu mille autres, où il se battait pour un patient auquel on refusait un traitement. Le pauvre garçon a été assassiné quelques jours plus tard.

— Si mes souvenirs sont exacts, l'enquête a conclu qu'un toxicomane était entré chez lui et l'avait surpris en train de travailler dans son bureau.

— C'est exact. Le contenu de ses tiroirs était éparpillé sur le sol, l'armoire à pharmacie vide. Je peux comprendre qu'un drogué soit prêt à tout, mais pourquoi le tuer? Pourquoi ne se sont-ils pas contentés de prendre ce qu'ils voulaient et de le ligoter ensuite ou quelque chose de ce genre?» Des larmes brillèrent dans ses yeux.

Peut-être parce que l'auteur du cambriolage a craint d'être reconnu, pensa Fran. C'est généralement la raison qui transforme un vol par effraction en homicide. Au moment de prendre congé, elle se souvint de l'autre question qu'elle désirait poser à la réceptionniste.

«Madame Russo, quelqu'un d'autre était-il présent au moment où le Dr Morrow a traité les Drs Lasch et Black d'assassins?

— Deux personnes seulement l'ont entendu, heureusement. Wally Barry, un patient de longue date du Dr Morrow, et sa mère Edna.»

52

Lou Knox habitait un appartement au-dessus du garage attenant à la résidence des Whitehall, trois pièces dont il se satisfaisait amplement. Un de ses rares passe-temps était la menuiserie et Calvin Whitehall lui avait laissé l'usage d'une des réserves du garage pour y installer son établi et ses outils. Il avait également laissé Lou redécorer l'appartement à son goût.

Le séjour et la chambre étaient lambrissés de chêne clair. Des étagères couraient le long des murs, des rayonnages que l'on pouvait difficilement qualifier de bibliothèque, Lou n'étant pas un grand lecteur. Y trouvaient place son poste de télévision, sa chaîne hi-fi dernier cri et de nombreuses cassettes.

Et c'étaient également ces rayons qui permettaient à Lou de dissimuler l'importante collection de pièces à conviction qu'il avait accumulées au cours des années pour les utiliser éventuellement un jour contre Calvin Whitehall.

Bien sûr, il était pratiquement certain que l'occasion ne se présenterait jamais, car depuis longtemps son rôle avait été défini d'un commun accord entre Cal et lui. En outre, Lou savait que ces pièces à conviction, s'il les produisait, lui seraient tout aussi néfastes qu'à Cal. C'était donc une carte qu'il n'abattrait probablement jamais, sinon en ultime recours. Autant se couper une jambe pour sauver un doigt de pied, comme disait sa grand-mère lorsque Lou vivait chez elle et qu'il se plaignait du boucher pour qui il travaillait le soir après l'école.

Cal et lui s'étaient connus au collège et Cal passait souvent chez Lou en fin de journée.

Les deux jeunes gens s'étaient vite liés d'amitié : Cal, fils de deux ivrognes, et Lou, petit-fils de Bebe Clauss, dont la fille unique s'était enfuie avec Lenny Knox pour revenir deux ans plus tard déposer son fils chez sa mère avant de disparaître à nouveau.

Malgré ses antécédents, Cal était entré à l'université, aidé par son sens aigu de l'intrigue et un désir effréné de réussite. Lou avait erré d'un boulot à un autre, condamné une première fois à quelques jours de prison pour vol à l'étalage puis, pour finir, à trois ans au pénitencier de l'Etat pour attaque à main armée. Et un jour, voilà presque seize ans, il avait reçu un appel de Cal, devenu l'important M. Calvin Whitehall, de Greenwich, Connecticut.

Engagé pour cirer les pompes de mon vieux pote, avait conclu Lou en se rendant à Greenwich. Cal lui avait clairement signifié qu'il attendait de lui une seule chose : qu'il lui serve d'homme à tout faire. Inutile d'évoquer le bon vieux temps.

Le jour même, Lou s'installa à Greenwich chez Cal dans une chambre inoccupée. La maison était beaucoup plus petite que celle que les Whitehall habitaient aujourd'hui, mais elle était située dans un quartier huppé.

L'idylle entre Cal et Jenna lui dessilla les yeux. Cette fille était d'une beauté à vous couper le souffle, de très bonne famille, et elle se laissait courtiser par un type qui ressemblait à un ancien boxeur ? Qu'est-ce qu'elle lui trouvait donc ?

La réponse allait de soi. Le pouvoir. Le pouvoir brut, à l'état pur. Voilà ce qui fascinait Jenna chez Cal, le pouvoir et l'usage qu'il en faisait. Il n'était pas sorti de la cuisse de Jupiter, il n'appartenait pas au même milieu qu'elle, mais il savait comment se comporter dans n'importe quelle situation ; pour elle, le monde se réduisit bientôt à Cal. Et que tous ces vieux fossiles pensent du bien ou du mal de Cal Whitehall, ils auraient été malavisés de lui mettre des bâtons dans les roues.

Les parents de Cal n'avaient jamais été invités à rendre visite à leur fils. Lorsqu'ils moururent, à peu d'intervalle l'un de l'autre, Lou se chargea des formalités et expédia rapidement les corps au crématorium. Cal n'était pas un sentimental.

A mesure que passaient les années, Lou prit de plus en plus d'importance pour Cal — et il le savait. Mais il n'ignorait pas non plus que s'il prenait à Cal la fantaisie de se débarrasser de lui, Lou, il passerait instantanément à la trappe. Il se souvenait des missions particulières qu'il avait accomplies pour le compte de Cal, toujours de manière à ce que son boss puisse prétendre n'y être impliqué en rien. Et si quelqu'un devait porter le chapeau, devinez sur qui ça tomberait ?

Oui, mais c'est un jeu qui se joue à deux, pensa-t-il avec un sourire sardonique.

Aujourd'hui, il devait s'occuper de Fran Simmons. A lui de voir si elle n'était qu'une enquiquineuse ou si elle devenait dangereuse. Intéressant, se dit-il. Tel père, telle fille ?

Lou sourit au souvenir du père de Fran, cet imbécile heureux à qui sa mère n'avait jamais appris à se méfier des Calvin Whitehall de cette planète. Et quand il avait enfin appris la leçon, c'était trop tard.

53

Peter Black faisait rarement le déplacement jusqu'à West Redding pendant la journée. Il fallait compter environ trois quarts d'heure en voiture depuis Greenwich, même avec peu de circulation, mais surtout il craignait de se faire remarquer à la longue dans les parages. Sa destination était une ferme isolée, équipée au premier étage d'un laboratoire ultramoderne.

Sur les documents cadastraux du comté, la bâtisse était enregistrée comme le domicile privé du Dr Adrian Logue, un ophtalmologue à la retraite. En réalité, la propriété et le laboratoire appartenaient au groupe Remington, et lorsque le laboratoire avait besoin d'être approvisionné, les produits étaient transportés depuis l'hôpital dans le coffre de la voiture de Peter Black.

En s'arrêtant devant la ferme, Peter Black avait les mains moites. Il redoutait l'inévitable discussion qui l'attendait ; de plus, il savait qu'il n'aurait pas le dessus.

Quand il ressortit moins d'une heure plus tard, il transportait un paquet dont le poids ne justifiait pas l'angoisse qui s'empara de lui au moment où il le déposait dans sa voiture.

54

EDNA BARRY s'aperçut tout de suite que Molly avait eu des invités la veille. La cuisine était en ordre mais elle y décela des changements subtils. La salière et le poivrier étaient placés sur le buffet plutôt que sur le comptoir, la corbeille à fruits ne trônait pas comme à l'habitude au centre de la table, la machine à café était restée en vue, sans son couvercle, près de la cuisinière.

Remettre chaque chose à sa place n'était pas pour lui déplaire. Elle aimait son travail et la perspective de le quitter à nouveau lui serrait le cœur.

C'était pourtant inévitable. Depuis qu'elle avait repris son emploi chez Molly, Wally se comportait de plus en plus bizarrement. Il avait rarement fait allusion à elle pendant cinq ans et demi, mais son retour avait déclenché quelque chose. Il en parlait sans arrêt. Il parlait aussi du Dr Lasch. Et chaque fois, il se mettait en rage.

Si je ne viens plus ici, il y pensera moins, se dit Edna en nouant son tablier.

A nouveau ce matin, rien n'indiquait que Molly ait

pris son café ; aucun signe, en fait, ne révélait qu'elle soit réveillée. Je vais monter voir comment elle va, décida Edna. Après toutes ces épreuves, il est possible qu'elle dorme encore. Elle a eu à endurer tant de souffrances. Depuis mon retour à son service, lundi dernier, Molly a été arrêtée une seconde fois, puis libérée sous caution. Exactement comme il y a six ans. Mon Dieu, bien que cette pensée me soit insupportable, peut-être vaudrait-il mieux qu'elle soit enfermée.

A entendre Marta, Molly est dangereuse et je ne devrais plus venir travailler chez elle, songea Edna en montant l'escalier, l'arthrite de ses genoux se rappelant douloureusement à elle.

Tu n'as pas été mécontente de l'entendre faire cette suggestion, murmura une voix intérieure. Que la police se concentre sur Molly et se désintéresse de Wally.

Mais Molly s'est toujours montrée si bonne pour toi, souffla une autre voix. Tu *pourrais* lui venir en aide et tu ne le feras pas. Wally se trouvait dans la maison cette nuit-là — tu le *sais*. Peut-être serait-il à même d'aider Molly à retrouver la mémoire de ce qui s'est passé. Mais tu ne prendras pas ce risque. Tu as trop peur de ce qu'il dirait.

Edna atteignit l'étage au moment où Molly sortait de sa douche et entrait dans sa chambre enveloppée de son peignoir en épais tissu éponge, les cheveux entortillés dans une serviette. Ainsi vêtue, elle rappela à Edna la petite fille qu'elle avait été, toujours si polie, qui disait « bonjour, madame Barry » de sa voix douce.

« Bonjour, madame Barry. »

Avec un sursaut, Edna se rendit compte que c'était Molly adulte qui s'adressait à elle, et non un écho de ses souvenirs.

« Oh, Molly, pendant un instant, j'ai cru vous voir quand vous aviez dix ans ! Je dois perdre la tête.

« — Pas vous, répondit Molly. Moi peut-être, mais certainement pas vous. Pardonnez-moi de vous avoir obligée à monter me chercher. Je ne suis pas aussi paresseuse qu'il y paraît, pourtant. Je me suis couchée tôt, mais je n'ai pas fermé l'œil jusqu'au petit matin.

— Ce n'est pas bon pour vous, Molly. Ne pouvez-vous demander au Dr Daniels de vous prescrire un somnifère ?

— C'est ce qu'il a fait l'autre soir, et le calmant qu'il m'a donné a été très efficace. L'ennui, c'est que le Dr Daniels ne croit pas à ce genre de médicaments.

— J'ai des cachets à la maison que le docteur de Wally m'a donnés au cas où il serait trop agité. Ils sont sans danger. Voulez-vous que je vous en apporte quelques-uns ? »

Molly s'assit à sa coiffeuse et s'empara du sèche-cheveux. Puis elle se tourna vers Edna Barry. « Volontiers, dit-elle lentement, avez-vous un flacon entier que je pourrais remplacer par la suite ?

— Oh, vous n'avez pas besoin d'un flacon. Il y a au moins quarante cachets dans celui que j'ai dans mon armoire à pharmacie.

— Partageons-le alors, si vous voulez bien. Du train où vont les choses, je peux en avoir besoin plusieurs soirs de suite. »

Edna hésita à montrer qu'elle était au courant de l'arrestation de Molly.

« Molly, je suis si triste de voir tout ce qui vous arrive.

— Je sais. Merci, madame Barry. Puis-je avoir mon café maintenant ? » Elle mit en marche le sèche-cheveux.

Dès qu'elle entendit Edna Barry redescendre à la cuisine, Molly éteignit l'appareil et laissa ses cheveux mouillés retomber dans son cou. La chaleur de la douche s'était dissipée et les mèches étaient froides et humides contre sa peau.

269

Elle contempla son visage dans la glace — il lui semblait appartenir à quelqu'un qu'elle reconnaissait à peine. Tu n'as quand même pas l'intention d'avaler une overdose de médicaments! Non, c'était plutôt comme si elle se trouvait dans un endroit inconnu et cherchait la sortie, au cas où elle aurait besoin de partir précipitamment. C'était ça, n'est-ce pas? Elle s'approcha du miroir et plongea son regard dans les yeux qui s'y reflétaient. Elle n'était plus sûre de rien.

Une heure plus tard, Molly était installée dans le bureau et examinait le contenu d'un des cartons provenant du grenier. Les inspecteurs avaient passé en revue tous ces documents, se souvint-elle. Ils les avaient placés sous scellés après la mort de Gary, les avaient rendus après le procès, puis les avaient fouillés à nouveau dans la journée d'hier. Je présume qu'ils ont renoncé à y trouver quoi que ce soit d'intéressant.

Mais qu'est-ce que j'y cherche moi-même?

Je cherche quelque chose pouvant m'aider à comprendre ce qu'Annamarie voulait dire en affirmant que Gary, comme médecin, ne valait pas le prix que j'avais payé. Ce n'est même plus son infidélité qui m'importe.

Il y avait des photos encadrées dans le carton. Elle en retira une et l'examina de près. C'était une photo d'elle et de Gary prise au bal de l'Association pour la lutte contre les maladies cardiovasculaires, l'année de leur mariage. Elle l'étudia sans émotion. Sa grand-mère disait que Gary lui rappelait Tyrone Power, l'acteur de cinéma qui avait fait battre son cœur soixante ans auparavant.

Sans doute n'ai-je jamais gratté plus loin que sa beauté et son charme, pensa-t-elle. Annamarie l'avait fait. Mais comment y était-elle arrivée ? Et qu'avait-elle appris ?

A onze heures trente, Fran téléphona. «Molly, j'aimerais passer vous voir brièvement. Mme Barry est-elle là ?

— Oui.

— Très bien. Je serai chez vous dans dix minutes.»

En arrivant, Fran alla tout de suite trouver Molly et passa son bras autour de ses épaules. «J'ai cru comprendre que vous aviez passé un après-midi délicieux hier.

— Le meilleur du monde.» Molly parvint à sourire faiblement.

«Où est Mme Barry?

— Dans la cuisine, je suppose. J'ai beau lui répéter que je n'ai pas faim, elle s'obstine à me préparer à déjeuner.

— Accompagnez-moi, il faut que je lui parle.»

Edna sentit son cœur battre plus fort en entendant la voix de Fran Simmons. Pitié, mon Dieu, ne la laissez pas m'interroger à propos de Wally. Il n'y peut rien s'il est malade.

Fran alla droit au but. «Madame Barry, le Dr Morrow était le médecin de votre fils, n'est-ce pas?

— Oui. Wally voyait un psychiatre également, mais le Dr Morrow était son médecin traitant, répondit Edna, s'efforçant de dissimuler son anxiété.

— L'autre jour, votre voisine, Mme Jones, m'a raconté que Wally avait été bouleversé par la mort du Dr Morrow.

— C'est vrai.

— Je crois que Wally portait un plâtre à cette époque?»

Edna Barry se raidit, puis acquiesça sèchement. «Un plâtre du genou à la pointe du pied, dit-elle. Il le por-

271

tait encore une semaine après qu'on eut retrouvé le pauvre Dr Morrow assassiné. »

Pourquoi est-ce que je lui dis ça ? regretta-t-elle. Elle n'a accusé Wally de rien.

« Et si je vous demandais, madame Barry, si vous ou votre fils avez jamais entendu le Dr Morrow parler du Dr Lasch ou du Dr Black, et même les traiter d'assassins ? »

Molly sursauta.

« Je ne me souviens pas d'avoir jamais entendu pareille sornette, répondit Edna Barry d'une voix étouffée, essuyant fébrilement ses mains sur son tablier d'un geste qui trahissait son trouble. Je ne comprends rien à ce que vous racontez.

— Si vous aviez entendu une déclaration de ce genre, je pense que vous ne l'auriez pas oubliée, madame Barry. En ce qui me concerne, j'en aurais certainement gardé le souvenir. En venant en voiture, j'ai téléphoné à Me Matthews, l'avocat de Molly, et lui ai posé une question concernant la clé de secours cachée dans le jardin. D'après ses notes, vous l'avez donnée à la police le matin où le Dr Lasch a été retrouvé assassiné dans son bureau, et vous leur avez dit qu'elle était restée longtemps dans un tiroir de la cuisine. Vous avez dit également que Molly avait oublié sa clé, un jour, et qu'elle avait pris la clé de secours dans la cachette, et que cette clé n'avait jamais été remise à sa place.

— Mais c'est faux, protesta Molly. Je n'ai jamais oublié ma clé, et la clé de secours était dans sa cachette la semaine avant la mort de Gary. Je le sais. J'étais allée faire un tour au fond du jardin et j'ai vérifié qu'elle s'y trouvait. Pourquoi avez-vous dit qu'elle n'avait pas été remise à sa place par ma faute, madame Barry ? »

55

Au journal du soir, Fran termina son reportage sur les derniers rebondissements concernant le meurtre d'Annamarie Scalli par cette annonce : « D'après Bobby Burke, le jeune barman du Sea Lamp, un couple est entré ce soir-là et a pris une table près de la porte quelques instants avant la sortie précipitée d'Annamarie Scalli. L'avocat de Molly Lasch, Philip Matthews, lance un appel à ces personnes, les priant de se manifester et de relater ce qu'elles ont pu voir ou entendre dans le parking ou à l'intérieur du restaurant. Le numéro de téléphone de Me Matthews est le 212-555-2800, et l'on peut me joindre à mon bureau au 212-555-6850. »

La caméra braquée sur Fran fut coupée. « Merci pour votre reportage, Fran, dit Bert Davis, le nouvel animateur de l'émission. Et maintenant la rubrique sportive avec Tim Mason, suivie de la météo avec Scott Roberts. Mais d'abord, voici quelques messages. »

Fran décrocha son micro de sa veste, et ôta ses écouteurs. En sortant du studio, elle s'arrêta dans le bureau de Tim Mason. « Puis-je vous inviter à manger un hamburger quand vous aurez terminé ? » demanda-t-elle.

Tim leva les yeux. « J'aurais plus volontiers choisi un steak mais si vous préférez un hamburger, je suis à vos ordres.

— Pas du tout. Un steak sera parfait. Venez me retrouver à mon bureau. »

Pendant qu'elle attendait Tim, Fran passa en revue les événements de la journée. Son entretien avec le Dr Roy Kirkwood, puis son coup de fil à Philip Matthews, enfin la réaction embarrassée d'Edna Barry au sujet de la clé supplémentaire que Molly niait avoir laissée traîner dans le tiroir de la cuisine. « Molly a dû oublier, avait-elle dit ; elle *était* si troublée à cette époque. »

A son retour à New York, Fran avait rappelé Philip pour lui confirmer sa conviction qu'Edna Barry leur cachait quelque chose et que ce quelque chose était lié à cette fameuse clé. Edna n'avait pas répondu franchement aux questions de Fran. Peut-être Philip pourrait-il l'impressionner suffisamment pour qu'elle en dise plus ?

Philip avait promis d'examiner attentivement les déclarations faites par Edna Barry à la police au moment du procès, puis il avait demandé quelle avait été la réaction de Molly aux propos de Mme Barry.

Fran lui rapporta que Molly avait eu l'air stupéfait, décontenancé. Après le départ de Mme Barry, Molly avait dit : « J'étais sans doute déjà perturbée avant toute cette histoire. J'aurais juré que cette clé se trouvait dans le jardin peu de jours avant que je ne surprenne la conversation d'Annamarie avec Gary. »

Et je suis sûre qu'elle a raison, se dit rageusement Fran au moment où Tim frappait à la porte et apparaissait dans l'entrebâillement. Elle lui fit signe d'entrer. « Allons-y, dit-il. J'ai réservé chez Cibo dans la Deuxième Avenue.

— Parfait. J'adore cet endroit. »

Alors qu'ils descendaient la Cinquième Avenue vers la 41e Rue, Fran leva brusquement les bras en l'air comme si elle voulait saluer les immeubles et l'animation qui régnait autour d'elle. « J'aime tellement cette ville ! s'exclama-t-elle. C'est si bon d'être de retour. »

Tim acquiesça. « Moi aussi j'aime cette ville, et je suis heureux que vous soyez de retour. »

Au restaurant ils choisirent une table un peu à l'écart.

Lorsque le serveur eut rempli leurs verres de vin et pris leurs commandes, Fran se pencha vers Tim. « Tim, vous m'avez bien dit que votre grand-mère était décédée à l'hôpital Lasch ? A quelle date est-elle morte ?

— Voyons. Il y a juste un peu plus de six ans, je crois... Pourquoi cette question ?

— Quand je vous ai rencontré pour la première fois la semaine dernière, nous avons parlé de Gary Lasch. Vous m'avez précisé qu'il s'était fort bien occupé de votre grand-mère avant qu'elle ne meure.

— En effet. Pourquoi ?

— J'entends dire de divers côtés que Gary Lasch n'était pas uniquement le médecin que tout le monde croyait connaître. J'ai parlé au praticien qui a soigné la mère de Billy Gallo — un certain Dr Kirkwood. Il m'a dit qu'il s'était battu pour qu'elle consulte un spécialiste et bénéficie d'un suivi plus approfondi mais qu'il n'avait pu obtenir l'accord du centre. Résultat, elle avait eu une crise cardiaque majeure et était morte avant qu'on puisse tenter quoi que ce soit. Naturellement, Gary Lasch n'est plus là depuis longtemps et il n'a rien à voir personnellement dans l'histoire, mais d'après le Dr Kirkwood cette politique de rentabilité ne date pas d'aujourd'hui. Bien qu'il n'ait pas atteint l'âge de la retraite, il a décidé de ne plus exercer. Il a fait la plus grande partie de sa carrière à l'hôpital Lasch, et m'a clairement laissé entendre que Gary Lasch ne ressemblait en rien à son père. Il a précisé que les problèmes qu'il avait rencontrés dans le cas de Mme Gallo n'étaient pas nouveaux, que le bien-être des patients était depuis belle lurette passé au second plan dans l'esprit des responsables de l'hôpital Lasch et du groupe Remington. » Fran se pencha vers Tim et baissa le ton. « Il a même ajouté que le Dr Morrow, ce jeune médecin assassiné au cours d'un cambriolage deux semaines avant Gary Lasch, avait un jour traité Lasch et son associé de "paire d'assassins".

— Ce ne sont pas des mots qu'on emploie à la légère, fit remarquer Tim. Pourtant, ma propre expérience a été beaucoup plus positive. Comme je vous l'ai dit, j'aimais bien Gary Lasch et je persiste à penser que grâce à lui ma grand-mère a reçu tous les soins nécessaires. Il y a une coïncidence pourtant dont je ne crois pas vous avoir parlé. Vous ai-je raconté qu'Annamarie Scalli était l'une des infirmières qui s'occupaient d'elle ? »

Fran écarquilla les yeux. « Non, je l'ignorais.

— Je n'y avais pas attaché d'importance jusqu'à présent. Toutes les infirmières alors étaient épatantes. Annamarie avait montré beaucoup de dévouement et de gentillesse. Le jour où l'on nous a annoncé le décès de ma grand-mère, nous sommes tout de suite allés à l'hôpital, naturellement. Annamarie était assise près du lit et elle pleurait. Combien d'infirmières ont cette réaction, surtout quand il s'agit d'une patiente arrivée récemment dans le service ?

— Très peu, reconnut Fran. Elles ne tiendraient pas le coup si elles s'impliquaient trop sur le plan affectif.

276

— Annamarie était une très jolie fille, mais elle m'avait paru quelque peu naïve. Il est vrai qu'elle n'avait guère plus de vingt ans à l'époque. En apprenant que Gary Lasch avait une aventure avec elle, j'ai trouvé sa conduite méprisable, mais comme médecin je n'ai absolument rien à lui reprocher.

« Ma grand-mère avait le béguin pour lui, poursuivit Tim, emporté par ses souvenirs. C'était sans nul doute un homme très séduisant, charmant, et il donnait l'impression de s'intéresser sincèrement à ses patients. Le genre de type qui vous inspire confiance. Ma grand-mère disait qu'il passait parfois la voir à onze heures du soir. Vous connaissez beaucoup de médecins qui en font autant?

— Pour Annamarie Scalli, Gary Lasch ne valait pas le prix que Molly a payé pour l'avoir tué. Et, d'après Molly, Annamarie semblait vraiment convaincue en disant ça.

— Mais, Fran, n'est-ce pas le genre de propos amers auxquels on peut s'attendre dans la bouche d'une femme dans la situation d'Annamarie?

— Dans la bouche d'une femme, peut-être. Mais si cette femme est infirmière, ces paroles prennent une autre signification. » Fran se tut un instant, secoua la tête. « Je ne sais pas, peut-être vais-je trop vite en besogne, pourtant je ne puis m'empêcher de penser qu'il y a quelque chose de louche derrière tout cela. J'ai le sentiment d'être au bord d'une découverte explosive, mais je crains qu'une bonne partie de cette histoire ne voie jamais le jour.

— Vous êtes une bonne journaliste d'investigation, Fran. Je parie que vous découvrirez la vérité. Je connaissais peu Annamarie Scalli, mais je lui ai toujours été reconnaissant des soins qu'elle prodiguait à ma grand-mère. Je serais content que l'on coffre son meurtrier, et je trouve tragique que Molly Lasch soit injustement accusée. »

Le garçon disposait devant eux les salades qu'ils avaient commandées.

« Injustement accusée pour la deuxième fois, précisa Fran avec force.

— Peut-être. Quelle sera la prochaine étape de votre enquête ?

— J'ai obtenu un rendez-vous avec Peter Black. Je dois le rencontrer demain. Cela devrait être intéressant. Je veux aussi m'entretenir avec Jenna Whitehall et son mari, le célèbre Calvin Whitehall.

— De grosses pointures ! »

Fran hocha la tête. « Je sais, mais ils jouent un rôle essentiel dans cette histoire et je suis déterminée à aller jusqu'à eux. » Elle soupira. « Si nous parlions d'autre chose ? Quel est votre pronostic ? Est-ce que mes chers Yankees vont encore gagner les World Series cette année ? »

Tim sourit. « Bien sûr qu'ils vont gagner. »

56

« JE suis venue seule, cette fois-ci, dit Jenna à Molly en lui téléphonant depuis sa voiture. Je ne resterai que quelques minutes.

— Jen, tu es gentille, mais j'ai déjà dû prendre sur moi pour annuler ma séance avec le Dr Daniels et je tombe de fatigue. Je n'ai qu'une envie, c'est d'aller me coucher, même s'il n'est que neuf heures.

— Un quart d'heure — c'est tout ce que je te demande. »

Molly poussa un soupir. « D'accord. Viens. Mais ne te fais pas remarquer. Des journalistes traînaient dans le coin cet après-midi, et je suis sûre que Cal n'apprécierait pas de voir sa femme et la tristement célèbre Molly Lasch apparaître sur la même photo en première page de tous les canards de la région. »

Elle ouvrit la porte prudemment, et Jenna se glissa à l'intérieur. « Oh, Molly, dit-elle en l'étreignant. C'est affreux que tu aies à endurer toutes ces épreuves.

— Tu es ma *seule* amie », dit Molly, puis elle ajouta rapidement : « Non, ce n'est pas vrai. Fran Simmons me soutient, elle aussi.

— Elle a demandé à nous voir, mais nous ne l'avons pas eue personnellement au téléphone. Cal m'a promis de lui accorder un entretien, et il paraît qu'elle a déjà prévu de venir à Greenwich demain pour voir Peter.

— Je sais qu'elle souhaite vous rencontrer tous les trois. Je veux que vous vous sentiez totalement libres de lui parler. J'ai toute confiance en elle. »

Elles entrèrent dans la salle de séjour. Un feu brillait dans la cheminée. «J'ai bien réfléchi, dit Molly. Je n'utilise que trois pièces de cette grande maison — la cuisine, ma chambre, et ce séjour. Lorsque toute cette histoire aura pris fin — si elle prend fin un jour —, j'irai m'installer dans quelque chose de plus petit.

— C'est une excellente idée, approuva Jenna.

— Cependant, comme tu le sais, l'Etat du Connecticut a d'autres idées me concernant, et s'ils parviennent à leur but, je me contenterai alors d'une minuscule cellule.

— Molly !

— Ne fais pas attention. » Molly s'installa confortablement et contempla son amie. «Tu es superbe. Tailleur classique, escarpins à talons. Bijoux discrets. D'où sors-tu ainsi habillée ?

— D'un déjeuner d'affaires. Je suis revenue tard par le train. J'avais laissé ma voiture à la gare ce matin et j'ai foncé directement chez toi. Je me suis sentie déprimée pendant toute la journée. Molly, je m'inquiète tellement à ton sujet. »

Molly s'efforça de sourire. «Moi aussi je suis extrêmement inquiète à mon sujet. »

Elles étaient assises côte à côte sur le canapé, séparées par la largeur d'un coussin. Molly se pencha en avant, les mains jointes. «Jen, ton mari est convaincu que j'ai tué Gary, n'est-ce pas ?

— Oui, répondit Jenna doucement.

— Et il est également convaincu que j'ai poignardé Annamarie Scalli. »

Jenna ne répondit pas.

« Je sais qu'il en est fermement persuadé, continua Molly. Tu n'ignores pas ce que tu représentes pour moi, mais, Jen, sois gentille — ne viens plus me voir ici avec Cal. Cette maison est mon seul refuge. Je n'ai pas envie d'y accueillir des ennemis. »

Elle jeta un regard en biais à son amie. « Oh, Jen, ne sois pas triste. Ce que je te dis n'a rien à voir avec *nous*. Nous sommes toujours les deux inséparables de l'Académie de Cranden, non ? »

Jenna passa furtivement le dos de sa main sur ses yeux. « Bien sûr, mais Molly, Cal n'est pas ton ennemi. Il veut faire intervenir d'autres avocats, des experts en affaires criminelles, qui prépareraient avec Philip ta défense en invoquant la démence temporaire.

— La démence temporaire ?

— Molly, s'emporta Jenna, te rends-tu compte qu'une condamnation pour meurtre peut signifier l'emprisonnement à vie ? Surtout s'ajoutant à la condamnation antérieure. Nous ne pouvons pas courir ce risque.

— Nous ne le pouvons pas, en effet, fit Molly en se levant. Jenna, accompagne-moi dans le bureau de Gary. »

La pièce était plongée dans le noir. Molly alluma la lumière, puis l'éteignit délibérément. « Hier soir après votre départ, je suis montée me coucher, mais je n'arrivais pas à dormir. Vers minuit, je suis descendue ici — et, le croiras-tu, quand j'ai allumé, comme je viens de le faire à l'instant, je me suis rappelé avoir fait le même geste en arrivant du Cape le dimanche soir. La lumière était éteinte dans le bureau quand j'y suis entrée, Jenna. J'en suis certaine. Je pourrais le jurer !

— Et alors ? Qu'est-ce que cela signifie ?

281

— Réfléchis. Gary était assis à son bureau, il y avait des papiers autour de lui, preuve qu'il était en train de travailler. C'était la nuit. Logiquement il aurait dû allumer l'électricité. Si mes souvenirs sont exacts, si j'ai véritablement ouvert cette porte et allumé la lumière, cela signifie que celui ou celle qui a tué Gary l'avait éteinte. Tu ne comprends donc pas ?

— Molly, murmura Jenna d'un ton légèrement réprobateur.

— Hier, j'ai dit au Dr Daniels que j'avais rêvé de quelque chose se rapportant à une porte ou un verrou. »

Molly se tourna vers son amie et lut de l'incrédulité dans ses yeux. Ses épaules s'affaissèrent. « Aujourd'hui, Mme Barry a dit que la clé habituellement cachée dans le jardin était restée dans le tiroir de la cuisine pendant des semaines. Parce que j'avais oublié la mienne, un jour. Mais je n'en ai aucun souvenir.

— Molly, permets à Cal de faire appel à d'autres avocats pour seconder Philip, supplia Jenna. Il s'est entretenu avec deux des meilleurs de la place. Ils n'ont pas leur pareil pour construire une défense sur des bases psychiatriques, et Cal et moi sommes convaincus qu'ils pourraient t'aider. » Elle vit le désarroi s'inscrire sur le visage de son amie. « Penses-y, au moins.

— C'est peut-être l'explication de mon rêve à propos d'une porte ou d'une serrure, dit Molly avec tristesse, ignorant la suggestion de Jenna. Peut-être n'ai-je qu'une alternative : être enfermée soit dans une cellule, soit dans un asile.

— Molly, ne dis pas de bêtises. » Jenna se leva. « Je vais prendre une tasse de thé avec toi puis je te laisserai te coucher. Tu dis n'avoir pas beaucoup dormi la nuit dernière. Le Dr Daniels ne t'a pas donné de somnifères ?

— Il m'en a donné un l'autre jour, et cet après-midi

Mme Barry m'a apporté des pilules que prend Wally pour se calmer.

— Tu ne devrais pas prendre de médicaments destinés à quelqu'un d'autre !

— J'ai lu l'étiquette, c'est un calmant inoffensif. N'oublie pas que j'ai été l'épouse d'un médecin, j'ai appris deux ou trois petites choses au passage. »

Quand Jenna partit quelques minutes plus tard, Molly ferma la porte à double tour derrière elle et enclencha le verrou du bas. Le bruit que faisait ce verrou — à mi-chemin entre un déclic et un claquement sec — la fit sursauter.

Délibérément elle répéta son geste, relevant et abaissant le verrou, écoutant attentivement, cherchant dans son subconscient pourquoi ce bruit si familier devenait soudain menaçant.

57

L E jeudi, Peter Black commença sa journée par une visite à Natasha. Médicalement parlant, elle aurait dû être morte, se disait-il anxieusement en longeant le couloir qui menait à son appartement.

L'inclure dans le processus expérimental avait peut-être été une erreur. En temps normal, il produirait des résultats cliniques fructueux — voire extraordinaires — mais continuer devenait hasardeux, en raison surtout de la présence de la mère de Natasha. Barbara Colbert était trop vigilante et elle avait trop de relations. Il y avait d'autres patients à la résidence qui étaient mieux adaptés à cette formidable expérimentation, des patients dont les parents ne soupçonneraient jamais la moindre anomalie et accueilleraient comme un cadeau du ciel ce retour à la conscience au moment de la mort.

Je n'aurais jamais dû dire à Logue que Harvey Magim avait paru reconnaître sa femme à la fin, se reprocha Black. Mais il était trop tard pour s'arrêter en route. Il fallait passer à l'étape suivante. On le lui avait clairement signifié. Et l'étape suivante était contenue dans le paquet qu'il avait rapporté du laboratoire de West Redding, en ce moment même en sûreté dans la poche de son gilet.

Il trouva l'infirmière de garde à moitié endormie au chevet de Natasha. Parfait. C'était l'excuse rêvée pour lui faire quitter la pièce.

« Vous feriez bien d'aller chercher un café pour vous réveiller, dit-il sévèrement. Je resterai ici, en attendant. Où est Mme Colbert ?

— Elle dort sur le divan, murmura l'infirmière. La pauvre, elle a fini par s'assoupir. Ses fils sont partis. Ils reviendront ce soir. »

Black hocha la tête et se tourna vers la patiente pendant que l'infirmière sortait à la hâte. L'état de Natasha était demeuré inchangé depuis la veille. Stabilisé grâce à l'injection qu'il lui avait faite au dernier moment.

Il prit le petit paquet dans sa poche. Il paraissait anormalement lourd pour sa taille. L'injection de la veille avait eu le résultat escompté, mais les suites de celle qu'il s'apprêtait à faire étaient totalement imprévisibles.

Logue travaille hors de tout contrôle, pensa Black.

Il souleva le bras inerte de Natasha, chercha une veine, introduisit la seringue, appuya lentement sur le piston et regarda le liquide s'écouler et disparaître.

Il consulta sa montre. Huit heures. Dans douze heures environ, tout serait fini, d'une façon ou d'une autre. Entre-temps l'attendait la désagréable perspective de l'entretien qu'il avait accepté avec cette fouineuse de Fran Simmons.

58

Fran avait passé une nuit agitée et était arrivée tôt à son bureau pour préparer son interview de Peter Black. Elle devait le retrouver à midi. Elle avait demandé au service de la documentation de déposer sur son bureau tous les renseignements biographiques le concernant, et constata avec plaisir que ses désirs avaient déjà été exaucés.

Elle les parcourut rapidement, les trouva étonnamment pauvres et peu prestigieux. Originaire d'une famille ouvrière de Denver ; scolarité au lycée du coin ; études de médecine médiocres ; interne dans un hôpital peu réputé de Chicago, puis médecin attitré dans le même établissement. Un peu mince comme curriculum vitae.

Ce qui amenait la question suivante : pour quelle raison Gary Lasch avait-il été le chercher ?

A midi pile, elle fut introduite dans le bureau du Dr Lasch. Elle fut immédiatement frappée par la décoration de la pièce. Elle aurait davantage convenu à un président de grande entreprise qu'à un médecin, même si ledit médecin dirigeait un hôpital et un organisme de soins intégrés.

Fran s'étonna à la vue de Peter Black. Elle ne s'attendait pas à se trouver face à ce genre d'homme. Peut-être avais-je imaginé quelqu'un ressemblant au portrait que l'on m'a fait de Gary Lasch, pensa-t-elle en le suivant jusqu'au canapé et aux fauteuils de cuir qui étaient disposés autour d'une table basse, face à une large baie vitrée, créant l'atmosphère confortable d'une salle de séjour.

De l'avis unanime, Gary Lasch avait été un bel homme doté d'une personnalité séduisante. Peter Black avait le teint cireux, et Fran s'étonna de sa nervosité. Des gouttes de transpiration brillaient sur son front et au-dessus de sa lèvre supérieure. Il y avait quelque chose de guindé dans son attitude, dans la façon dont il se tenait perché au bord de son fauteuil. Il semblait sur ses gardes, prêt à répondre à une attaque. Bien qu'il s'efforçât d'être courtois, une tension contenue altérait sa voix.

Après lui avoir proposé un café que Fran refusa, il dit : « Mademoiselle Simmons, j'ai un emploi du temps particulièrement chargé et vous aussi, je pense, c'est pourquoi je vous propose d'aller droit au but. J'ai accepté de vous recevoir parce que je voulais protester énergiquement contre le fait que, dans votre course à l'audimat, vous exploitez honteusement Molly Lasch, une femme qui souffre manifestement de troubles mentaux. »

Fran répliqua sans sourciller : « Je crois aider Molly et non l'exploiter, docteur. Puis-je vous demander si votre diagnostic est fondé sur une évaluation médicale sérieuse, ou simplement sur le même jugement hâtif qui semble être de règle chez tous ses amis ?

— Mademoiselle Simmons, il est clair que nous

287

n'avons rien à nous dire. » Peter Black se leva. « Si vous voulez bien m'excuser… »

Fran resta assise. « Non, je crains qu'il ne me faille rester, docteur. Vous savez que je suis venue jusqu'ici dans le but de vous poser un certain nombre de questions. Que vous ayez autorisé ma venue indiquait à mes yeux que vous acceptiez d'y répondre. Je pense que vous me devez au moins dix minutes de votre temps. »

Peter Black se rassit à regret. « Dix minutes, donc. Pas une seconde de plus.

— Merci. Selon Molly, vous lui avez rendu visite samedi soir avec les Whitehall dans l'intention de lui demander le report de mon enquête, cela en raison de vos pourparlers avec d'autres organismes de soins. Est-ce exact ?

— C'est exact. J'avais aussi à l'esprit le bien-être de Molly, ainsi que je vous l'ai déjà expliqué.

— Docteur Black, vous connaissiez le Dr Morrow, je crois ?

— Certainement. C'était l'un de nos praticiens.

— Etiez-vous amis ?

— Je dirais que nous avions des relations cordiales. Nous nous respections mutuellement. Mais de là à nous voir en privé ? Je dirais non.

— Vous êtes-vous querellé avec lui peu de temps avant sa mort ?

— Pas du tout. J'ai cru comprendre qu'il avait eu des mots avec mon collègue, le Dr Lasch. Je pense qu'il s'agissait du refus de prise en charge d'un traitement que le Dr Morrow avait recommandé pour l'une de ses patientes.

— Avez-vous entendu dire qu'il vous avait traités, vous et le Dr Lasch, de "paire d'assassins" ?

— Je l'ignorais, mais je ne suis pas surpris. Jack s'emportait facilement, il était très soupe au lait. »

Il a peur, se dit Fran en étudiant Peter Black. Il a peur, et il ment.

« Docteur, saviez-vous à l'époque que Gary Lasch avait une liaison avec Annamarie Scalli ?

— Non. J'ai été choqué lorsque je l'ai appris de la bouche même de Gary.

— Quelques heures avant sa mort, précisa Fran. N'est-ce pas ?

— Oui. Gary avait paru inquiet pendant toute la semaine, et le dimanche Cal Whitehall et moi-même sommes allés le voir. C'est alors qu'il nous a mis au courant. » Peter Black regarda sa montre et s'avança légèrement sur son siège.

Il ne va pas tarder à me mettre dehors, pensa Fran. Auparavant, il faut que je lui pose une ou deux questions supplémentaires.

« Docteur, Gary Lasch était l'un de vos proches amis, je crois ?

— Très proche. Nous nous étions connus durant nos études de médecine.

— Une fois sortis de la faculté, étiez-vous restés en contact régulier ?

— Pas vraiment. J'ai travaillé dans un hôpital à Chicago après mon diplôme, et Gary était venu s'installer ici à la fin de son internat ; il s'était associé avec son père. » Il se leva. « Mademoiselle Simmons, je dois maintenant retourner travailler. » Il tourna les talons et se dirigea vers son bureau.

Fran le suivit. « Docteur, une dernière question. Est-ce vous qui avez demandé à Gary Lasch de vous faire venir ici ?

— Gary m'a fait appeler après la mort de son père.

— Et il vous a associé à égalité avec lui dans un organisme que son père avait fondé. Or, il y avait bon nombre d'excellents médecins dans la région de Greenwich qui auraient volontiers investi dans cette

289

opération, mais il vous a choisi, vous, alors que vous étiez simplement attaché à un hôpital de médiocre réputation à Chicago. Que lui apportiez-vous de si spécial ? »

Peter Black pivota sur lui-même et fit face à Fran. « Sortez ! cria-t-il. Vous avez un sacré culot de venir répandre des propos diffamatoires alors que la moitié des habitants de cette ville ont été victimes de l'escroquerie de votre père ! »

Fran accusa le coup. « Que cela vous plaise ou non, docteur Black, je continuerai à chercher les réponses aux questions que je me pose. Et vous ne m'en avez fourni aucune. »

59

LE jeudi matin à Buffalo, après le service reli-
gieux, les restes d'Annamarie Scalli furent inhu-
més discrètement dans le caveau familial. Les
obsèques n'avaient pas été rendues publiques. Il n'y
avait pas eu de veillée funèbre. Sa sœur, Lucy Scalli
Bonaventure, son mari et ses deux enfants étaient les
seules personnes présentes à la messe et à l'enterrement.

L'absence de publicité avait été décidée par Lucy,
avec une détermination farouche. De seize ans l'aînée
d'Annamarie, elle l'avait toujours considérée comme
sa fille. Agréable de sa personne mais sans attrait particulier, Lucy avait vu grandir avec bonheur cette
exquise petite fille aussi vive que ravissante.

L'enfant devenue adolescente, Lucy et sa mère
avaient souvent discuté du choix de ses petits amis et
des voies qui s'ouvraient à elle. Elles approuvèrent sans
réserve son choix de la profession d'infirmière. C'était
un métier gratifiant et il y avait de fortes chances
qu'elle épouse un médecin. Qui n'aurait pas voulu
épouser une fille comme Annamarie ?

Lorsqu'elle avait accepté cette place à l'hôpital Lasch, la mère et la sœur s'étaient d'abord désolées de la voir partir si loin, mais lorsqu'elle était revenue à deux reprises à Buffalo avec le Dr Jack Morrow, tous les rêves qu'elles nourrissaient pour Annamarie leur avaient paru sur le point de se réaliser.

Assise au premier rang de la chapelle, Lucy repensait à ces moments de bonheur. Il lui semblait entendre Jack Morrow plaisanter avec sa mère, lui dire que même si Annamarie ne cuisinait pas aussi bien qu'elle, il s'en accommoderait. Elle se souvenait en particulier du soir où il s'était lamenté : « Bon sang, que faut-il faire pour que votre fille tombe amoureuse de moi ? »

Elle était amoureuse de lui, songea Lucy, des larmes brûlantes coulant sur ses joues, jusqu'à ce que cet infâme Gary Lasch se mette en tête de lui faire la cour. Elle ne devrait pas être là dans ce cercueil. Elle aurait dû être mariée à Jack depuis sept ans. Avoir des enfants et continuer son métier — il n'aurait pas voulu qu'elle y renonce. Elle était faite pour être infirmière, tout comme il était fait pour être médecin.

Lucy tourna la tête et contempla avec désespoir le cercueil recouvert du drap blanc. Tu as tellement souffert à cause de ce... salaud, de cette ordure de Gary Lasch. Après qu'il t'a eu séduite, tu as voulu me faire croire que tu ne t'étais pas sentie prête à épouser Jack. Mais c'était faux. Tu étais prête. Tu t'étais simplement trompée de chemin, Annamarie. Tu n'étais qu'une enfant. *Lui* savait ce qu'il faisait.

« Puissent son âme et celles de tous les défunts qui nous ont quittés... »

Lucy entendait à peine la voix du prêtre qui bénissait le cercueil de sa sœur. Son chagrin et sa colère étaient trop grands. Annamarie, cet homme a détruit ta vie. Tu as dû quitter ton poste d'infirmière à l'hôpital, tout ce qui comptait pour toi. Tu refusais d'en parler, mais quelque chose te tourmentait, quelque chose qui s'était passé à l'hôpital. Quoi ?

Et le Dr Jack. Que lui est-il arrivé ? Maman l'aimait tellement, elle le vénérait presque. Elle ne l'appelait jamais Jack. Toujours « docteur Jack ». Un jour tu m'as dit n'avoir jamais cru à cette histoire de toxicomane.

Annamarie, pourquoi avais-tu si peur pendant toutes ces années ? Même lorsque Molly Lasch était en prison, tu avais peur.

Petite sœur... Petite sœur.

Lucy entendit l'écho de ses propres sanglots résonner dans la chapelle. Son mari pressa sa main, mais elle la retira. La seule personne au monde dont elle se sentait proche en ce moment, c'était Annamarie. A la vue du cercueil qui quittait la chapelle, une pensée la consola un peu : il existait peut-être un monde dans l'au-delà où sa sœur et Jack Morrow auraient une deuxième chance de trouver le bonheur.

Après l'enterrement, le fils et la fille de Lucy retournèrent à leur travail, et son mari regagna le supermarché dont il était le gérant.

Lucy rentra chez elle et entreprit de vider la commode où Annamarie rangeait ses affaires autrefois. Lucy l'avait mise dans la chambre que sa sœur occupait quand elle venait à Buffalo.

Les trois tiroirs du haut contenaient des sous-vêtements, des collants et des pulls, qu'Annamarie laissait sur place en guise de vêtements de week-end.

Le tiroir du bas était rempli de photos, encadrées ou non, d'albums de famille, d'enveloppes pleines d'instantanés, plus quelques lettres et cartes postales.

C'est alors qu'elle examinait ces photos, la vue brouillée par les larmes, que Lucy reçut un appel téléphonique de Fran Simmons.

« Je sais qui vous êtes, dit-elle sèchement, la voix chargée d'émotion et de colère. Vous êtes cette journaliste qui remue toute cette boue. Je n'ai qu'une chose à vous dire : laissez-moi tranquille et laissez ma sœur reposer en paix. »

Fran lui téléphonait de Manhattan. « Je compatis à votre chagrin, dit-elle. Mais sachez qu'Annamarie ne reposera pas en paix si Molly Lasch comparaît une seconde fois devant un tribunal. Son avocat n'aura pas d'autre choix que de dépeindre Annamarie sous le jour le plus défavorable.

— C'est injuste ! s'écria Lucy. Ma sœur n'était pas une briseuse de ménages ! Elle n'était qu'une enfant à l'époque où elle a rencontré Gary Lasch.

— Molly aussi, dit Fran. Plus mon enquête avance, plus je les plains autant l'une que l'autre. Madame Bonaventure, je compte prendre l'avion pour Buffalo demain matin, il faut absolument que je vous rencontre. Faites-moi confiance. J'essaie seulement de découvrir la vérité sur ce qui s'est passé, non seulement le soir où Annamarie a été tuée, mais six ou sept ans plus tôt dans l'hôpital où elle travaillait. Je veux aussi savoir pourquoi elle avait si peur. Car elle avait peur, vous le savez.

— Oui, je le sais. Il s'était produit quelque chose à l'hôpital peu de temps avant la mort de Gary Lasch, dit Lucy d'un ton abattu. J'ai prévu de venir demain à Yonkers pour débarrasser l'appartement d'Annamarie. Inutile de faire le voyage jusqu'à Buffalo. Nous nous verrons sur place. »

60

Dans l'après-midi du jeudi, Edna Barry téléphona à Molly et lui demanda si elle pouvait venir la voir.

« Certainement, madame Barry », répondit Molly, d'un ton volontairement froid. Edna s'était montrée affirmative à propos de cette clé de secours, et franchement hostile en prétendant que Molly avait oublié ce qui s'était passé. Peut-être désire-t-elle me faire des excuses ? pensa Molly, en se remettant à trier les piles de documents qu'elle avait déposées sur le sol du bureau.

Gary apportait un soin méticuleux à tout ce qu'il faisait. Après la perquisition de la police, ses dossiers personnels et ses ouvrages médicaux étaient éparpillés et mélangés les uns avec les autres. Que lui importait ! Elle avait tout son temps.

Elle avait commencé à mettre de côté une pile de photos qu'elle avait l'intention d'envoyer à la mère de Gary. Pas celles sur lesquelles je figure, naturellement, uniquement les photos de son fils en compagnie de personnages importants.

Je n'ai jamais été proche de Mme Lasch et je ne la blâme pas de me haïr. Je haïrais certainement la femme de mon fils unique si j'étais convaincue qu'elle l'a tué. La mort d'Annamarie a dû réveiller tous ses souvenirs, et il est probable que les médias ont aussi tenté de la contacter.

Molly repensa soudain à Annamarie et à leur conversation. Je me demande qui a adopté le fils de Gary, se dit-elle. J'ai eu un tel chagrin en apprenant qu'elle était enceinte. Je la détestais et je l'enviais. Pourtant, même en sachant ce que je sais aujourd'hui, à quel point Gary me méprisait, je pleure toujours mon enfant perdu. Une nouvelle chance se présentera peut-être un jour.

Molly était assise en tailleur sur le sol quand cette pensée saugrenue lui traversa l'esprit. Elle se raidit, presque choquée à l'idée qu'une nouvelle vie pourrait s'offrir à elle. C'est stupide, se dit-elle en secouant la tête. Même Jenna, ma meilleure amie, a laissé entendre qu'à son avis mon seul choix était entre prison et internement. Comment imaginer que ce cauchemar prendra fin un jour?

Malgré tout, l'espoir ne l'avait pas complètement quittée, et elle savait pourquoi. Parce que des bribes de souvenirs réapparaissaient; des instants fugitifs du passé, enfouis au plus profond de son subconscient, commençaient à refaire surface. Quelque chose s'est déclenché hier soir, au moment où j'ai fermé le verrou de la porte, pensa-t-elle, se souvenant de la sensation bizarre qui l'avait parcourue. J'ignore de quoi il s'agissait, mais c'était bel et bien réel.

Elle se mit à trier les revues médicales et les magazines scientifiques que Gary classait toujours méthodiquement dans la bibliothèque. Il y avait des publications de toutes sortes, et Gary avait sans doute eu une raison de les garder. Un coup d'œil sur certaines lui montra que chacune contenait un article dont le titre était souligné dans la table des matières. Tout ça est probablement bon à jeter, pensa Molly, mais par curiosité je les feuilletterai quand j'en aurai terminé avec le reste. J'aimerais savoir ce que Gary jugeait bon de conserver et de classer.

La sonnette de la cuisine l'interrompit; elle entendit Mme Barry l'appeler. « Molly, c'est moi.

— Je suis dans le bureau », lui cria-t-elle en continuant d'empiler les magazines, puis elle s'arrêta en entendant les pas se rapprocher dans le couloir. Elle s'était souvent fait la réflexion que Mme Barry avait le pas lourd. Elle portait des chaussures orthopédiques à semelles de caoutchouc, qui faisaient un bruit de ventouse.

« Molly, je regrette sincèrement. » Edna Barry s'était mise à parler avant même d'avoir franchi le seuil de la porte.

Mais en la regardant Molly comprit immédiatement qu'elle n'était pas venue pour s'excuser. Son expression était décidée, sa bouche serrée en une ligne ferme. Elle tenait la clé de la maison à la main. « Je sais que ce n'est pas gentil de me comporter ainsi après toutes ces années, mais je ne peux plus travailler chez vous. Et je compte cesser dès maintenant. »

Stupéfaite, Molly se releva. « Madame Barry, vous n'avez pas besoin de partir à cause de cette histoire de clé. Chacune de nous pense avoir raison, mais je suis sûre qu'il y a une explication et que Fran Simmons la trouvera. Mais comprenez que c'est un point important pour moi. Si quelqu'un d'autre a utilisé cette clé pour pénétrer ici, alors c'est cette personne et non moi qui l'a laissée dans le tiroir. Supposons que quelqu'un connaissant la cachette soit entré dans la soirée du dimanche.

— Personne n'est entré cette nuit-là, dit Edna Barry

d'une voix stridente. Et ce n'est pas à cause de la clé que je m'en vais. Molly, je regrette de vous le dire, mais je m'en vais parce que j'ai peur de travailler pour vous.

— Peur ? » Molly regarda la femme de ménage d'un air éberlué. « Peur de quoi ? »

Edna Barry détourna les yeux.

« Vous n'avez... tout de même pas... peur de moi ? Oh, mon Dieu. » Bouleversée, Molly tendit la main. « Donnez-moi la clé, madame Barry. Vous pouvez partir tout de suite. Allez-vous-en !

— Molly, il faut que vous compreniez. Ce n'est pas de votre faute, mais vous avez tué deux personnes.

— Sortez.

— Molly, il faut vous faire soigner. Je vous en prie, *faites-vous soigner.* »

Etouffant un sanglot, Edna fit demi-tour et partit précipitamment. Molly attendit que sa voiture ait quitté l'allée et tourné dans la rue, puis elle tomba à genoux, la tête enfouie dans ses mains. Des gémissements rauques semblaient monter du plus profond de son être.

Elle me connaît depuis l'enfance, et néanmoins elle croit que je suis une meurtrière. Quelle chance me reste-t-il ? Comment pourrai-je jamais m'en tirer ?

Quelques rues plus loin, en attendant que le feu passe au vert, Edna Barry se répétait désespérément qu'elle n'avait pu faire autrement que de donner cette raison à Molly pour expliquer son départ. C'était le seul moyen de rendre crédibles ses affirmations concernant la clé de secours, et d'empêcher des gens comme Fran Simmons de s'intéresser de trop près à Wally. « Pardon, murmura Edna, se souvenant de la peine qu'elle avait lue dans les yeux de Molly, mais je n'y peux rien. *La voix du sang est la plus forte.* »

61

TOUT en avalant rapidement le déjeuner servi dans son bureau, Calvin Whitehall donnait sèchement ses ordres à Lou Knox. Il s'était montré d'une humeur exécrable durant toute la matinée, en partie, selon Lou, parce que Fran Simmons commençait à sérieusement l'exaspérer. Elle téléphonait tous les jours pour obtenir un entretien, ne se contentant pas des vagues promesses de Cal. D'après la conversation qu'il avait surprise entre Cal et Jenna, Lou savait qu'elle devait rencontrer Peter Black ce jour même à midi.

Lorsque le téléphone de la ligne privée sonna à midi trente, Lou supposa donc que c'était Black venant rendre compte de son rendez-vous. Il avait vu juste. Et ce que rapporta Black eut pour effet de mettre Whitehall en rage. «Qu'avez-vous répondu quand elle a demandé pourquoi Gary avait fait appel à vous? Bon Dieu, si jamais elle se lance sur cette piste... Et d'abord, pourquoi l'avez-vous reçue? Vous savez bien que cela ne peut que vous faire du tort. Vous ne réfléchirez donc jamais?»

Il raccrocha brutalement, rouge de fureur. Le téléphone retentit à nouveau presque aussitôt, et le ton de Cal se radoucit dès qu'il eut reconnu son interlocuteur. « Oui, professeur, j'ai parlé à Peter il y a quelques minutes… Non, il ne m'a rien dit de spécial. »

Lou se douta que la personne à l'autre bout du fil était Adrian Logue, le prétendu ophtalmologue qui habitait cette ferme près de West Redding. Pour des raisons obscures, Whitehall et Black — et jadis Gary Lasch — avaient toujours traité Logue avec une grande déférence. Lou avait parfois conduit Cal à la ferme. Il ne s'y attardait jamais, cependant. Lou l'attendait dans la voiture.

Il avait aperçu Logue à une ou deux occasions — un grand maigre aux cheveux gris, à l'air effacé, qui avait probablement un peu plus de soixante-cinq ans maintenant. A en juger par l'expression de Cal, ce que Logue était en train de lui raconter n'avait pas l'air de lui plaire.

Quand Cal se figeait au lieu d'exploser, le pire était à craindre. Son visage se durcissait en un masque impénétrable, ses yeux n'étaient plus que deux fentes imperceptibles. On eût dit un tigre prêt à bondir.

Il reprit la parole, d'un ton contenu où perçait une autorité menaçante. « Professeur, j'ai à votre égard le plus grand respect mais rien ne vous autorise à exiger de Peter Black qu'il poursuive cette procédure, et il n'avait pas à se conformer à votre demande. C'est extrêmement risqué, en particulier en ce moment. Il est hors de question que vous soyez présent au moment où la réaction se déclenchera. Comme à l'accoutumée, vous devrez vous contenter des bandes vidéo. »

Lou ne pouvait pas entendre la réponse de Logue, mais il distingua le son brusquement plus aigu de sa voix.

Cal l'interrompit. « Professeur, vous aurez les bandes dès ce soir. » Il raccrocha violemment et échangea avec Lou un regard sombre.

« Je t'avais bien dit que cette Fran Simmons nous causerait des ennuis, dit-il. Il va falloir trouver un moyen de résoudre la question. »

62

Dès qu'elle eut quitté Peter Black, Fran composa le numéro de téléphone de Philip Matthews. Il était à son bureau, et le ton de sa voix trahissait une vive inquiétude.

« Où êtes-vous, Fran ? demanda-t-il.

— A Greenwich. Je compte reprendre la route pour New York d'ici quelques minutes.

— Pourriez-vous passer à mon bureau vers trois heures ? J'ai peur que la situation n'empire pour Molly.

— Je serai là », dit Fran. Elle approchait d'un croisement et freina au moment où le feu passait au rouge. A gauche ou à droite ? Elle avait eu l'intention de s'arrêter au *Greenwich Times,* et d'aller bavarder un moment avec Joe Hutnik s'il s'y trouvait.

Mais un besoin irrésistible la poussait maintenant à revoir la maison où elle avait vécu avec ses parents pendant quatre ans. L'allusion méprisante de Peter Black à son passé l'avait profondément blessée. Elle s'était sentie peinée, mais davantage pour son père que pour elle. Et de toute façon, elle voulait revoir la maison.

Trois cents mètres plus loin, elle engagea sa voiture dans une rue bordée d'arbres qui lui parut immédiatement familière. C'était là qu'ils avaient vécu, dans une maison de style Tudor en brique et stuc. Fran s'arrêta le long du trottoir et resta à la contempler, les yeux pleins de larmes.

C'était une maison exquise, avec des fenêtres à petits carreaux qui brillaient au soleil. Vue de l'extérieur, elle n'avait pas changé. Fran revit la longue salle de séjour très haute de plafond avec sa belle cheminée de marbre. La bibliothèque était petite. Son père disait qu'elle avait été construite pour contenir une dizaine de livres, pas plus, mais c'était l'endroit où elle aimait se réfugier.

Elle s'étonna d'en avoir conservé tant de bons souvenirs. Si seulement papa avait su y voir clair, pensa-t-elle. Même condamné à une peine de prison, il aurait été libéré au bout de quelques années et aurait pu recommencer sa vie ailleurs.

Ce drame n'aurait pas dû avoir lieu — c'était la pensée qui les avait longtemps obsédées, elle et sa mère. Auraient-elles dû se douter de quelque chose? Auraient-elles pu empêcher que tout ça n'arrive?

S'il nous avait parlé! S'il nous avait mises au courant!

Et où était parti l'argent? Pourquoi n'en avait-on jamais découvert la moindre trace? Un jour je trouverai la réponse à ces questions, se promit-elle en redémarrant.

Elle consulta sa montre. Une heure moins vingt. Il y avait de fortes chances que Joe Hutnik soit sorti déjeuner, mais elle décida quand même de tenter le coup.

Elle le trouva à son bureau, et il lui assura qu'elle ne le dérangeait pas. D'ailleurs lui-même désirait lui parler. «L'actualité n'a pas chômé depuis la semaine der-

303

nière, dit-il d'un ton bougon en lui désignant une chaise et en refermant la porte.

— En effet.

— Vous ne risquez pas de manquer de matière pour votre émission.

— Joe, Molly est innocente de ces deux crimes. J'en suis sûre. J'en ai l'intime conviction. »

Les sourcils de Joe se rapprochèrent. « Dites-moi, Fran, vous vous fichez de moi, j'espère ? Car sinon, c'est de vous que vous vous moquez.

— Non, Joe. Je suis persuadée qu'elle n'a tué ni son mari ni Annamarie Scalli. Vous connaissez cette ville comme votre poche. Quelles sont les réactions des gens ?

— C'est très simple. Ils sont choqués, tristes, mais absolument pas surpris. Ils pensent tous que Molly est complètement fêlée.

— C'est ce que je craignais.

— Et vous feriez bien de craindre autre chose. Tom Serrazzano, le substitut, fait pression sur la commission pour faire révoquer sa liberté conditionnelle. Et il risque d'obtenir gain de cause.

— Molly irait alors en prison jusqu'à son procès ! Et la détention pourrait durer des mois !

— J'en ai peur, Fran.

— C'est impossible, murmura Fran, autant pour elle-même que pour Hutnik. Joe, j'ai rencontré le Dr Black ce matin. J'ai cherché à me renseigner sur l'hôpital et le groupe Remington. Il se passe quelque chose d'anormal là-bas ; quoi exactement, je l'ignore encore. Mais je sais que Black était à cran lorsque je suis arrivée. Et il a failli exploser quand je lui ai demandé pourquoi Gary Lasch l'avait pris pour associé, en lui confiant la responsabilité de l'hôpital et du groupe Remington, alors que ses états de service n'étaient pas brillants et qu'il y avait des candidats beaucoup plus qualifiés que lui.

— C'est curieux, dit Joe. Je me souviens que tout le monde dans le coin a cru que c'était un coup de génie de sa part de l'avoir fait venir.

— Croyez-moi, ce n'était pas le cas. » Elle se leva. «Je me sauve. Joe, j'aimerais avoir les copies des articles du *Times* concernant le fonds de la bibliothèque que gérait mon père, et tout ce qu'on a écrit sur lui et la disparition de l'argent après sa mort.

— Je vous les ferai parvenir », promit-il.

Fan sut gré à Joe de sa discrétion ; toutefois elle estima qu'elle lui devait une explication. «Ce matin, quand j'ai tenté de coincer Black, il a joué les outragés. De quel droit est-ce que je lui posais des questions ? Moi, la fille d'un escroc qui avait détourné les donations de la moitié de la ville !

— C'était un coup bas, fit Hutnik. Mais il est aisé d'en trouver la raison. Il subit une sacrée pression en ce moment, et il redoute qu'un élément nouveau ne vienne menacer l'acquisition par Remington de ces petits organismes de soins. D'après mes sources, la fusion a du plomb dans l'aile. C'est American National qui tient la corde maintenant. Or la situation financière de Remington est moins stable qu'auparavant. Ces nouveaux organismes, bien que petits, lui apporteraient le capital nécessaire. »

Joe la raccompagna jusqu'à la porte. «Comme je vous l'ai dit l'autre jour, le directeur d'American National est l'un des toubibs les plus respectés du pays, et c'est aussi l'un des critiques les plus virulents de la gestion de ces centres. Pour lui, la seule solution valable est l'instauration d'un système national, mais en attendant ce jour American National arrive en tête de tous les classements dans le secteur de la santé.

— Bref, vous pensez que Remington pourrait perdre la partie ?

— C'est possible. Les petits organismes, dont l'absorption par Remington était censée être dans la poche, se rapprochent désormais d'American National. Cela peut paraître incroyable, mais Black et Whitehall, malgré les parts qu'ils détiennent dans Remington, n'éviteront peut-être pas une OPA hostile en fin de compte. »

C'est peut-être mesquin de ma part, pensa Fran en regagnant New York, mais après ce qu'il a dit sur mon père, je serais ravie de voir Peter Black rater son coup.

Elle passa au studio, déjeuna sur le pouce tout en lisant son courrier, et prit ensuite un taxi jusqu'au World Trade Center où elle avait rendez-vous à trois heures avec Philip Matthews.

Elle le trouva assis à son bureau, devant une pile impressionnante de dossiers, l'air tendu. « Je viens de parler à Molly, dit-il. Elle est complètement bouleversée. Edna Barry lui a rendu son tablier, et vous savez pour quelle raison ? Elle a peur de Molly, peur de rester avec quelqu'un qui a tué deux personnes.

— Elle n'a tout de même pas osé ! Philip, je vous assure que cette femme cache quelque chose.

— J'ai étudié la déposition d'Edna à la police. Elle est conforme à ce qu'elle vous a raconté hier chez Molly.

— Quand elle a prétendu que Molly était la seule à avoir utilisé la clé de secours, et qu'elle ne l'avait pas remise dans la cachette du jardin ? Molly dément absolument cette version des faits. Après que Mme Barry a découvert le corps de Gary Lasch, et que la police a procédé aux interrogatoires, n'ont-ils pas questionné Molly à propos de cette clé ?

306

— Aucun rapport ne le mentionne. Lorsque Molly s'est réveillée le lundi matin, couverte de sang, et a appris ce qui s'était passé, elle est tombée dans un état de stupeur catatonique qui a duré plusieurs jours. Et n'oubliez pas qu'il n'y avait aucune trace d'effraction, et que les empreintes de Molly se trouvaient sur l'arme du crime.

— Donc, Molly aura beau démentir, c'est la version d'Edna Barry qui passera pour vraie.» Fran arpentait fiévreusement la pièce. «Seigneur, Molly n'a aucune échappatoire.

— Fran, j'ai eu un appel de Calvin Whitehall ce matin. Il veut faire intervenir quelques ténors du barreau dans la défense de Molly. Il a déjà pris des contacts. Ils se sont penchés sur le dossier et, d'après Whitehall, ils sont d'avis de plaider "non coupable pour cause de démence temporaire".

— Philip, vous devez empêcher ça!

— C'est mon intention, mais là-dessus se greffe un autre problème. Le procureur remue ciel et terre pour faire révoquer la liberté conditionnelle de Molly.

— Joe Hutnik du *Greenwich Times* m'a mise au courant. La situation est donc la suivante : la femme de ménage de Molly déclare avoir peur d'elle et les amis de Molly tentent de la faire interner. Car invoquer la démence temporaire aboutirait à ce résultat, n'est-ce pas? A enfermer Molly dans un établissement spécialisé.

— Aucun jury ne la laissera en liberté après un second meurtre. Oui, de toute façon, elle sera enfermée. Il sera impossible de négocier une seconde fois, et je ne suis même pas certain que plaider la démence jouera en sa faveur.»

Fran vit la détresse se peindre sur le visage de Philip. «C'est devenu une affaire qui vous touche personnellement, n'est-ce pas?» demanda-t-elle.

Il hocha la tête. «Oui, depuis longtemps. Pourtant, si je pensais que mes sentiments pour Molly risquaient d'influer sur mon jugement, je confierais l'affaire au meilleur avocat d'assises que je puisse trouver.»

Fran lui jeta un regard de sympathie, se rappelant son attitude protectrice envers Molly lorsqu'elle l'avait vu pour la première fois à la grille de la prison. «Je vous crois, dit-elle doucement.

— Fran, il faudrait un miracle pour éviter à Molly de retourner en prison.

— J'ai rendez-vous avec la sœur d'Annamarie demain, dit Fran. Et dès mon retour au bureau tout à l'heure, je demanderai à la documentation de dénicher toutes les informations possibles sur le groupe Remington et ses responsables. Plus j'avance dans cette enquête, plus je suis persuadée que ces meurtres sont moins liés aux aventures sentimentales de Gary Lasch qu'aux problèmes de l'hôpital Lasch et à ceux de Remington.»

Elle passa son sac à l'épaule et, en sortant, s'arrêta devant la fenêtre. «Vous avez une vue spectaculaire sur la statue de la Liberté, fit-elle remarquer. Est-ce pour remonter le moral de vos clients?»

Philip Matthews sourit. «C'est amusant, dit-il, Molly m'a posé la même question il y a six ans, la première fois qu'elle est venue ici.

— Espérons pour elle que la statue de la Liberté sera aussi la statue de la Chance. Je suis sur une piste qui pourrait être cette chance que nous attendons. Dieu fasse que j'aie raison. Au revoir, Philip.»

63

L E changement apparut chez Natasha vers cinq heures. Il se produisit sous les yeux de Barbara.

Depuis deux jours les infirmières avaient cessé d'appliquer le léger maquillage qui donnait à son teint cireux un peu d'éclat. Mais, à présent, une vague roseur envahissait son visage.

Ses membres semblèrent tout à coup perdre un peu de leur rigidité. Barbara n'eut pas besoin de voir l'infirmière se diriger discrètement vers le petit salon pour comprendre qu'elle allait appeler le médecin.

C'est mieux ainsi, se dit-elle. Mon Dieu, donnez-moi le courage nécessaire. Et faites qu'elle vive jusqu'à l'arrivée de ses frères. Ils ont toujours dit qu'ils voulaient être auprès d'elle quand la fin arriverait.

Barbara se leva de sa chaise et s'assit sur le lit, attentive à ne pas déranger le fouillis des cathéters et de l'alimentation en oxygène. Elle prit les deux mains de Natasha dans les siennes. « Natasha, mon petit, murmura-t-elle. Ma seule consolation est que tu vas rejoindre ton père, qui t'aimait tant. »

L'infirmière se tenait à la porte. Barbara leva les yeux. « Je désire être seule avec elle », dit-elle.

Les yeux de l'infirmière étaient remplis de larmes. « Je comprends. »

Barbara fit un signe de tête et se retourna vers sa fille. Pendant une seconde, elle crut la voir bouger, sentir une pression sur ses mains.

La respiration de Natasha s'accéléra. Le cœur brisé, Barbara attendit le dernier soupir. « Natasha, Natasha. »

Elle fut vaguement consciente d'une présence à la porte. Le médecin. Qu'il parte, pensa-t-elle, mais elle n'osa pas quitter sa fille du regard.

Soudain Natasha ouvrit les yeux. Ses lèvres esquissèrent un sourire. « Docteur Lasch, murmura-t-elle, c'est tellement stupide. J'ai marché sur mon lacet et j'ai fait un vol plané.

— Natasha ! »

La jeune fille tourna la tête vers sa mère. « Salut, maman... »

Ses yeux se fermèrent, se rouvrirent lentement. « Maman, aide-moi... *Aide-moi.* » Son dernier souffle fut un soupir silencieux.

« Natasha ! » hurla Barbara. « Natasha ! » Elle se retourna brusquement. Peter Black se tenait immobile dans l'embrasure de la porte. « Docteur, vous l'avez entendue ! Elle m'a parlé. Ne la laissez pas mourir ! Faites quelque chose !

— Chère madame, dit le Dr Black d'un ton apaisant tandis que l'infirmière accourait dans la chambre. Laissons la chère enfant nous quitter. C'est fini.

— Elle m'a *parlé* ! cria Barbara Colbert. *Vous l'avez entendue !* »

Dans un élan affolé, elle prit le corps de Natasha dans ses bras. « Natasha, ne meurs pas. Tu vas guérir ! »

Des mains robustes la saisirent par les épaules, la forçant doucement à relâcher sa fille. «Maman, nous sommes là.»

Barbara leva les yeux vers ses fils. «Elle m'a *parlé*, sanglota-t-elle. Dieu m'est témoin, avant de mourir, *elle m'a parlé!*»

64

LOU KNOX regardait la télévision quand il reçut l'ordre qu'il attendait. Cal l'avait averti qu'il aurait à porter un paquet à West Redding, sans fixer l'heure à laquelle il devrait partir.

Il trouva Cal et Peter Black dans la bibliothèque. Il comprit dès le premier coup d'œil qu'ils venaient d'avoir une discussion orageuse. La bouche de Cal n'était qu'une ligne mince, menaçante, et ses joues étaient enflammées. Black tenait un grand verre rempli de scotch pur, et à voir son regard trouble ce n'était pas le premier de la soirée.

La télévision était en marche, mais l'écran uniformément bleu prouvait qu'ils avaient fait fonctionner le magnétoscope. La bande qu'ils venaient de visionner était terminée. En apercevant Lou, Cal ordonna sèchement à Black : « Donnez-la-lui, pauvre imbécile !

— Mais Cal, je vous dis que…, protesta Black, d'une voix blanche.

— Je vous dis de la donner à Lou ! »

Sur la table près de lui, Black prit une petite boîte

enveloppée de papier kraft. Sans dire un mot, il la tendit à Lou.

« Est-ce le paquet que je dois porter à West Redding ? demanda Knox.

— Tu le sais très bien. Dépêche-toi ! »

Lou se souvint de l'appel téléphonique que Cal avait passé dans la matinée. Cette bande était sans doute celle dont il avait discuté avec l'ophtalmologue, le Dr Logue. « Tout de suite, monsieur », dit-il avec empressement. Mais pas avant d'avoir regardé ce qu'elle contient, se dit-il *in petto*.

Il se hâta jusqu'à son appartement et ferma soigneusement la porte à double tour. Ouvrir le paquet sans déchirer l'emballage ne présenta aucune difficulté. Ainsi qu'il s'y attendait, il y avait une cassette à l'intérieur. Aussitôt il l'introduisit dans le magnétoscope qu'il mit en marche.

Il fixa l'écran. On y voyait une chambre d'hôpital — luxueuse — avec une jeune fille endormie ou inconsciente dans un lit et une vieille dame élégante assise auprès d'elle.

Je reconnais cette femme, se dit Lou. C'est Barbara Colbert, et c'est sa fille, cette nana qui est dans le coma depuis des années. La famille leur a filé tellement de fric qu'ils ont donné le nom de la fille à la résidence.

La date et l'heure de l'enregistrement étaient inscrites en bas à droite de l'écran : ce matin même à huit heures. La bande correspondait-elle à la journée entière ? Non, elle ne contenait pas douze heures d'enregistrement.

Il actionna le bouton d'avance rapide jusqu'à la fin, revint un peu en arrière, puis appuya à nouveau sur MARCHE. L'image montrait maintenant la vieille dame qui sanglotait tandis que deux hommes la soutenaient. Le Dr Black se penchait au-dessus du lit. La fille venait sans doute de mourir. Lou vérifia l'heure à nouveau en bas de l'image : dix-sept heures quarante.

Il y a deux heures, constata Lou. Mais cette bande ne montre pas seulement la fille en train de mourir, réfléchit-il. Ça faisait des années qu'elle était hors circuit, ils se doutaient bien qu'elle finirait par claquer un jour.

Lou savait que Cal pouvait monter chez lui d'un instant à l'autre, lui demander pourquoi il n'était pas encore parti. Restant sur ses gardes, il rembobina la bande, revint en arrière.

Ce qu'il vit le laissa interdit. Il n'en croyait pas ses yeux : cette fille qui était restée à l'état de légume pendant des années se réveillait, tournait la tête, parlait distinctement, prononçait le nom du Dr Lasch. Puis elle fermait les yeux et elle mourait. Et Black disait à la mère qu'il n'avait pas entendu la fille parler.

C'était un truc à vous donner les jetons. Il ne comprenait pas de quoi il retournait, mais il savait qu'il s'agissait d'un gros coup. Il savait aussi quel risque il prenait en copiant les quinze dernières minutes de la bande et en dissimulant la copie dans la cachette derrière les rayonnages.

Cal apparut au moment où il s'installait au volant de la voiture. « Pourquoi as-tu mis tellement de temps à partir, Lou ? Qu'est-ce que tu foutais ? »

Lou s'efforça de maîtriser la peur qui l'étreignait. Mais il tenait cette cassette entre ses mains et n'ignorait pas le pouvoir qu'elle lui donnait. Une fois de plus, son art du mensonge le servit.

« J'étais dans la salle de bains. Un problème de digestion. »

Sans attendre plus longtemps, il ferma sa portière et mit le contact. Une heure plus tard, il était à West Redding et tendait le paquet à l'homme qu'il connaissait sous le nom d'Adrian Logue.

Logue s'en saisit fébrilement et lui claqua la porte au nez.

65

« J'AI vraiment dû prendre sur moi », expliqua Edna Barry à Marta Jones au téléphone. Elle venait de mettre de l'ordre dans sa cuisine après le dîner, et avait eu envie de raconter son histoire à son amie.

« Je te comprends », dit Marta.

Edna ne doutait pas que Fran Simmons reviendrait fouiner dans les parages, poserait d'autres questions, et elle savait aussi qu'elle risquait d'interroger Marta au passage. Par conséquent, elle voulait s'assurer que Marta enregistre l'histoire comme il convenait. *Cette fois*, se jura-t-elle, Marta ne révélerait rien pouvant compromettre Wally. Elle continua : « Marta, c'est toi qui m'as suggéré que Molly risquait de devenir dangereuse, tu te rappelles ? Je n'y ai pas attaché d'importance au début, mais elle se comporte de façon franchement bizarre. Elle est très calme. Demeure assise pendant des heures, toute seule. Elle ne veut voir personne. Aujourd'hui elle est restée par terre pendant la moitié de la journée à fouiller dans des cartons. Il y avait des piles de photos du Dr Lasch.

— Non ! s'écria Marta, stupéfaite. J'aurais cru

qu'elle s'en serait débarrassée. Pourquoi les garder ? Tu aurais envie, toi, de regarder la photo d'un homme que tu as tué ?

— C'est bien ce que je te dis, elle se comporte très étrangement. Et hier, quand elle a affirmé qu'elle ne se servait jamais de la clé cachée dans le jardin, j'ai compris que tous ces oublis avaient commencé avant la mort du docteur. En fait, je pense que cela date de l'époque de sa fausse couche. Molly a fait une dépression et elle n'a plus jamais été la même ensuite.

— La pauvre, soupira Marta. Il vaudrait mieux pour elle qu'elle soit dans un endroit où on puisse la soigner, mais je suis soulagée que tu n'ailles plus travailler chez elle, Edna. N'oublie pas que Wally a besoin de toi, qu'il doit passer en premier.

— C'est mon avis. Bon, je t'ai retenue suffisamment longtemps, Marta. C'est réconfortant d'avoir une amie à qui parler. J'ai été tellement bouleversée que j'avais besoin de me confier à quelqu'un.

— Je suis toujours à ta disposition, Edna. Ne t'inquiète plus. Va dormir. »

Satisfaite d'avoir atteint son but, Edna se leva, éteignit la lumière de la cuisine et alla rejoindre Wally qui regardait les informations à la télévision. Edna crut sentir son cœur s'arrêter en voyant apparaître sur l'écran les images montrant Molly à sa sortie de prison. Le présentateur disait : « Il y a dix jours seulement, Molly Carpenter Lasch quittait la prison de Niantic où elle avait purgé une peine de cinq ans et demi pour le meurtre de son mari, le Dr Gary Lasch. Elle a, depuis, été inculpée du meurtre de sa maîtresse, Annamarie Scalli, et le procureur Tom Serrazzano fait pression pour que soit révoquée sa mise en liberté conditionnelle. »

« Wally, pourquoi ne changes-tu pas de chaîne ? suggéra Edna.

« — Est-ce qu'ils vont remettre Molly en prison, maman ?

— Je ne sais pas, mon chéri.

— Elle avait l'air tellement terrorisée quand elle l'a trouvé comme ça. J'ai eu de la peine pour elle.

— Wally, ne dis pas des choses pareilles. Tu ne sais pas de quoi tu parles.

— Si, je le sais, maman. J'étais là, souviens-toi. »

Prise de panique, Edna saisit le visage de son fils entre ses deux mains et le força à la regarder. « Te souviens-tu de ta peur devant les policiers quand le Dr Morrow a été tué ? Des questions qu'ils te posaient parce qu'ils voulaient savoir où tu te trouvais le soir de sa mort ? Te souviens-tu que je t'avais obligé à remettre ton plâtre avant leur arrivée, et à prendre tes béquilles, pour qu'ils te laissent tranquille ? »

Effrayé, Wally voulut se dégager. « Maman, laisse-moi. »

Elle garda les yeux rivés sur les siens. « Wally, tu ne dois *jamais* parler de Molly. Plus jamais, tu entends ?

— D'accord.

— Ecoute, je vais cesser d'aller travailler chez Molly. Nous allons faire un voyage tous les deux. Nous partirons en voiture, peut-être à la montagne, ou même en Californie. Cela te ferait plaisir ? »

Il hésita, l'air incertain. « Oui, sans doute.

— Alors jure-moi de ne plus jamais prononcer le nom de Molly. »

Il y eut un long silence avant qu'il ne réponde à voix basse : « Je le jure, maman. »

66

MOLLY avait tenté en vain d'annuler une deuxième fois sa séance avec le Dr Daniels. Il lui avait annoncé qu'il serait chez elle à six heures et il sonna à la porte à l'heure précise.

« Vous êtes courageux de rester seul avec moi, murmura-t-elle en refermant derrière lui. A votre place, je me méfierais. »

John Daniels était en train d'ôter son manteau. Il s'immobilisa, un bras encore passé dans sa manche, et l'observa attentivement. « Qu'est-ce que cette remarque signifie, Molly?

— Entrez. Je vais vous expliquer. » Elle le conduisit dans le bureau. « Regardez, dit-elle, désignant les dossiers et les magazines étalés sur le sol, les photos et les albums empilés sur le canapé. Vous voyez, je ne suis pas restée inactive.

— On dirait que vous avez fait le ménage.

— Le ménage si l'on veut, mais c'est un peu plus que cela en réalité, docteur. C'est ce qu'on appelle un nouveau départ, ou un nouveau chapitre, ou encore enterrer le passé. Comme vous voudrez. »

Daniels s'approcha du canapé. « Vous permettez ? demanda-t-il en faisant un geste vers les photos.

— Regardez tout ce qui vous intéresse, docteur. Celles de gauche, je compte les envoyer à la mère de Gary. Celles de droite iront à la poubelle.

— Vous allez les jeter ?

— Je pense que c'est plus sain, pas vous ? »

Il les examina rapidement. « Les Whitehall figurent sur beaucoup d'entre elles, fit-il remarquer.

— Jenna est ma meilleure amie. Cal, Gary et Peter Black ont créé Remington ensemble. Il y a aussi des photos de Peter avec ses deux ex-femmes.

— Je sais que vous aimez beaucoup Jenna, Molly. Et Cal ? L'aimez-vous de la même façon ? »

Il leva la tête vers elle et vit un léger sourire flotter sur ses lèvres.

« Docteur, on ne peut pas aimer Cal, répliqua-t-elle. Je doute que quelqu'un l'aime vraiment, y compris son camarade de classe-chauffeur-factotum, Lou Knox. Les gens n'aiment pas Cal, ils sont fascinés par lui. Il peut se montrer très drôle. Et il est remarquablement intelligent. Je me souviens d'avoir assisté à une réception en son honneur à laquelle assistaient six cents personnes. Savez-vous ce que Jenna m'a confié à l'oreille ? "Quatre-vingt-dix-neuf pour cent de ces gens sont ici parce qu'ils ont peur de lui."

— Jenna s'en plaignait-elle ?

— Sûrement pas. Jenna est très admirative du pouvoir de son mari. Bien qu'elle soit très forte et ambitieuse, comme lui. Elle est rapidement devenue associée dans un important cabinet juridique. En ne comptant que sur elle-même. » Molly s'interrompit. « Moi, en revanche, je ne suis qu'une fofolle, une écervelée. Je l'ai toujours été. Jenna a été merveilleuse avec moi. Cal, pour sa part, serait enchanté de me voir disparaître de la circulation. »

C'est aussi mon avis, pensa John Daniels. « Jenna a-t-elle prévu de venir vous voir, ce soir ? demanda-t-il.

— Non. Elle dîne à New York, mais elle a téléphoné cet après-midi. J'ai été heureuse de l'entendre. Après le départ de Mme Barry, j'avais besoin qu'on me remonte le moral. »

John Daniels attendit. Il vit la physionomie de Molly changer. Une expression de tristesse et d'incrédulité envahit son visage tandis qu'elle le mettait au courant de l'attitude d'Edna et lui rapportait ses paroles.

« J'ai appelé ma mère cet après-midi, dit Molly. Je lui ai demandé si mon père et elle avaient peur de moi, eux aussi ; si c'était pour cette raison qu'ils ne venaient pas me voir alors que j'avais tellement besoin d'eux. C'est moi qui ai tenu à rester seule la semaine dernière. En sortant de prison, j'avais besoin de retrouver la paix, sans personne autour de moi. Mais après la mort d'Annamarie Scalli, j'ai vraiment regretté qu'ils ne soient pas là.

— Que vous ont-ils répondu ?

— Qu'ils étaient dans l'impossibilité de se déplacer pour le moment. Papa a eu une petite attaque. Ils ont téléphoné à Jenna et lui ont demandé de s'occuper de moi. Ce qu'elle a fait, bien sûr. Vous avez pu le constater. »

Molly regardait dans le vague. « C'était important pour moi de leur parler. J'avais besoin de savoir qu'ils étaient à mes côtés. Ils ont beaucoup souffert de toute cette histoire. Après le départ de Mme Barry aujourd'hui, si j'avais pensé qu'eux aussi m'avaient abandonnée, j'aurais... » Elle se tut.

« Vous auriez quoi, Molly ?

— Je ne sais pas. »

Si, vous le savez, pensa Daniels. Le rejet de vos parents vous aurait anéantie.

«Molly, comment vous sentez-vous aujourd'hui? demanda-t-il doucement.

— Acculée, docteur. Si ma liberté conditionnelle est révoquée, et que le juge me renvoie en prison, je ne le supporterai pas. Il me faut encore du temps. Docteur, croyez-moi, je vais finir par me souvenir de ce qui s'est passé ici le soir où je suis rentrée du Cape.

— Molly, pourquoi ne pas essayer l'hypnose? La tentative a échoué la première fois, mais il est très possible qu'il en soit autrement aujourd'hui. Que certains souvenirs vous reviennent. Ce blocage de la mémoire ressemble à un iceberg prêt à se briser. Je pourrais vous aider.»

Elle secoua la tête. «Non, je dois y parvenir seule. Il y a...» Molly s'interrompit. Il était trop tôt pour dire au Dr Daniels que depuis le début de l'après-midi un nom la hantait. *Wally.*

Mais *pourquoi?*

67

BARBARA COLBERT se réveilla en larmes. Où suis-je ? se demanda-t-elle. Natasha ! Elle se souvint que sa fille lui avait parlé avant de mourir.

«Maman. » Walter et Rob, ses fils, étaient penchés sur elle, pleins de force et de compassion.

« Que s'est-il passé ? murmura-t-elle.

— Maman, Natasha nous a quittés.

— Je sais.

— Tu as perdu connaissance. Le choc. L'épuisement. Le Dr Black t'a donné un calmant. Tu es à l'hôpital. Il veut te garder un ou deux jours. En observation. Ton pouls n'est pas fameux.

— Walter, Natasha est sortie du coma. Elle m'a parlé. Le Dr Black l'a certainement entendue. L'infirmière aussi ; demande-le-lui.

— Maman, tu avais envoyé l'infirmière dans l'autre pièce. C'est *toi* qui as parlé à Natasha, maman. Et non elle qui t'a parlé. »

Barbara luttait contre l'engourdissement. « Je suis peut-être vieille, mais pas débile, protesta-t-elle. Ma fille est sortie du coma. Je le sais. Elle m'a parlé. Je me souviens clairement de ce qu'elle a dit. Walter, écoute-moi. Natasha a dit : "Docteur Lasch, j'ai marché sur mon lacet et j'ai fait un vol plané." Puis elle m'a reconnue et m'a dit : "Salut, maman." Ensuite elle m'a suppliée de lui venir en aide. Le Dr Black l'a entendue. Je sais qu'il l'a entendue. Pourquoi n'a-t-il rien fait ? Il est resté là sans bouger.

— Maman, maman, il a fait tout ce qu'il pouvait pour Natasha. C'est mieux ainsi, vraiment. »

Barbara se força à se redresser dans son lit. « Ecoutez-moi, je ne suis pas folle. Je n'ai pas rêvé que Natasha est sortie du coma. » La colère donnait à sa voix l'autorité que ses deux fils connaissaient bien. « Pour une raison inconnue qui m'effraie, Peter Black nous ment. C'est monstrueux ! »

Walter et Rob Colbert saisirent les mains de leur mère et la maintinrent pendant que le Dr Black, qui s'était tenu à l'écart jusqu'à présent, s'avançait vers elle et lui faisait rapidement une piqûre au bras.

Elle sentit l'obscurité l'envelopper, chaude et réconfortante. Elle lutta quelques instants, puis se laissa sombrer.

« Le plus important est qu'elle se repose, assura le Dr Black. Nous avons beau nous préparer à la mort d'un être cher, la douleur au moment de lui dire adieu est toujours dévastatrice. Je reviendrai la voir un peu plus tard. »

Lorsqu'il regagna son bureau après sa tournée de visites, un message de Cal l'attendait, lui demandant de le rappeler immédiatement.

« Avez-vous convaincu Barbara Colbert qu'elle avait eu une hallucination hier soir ? » demanda Cal.

Peter Black savait qu'il ne servirait à rien de mentir

à Cal. «J'ai dû lui donner un autre sédatif. Elle ne sera pas facile à convaincre.»

Calvin Whitehall garda le silence pendant un long moment. Puis il dit doucement : «Je présume que vous êtes conscient des risques que vous nous faites courir.»

Black resta muet.

«Comme si le problème posé par Mme Colbert ne suffisait pas, je viens d'avoir des nouvelles de West Redding. Après avoir visionné la bande, notre cher professeur exige que son projet soit révélé aux médias.

— Est-ce qu'il se rend compte des conséquences? demanda Black, stupéfait.

— Il s'en fiche. Il est cinglé. Je l'ai prié d'attendre jusqu'à lundi, afin que nous puissions réfléchir à la meilleure façon de présenter les choses. D'ici là, je me serai chargé de lui. En attendant, je vous suggère de vous charger du problème Colbert.»

Cal raccrocha brutalement, sans préciser qu'il comptait être obéi.

68

Lucy Bonaventure prit l'avion de Buffalo à New York très tôt dans la matinée, et à dix heures elle pénétrait dans le rez-de-chaussée de sa sœur à Yonkers. Annamarie avait vécu là pendant presque six ans, et c'était la première fois que Lucy y venait. Annamarie disait que l'appartement était petit — il n'y avait qu'une chambre — et elle préférait lui rendre visite à Buffalo.

La police avait perquisitionné après la mort d'Annamarie, ce qui expliquait le désordre ambiant. La table basse était encombrée d'un véritable bric-à-brac, les livres rangés au petit bonheur sur les étagères. Dans la chambre, il était visible que le contenu des tiroirs avait été examiné, puis replacé en vrac par des mains indifférentes.

Lucy avait demandé au syndic de la copropriété de mettre l'appartement en vente. Il ne lui restait qu'à le débarrasser et, bien qu'elle eût aimé en finir au plus tôt, elle craignait d'en avoir pour deux jours. Il lui était douloureux de se trouver là, parmi les affaires de sa sœur, de voir sur la commode le flacon de son parfum favori, sur la table de chevet le livre qu'elle lisait avant de s'endormir, dans la penderie ses tailleurs, ses robes et ses blouses d'infirmière, de savoir qu'elle ne les porterait jamais plus.

Les vêtements, comme les meubles, seraient enlevés par une association caritative. Au moins serviraient-ils à des gens dans le besoin.

Elle avait rendez-vous avec Fran Simmons à onze heures trente. En l'attendant, Lucy commença à vider la commode d'Annamarie, pliant soigneusement son contenu avant de le ranger dans des cartons fournis par le gardien.

Les larmes lui vinrent aux yeux à la vue d'un paquet de photos représentant Annamarie avec son bébé dans les bras. Elles avaient été prises quelques minutes après la naissance. Annamarie semblait si jeune sur les photos, et elle contemplait son bébé avec tellement de tendresse. Il y avait d'autres photos de l'enfant, portant au dos l'inscription : « premier anniversaire », « deuxième anniversaire », jusqu'à la dernière, prise le jour de son cinquième anniversaire. C'était un petit garçon ravissant, avec des yeux bleus au regard vif, des cheveux bruns et un sourire joyeux. L'abandonner avait été un déchirement pour Annamarie, se rappela Lucy. Après un instant d'hésitation elle résolut de montrer ces photos à Fran Simmons. Elles l'aideraient à comprendre qui était sa sœur et le prix qu'elle avait payé pour ses erreurs.

A onze heures et demie, Fran sonna à la porte et Lucy l'invita à entrer. Les deux femmes s'observèrent. Fran vit une femme d'une quarantaine d'années, plutôt ronde, les yeux gonflés et les joues rougies.

Lucy vit une jeune femme élancée aux cheveux mi-longs châtain clair et aux yeux bleu-gris. Comme elle le raconta le lendemain à sa fille : « On ne peut pas dire qu'elle était spécialement élégante. Elle portait un tailleur-pantalon marron avec un foulard jaune et blanc autour du cou, et de simples anneaux en or aux oreilles, mais elle avait l'air tellement new-yorkais. Elle m'a tout de suite plu, elle m'a dit qu'elle comprenait mon chagrin et j'ai senti qu'elle était sincère. Nous nous sommes assises à la petite table de la cuisine pour bavarder. »

Fran savait qu'il valait toujours mieux aller droit au but. « Madame Bonaventure, si j'ai commencé à enquêter sur l'assassinat du Dr Lasch, c'est parce que Molly Lasch en personne m'a demandé de faire une émission sur elle dans la série "Crime et vérité". Autant que vous, elle veut découvrir la vérité concernant ces deux meurtres. Elle a passé cinq ans et demi en prison pour un crime dont elle ne se souvient pas, et qu'à mon avis elle n'a pas commis. Trop de questions n'ont jamais été élucidées. Personne ne s'y est intéressé à l'époque, et c'est ce que je tente de faire à présent.

— Je sais, son avocat a essayé de faire croire qu'Annamarie aurait pu tuer le Dr Lasch, dit Lucy d'un ton plein de rancune.

— Son avocat a fait ce que tout bon avocat aurait fait. Il a rappelé ce qu'avait dit Annamarie, à savoir qu'elle était seule dans son appartement la nuit du meurtre, mais qu'il n'y avait personne pour le confirmer.

— Si ce procès s'était poursuivi, il aurait fait citer Annamarie comme témoin, et tenté de la faire passer pour une criminelle. Je sais que c'était son intention. Est-ce toujours lui qui défend Molly Lasch ?

— Oui. Et c'est un excellent avocat. Madame Bonaventure, *Molly n'a pas tué le Dr Lasch. Pas plus qu'elle n'a tué Annamarie.* Elle n'a évidemment pas tué le Dr Jack Morrow, qu'elle connaissait à peine. Trois personnes sont mortes, et je crois que le même individu est l'auteur de ces trois meurtres. Celui — ou celle — qui a mis fin à ces vies doit être puni. Molly n'est pas coupable, mais elle a été emprisonnée à la place d'un autre. Et aujourd'hui elle est inculpée du meurtre d'Annamarie. Voulez-vous la voir jetée en prison à nouveau pour un acte qu'elle n'a pas commis, ou voulez-vous découvrir qui est le meurtrier de votre sœur ?

— Pourquoi Molly a-t-elle cherché à retrouver Annamarie et demandé à la rencontrer ?

— Molly croyait que Gary et elle formaient un couple heureux. Ce n'était apparemment pas le cas, sinon Annamarie n'aurait joué aucun rôle dans cette affaire. Molly tentait de savoir pourquoi son mari avait été assassiné, et elle cherchait aussi à comprendre la raison de l'échec de son mariage. Quel meilleur point de départ que la femme qui avait été sa maîtresse ? C'est là que vous pouvez m'aider. Annamarie avait peur de quelqu'un, ou de quelque chose. Molly s'en est aperçue quand elles se sont rencontrées, mais vous l'avez probablement remarqué avant elle. Pourquoi avait-elle changé de nom, pris le nom de jeune fille de votre mère ? Pourquoi avait-elle cessé de travailler dans un hôpital ? De l'avis général, c'était une infirmière remarquable, et elle adorait son travail.

— C'est vrai, dit Lucy tristement. Renoncer à son métier lui a brisé le cœur. »

Mais ce que je veux savoir c'est *pourquoi* elle y a renoncé, pensa Fran. « Madame Bonaventure, vous avez dit qu'il était survenu quelque chose à l'hôpital — un incident qui avait terriblement bouleversé Annamarie. Savez-vous de quoi il s'agissait ? Quand cela s'est-il passé ? »

Lucy Bonaventure resta longtemps silencieuse, partagée entre son envie de protéger la mémoire d'Annamarie et son désir de voir son meurtrier puni.

« Peu de temps avant l'assassinat du Dr Lasch, dit-elle lentement, comme si elle pesait ses paroles. Au cours d'un week-end. Quelque chose a mal tourné avec une jeune patiente. Le Dr Lasch et son associé, le Dr Black, étaient tous les deux impliqués dans l'histoire. Annamarie était certaine que le Dr Black avait commis une effroyable erreur, mais elle n'en a jamais rien dit car le Dr Lasch l'a suppliée de garder le silence, prétextant que si l'affaire s'ébruitait, ce serait la fin de l'hôpital. »

Lucy se tut à nouveau avant de poursuivre, choisissant ses mots. « Des erreurs involontaires se produisent parfois dans les hôpitaux. D'après ce qu'Annamarie m'a raconté, une jeune fille s'était blessée à la tête en faisant du jogging et elle était complètement déshydratée en arrivant à l'hôpital. Au lieu de l'habituel sérum physiologique, le Dr Black lui avait donné un médicament expérimental et elle avait sombré dans le coma.

— C'est affreux !

— Annamarie était chargée de faire le rapport, mais le Dr Lasch lui a demandé de ne rien mentionner et elle lui a obéi. Quelques jours plus tard, elle a entendu le Dr Black annoncer au Dr Lasch : "Je l'ai donné à la bonne patiente, cette fois. Ça l'a mise immédiatement 'hors service'."

— Vous voulez dire qu'ils faisaient délibérément des expériences sur leurs patients ?

— Je peux seulement vous répéter les éléments que j'ai reconstitués à partir de ce qu'Annamarie a laissé échapper. Elle abordait rarement le sujet, généralement quand elle avait bu un ou deux verres de vin et ressentait le besoin de s'épancher. » Lucy baissa la tête.

« Y a-t-il autre chose ? demanda doucement Fran, pressée de la voir continuer.

— Oui. Annamarie m'a dit que le lendemain de l'accident de cette malheureuse jeune fille, une vieille dame était morte. Elle avait eu deux infarctus et séjour-

329

nait depuis un certain temps à l'hôpital. Annamarie n'en était pas certaine, mais elle a pensé que c'était elle la "bonne patiente" mentionnée par le Dr Black, parce que c'était le seul décès survenu à l'hôpital cette semaine-là, et parce que le Dr Black passait son temps à entrer et sortir de sa chambre sans rien indiquer sur la pancarte.

— Annamarie n'a-t-elle pas été tentée de faire un rapport sur ce deuxième décès?

— Elle n'avait pas de preuve concrète, uniquement des soupçons, et lorsque des tests ont été effectués sur la jeune fille, les résultats n'ont montré aucune trace d'une substance suspecte. Annamarie en a parlé effectivement au Dr Black, elle lui a demandé pourquoi il n'avait jamais rien inscrit sur la pancarte de la vieille dame. Il lui a répondu qu'elle disait n'importe quoi et l'a menacée de la faire poursuivre en diffamation si elle répandait de telles rumeurs. Et quand elle lui a parlé de la jeune fille qui était dans le coma, il a prétendu qu'elle avait fait un arrêt cardiaque dans l'ambulance.

«Essayez de comprendre. Au début, Annamarie a pensé que le premier incident était dû à une erreur fortuite. Elle était amoureuse de Gary Lasch et se savait enceinte de lui, bien qu'elle n'en eût encore rien dit. Elle refusait de croire qu'il ait pu mettre intentionnellement la vie de quelqu'un en danger et elle ne voulait pas lui causer de tort, ni à lui ni à l'hôpital. Mais ensuite, Jack Morrow a été assassiné et Annamarie a soudain pris peur. Elle avait deviné qu'il avait des doutes graves concernant l'hôpital. Il voulait lui confier un dossier ou des documents afin qu'elle les mette en sûreté, mais il n'en a pas eu le temps. Et quelques semaines plus tard, Gary Lasch a été assassiné à son tour. Par la suite, Annamarie a vécu dans la terreur.

— Est-ce qu'elle aimait toujours Gary Lasch ?

— Il s'était mis à l'éviter et elle avait peur de lui. Lorsqu'elle lui a annoncé qu'elle était enceinte, il lui a conseillé de se faire avorter. Sans l'existence des tests d'ADN, il aurait certainement prétendu que l'enfant n'était pas de lui.

« La mort de Jack Morrow a été un coup terrible pour Annamarie. Elle s'était laissé séduire par le Dr Lasch, mais je suis convaincue qu'elle était restée attachée à Jack. Plus tard, elle m'a montré une photo de Lasch en me disant : "J'étais sous le charme. Il sait y faire avec les femmes. Il se sert des gens."

— Annamarie croyait-elle qu'il se passait encore des choses louches à l'hôpital, même après la mort de Gary Lasch ?

— Elle n'avait plus aucun moyen de le savoir. Et toute son énergie était concentrée sur l'enfant qu'elle portait. Vous savez, je l'ai suppliée de garder cet enfant. Nous l'aurions aidée à l'élever. Elle a préféré l'adoption car elle s'estimait indigne de lui. Elle m'avait dit : "Qu'est-ce que je lui dirai ? Que j'ai eu avec son père une liaison et qu'il a été assassiné à cause de moi ? Quand il me demandera qui était son père, quelle sera ma réponse ? Qu'il représentait une menace pour ses patients et qu'il trahissait ceux qui lui faisaient confiance ?"

— Annamarie a dit à Molly que comme médecin et comme mari Gary Lasch ne valait pas le prix qu'elle avait payé pour l'avoir tué. »

Lucy Bonaventure sourit. « Je la reconnais bien là.

— Madame Bonaventure, je ne sais comment vous remercier. Et je n'ignore pas combien cet entretien vous a été pénible.

— J'espère seulement que si Molly Lasch est innocente, vous parviendrez à le prouver. Mais dites-lui qu'à sa manière Annamarie était elle aussi enfermée, dans une prison qu'elle s'était imposée à elle-même, mais qui n'en était pas moins cruelle. Et ce n'était pas Molly Lasch qu'elle redoutait. Elle avait peur du Dr Peter Black. »

69

« CAL, qu'est-ce que tu as ? Tu te mets en rogne contre moi alors que je t'ai seulement suggéré de prendre quelques jours de vacances et d'aller jouer au golf pour te détendre.

— Jenna, je pensais qu'en lisant les journaux, avec tout ce qu'ils racontent sur la mort de cette infirmière et l'inculpation de Molly, tu comprendrais pourquoi je suis à cran. Tu devrais te rendre compte qu'une fortune risque de nous filer entre les doigts si American National s'empare de ces organismes de soins et lance ensuite une OPA hostile sur Remington. Tu m'as épousé pour l'existence que je pouvais t'offrir. Nous le savons tous les deux. Es-tu prête à réduire ton train de vie ?

— Je suis surtout prête à regretter d'avoir pris cette journée de congé », rétorqua-t-elle. Inquiète de le voir tendu depuis le début de la matinée, elle avait suivi Cal dans son bureau.

« Pourquoi ne vas-tu pas rendre visite à ton amie Molly ? lui suggéra-t-il. Je suis sûr qu'elle sera ravie que tu la réconfortes.

— Cela va vraiment mal, n'est-ce pas, Cal? dit-elle doucement. Mais je vais te dire une chose, non comme épouse mais comme quelqu'un qui sait aussi faire face : je te connais, quelle que soit la gravité de la situation, tu sauras finalement en tirer profit. »

Le rire de Cal ressembla à un aboiement amer. « Merci, Jenna, tu as toujours le mot juste. Au fond, tu as peut-être raison.

— Je vais aller voir Molly. Son attitude m'a inquiétée mercredi soir. Je l'ai trouvée très déprimée. Et hier, après le départ de Mme Barry, elle semblait complètement bouleversée.

— Tu m'as déjà raconté tout ça.

— Je sais. Et je sais que tu comprends Mme Barry. Que tu n'aimerais pas non plus te trouver seul avec Molly, n'est-ce pas?

— En effet.

— Cal, Mme Barry a apporté à Molly vingt comprimés d'un somnifère destiné à son fils. Je ne suis pas rassurée. Je crains que dans l'état où elle est, Molly puisse être tentée de…

— De se suicider? Quelle idée formidable! Exactement ce que le docteur a prescrit. » Le regard de Cal se porta derrière Jenna. « Très bien, Rita, vous pouvez apporter le courrier. »

Comme la femme de chambre entrait, Jenna fit le tour du bureau et déposa un baiser sur les cheveux de son mari. « Cal, ne plaisante pas, je t'en prie. Je suis convaincue que Molly songe au suicide. Tu l'as entendue comme moi l'autre soir.

— Je maintiens ce que j'ai dit. Elle aura la partie plus facile si elle choisit cette option. Et elle rendra aussi la partie plus facile à beaucoup d'autres gens. »

70

MARTA JONES savait que seul Wally pouvait sonner à sa porte avec une telle insistance.
Lorsque la sonnerie retentit, elle était à
l'étage, en train de ranger l'armoire à linge ; avec un
soupir, elle descendit aussi rapidement que le lui permettaient ses genoux douloureux.

Wally se tenait sur le perron, les mains enfoncées
dans ses poches, la tête baissée. « Est-ce que je peux
entrer ? demanda-t-il d'une voix blanche.

— Tu sais que tu peux venir quand tu veux. »

Il franchit le seuil de la porte. « Je ne veux pas m'en
aller.

— Où ne veux-tu pas t'en aller ?

— En Californie. Maman est en train de faire les
valises. Nous partons demain matin. Je n'aime pas
voyager en voiture. Je ne veux pas partir. Je suis venu
dire au revoir.

La Californie ? s'étonna Marta. Qu'est-ce que ça signifiait ? « Wally, es-tu sûr que ta maman a dit Californie ?

— Oui, la Californie, j'en suis sûr. » Il s'agita nerveusement. « Je veux revoir Molly, aussi. Je ne vais pas

l'ennuyer, mais je ne veux pas partir sans lui dire au revoir. Vous croyez que je peux aller chez elle ?

— Je ne vois pas ce qui t'en empêcherait.

— J'irai la voir ce soir », marmonna Wally.

Marta ne l'entendit pas distinctement.

« Il faut que je parte, continua-t-il à voix plus haute. Maman veut que j'aille à ma réunion.

— C'est une bonne idée. Tu aimes beaucoup ces réunions, Wally. Ecoute, n'est-ce pas ta mère qui t'appelle ? » Marta ouvrit la porte. Edna se tenait devant sa maison, en manteau, déjà prête à s'en aller, et elle cherchait Wally.

« Wally est chez moi, il arrive tout de suite », lui cria Marta. Poussée par la curiosité, elle traversa la pelouse et alla rejoindre son amie : « Edna, est-ce exact que tu pars en Californie ?

— Wally, monte dans la voiture », dit Edna en y poussant son fils. Il lui obéit à contrecœur, claquant la portière derrière lui.

Edna se tourna vers Marta. « Marta, je ne sais pas si nous atterrirons en Californie ou à Tombouctou, mais je sais que je dois filer d'ici. Chaque fois que j'écoute les informations, ils annoncent quelque chose de nouveau concernant Molly. Ils disent maintenant qu'une commission va se réunir exceptionnellement lundi. Le procureur veut faire révoquer sa mise en liberté conditionnelle. S'il y parvient, elle devra purger le reste de la peine à laquelle elle a été condamnée pour le meurtre du Dr Lasch. »

Marta frissonna. « Je sais, Edna. Je l'ai entendu au journal ce matin. C'est terrible. La malheureuse devrait être dans un établissement spécialisé, pas en prison. Mais tu ne devrais pas être bouleversée au point de t'en aller.

— Je sais. Je te parlerai plus tard. »

En rentrant chez elle, Marta se sentit glacée et

décida qu'une tasse de thé la réchaufferait. Pauvre Edna. Elle se sentait coupable d'avoir laissé Molly en plan, mais elle n'avait pas d'autre choix. Wally passait en premier.

Toute cette histoire prouve seulement que l'argent ne fait pas le bonheur, conclut Marta avec un soupir. Tout l'argent de la famille Carpenter n'a pas empêché Molly de se retrouver enfermée dans une cellule.

Elle songea à cette autre famille riche et célèbre de Greenwich qui avait été mentionnée aux informations du matin. Elle avait lu l'histoire de Natasha Colbert, qui était restée dans le coma pendant plus de six ans. Elle avait fini par mourir, et sa pauvre mère, anéantie par le chagrin, avait eu une crise cardiaque, et ne survivrait peut-être pas. Dieu ferait aussi bien de la rappeler à lui. Toutes ces souffrances...

Marta repoussa sa chaise et monta terminer son rangement. Mais une pensée ne cessait de la préoccuper. Edna serait furieuse si elle apprenait qu'elle avait encouragé Wally à aller dire au revoir à Molly Lasch. Elle tenta de se rassurer. Oh, ce n'était sans doute qu'une idée en passant, comme il en a de temps en temps. De toute manière, demain il sera parti. Inutile d'inquiéter la pauvre Edna avec ça. Elle a déjà suffisamment de soucis.

71

APRÈS avoir quitté la sœur d'Annamarie, Fran Simmons resta assise dans sa voiture pendant quelques minutes, hésitant sur la conduite à tenir. Que Gary Lasch et Peter Black aient administré par erreur à une patiente un médicament qui l'avait plongée dans un coma dépassé, puis essayé de dissimuler cette bavure, était une chose. Terrible, bien sûr, mais qu'on ne pouvait comparer à l'utilisation délibérée d'un produit expérimental pour mettre fin à la vie d'un patient. Pourtant Annamarie Scalli avait paru convaincue de la justesse de cette dernière hypothèse.

Si Annamarie, qui se trouvait sur place, n'a pas pu démontrer le bien-fondé de ses soupçons, comment pourrais-je y parvenir? se demanda Fran.

D'après ce qu'avait dit Annamarie à sa sœur, Peter Black était responsable non seulement de la première erreur, mais aussi de l'élimination d'une patiente âgée. Un mobile suffisant pour tuer Gary Lasch? Lasch mort, un témoin du crime disparaissait.

C'est une possibilité. Si vous admettez qu'un médecin peut tuer de sang-froid. *Mais pour quel motif?*

Il faisait froid dans la voiture. Fran fit démarrer le moteur et mit le chauffage au maximum. Elle n'était pas seulement transie par l'air extérieur mais pénétrée d'un sentiment qui la glaçait. Les actes maléfiques perpétrés dans cet hôpital avaient provoqué tant de souffrances. Mais pourquoi? *Pourquoi?* Molly a été punie pour un crime qu'elle n'a certainement pas commis. Annamarie a abandonné son enfant, renoncé au travail qu'elle aimait, parce qu'elle a voulu se punir elle-même. Une jeune fille a été plongée dans un état végétatif à la suite d'un traitement expérimental. Une femme âgée est morte prématurément pour la même raison.

Et ce sont là seulement les cas dont j'ai connaissance. Combien d'autres y en a-t-il eu? Peut-être les choses ne font-elles que continuer aujourd'hui.

Je suis certaine que la clé de toute l'affaire est la relation entre Gary Lasch et Peter Black. Il doit y avoir une raison qui a poussé Lasch à faire venir Black à Greenwich et à lui offrir littéralement une participation dans un hôpital appartenant à sa famille.

Une femme qui promenait son chien dépassa sa voiture et regarda Fran avec curiosité. Je ferais mieux de démarrer, se dit-elle. Il lui restait à aller voir Molly, lui demander si elle pouvait l'éclairer sur les rapports existant entre Gary Lasch et Peter Black. En déterminant le lien qui les unissait, peut-être comprendrait-elle ce qui se passait dans cet hôpital.

En route vers Greenwich, elle appela son bureau et apprit que Gus Brandt voulait lui parler d'urgence. «Avant de me le passer, dit-elle, vérifiez si les informations concernant Gary Lasch et Peter Black que j'ai demandées à la documentation sont bien arrivées.

— Elles sont sur votre bureau, Fran. Vous en avez pour une semaine de lecture tant la pile est impressionnante, surtout en ce qui concerne Cal Whitehall.

— J'ai hâte de m'y mettre. Merci. Passez-moi Gus, à présent. »

Gus était sur le point de partir déjeuner. « Content de vous entendre, Fran. Je crains que votre amie Molly ne se retrouve en taule à partir de lundi. Le procureur vient de déclarer qu'il avait pratiquement obtenu la révocation de sa mise en liberté conditionnelle. A la minute où la nouvelle sera confirmée officiellement, ils l'embarqueront pour Niantic.

— Ils ne peuvent pas faire ça !

— Oh si, ils le peuvent. Et croyez-moi, ils le feront. Elle ne s'en est pas trop mal sortie la première fois parce qu'elle a reconnu avoir tué son mari, mais dès l'instant où elle s'est retrouvée libre elle a dit le contraire. C'était déjà une violation des conditions de sa libération. Avec une nouvelle inculpation pour meurtre sur le dos, comment voulez-vous qu'elle s'en tire ? Que feriez-vous si vous aviez à décider de l'enfermer ou non ? En tout cas, préparez une séquence pour ce soir.

— D'accord, Gus. A tout à l'heure », fit Fran, le cœur serré.

Elle avait projeté de passer chez Molly, mais c'était l'heure du déjeuner et elle eut une autre idée. Susan Branagan, la bénévole de la cafétéria de l'hôpital Lasch, lui avait dit avoir reçu une médaille en récompense de dix ans de service. Cela signifiait qu'elle était déjà là six ans auparavant, lorsque cette jeune fille était tombée dans le coma. Ce n'était pas un accident fréquent. Elle se rappellerait peut-être qui était cette patiente et ce qui lui était arrivé.

Parler à sa famille, tenter d'obtenir des détails sur son accident pourrait l'aider à vérifier le récit d'Annamarie. Une tentative risquée, mais pas absurde. J'espère seulement ne pas tomber sur le Dr Black, se dit

340

Fran. Il va piquer une crise de rage s'il s'aperçoit que je continue à enquêter sur l'hôpital.

Il était une heure trente quand elle pénétra dans la cafétéria. C'était l'heure de pointe. Deux serveuses s'activaient au comptoir. Déçue, Fran constata qu'aucune des deux n'était Susan Branagan.

« Il y a une place au comptoir, à moins que vous ne préfériez attendre une table, lui dit l'hôtesse.

— Mme Branagan ne travaille pas aujourd'hui ? demanda Fran.

— Si, si, elle est là. Mais elle sert en salle. La voilà qui sort de la cuisine.

— Puis-je avoir l'une des tables dont elle s'occupe ?

— Vous avez de la chance. Il y en a une qui est en train de se libérer. »

L'hôtesse la précéda à travers la salle, l'installa à une petite table, et lui tendit la carte. Un instant plus tard, une voix chaleureuse s'adressait à elle. « Bonjour, avez-vous fait votre choix ? »

Fran leva les yeux et vit que Susan Branagan se souvenait d'elle et savait aussi qui elle était. « Je suis ravie de vous revoir, madame Branagan », dit-elle.

Le visage de la femme s'éclaira. « J'ignorais que je m'adressais à une vedette du petit écran lorsque nous avons bavardé l'autre jour, mademoiselle Simmons. Dès que je l'ai appris, je vous ai regardée au journal télévisé. J'ai beaucoup apprécié vos commentaires sur l'affaire Molly Lasch.

— Je vois que vous êtes occupée en ce moment, mais j'aimerais vous parler un peu plus tard, si vous le voulez bien. Vous m'avez été d'une grande aide, l'autre jour.

— Et depuis, cette pauvre infirmière, Annamarie Scalli, est morte assassinée. Vous croyez vraiment que c'est Molly Lasch qui l'a tuée ?

341

— Non, je ne le crois pas. Madame Branagan, à quelle heure quittez-vous votre service ?

— A deux heures. Il n'y a plus grand monde alors à la cafétéria. A propos, que désirez-vous manger ? »

Fran jeta un coup d'œil au menu. « Un club sandwich et un café, s'il vous plaît.

— Je vais passer votre commande immédiatement, et si ça ne vous gêne pas d'attendre, je serai ravie de revenir bavarder avec vous un peu plus tard. »

Une demi-heure plus tard, Fran regarda autour d'elle. Comme prévu, la salle s'était aux trois quarts vidée. Le bruit des couverts et le bourdonnement des voix avaient fortement diminué. Susan Branagan avait débarrassé la table et promis de revenir aussitôt.

Elle ne portait plus son tablier rose lorsqu'elle réapparut avec une tasse de café dans chaque main. « Ouf ! soupira-t-elle en posant les cafés sur la table et en s'asseyant en face de Fran. Comme je vous l'ai dit, j'aime mon travail même si mes pieds ne sont pas à la fête. Mais vous n'êtes pas venue ici pour parler de mes pieds, que puis-je faire pour vous aujourd'hui ? »

Cette femme me plaît, pensa Fran. Elle est franche et directe. « Madame Branagan, vous m'avez dit l'autre jour que vous aviez reçu une médaille en récompense de dix années de service.

— C'est exact, et si Dieu le permet, j'espère en recevoir une autre pour les dix prochaines années.

— J'aimerais vous poser une question sur un incident qui a eu lieu à l'hôpital il y a quelques années. A vrai dire, peu de temps avant que les Drs Morrow et Lasch ne soient assassinés.

— Oh, il se passe tellement de choses ici. Je ne suis pas sûre de pouvoir vous répondre.

— Vous vous rappellerez peut-être ce cas précis.

Une jeune fille a été transportée à l'hôpital après un accident de jogging, puis elle a sombré dans un coma profond. J'ai pensé que vous pourriez me dire qui était cette jeune fille.

— Qui elle était? s'exclama Susan Branagan. Vous parlez sans doute de Natasha Colbert? Elle a séjourné dans notre résidence de long séjour pendant des années. Elle est morte hier soir.

— *Hier soir!*

— Oui. C'est une histoire tragique. Elle n'avait que vingt-trois ans quand elle a eu cet accident. Elle est tombée en faisant du jogging, et elle a eu un arrêt cardiaque dans l'ambulance. Vous connaissez certainement la famille Colbert; ils possèdent un important groupe de presse, ils sont extrêmement riches. Ce sont eux qui ont financé la construction de la résidence à laquelle on a donné le nom de leur fille. Regardez de l'autre côté de la pelouse — c'est ce joli bâtiment d'un étage un peu plus loin. »

Un arrêt cardiaque dans une l'ambulance? s'interrogea Fran. Qui donc conduisait cette ambulance? Qui étaient les infirmiers? Ce serait bien de pouvoir les interroger. Elle n'aurait sans doute pas de mal à les retrouver.

Susan Branagan continua. « Sa mère a perdu connaissance lorsque Natasha est morte hier. Elle est hospitalisée ici, on m'a dit qu'elle avait eu un malaise cardiaque, elle aussi. » Elle baissa le ton. « Vous voyez cet homme là-bas? C'est l'un des fils de Mme Colbert. Ils sont deux. Il y en a toujours un qui reste avec elle. L'autre est venu manger un sandwich il y a une heure. »

Si Mme Colbert meurt du choc consécutif au décès de sa fille, elle sera une nouvelle victime des incidents douteux qui ont lieu ici, pensa Fran.

« C'est horriblement triste pour ces deux hommes,

ajouta Susan Branagan. Même si leur sœur les avait pour ainsi dire quittés il y a plus de six ans, la fin est toujours cruelle. Il paraît que Mme Colbert a été victime d'une hallucination au moment où sa fille est morte. L'infirmière a raconté qu'elle criait que Natasha était sortie du coma et lui avait parlé. C'est impossible, naturellement. Elle a prétendu que Natasha avait dit quelque chose à propos de ses lacets et du Dr Lasch. »

Fran sentit sa gorge se serrer. « L'infirmière se trouvait-elle dans la pièce avec Mme Colbert à ce moment-là ? demanda-t-elle d'une voix étranglée.

— Natasha disposait d'un appartement privé, et Mme Colbert avait demandé à l'infirmière de se tenir dans le petit salon. Mais quand Natasha est morte, Mme Colbert n'était pas seule. A la dernière minute le docteur est arrivé. Il affirme n'avoir rien entendu, il a dit que Mme Colbert avait eu une hallucination.

— Qui était ce docteur ? interrogea Fran, bien qu'elle connût la réponse.

— Le directeur de l'hôpital, le Dr Peter Black. »

Si les soupçons d'Annamarie étaient fondés, et si ce qu'a dit Mme Colbert est vrai, on peut craindre qu'après avoir détruit la vie de Natasha il y a six ans, Black ait poursuivi sur elle ses expériences, pensa Fran.

Elle regarda l'homme à l'autre bout de la salle, dont Susan Branagan lui avait dit qu'il était l'un des fils Colbert. Elle aurait voulu s'élancer vers lui, l'avertir que sa mère courait un danger et qu'il fallait lui faire quitter l'hôpital avant qu'il ne soit trop tard.

« Oh, voilà le Dr Black, dit Susan Branagan. Il se dirige vers M. Colbert. J'espère qu'il ne va pas lui annoncer une mauvaise nouvelle. »

Elles regardèrent Peter Black parler calmement à son interlocuteur, puis ce dernier hocher la tête, se lever et le suivre hors de la salle.

« Oh, mon Dieu, s'exclama Susan Branagan, je suis sûre que c'est une mauvaise nouvelle ! »

Fran ne dit rien. Au moment où il quittait la cafétéria, Peter Black l'aperçut et leurs yeux se croisèrent. Son regard était glacé, plein de menace et de fureur contenue — en aucun cas le regard d'un homme habitué à réconforter et à soigner.

Je finirai par l'avoir, se promit Fran. Même si ce doit être la dernière action que j'accomplirai de ma vie.

72

CHAQUE fois qu'une situation difficile atteignait un point critique, Cal Whitehall parvenait généralement à garder un parfait contrôle de lui-même. Cette fois-ci son calme fut mis à rude épreuve par l'appel de Peter Black. « Si je comprends bien, dit-il lentement, vous êtes en train de m'expliquer que Fran Simmons bavardait avec une des bénévoles de la cafétéria lorsque vous y êtes entré pour annoncer au fils de Barbara Colbert que sa mère venait de mourir ? »

La question n'appelait pas de réponse.

« Avez-vous parlé à cette serveuse et cherché à connaître la nature exacte de son entretien avec Fran Simmons ? »

Peter Black téléphonait de chez lui, un verre de scotch à la main. « Mme Branagan était partie lorsque j'ai pu décemment quitter les fils de Mme Colbert. J'ai appelé chez elle pendant un quart d'heure avant de l'avoir en ligne. Elle revenait de chez son coiffeur.

— Je me contrefiche de l'endroit où elle était, dit

froidement Whitehall. Ce qui m'intéresse, c'est ce qu'elle a raconté à Simmons.

— Elles ont parlé de Natasha Colbert. Simmons lui a demandé si elle se souvenait d'une jeune patiente qui avait eu un accident avant de tomber dans le coma il y a un peu plus de six ans. Mme Branagan lui a communiqué le nom de la patiente et lui a raconté ce qu'elle savait sur son cas.

— Et aussi que Barbara Colbert affirmait qu'elle avait entendu sa fille parler avant de mourir?

— Oui. Cal, qu'allons-nous faire?

— Je vais m'employer à sauver votre peau, mon vieux. Quant à vous, vous allez continuer à vous cuiter. Nous nous reparlerons plus tard. Bonsoir.»

Le déclic du récepteur fut à peine audible. Peter Black avala d'un trait le contenu de son verre et le remplit à nouveau.

Calvin Whitehall resta immobile pendant plusieurs minutes, examinant les différentes options qui s'offraient à lui. Après un certain temps, il en choisit une, l'analysa méthodiquement et conclut qu'elle éliminerait deux de ses principaux problèmes — Adrian Logue et Fran Simmons.

Il composa le numéro de West Redding. Le téléphone sonna une douzaine de fois avant qu'il n'obtienne une réponse.

«Calvin, j'ai visionné la bande.» L'excitation de son interlocuteur lui donnait un ton presque juvénile. «Vous rendez-vous compte de ce que nous avons accompli? Qu'avez-vous prévu pour la conférence de presse?

— C'est précisément à ce sujet que je vous téléphone, professeur, dit Cal d'une voix suave. Etant donné que vous ne regardez pas la télévision, vous êtes un peu coupé du monde, mais j'ai organisé pour vous un entretien exclusif avec une jeune journaliste d'investigation célèbre dans tout le pays. Elle sait qu'il lui faudra garder le secret absolu ; elle va immédiatement préparer une émission spéciale d'une demi-heure qui sera diffusée dans une semaine. Comprenez qu'il est essentiel d'appâter le public afin qu'une fois votre extraordinaire découverte dévoilée, l'émission soit regardée par un très vaste public à l'échelon national. Tout doit être minutieusement organisé. »

Whitehall obtint la réponse qu'il désirait : « Calvin, je suis aux anges. Il nous restera peut-être à régler quelques problèmes juridiques d'ordre mineur, mais qu'importe, au regard de notre réussite. A soixante-seize ans, je veux voir mes découvertes reconnues avant qu'il ne soit trop tard.

— Elles le seront, professeur.

— Je ne crois pas que vous m'ayez communiqué le nom de cette journaliste.

— Simmons, professeur. Fran Simmons. »

Calvin raccrocha et appuya sur le bouton de l'interphone qui le reliait à l'appartement situé au-dessus du garage. « Ramène-toi, Lou. »

Lou Knox s'attendait à ce que son patron le convoque. Il en avait suffisamment entendu pour savoir que Cal avait de sérieux ennuis, et que tôt ou tard il ferait appel à lui pour l'aider à les résoudre.

Il ne s'était pas trompé.

Cal l'accueillit d'un air presque jovial. « Lou, Logue commence à nous poser des problèmes, tout comme Fran Simmons. »

Lou attendit.

« J'ai l'intention d'organiser un rendez-vous au cours duquel Mlle Simmons interviewera notre cher professeur. Il serait bon que tu sois dans les parages quand il aura lieu. Tu ignores peut-être que Logue entrepose toutes sortes de combustibles dans son laboratoire. Je sais que tu n'y es jamais entré. Laisse-moi

348

t'expliquer la configuration des lieux. Le laboratoire est situé au premier étage, il est aisément accessible par un escalier extérieur qui y mène directement depuis une galerie à l'arrière du bâtiment. La fenêtre qui donne sur la galerie est toujours entrouverte pour la ventilation. Tu me suis, Lou?

— Parfaitement, Cal.

— Monsieur Whitehall, je te prie. Sinon, tu risques de te laisser aller en présence d'autrui.

— Désolé, monsieur Whitehall.

— Il y a une bouteille d'oxygène dans le labo. Je suis sûr qu'un type aussi agile que toi pourra facilement lancer un objet enflammé dans la pièce, dévaler l'escalier et s'éloigner de la maison avant que la bouteille n'explose. Qu'en penses-tu?

— Facile, monsieur Whitehall.

— Cette mission pourrait t'obliger à t'absenter d'ici pendant plusieurs heures. Naturellement, ces heures supplémentaires seront rétribuées de manière appropriée. Tu le sais.

— Oui, monsieur.

— J'ai cherché le meilleur moyen de persuader Fran Simmons de se rendre à la ferme. Bien sûr, il faut garder le secret absolu sur sa visite. Le mieux à mon avis serait de lui faire passer une information à laquelle elle ne pourra résister, venant de préférence d'une source anonyme. Tu me suis? »

Lou sourit. « La source, c'est moi?

— Exactement. Tu piges? »

Le « Tu piges » faisait partie du langage familier de Cal lorsqu'il s'attendait à ce que Lou exécute ses plans.

« Vous me connaissez, dit Lou, ravalant le nom de Cal au dernier moment. Jouer les informateurs est mon passe-temps préféré.

— Tu as excellé à ce petit jeu, jadis. Cette fois, je

pense que le coup devrait être particulièrement intéressant, Lou. Et rémunérateur. N'oublie pas.»

Comme ils échangeaient un sourire, Lou se souvint du père de Fran, et du tuyau qu'il lui avait refilé. Il lui avait laissé entendre que certains titres allaient être introduits en Bourse, des titres avec lesquels, d'après Cal, on pouvait faire fortune du jour au lendemain. Simmons avait hâtivement prélevé les quarante mille dollars sur le fonds de la bibliothèque, pensant les rembourser en quelques jours. Mais c'était un second retrait qui l'avait amené à se suicider, un retrait effectué en imitant sa signature et qui portait le total de l'emprunt à quatre cent mille dollars. Il savait que s'il avouait être l'auteur du premier détournement, tout le monde le croirait coupable du deuxième.

Cal s'était montré particulièrement généreux à cette occasion, se rappela Lou. Il lui avait laissé les quarante mille dollars que Simmons lui avait confiés, ainsi que les titres désormais sans valeur que Simmons avait mis naïvement au nom de Lou.

«Etant donné le passé qui nous lie, monsieur, il semble en effet que je sois le mieux placé pour contacter Fran Simmons. J'attendrai vos instructions.»

73

Dès qu'elle eut quitté l'hôpital, Fran téléphona à Molly. «Il faut absolument que je vous voie.

— Je ne risque pas de m'en aller, lui dit Molly. Je vous attends. Jenna est avec moi, mais elle doit partir bientôt.

— J'espère ne pas la manquer. J'ai un mal fou à organiser un rendez-vous avec son mari. Je serai chez vous dans cinq minutes. »

Ce sera juste, calcula Fran, sachant qu'elle devait reprendre la route de New York une demi-heure plus tard, mais je veux m'assurer de l'état d'esprit de Molly. On a dû lui notifier que la commission se réunit lundi. Fran se dit aussi qu'en présence de Jenna il lui serait difficile d'interroger Molly sur les motifs qui avaient conduit Gary Lasch à engager Peter Black. Jenna, effectivement, ne manquerait pas d'en faire part à son mari. De toute façon, Molly rapporterait certainement à son amie leur conversation.

A trois heures moins dix, Fran s'engagea dans l'allée de Molly. Un coupé Mercedes était garé devant la maison. Sans doute la voiture de Jenna.

Je ne l'ai pas revue depuis des lustres, se dit Fran. Je me demande si elle est toujours aussi belle qu'autrefois. Son vieux complexe d'infériorité s'empara à nouveau d'elle tandis qu'affluaient les souvenirs de ses années de jeunesse.

A Cranden, tout le monde savait que la famille de Jenna n'était pas fortunée. Jenna elle-même en riait : « Mon arrière-arrière-grand-père était richissime et ses descendants ont tout croqué ! » Mais on ne pouvait mettre en doute ses origines aristocratiques. Comme ceux de Molly, les ancêtres de Jenna étaient de riches représentants de la Couronne qui avaient débarqué en Nouvelle-Angleterre à la fin du XVIIᵉ siècle.

Molly ouvrit la porte avant même que Fran n'ait atteint le perron. Elle guettait visiblement son arrivée. Fran resta muette à sa vue. Elle était horriblement pâle et ses yeux étaient bordés de larges cernes sombres. « C'est l'heure des retrouvailles, annonça-t-elle. Jenna a absolument voulu vous attendre. »

Jenna était dans le bureau, penchée sur une pile de photos. Elle se leva brusquement à la vue de Fran. « "Nous nous reverrons", chantonna-t-elle en venant à sa rencontre.

— Ne me rappelez pas cette ineptie que j'avais inscrite en première page de l'annuaire de la classe », implora Fran en faisant la grimace. Elle recula d'un pas. « Vraiment, Jenna, comment faites-vous pour être toujours aussi belle ? »

Jenna était plus que belle. Elle avait des cheveux auburn qui retombaient en vagues naturelles jusqu'à ses épaules ; d'immenses yeux noisette et une silhouette élancée qui bougeait avec une élégance insouciante, comme si sa beauté et l'admiration qu'elle lui attirait étaient un dû.

Pendant un instant, Fran crut remonter le temps. Elle s'était rapprochée de Molly et de Jenna à l'époque où toutes les trois avaient été chargées d'établir l'annuaire de la classe. Aujourd'hui ce bureau lui rappelait le local où elles se réunissaient, avec les piles de documents et de dossiers, les photos éparpillées, les vieux magazines entassés.

« Nous avons fait du bon travail, dit Molly. Jenna est arrivée à dix heures et nous ne nous sommes pas arrêtées depuis. Nous avons trié tout ce que contenaient le bureau de Gary et ses rayonnages quand il travaillait dans cette pièce. Il y a beaucoup de choses qui vont aller à la poubelle.

— Cela n'a pas été une partie de plaisir, mais nous nous amuserons plus tard, n'est-ce pas ? » Jenna se tourna vers Fran. « Quand ce cauchemar sera fini, j'ai l'intention d'emmener Molly à New York et de la dorloter. Institut de beauté, shopping, dîners dans les meilleurs restaurants. Nous ne nous priverons de rien. » Elle parlait avec une telle assurance que Fran oublia la réalité pendant un court instant et entra naturellement dans son jeu, au point de se sentir exclue de leurs plans. L'ombre du passé, peut-être...

« Il y a longtemps que je ne crois plus aux miracles, mais s'il devait s'en produire un Fran y sera associée, dit Molly. Sans votre aide à toutes les deux, je n'aurais pas tenu le coup jusqu'ici.

— Tu t'en sortiras, je t'en donne ma parole d'épouse du tout-puissant Cal, promit Jenna avec un sourire confiant. A propos, Fran, je crains que cette fusion ne l'absorbe totalement et qu'il ne soit pas à prendre avec des pincettes. Nous pouvons nous voir toutes les deux la semaine prochaine, mais il vaut mieux attendre un peu pour prendre rendez-vous avec lui. »

Elle serra Molly contre elle. « Il faut que je file, et Fran désire peut-être discuter de certaines choses avec toi. Fran, je suis contente de vous avoir revue. A la semaine prochaine, d'accord ? »

Fran fit un rapide calcul. Si la liberté conditionnelle de Molly devait être révoquée, ils l'apprendraient lundi, et Jenna voudrait certainement être auprès d'elle. « Mardi vers dix heures, à votre bureau ?

— Entendu. »

Molly raccompagna Jenna à la porte. Lorsqu'elle revint, Fran lui dit rapidement : « Molly, je dois regagner New York et j'ai peu de temps. Je vais être brève. Vous êtes au courant de la session spéciale de la commission vous concernant, n'est-ce pas ?

— Non seulement je suis au courant, mais j'ai reçu une convocation. » La voix et le visage de Molly ne trahissaient aucune émotion.

« Je sais ce que vous ressentez, cependant ne perdez pas espoir, Molly. Mon enquête est sur le point d'aboutir. J'ai parlé à la sœur d'Annamarie aujourd'hui, et elle m'a rapporté des choses terrifiantes à propos de l'hôpital Lasch. Des choses qui concernent Gary et Peter Black.

— Ce n'est pas Peter Black qui a tué Gary. Ils étaient très intimes.

— Molly, si ce que j'ai appris sur le compte de Peter Black est exact, c'est un homme foncièrement mauvais, capable du pire. Voilà ce que je cherche à savoir, et j'espère que vous pourrez me donner la réponse : pourquoi Gary avait-il proposé à Peter Black de venir le rejoindre et de partager ses activités ? J'ai enquêté sur Black. Il était loin d'être un médecin brillant, et il n'avait pas un sou à mettre dans l'opération. Personne n'offre ainsi la moitié d'un hôpital à un vieux copain — et je ne crois pas que Black ait jamais été ce genre d'ami pour Gary Lasch. Bref, savez-vous pourquoi Gary a fait venir Black auprès de lui ?

— Peter était déjà là lorsque j'ai commencé à sortir avec Gary. Nous n'en avons jamais parlé.

— C'est ce que je craignais. Ecoutez, j'ignore ce que je cherche exactement, mais j'aimerais revenir et examiner les dossiers de Gary avant que vous ne jetiez quoi que ce soit. Peut-être y trouverai-je une information utile.

— Si vous voulez, dit Molly d'un air indifférent. Il y a déjà trois sacs-poubelle remplis dans le garage. Je les mettrai dans la réserve à votre intention. Et êtes-vous aussi intéressée par les photos ?

— Gardez-les pour le moment. Nous en aurons peut-être besoin pour l'émission.

— Ah oui, l'émission ! » Molly poussa un long soupir. « Il y a moins de deux semaines que je vous ai appelée, pensant que l'enquête prouverait mon innocence. J'étais naïve comme l'enfant qui vient de naître. »

L'espoir l'a quittée, pensa Fran. Elle sait que dès lundi elle retournera vraisemblablement en prison pour purger le reste de sa peine, et cela avant même que ne débute le procès pour le meurtre d'Annamarie Scalli. « Molly, regardez-moi, ordonna-t-elle.

— Je vous regarde, Fran.

— Vous devez me faire confiance. Je crois que l'assassinat de Gary a fait partie d'une série de crimes que vous n'avez certainement pas — et ne pouviez pas — commettre. Croyez-moi, je vais le prouver et vous serez alors lavée de tout soupçon. »

Il faut qu'elle me croie, pensa Fran, espérant s'être montrée suffisamment convaincante. Il était visible que Molly sombrait peu à peu dans l'apathie de la dépression.

« Et j'irai dîner dans les meilleurs restaurants de New York. » Elle secoua la tête. « Jenna et vous êtes des amies merveilleuses, Fran, mais je crois que vous confondez le rêve et la réalité. J'ai peur que mon sort ne soit fixé.

— Molly, je passe à l'antenne tout à l'heure, et il faut que j'aille me préparer. Encore une fois, ne jetez rien de ce qu'il y a ici. » Fran jeta un coup d'œil vers le canapé. Les photos y étaient étalées, elle s'approcha et constata que Gary Lasch figurait pratiquement sur chacune d'elles.

« Jenna et moi évoquions nos souvenirs avant votre arrivée, dit Molly. Nous avons passé de bons moments tous les quatre ; c'est du moins ce que je croyais alors. Dieu seul sait ce que mon délicieux mari pensait en son for intérieur. Probablement une réflexion du genre : "La barbe ! Encore une soirée avec ce bonnet de nuit !"

— Taisez-vous ! Cessez de vous torturer.

— Me torturer ? Pourquoi voudrais-je me torturer ? Le monde entier s'y attelle. Nul n'a besoin de mon aide. Fran, rentrez vite à New York. Ne vous inquiétez pas pour moi. Une question avant que vous ne partiez : ces vieux magazines peuvent-ils vous être utiles ? Je les ai parcourus, ils contiennent seulement des articles médicaux. J'avais l'intention de les lire, mais je n'ai plus guère de curiosité intellectuelle.

— Gary est-il l'auteur de certains de ces articles ?

— Non. Il a simplement marqué ceux qui l'intéressaient. »

Ce qui intéressait Gary Lasch sur le plan médical m'intéresse certainement, se dit Fran. « Je vais les emporter, Molly. J'y jetterai un coup d'œil et je m'en débarrasserai ensuite à votre place. » Elle s'agenouilla et prit la lourde pile sur le sol.

Molly l'accompagna jusqu'à la porte d'entrée qu'elle lui tint ouverte. Fran s'immobilisa sur le seuil, déchirée entre l'obligation de s'en aller et son refus d'abandonner Molly à sa solitude et à sa détresse. « Molly, aucun souvenir ne vous est revenu ?

— Je croyais en avoir retrouvé quelques-uns, mais comme tout le reste ils sont pleins de bruit et de fureur et ne signifient rien. Ma vaillante déclaration à ma sortie de prison fut certainement une erreur. Lundi elle me vaudra quatre années et demie supplémentaires de pension gratuite, sans compter la condamnation dont j'écoperai pour le meurtre d'Annamarie Scalli.

— Molly, ne vous découragez pas ! »

Molly, ne vous découragez pas ! La phrase revenait comme une incantation dans la tête de Fran, tandis qu'elle roulait vers New York, consultant l'heure à la montre du tableau de bord, pestant contre le trafic encore plus dense que d'habitude.

74

« MAMAN, je ne veux pas aller en Californie. »
Wally s'était montré de plus en plus
nerveux, voire violent, tout au long de la
journée.

«Wally, n'en discutons plus, c'est décidé, un point
c'est tout», avait répondu Edna fermement.

Impuissante, elle l'avait regardé claquer la porte de
la cuisine et monter bruyamment l'escalier. Il avait
refusé obstinément de prendre son médicament, et
l'inquiétude la gagnait. Il faut que je l'éloigne d'ici,
pensa-t-elle. Je verserai un peu de médicament dans
son verre de lait chaud quand il ira se coucher. Il dor-
mira et sera plus calme à son réveil.

Elle contempla l'assiette à laquelle il n'avait pas
touché. Elle lui avait pourtant préparé son plat favori
— des côtes de veau, des asperges et de la purée de
pommes de terre. Mais ce soir il était resté assis à table
sans rien manger, marmonnant, l'air buté. Les voix
s'étaient remises à lui parler. Edna le savait et ce n'était
pas de nature à la tranquilliser.

Le téléphone sonna. C'était sûrement Marta. Edna

aurait volontiers passé un moment tranquille avec son amie, mais pas ce soir. Si Wally se mettait à reparler de cette maudite clé et du soir où le Dr Lasch était mort, Marta risquait de prendre ses élucubrations au sérieux.

C'est seulement un effet de son imagination, se dit Edna, cherchant à se rassurer comme chaque fois que Wally faisait allusion à la nuit du meurtre. Et si ce n'était pas « seulement un effet de son imagination » ? Elle chassa hâtivement cette hypothèse de son esprit. Non. Même si Wally s'était trouvé alors dans les parages, il n'avait certainement été mêlé à rien. Le téléphone sonnait pour la quatrième fois lorsqu'elle se décida à décrocher.

Marta Jones avait longuement hésité avant d'appeler Edna. Elle voulait la prévenir qu'elle n'avait pas découragé Wally d'aller parler à Molly. Et elle lui conseillerait de s'arrêter chez Molly le lendemain, avant de quitter la ville, et de laisser Wally lui dire au revoir. Ce serait le meilleur moyen de le calmer.

Dès qu'elle eut Edna au bout du fil, elle proposa : « J'avais envie de venir vous faire une petite visite à toi et à Wally avant votre départ. »

Edna tenait sa réponse toute prête. « Pour être tout à fait franche, je n'ai pas achevé les préparatifs du départ et je voudrais finir avant d'aller me coucher. Je suis morte de fatigue. Si tu venais plutôt prendre le petit déjeuner demain matin avec nous ? »

Bon, je ne peux pas la forcer à me recevoir, pensa Marta, elle a l'air vraiment à plat. « Entendu pour demain », dit-elle. Elle ajouta avec un entrain exagéré : « J'espère que Wally t'aide, au moins ? »

— Wally est déjà monté dans sa chambre. Il regarde la télévision. Il a passé une mauvaise journée, et je vais augmenter la dose de calmant dans le lait chaud que je lui porte le soir avant qu'il se couche. »

Marta raccrocha, rassurée à la pensée que Wally était tranquillement dans sa chambre et qu'il allait bientôt dormir. Il avait probablement renoncé à son intention d'aller voir Molly ce soir. Inutile de se faire du mouron pour l'instant.

75

L'UNE des principales informations du journal télévisé de la soirée fut le décès de Natasha Colbert, qui était restée dans un coma dépassé pendant plus de six ans, suivi de la mort, moins de vingt-quatre heures plus tard, de sa mère, Barbara Colbert, personnalité en vue de la haute société.

Attendant son tour dans le studio, Fran regardait d'un air sombre les images défiler sur l'écran — Natasha, radieuse et pleine de vie, si jolie avec sa chevelure rousse ; sa mère, élégante et imposante. Peter Black vous a tuées toutes les deux, pensa-t-elle. Parviendrait-elle jamais à le prouver ?

Elle s'était entretenue au téléphone avec Philip Matthews dont le pronostic était sombre. Il envisageait le retour de Molly en prison dès lundi après-midi. «Je lui ai parlé peu après votre départ, Fran. J'ai ensuite appelé le Dr Daniels. Il ira la voir ce soir. Comme nous, il pense que s'ils la mettent en garde à vue après la réunion de la commission, elle s'effondrera complètement. Je l'accompagnerai, naturellement, et il veut également être à ses côtés, pour plus de sécurité. »

Voilà une des rares occasions où je déteste mon job, songea Fran quand on lui signala que l'antenne était à elle. « La commission des libertés conditionnelles du Connecticut est convoquée pour une réunion extraordinaire lundi prochain, et il y a de fortes probabilités que Molly Carpenter Lasch soit à nouveau incarcérée et obligée de purger le restant de sa condamnation à dix ans de prison pour le meurtre de son mari, le Dr Gary Lasch. »

Elle rappela les faits et conclut : « Au cours de l'année passée, trois condamnés ont été reconnus innocents des crimes pour lesquels ils avaient été incarcérés, et cela après que de nouveaux témoins à décharge eurent été entendus, ou que les vrais coupables eurent avoué. L'avocat de Molly Lasch a décidé de se battre sans répit pour faire annuler son inculpation, et établir qu'elle est innocente de l'accusation qui pèse sur elle pour l'assassinat d'Annamarie Scalli. »

Avec un soupir de lassitude, Fran décrocha son micro et se leva. Elle était arrivée au studio juste à temps pour se faire maquiller et changer de veste, et avait à peine pu faire un signe de la main à Tim avant de rejoindre le plateau. Un spot publicitaire apparaissait sur l'écran quand il l'appela : « Fran, ne filez pas tout de suite. Il faut que je vous parle. »

En arrivant, elle avait déposé sur son bureau les magazines que Molly lui avait confiés et jeté un rapide coup d'œil sur les dossiers concernant Lasch et Whitehall rassemblés par le service de documentation. En attendant Tim, elle s'en empara, impatiente de s'y plonger.

Les articles consacrés à Calvin Whitehall et à Gary Lasch étaient détaillés. J'ai l'impression que je ne vais pas manquer de lecture ce soir, se dit-elle.

« J'ai l'impression que vous n'allez pas manquer de lecture. »

Elle leva les yeux. Tim se tenait sur le seuil de la porte. « Faites un vœu, lui dit-elle. C'est exactement ce que j'étais en train de penser.

— Va pour un vœu, bien que je ne sois pas superstitieux. En attendant, que diriez-vous de venir dîner avec moi ? J'ai parlé au téléphone avec ma mère ce matin, et quand je lui ai raconté que nous étions allés au restaurant l'autre jour et que je vous avais laissée payer votre part, j'ai cru qu'elle allait carrément m'insulter. Pour elle, il est hors de question que les hommes et les femmes partagent l'addition, à moins qu'il ne s'agisse d'un repas d'affaires. Elle m'a traité de goujat. » Il eut un sourire moqueur. « Elle a sans doute raison.

— Je n'en suis pas si sûre, mais d'accord pour aller manger rapidement un morceau. » Fran désigna la pile de magazines et de dossiers. « Je dois en venir à bout ce soir.

— J'ai été navré d'apprendre que la commission des libertés conditionnelles allait se réunir. Pas très bon pour Molly, hein ?

— Pas vraiment.

— Comment avance votre enquête ? »

Fran hésita. « Il se passe des choses invraisemblables à l'hôpital Lasch, mais je n'ai pas un début de preuve pour l'instant, je ne devrais même pas en parler.

— Cela vous fera du bien de vous changer un peu les idées. Que diriez-vous d'un hamburger chez P.J. Clark ?

— Parfait, c'est à deux pas de chez moi, je pourrai rentrer dare-dare ensuite. »

Tim s'empara des magazines et des documents éparpillés sur le bureau. « Vous voulez emporter tout ce fourbi ?

— Oui. J'aurai le week-end pour les étudier.

— Pas très folichon comme perspective. Allons-y. »

En déjeunant ils parlèrent de base-ball — le début de l'entraînement de printemps, les forces et les faiblesses des diverses équipes et des joueurs. «Je ferais bien de me méfier. A ce train, vous allez me piquer la rubrique des sports, lui dit Tim en payant l'addition.

— J'y réussirai peut-être mieux que dans mon secteur actuel.»

Tim insista pour la raccompagner à son appartement. «Vous n'allez pas porter ce paquet de documents. C'est affreusement lourd. Je ne m'attarderai pas.»

En sortant de l'ascenseur, il mentionna la mort de Natasha et de Barbara Colbert. «Je fais du jogging tous les matins, dit-il, et aujourd'hui, durant mon circuit habituel, je me suis mis à penser à Natasha Colbert qui courait un matin, exactement comme moi, et dont la vie s'est arrêtée parce qu'elle avait marché sur son lacet.»

Marché sur son lacet? Fran tourna la clé dans la serrure et poussa la porte. Elle alluma la lumière.

«Où voulez-vous que je mette tout ça? demanda Tim.

— Sur cette table, s'il vous plaît.»

Tim déposa son fardeau et s'apprêta à partir. «Je suppose que si la pensée de Natasha Colbert m'a traversé l'esprit, c'est parce qu'elle a été hospitalisée à l'époque où ma grand-mère se trouvait elle aussi à l'hôpital Lasch.

— *Vraiment?*»

Tim était était déjà ressorti dans le couloir. «Oui. J'étais allé lui rendre visite le jour où Natasha venait d'être admise. Elle était au même étage qu'elle, deux chambres plus loin. Grand-mère est morte le lendemain.» Il resta silencieux pendant un moment, puis haussa les épaules. «Allons. Bonsoir, Fran. Vous avez l'air fatigué. Ne travaillez pas trop tard.» Il tourna les talons et s'éloigna dans le couloir sans voir l'expression atterrée de Fran.

Elle referma la porte et s'appuya contre le battant. Au plus profond d'elle-même, elle avait la certitude que la grand-mère de Tim était cette femme âgée, cardiaque, à laquelle Annamarie Scalli avait fait allusion, la «bonne patiente» qui devait recevoir à l'origine le produit expérimental administré par erreur à Natasha Colbert.

76

« MOLLY, avant de partir, j'aimerais que vous preniez un calmant. Vous dormirez mieux cette nuit, dit le Dr Daniels.

— Comme vous voudrez, docteur », fit Molly docilement.

Ils se tenaient dans la salle de séjour. « Je vais vous chercher un verre d'eau. » Il se dirigea vers la cuisine.

Molly se rappela le flacon de somnifères qu'elle avait laissé sur le comptoir. « Il y a de l'eau à l'évier du bar », dit-elle d'un ton plus vif.

Il l'observa avec attention tandis qu'elle portait le cachet à sa bouche et l'avalait avec une gorgée d'eau. « Je vais très bien, vous savez, dit-elle, et elle reposa le verre.

— Vous irez encore mieux après une bonne nuit de sommeil. »

Elle l'accompagna jusqu'à l'entrée. « Il est déjà neuf heures. Je suis désolée. J'ai gâché toutes vos soirées cette semaine.

— Vous n'avez rien gâché du tout. Je vous téléphonerai demain.

— Merci.

— Allez vite vous coucher. Le somnifère va faire de l'effet rapidement. »

Molly attendit que sa voiture fût partie pour refermer la serrure à double tour et enfoncer du pied le verrou du bas de la porte. Cette fois, le son qu'il produisit — un déclic sec — lui parut familier et pas menaçant.

J'ai tout inventé, pensa-t-elle, sentant l'engourdissement la gagner — ce bruit, l'impression qu'il y avait quelqu'un dans la maison. J'ai cru m'en souvenir seulement parce que je voulais que les choses se soient passées ainsi.

Avait-elle bien éteint dans le bureau? La porte était fermée. Elle l'ouvrit et se pencha à l'intérieur, tendit la main vers l'interrupteur. Comme la lumière inondait brusquement la pièce, quelque chose attira son attention. Une ombre bougeait devant la fenêtre. Y avait-il quelqu'un dehors? Oui. Dans la clarté qui se répandait à l'extérieur, elle distingua Wally Barry, debout sur la pelouse, à quelques pas de la fenêtre. Il la regardait fixement. Elle poussa un cri et se détourna.

Et soudain la pièce n'eut plus la même apparence. Elle était à nouveau lambrissée, comme elle l'avait été… avant… Et Gary était là aussi, assis à sa place, lui tournant le dos — courbé en avant, les cheveux pleins de sang.

Du sang coulait aussi à flots d'une profonde blessure à la tête, trempant son dos, formant une flaque rouge sur le bureau, dégouttant sur le sol.

Molly voulut crier — en vain. Elle se retourna d'un air hagard vers Wally, implorant de l'aide, mais il avait disparu. Elle avait du sang sur les mains, sur le visage, sur ses vêtements.

Hébétée, saisie d'horreur, elle sortit en titubant de la pièce, monta à l'étage et s'abattit sur son lit.

Quand elle se réveilla douze heures plus tard, l'esprit encore embrumé par le somnifère, Molly comprit que le spectacle sanglant dont elle avait gardé la mémoire n'était qu'un fragment de l'insoutenable cauchemar qu'était devenue sa vie.

77

FRAN enfila un pyjama douillet et s'installa dans son confortable fauteuil de cuir, les jambes allongées sur le pouf.

Elle s'attaqua en premier au dossier Gary Lasch. C'était le portrait type, en un peu plus sophistiqué, d'un vrai représentant de la classe moyenne. Bonne école, bonne université, mais rien de prestigieux. Sorti du collège avec des notes moyennes, études de médecine à la Meridian Medical School dans le Colorado. Il était ensuite venu travailler avec son père. Peu de temps après, Jonathan Lasch était décédé, et Gary avait été nommé à la tête de l'hôpital.

C'était à partir de là que la situation devenait plus brillante. Fiançailles avec une jeune fille de la bonne société, Molly Carpenter. Des entrefilets de plus en plus nombreux sur l'hôpital Lasch et son président charismatique. Puis des articles concernant Gary et son associé, Peter Black, la fondation du groupe Remington en association avec le financier Calvin Whitehall.

Ensuite venaient le mariage avec Molly, la cérémonie fastueuse, les coupures de presse, les photos du couple superbe — Gary et Molly assistant à des bals de charité et autres événements mondains.

Le tout émaillé d'informations sur l'hôpital et Remington, d'échos sur les conférences données par Gary dans les congrès médicaux. Fran parcourut certains articles. L'habituel blabla, conclut-elle en les mettant de côté.

Tout le reste du dossier Gary Lasch se rapportait à sa mort. Des kilomètres de coupures de presse relatant le meurtre, le procès, Molly.

Fran dut se rendre à l'évidence. Ces documents ne décrivaient rien d'autre qu'un médecin ordinaire, assez malin pour avoir épousé une femme riche et décidé de rallier le circuit juteux des organismes de soins intégrés. Jusqu'à ce qu'il soit assassiné, bien entendu.

Bon, passons au puissant Calvin Whitehall, décida Fran en soupirant. Quarante minutes plus tard, les yeux rougis par la fatigue, elle s'exclama tout haut : « En voilà un qui ne boxe pas dans la même catégorie ! Je pense que le qualificatif qui lui convient serait "implacable", plutôt que "puissant". C'est un miracle que ce type n'ait pas atterri en prison. »

La liste des procès intentés à Calvin Whitehall au cours des années s'étalait sur des pages entières. Les commentaires indiquaient que certains avaient fait l'objet de transactions « pour des montants non divulgués », mais que la plupart s'étaient conclus par un non-lieu ou des décisions favorables à Whitehall.

De nombreux articles récents concernaient le projet d'acquisition par Remington de plusieurs petits organismes de santé, mais y était également mentionnée la possibilité d'une OPA hostile dirigée contre Remington.

La fusion est plutôt mal partie, réfléchit Fran en poursuivant sa lecture. Whitehall est un gros bonnet, certes, mais certains des actionnaires du concurrent de Remington, American National, sont aussi extrêmement puissants. Tous semblent penser que le président d'American National, l'ancien ministre de la Santé, est l'homme dont dépend l'avenir de la médecine dans ce pays. Si ces indications sont exactes, ils vont s'arranger pour avoir gain de cause.

Contrairement à Gary Lasch, Whitehall avait soutenu peu d'associations de bienfaisance ou de programmes caritatifs. Toutefois parmi eux figurait un organisme qui éveilla l'attention de Fran. Calvin Whitehall avait été membre du comité du fonds de la bibliothèque en même temps que son père ! Son nom était mentionné dans les articles relatant l'escroquerie. J'ignorais qu'il en faisait partie, se dit Fran. Mais comment l'aurais-je su ? Je n'étais qu'une gosse. Maman ne voulait plus dire un mot de cette histoire, et nous avons quitté Greenwich peu après le suicide de papa.

Les articles comprenaient un certain nombre de portraits photocopiés de son père. Les légendes n'étaient guère flatteuses.

Fran se leva et alla à la fenêtre. Il était minuit sonné. Bien que de nombreuses fenêtres fussent encore éclairées, on sentait la ville prête à s'endormir.

Le jour où j'aurai enfin Whitehall en face de moi, je lui poserai quelques questions directes. Par exemple, comment mon père a-t-il pu détourner de telles sommes sans se faire remarquer ? Peut-être pourra-t-il m'indiquer où trouver des documents révélant la manière dont il a dérobé cet argent : l'a-t-il subtilisé à intervalles réguliers ou en une seule fois ?

Calvin Whitehall est un financier. Il était déjà riche et puissant à cette époque. Il devrait pouvoir me fournir des réponses sur cette affaire.

Avant d'aller se coucher, elle décida de jeter un coup d'œil aux revues qu'elle avait empruntées à

Molly. Elle regarda d'abord les dates de publication sur les couvertures. Les parutions les plus anciennes remontaient à plus de vingt ans. Les plus récentes avaient treize ans.

Elle commença par la plus ancienne. Un article intitulé « Un appel à la raison » était coché dans la table des matières. Le nom de l'auteur lui sembla vaguement familier. Ce type a des idées détestables, pensa-t-elle, horrifiée par le contenu de l'article.

Le deuxième magazine, paru voilà dix-huit ans, comportait un texte signé du même nom et intitulé : « Darwin, la survie des plus aptes et la condition humaine au IIIe millénaire ». Il y avait une photo de l'auteur, chercheur à la Meridian Medical School. Il était représenté dans son laboratoire avec deux de ses assistants.

Les yeux de Fran s'agrandirent sous l'effet de la stupéfaction quand elle reconnut les deux étudiants qui se tenaient aux côtés du professeur.

« Et voilà ! s'écria-t-elle. Tout s'explique. »

78

LE samedi matin à dix heures, Calvin Whitehall passa à l'offensive. Il avait fait venir Lou Knox dans son bureau afin qu'il téléphone à Fran Simmons en sa présence. « Si elle n'est pas là, tu rappelleras toutes les demi-heures, avait-il dit. Il faut qu'elle aille à West Redding aujourd'hui, demain au plus tard. Je ne pourrai pas contrôler Logue beaucoup plus longtemps. »

Lou savait qu'on n'attendait aucun commentaire de sa part. A ce stade, Cal avait tendance à penser tout haut.

« Tu as ton portable ?

— Oui, monsieur. » Ils utilisaient le téléphone cellulaire par prudence. L'appel serait « anonyme » si jamais Fran s'adressait aux télécoms pour obtenir l'identification du numéro et, pour garantir encore davantage le secret, la facturation était effectuée par l'intermédiaire d'une boîte postale domiciliée dans le comté de Westchester.

« Appelle-la. Et fais en sorte de la convaincre. Voilà son numéro. Heureusement, il était dans l'annuaire. »

Sinon, Cal aurait dû le demander à Molly par l'intermédiaire de Jenna. Or, moins il y avait de gens impliqués dans un projet, mieux on se portait. C'était à ses yeux une règle cardinale.

Lou composa le numéro. On décrocha dès la deuxième sonnerie.

« Allô ? dit Fran.

— Mademoiselle Simmons ? demanda Lou, imitant un léger accent germanique.

— Oui, qui est à l'appareil ?

— Je ne peux vous le dire au téléphone, mais je vous ai entendue hier parler à Mme Branagan à la cafétéria. » Il s'interrompit, laissant ses paroles faire leur effet. « Mademoiselle Simmons, je travaille à l'hôpital, et vous avez raison, il s'y passe des choses pas très catholiques. »

Tenant le téléphone d'une main, Fran chercha désespérément son stylo et un bloc-notes sur la table. « Je le sais, dit-elle calmement, mais je n'en ai malheureusement aucune preuve.

— Puis-je vous faire confiance, mademoiselle Simmons ?

— Que voulez-vous dire ?

— Un vieux médecin a mis au point des produits qu'ils utilisent à l'hôpital Lasch pour faire des expériences sur les patients. Aujourd'hui, cet homme craint que le Dr Black ne cherche à le supprimer, et il est décidé à révéler les résultats de ses recherches avant qu'on ne l'en empêche. Il sait que ces révélations peuvent lui attirer de gros ennuis, mais il est prêt à en prendre le risque. »

Il parle sans doute du Dr Adrian Lowe, l'auteur des articles que je viens de lire, pensa Fran. « En a-t-il parlé à quelqu'un d'autre ? demanda-t-elle.

— Non. C'est moi qui transporte les colis qu'il fait parvenir à l'hôpital. Je le fais depuis déjà un certain temps, mais jusqu'à hier j'ignorais de quoi il s'agissait. Il m'a mis au courant de ses manipulations. Il était dans un état d'excitation incroyable. Il veut que le monde entier sache que, grâce à lui, la fille des Colbert est sortie du coma avant de mourir. » Il marqua une pause et ajouta dans un murmure : « Mademoiselle Simmons, il possède même une bande vidéo de la scène. Je le sais ; je l'ai vue.

— J'aimerais lui parler, dit Fran d'un ton qu'elle s'efforça de garder le plus naturel possible.

— Mademoiselle Simmons, c'est un vieil homme qui vit pratiquement en ermite. Certes il veut faire connaître au public ses découvertes, mais il est très craintif. Si vous êtes plusieurs à l'interviewer, il se fermera comme une huître et vous n'en tirerez rien.

— Je viendrai seule, s'il le souhaite. A vrai dire, je préfère cela, moi aussi.

— Accepteriez-vous de le rencontrer ce soir à sept heures ?

— C'est entendu. Pouvez-vous m'indiquer où je dois aller ? »

Lou fit un signe de victoire à l'intention de Cal. « Savez-vous où se trouve West Redding, dans le Connecticut, mademoiselle Simmons ? »

79

L E samedi, Edna téléphona à Marta tôt le matin.
« Wally dort encore et nous allons partir un peu
plus tard », dit-elle d'un ton détaché. Elle aurait
voulu dire à Marta de ne pas passer les voir avant leur
départ, mais elle ne savait comment s'y prendre. Marta
risquait de se vexer, surtout après la façon dont Edna
l'avait éconduite hier soir.

« J'apporterai un biscuit au café, dit Marta. Je sais
que c'est le gâteau préféré de Wally. Préviens-moi
lorsque vous serez prêts. »

Pendant les deux heures suivantes, Marta attendit
impatiemment le coup de fil d'Edna. Elle avait un obs-
cur pressentiment. Ce matin, la voix de son amie lui
avait paru encore plus tendue que la veille. Et hier soir,
elle avait vu la voiture d'Edna sortir en marche arrière
de l'allée, ce qui était tout à fait inhabituel. Edna avait
horreur de conduire la nuit. Oui, il y avait assurément
quelque chose qui ne tournait pas rond.

Cela leur fera du bien de partir un peu, décréta

Marta. Il y avait eu trop de drames ce mois-ci — cette infirmière assassinée à Rowayton, Molly Lasch qui risquait de retourner en prison, Mme Colbert et sa fille mortes à quelques heures d'intervalle.

A onze heures et demie, Edna téléphona enfin. « Nous sommes prêts, dit-elle.

— J'arrive avec le gâteau », répondit Marta, soulagée.

Dès l'instant où elle franchit le seuil de la cuisine, elle sut qu'elle avait vu juste et que la série des ennuis n'était pas terminée. Wally était visiblement dans un de ses plus mauvais jours. Les mains enfoncées au fond de ses poches, il était hirsute et regardait sa mère d'un air furieux.

Marta sortit le biscuit de son papier d'aluminium. « Il est encore tout chaud », dit-elle à Wally.

Il l'ignora complètement. « Maman, je voulais seulement lui parler. Qu'est-ce que j'ai fait de mal ? »

Oh, mon Dieu, pensa Marta. Je suis sûre qu'il est allé voir Molly Lasch de sa propre initiative.

« Je ne suis pas entré dans la maison. J'ai seulement regardé depuis l'extérieur. Je n'y étais pas entré non plus *l'autre fois*. Mais je sais que tu ne me crois pas. »

Marta vit la panique se peindre sur le visage d'Edna. Je n'aurais pas dû venir, se dit-elle. Edna n'aime pas me voir chez elle lorsque Wally est dans cet état. Parfois il ne tient pas sa langue. Je l'ai même entendu insulter sa mère.

« Wally, mon chéri, mange un peu du gâteau de Marta, lui dit doucement Edna, tentant de détourner ses pensées.

— Hier, Molly a fait la même chose, maman. Elle a allumé la lumière et a eu l'air effrayé. Mais je ne sais pas pourquoi elle avait peur hier. Le Dr Lasch n'était pas là, couvert de sang comme la première fois. »

Marta posa le couteau qu'elle s'apprêtait à utiliser

pour découper son biscuit. Elle se tourna vers son amie. «De quoi parle-t-il, Edna?» demanda-t-elle doucement, tandis que les morceaux d'un vrai puzzle se mettaient confusément en place dans son esprit.

Edna éclata en sanglots. «Il raconte n'importe quoi. Il ne sait même pas de quoi il parle. Dis-le à Marta, Wally. Dis-lui que tu racontes n'importe quoi!»

Wally parut surpris par la réaction de sa mère. «Pardonne-moi, maman. Je te promets que je ne parlerai plus de Molly.

— Non, Wally, je crois au contraire que tu devrais en parler, intervint Marta. Edna, si Wally est au courant de quelque chose à propos de la mort du Dr Lasch, qu'il soit ton fils ou non, tu dois l'emmener à la police et le laisser raconter ce qu'il sait. Tu n'as pas le droit de les laisser remettre cette pauvre femme en prison si elle n'a pas tué son mari.

— Wally, va sortir les valises de la voiture», dit Edna d'une voix atone, l'air résigné. Elle jeta à Marta un regard implorant. «Tu as raison. Il faut que Wally aille parler à la police, mais laisse-moi jusqu'à lundi matin. Le temps de lui trouver un bon avocat.

— Si Molly Lasch a passé cinq ans et demi en prison pour un crime qu'elle n'a pas commis, et que tu le sais, il me semble que c'est plutôt toi qui aurais besoin d'un bon avocat», dit Marta tristement.

Les deux femmes se turent et on n'entendit plus dans la pièce que le bruit de mastication de Wally mordant allégrement dans son gâteau.

80

Fran passa le reste de la matinée du samedi à étudier les écrits du Dr Adrian Lowe ou les papiers le concernant. La philosophie de Lowe était terriblement simple : grâce aux progrès de la médecine, trop de gens vivaient trop longtemps. Les vieux absorbaient des ressources médicales et financières dont on pouvait faire meilleur usage.

Il affirmait par exemple que les traitements compliqués des maladies chroniques étaient la plupart du temps coûteux et inutiles. Que la décision de les utiliser ou non devait être laissée aux experts médicaux et appliquée sans l'autorisation de la famille.

Un article exposait la théorie de Lowe suivant laquelle les handicapés étaient un « matériau » utile — peut-être même indispensable — pour l'étude et l'expérimentation de nouveaux produits. Ils avaient une chance de voir leur état s'améliorer de façon spectaculaire. Ils risquaient aussi de mourir. Dans un cas comme dans l'autre, c'était ce qui pouvait leur arriver de mieux.

Suivant le déroulement de sa carrière à travers les

différentes publications, Fran apprit que Lowe défendait ses théories avec une telle outrance qu'il avait été renvoyé de la faculté de médecine où il enseignait et radié de l'Ordre des médecins. Il avait même été accusé d'avoir délibérément mis fin aux jours de trois patients, mais faute de preuves il avait bénéficié d'un non-lieu. Ensuite, il avait disparu. Fran se souvint enfin de l'endroit où elle avait vu son nom — il figurait dans un traité d'éthique qu'elle avait étudié en cours à l'université.

Gary Lasch avait-il installé le Dr Lowe à West Redding afin qu'il y poursuive ses recherches ? Avait-il aussi fait venir cet autre disciple de Lowe, Peter Black, à l'hôpital Lasch, pour qu'il se livre à ses manipulations sur des patients ? C'est ainsi que les choses semblaient s'être déroulées.

Tout est logique, pensa Fran. Terrible, brutal et logique. Ce soir, si Dieu le veut, j'aurai mes preuves. Si ce cinglé veut faire connaître au monde ses soi-disant découvertes, il ne peut tomber mieux. Seigneur, laissez-moi le coincer !

Son interlocuteur anonyme lui avait donné des indications détaillées pour se rendre à l'endroit où résidait Lowe. West Redding se trouvait à une centaine de kilomètres au nord de Manhattan. Heureusement que nous sommes en mars et non en août, pensa Fran. En été, le Merritt Parkway était encombré de vacanciers qui allaient à la plage. Elle partirait tôt, néanmoins. Elle était impatiente d'en avoir fini.

Elle se demanda quel type de matériel emporter. Elle ne voulait pas effrayer Lowe et risquer de le voir se fermer complètement, pourtant elle espérait qu'il l'autoriserait à enregistrer son interview. Et qui sait, peut-être se laisserait-il filmer. Elle décida d'emporter son magnétophone et sa caméra vidéo. Les deux appa-

reils entraient dans le sac qu'elle portait en bandou-
lière, ainsi que son carnet de notes.

Les articles qui rendaient compte des entretiens
accordés par Lowe étaient à la fois précis et très docu-
mentés. J'espère qu'il se plaît toujours autant à
répandre ses théories, pensa Fran.

A deux heures, elle avait fini de préparer les questions qu'elle comptait lui poser. A trois heures moins
le quart, elle prit une douche et s'habilla. Elle appela
Molly pour avoir de ses nouvelles. Le ton abattu de sa
voix l'inquiéta.

« Etes-vous seule, Molly?

— Oui.

— Est-ce que vous attendez quelqu'un?

— Philip a téléphoné. Il voulait passer ce soir, mais
Jenna sera ici. Je préfère qu'il vienne demain.

— Ecoutez, je ne peux m'avancer pour le moment,
mais mon enquête progresse plus vite que je ne l'es-
pérais. Je suis sur une piste qui pourrait vous procurer
à vous et à Philip des arguments essentiels en votre
faveur.

— Rien de tel que les bonnes nouvelles, n'est-ce
pas, Fran?

— Molly, je dois me rendre dans le Connecticut en
fin de soirée. Si je quitte Manhattan tout de suite, j'aurai le temps de m'arrêter quelques minutes chez vous.
Qu'en pensez-vous?

— Ce n'est vraiment pas la peine, je...

— Je serai là dans une heure. » Fran raccrocha sans
lui laisser le temps de refuser.

Elle a renoncé à tout espoir, pensa-t-elle en appuyant
impatiemment sur le bouton de l'ascenseur. Elle ne
devrait pas rester une minute seule dans cet état.

81

C'EST de ma faute, se répétait Philip Matthews. Lorsque Molly est sortie de prison, j'aurais dû la forcer à monter en voiture, l'empêcher de s'adresser aux journalistes. Elle n'a pas compris qu'on ne peut s'avouer coupable de la mort de son mari devant le juge d'application des peines et proclamer ensuite le contraire. Pourquoi ne suis-je pas parvenu à le lui faire entendre ?

Le procureur aurait pu faire révoquer sa libération à la minute où elle a ouvert la bouche. Preuve qu'il n'est concerné que par le deuxième chef d'accusation.

Ma seule chance de lui éviter la prison est de convaincre lundi les membres de la commission que sa responsabilité dans la mort d'Annamarie Scalli n'est pas totalement démontrée. Puis il faudra leur faire comprendre qu'elle n'avait pas l'intention de se rétracter mais cherchait seulement à recouvrer la mémoire de la nuit du crime. L'argument pouvait éventuellement porter. A la condition qu'il arrive à persuader Molly de s'en tenir à cette version... Et cette condition-là était impérative.

Molly avait dit aux journalistes qu'elle avait cru déceler une présence dans la maison le soir où Gary avait été assassiné ; elle leur avait dit aussi qu'elle se savait au fond de son âme incapable de supprimer la vie d'un être humain. Je pourrais peut-être persuader la commission que cette déclaration provenait de quelqu'un qui était terrassé par le désespoir mais qui n'avait pas rusé pour obtenir une remise de peine. Je pourrais aussi mettre en avant la dépression dont elle souffrait en prison.

Pourtant, tous mes arguments concernant son état mental ne tiendront pas si je ne parviens pas à semer le doute sur la mort d'Annamarie Scalli. On en revient toujours au même point.

C'est pourquoi, dans la soirée du samedi, Philip Matthews se rendit au Sea Lamp à Rowayton. Le parking n'était plus interdit d'accès. Avec son pavement à moitié défoncé et ses emplacements presque effacés, il était à nouveau en service. On pouvait difficilement imaginer qu'une jeune femme y avait été sauvagement assassinée peu de temps auparavant.

Philip avait engagé un enquêteur réputé pour collaborer avec lui sur l'affaire, et ensemble ils construisaient l'argumentation qu'ils allaient développer devant la cour.

Molly avait vu une voiture sortir du parking au moment où elle quittait le restaurant. L'enquêteur de Philip avait déjà établi qu'aucun autre client n'avait quitté le restaurant durant les minutes qui avaient précédé la sortie précipitée d'Annamarie.

Molly avait dit s'être immédiatement dirigée vers sa voiture. Elle avait remarqué une jeep dans le parking quand elle était arrivée, mais elle ne pouvait savoir qu'elle appartenait à Annamarie. L'enquêteur avait conclu que Molly avait marché dans le sang que l'on avait trouvé par la suite sur sa chaussure, et qui avait à son tour laissé une marque sur le tapis de sa voiture.

Toutes ces preuves sont indirectes, enrageait Philip. Le sang sur sa chaussure est la seule preuve matérielle dont ils disposent. Si l'assassin était dans la voiture en stationnement, cela signifiait qu'il avait attendu dans le parking, puisque Molly l'avait vu en sortir. Les choses avaient dû se dérouler ainsi : après avoir poignardé Annamarie, le meurtrier avait couru jusqu'à sa voiture et s'était enfui au moment où Molly sortait de la salle de restaurant. L'arme du crime n'avait pas été retrouvée. Je pourrais soutenir que quelques gouttes de sang sont tombées sur le bitume et que Molly a marché dedans par inadvertance.

Mais reste une autre question majeure : le mobile de ce tueur anonyme. Pourquoi quelqu'un aurait-il suivi Annamarie jusqu'au restaurant, et attendu qu'elle reparte pour la tuer ? Rien dans sa vie privée — à l'exception de sa liaison avec le mari de Molly des années auparavant — ne pouvait l'expliquer ; tout avait été soigneusement vérifié. Je sais que Fran Simmons a échafaudé une théorie à propos de l'hôpital qui pourrait avoir un rapport avec Annamarie. Espérons qu'elle arrivera vite à une conclusion.

En pénétrant dans la salle, Philip vit avec satisfaction que Bobby Burke était de service au bar, et que Gladys Fluegel n'était pas dans les parages. Son enquêteur l'avait prévenu que sa relation des événements prenait des allures de roman à sensation. Philip s'assit au comptoir. « Bonsoir, Bobby, dit-il. Je prendrais volontiers un café.

— Vous avez fait vite, monsieur Matthews. Je suppose que Mlle Simmons vous a prévenu tout de suite.

— De quoi parles-tu ?

— J'ai appelé Mlle Simmons il y a une heure et je lui ai laissé un message.

384

— A quel sujet ?

— Le couple que vous recherchiez, ces gens qui étaient ici dimanche soir... Ils sont venus déjeuner aujourd'hui. Ils habitent Norwalk. Ils étaient partis au Canada lundi matin et ne sont rentrés qu'hier soir. Figurez-vous qu'ils ignoraient complètement ce qui s'est passé ici. Ils ont dit qu'ils seraient très contents de vous parler. Ils s'appellent Hilmer. Arthur et Jane Hilmer. »

Bobby baissa le ton. « Monsieur Matthews, entre nous, quand je leur ai rapporté ce que Gladys avait raconté aux flics, ils m'ont affirmé qu'elle disait n'importe quoi. Ils n'ont pas entendu Mme Lasch appeler deux fois : "Annamarie !" Selon eux, elle ne l'a appelée qu'une fois. Et ils sont certains qu'elle n'a pas crié : "Attendez, s'il vous plaît !" C'est Mme Hilmer qui a dit : "S'il vous plaît", pour attirer l'attention de Gladys. »

Philip put à peine contenir son excitation. « Donne-moi le numéro des Hilmer, Bobby, dit-il. C'est formidable ! »

Bobby sourit. « Ce n'est pas tout. Les Hilmer disent qu'en arrivant au restaurant ce soir-là, ils ont vu un type assis dans une voiture genre berline stationnée sur le parking. Ils ont même distingué son visage, car ils l'ont éclairé avec leurs phares en se garant. Ils peuvent donner sa description. Je suis certain que ce type n'est jamais entré dans la salle, monsieur Matthews. Il y avait peu de monde, et je m'en souviendrais. »

Molly a vu une voiture sortir du parking, pensa Philip. Elle n'a cessé de le répéter depuis le début. La chance va peut-être nous sourire enfin.

« Les Hilmer ont dit qu'ils ne rentreraient pas avant neuf heures ce soir. Ils ont ajouté que si quelqu'un voulait les voir après cette heure-là, il suffisait de passer chez eux. Ils savent que leur témoignage peut être important pour Mme Lasch et ils sont très désireux de l'aider.

— J'irai faire le pied de grue devant leur porte, s'écria Philip.

— Les Hilmer ont ajouté qu'ils se sont garés près d'une BMW neuve ce soir-là. Il faisait froid et ils ont voulu se garer le plus près possible de l'entrée. Je leur ai dit que la BMW était sans doute la voiture de Mme Lasch.

— J'aurais mieux fait de t'engager à la place de mon enquêteur. Dis donc, où as-tu appris tout ça, Bobby ? »

Bobby eut un sourire malicieux. « Mon père est avocat, et c'est un fameux professeur. J'ai l'intention de faire le même métier plus tard.

— Tu me parais bien parti, lui dit Philip. Verse-moi ce café, Bobby. J'en ai besoin. »

Il hésita à appeler Molly et à lui raconter ce qu'il venait d'apprendre. Après réflexion, il préféra s'abstenir et attendre d'avoir rencontré les Hilmer. Peut-être lui communiqueraient-ils d'autres informations susceptibles de l'aider. Et il faut que je fasse venir un portraitiste — demain si possible — afin d'avoir une idée de l'homme qu'ils ont aperçu sur le parking. C'est peut-être notre salut !

Oh, Molly ! L'image du visage égaré, désespéré de la jeune femme lui emplit l'esprit. Je donnerais dix ans de ma vie pour la voir délivrée de ce cauchemar. Et dix autres pour la voir sourire.

82

AVEC un soin méthodique, Calvin Whitehall donna toutes les indications nécessaires à Lou pour sa mission à West Redding. Il souligna que l'élément de surprise était essentiel dans la réussite du plan.

« En principe, la fenêtre à côté de la porte du laboratoire devrait être ouverte et tu pourras facilement jeter les chiffons imbibés d'essence ; sinon, il te faudra casser un carreau. Le détonateur agira très vite, mais je pense que tu auras assez de temps pour descendre l'escalier et t'écarter du bâtiment avant l'explosion. »

Lou écouta attentivement Cal lui rapporter que le Dr Logue avait téléphoné, excité à la pensée de rencontrer les médias. Manifestement, il était impatient de montrer à Fran Simmons son laboratoire, et Lou pouvait s'attendre à ce qu'ils soient tous les deux au premier étage au moment où la bombe exploserait. « La thèse de l'accident paraîtra beaucoup plus plausible si l'on retrouve leurs restes calcinés dans cette pièce-là, dit Cal froidement. D'autant plus que s'ils étaient en bas, ils auraient le temps de s'échapper.

« Il n'y a aucune issue possible en haut, continua-t-il. La porte du laboratoire qui donne sur la galerie possède deux verrous distincts, fermés en permanence car le professeur craint qu'on attente à sa vie. »

Il n'a pas tort, se dit Lou. Il fallait admettre que Cal montrait comme toujours un souci remarquable du détail, souci qui garantirait d'ailleurs sa propre sécurité.

« A moins que tu ne sabotes le travail, Lou — et ne t'en avise pas ! —, l'incendie et l'explosion régleront le double problème du professeur et de Fran Simmons. La ferme a plus de cent ans, l'escalier intérieur est raide et étroit. Il est impensable, avec une explosion aussi forte, qu'ils aient le temps de sortir du laboratoire, de courir le long du couloir, de descendre l'escalier et de se mettre à l'abri. Néanmoins, tu devras être prêt à cette dernière éventualité. »

« Etre prêt », dans la bouche de Cal, signifiait « emporter ton pistolet ». Sept ans déjà que Lou ne s'en était pas servi, mais il y a des talents qui ne se perdent jamais. Récemment, il avait montré une préférence pour l'arme blanche.

La ferme était située dans un espace boisé isolé et, au cas où l'explosion s'entendrait, Cal lui assura qu'il aurait le temps de quitter le voisinage immédiat et de se retrouver sur la route principale avant l'arrivée de la police et des pompiers. Lou s'efforça de dissimuler son agacement devant cette avalanche de recommandations. Il s'était souvent rendu sur place, suffisamment pour connaître parfaitement la configuration des lieux ; il n'avait pas besoin de tous ces conseils.

Il quitta son appartement à cinq heures. Il était très en avance, mais encore une fois Cal avait voulu qu'il prenne une marge de sécurité pour tenir compte entre autres des embarras de la circulation. « Et prévois aussi le temps nécessaire pour garer la voiture hors de vue de la ferme avant l'arrivée de Fran Simmons. »

Au moment où il s'apprêtait à démarrer, Cal apparut à la porte du garage. «Je voulais seulement te souhaiter bonne route, dit-il avec un sourire amical. Jenna a prévu de passer la soirée avec Molly Lasch. A ton retour, viens prendre un verre à la maison. »

Après une mission de ce genre, j'aurai peut-être l'autorisation de t'appeler par ton prénom, faillit lui dire Lou. Merci *infiniment*, mon vieux. Il démarra et prit la direction du Merritt Parkway nord.

83

Fran trouva Molly encore plus abattue que la veille. Les cernes s'étaient creusés sous ses yeux, ses pupilles étaient énormes, ses lèvres et sa peau terriblement pâles. Elle parlait d'une voix sourde et hésitante, presque inaudible.

Elles s'installèrent dans le bureau, et à plusieurs reprises Fran remarqua que Molly regardait autour d'elle d'un air étonné, comme si elle voyait la pièce pour la première fois.

Elle semblait si *seule*, si perdue ; et tellement inquiète. Si seulement sa mère et son père avaient pu être auprès d'elle. « Molly, je me mêle peut-être de ce qui ne me regarde pas, mais votre mère ne pourrait-elle pas laisser votre père seul pendant quelques jours et venir ici ? Vous avez besoin de sa présence. »

Molly secoua la tête, et perdit momentanément son air indifférent. « C'est impossible, Fran. Si mon père n'avait pas eu cette attaque, je suis certaine qu'ils seraient avec moi aujourd'hui. Je crains que son état ne soit plus sérieux qu'ils ne me le disent. Je lui ai parlé au téléphone, et il a l'air de s'être bien remis, mais avec tous les soucis que je leur ai causés, s'il lui arrivait un accident pendant que ma mère est ici, je ne me le pardonnerais jamais.

— Et avez-vous pensé à leurs soucis s'ils vous perdent? lui rétorqua Fran.

— Que voulez-vous dire?

— Je veux dire que je suis horriblement inquiète pour vous, et Philip l'est tout autant, ainsi que Jenna. Je préfère vous parler franchement : il y a de fortes probabilités pour que vous soyez à nouveau incarcérée lundi.

— Ah, enfin quelqu'un qui dit les choses clairement, soupira Molly. Merci, Fran.

— Ecoutez-moi, Molly. Même si vous devez retourner à Niantic, j'ai la conviction que vous en sortirez très vite — et pas libérée sous condition, mais définitivement et complètement innocentée.

— Il était une fois…, murmura Molly pensivement. J'ignorais que vous croyiez aux contes de fées, Fran.

— Ne parlez pas comme ça! supplia Fran. Molly, je suis désolée de devoir vous laisser ainsi, mais je ne peux pas m'attarder plus longtemps. J'ai un rendez-vous qui peut se révéler d'une importance capitale pour beaucoup de gens, pour vous en premier lieu. Sinon, je ne vous quitterais pas. Parce que je pense que vous avez cessé de lutter; que vous avez tout simplement décidé de ne pas comparaître devant la commission des libertés conditionnelles. »

Molly eut un air surpris mais ne la contredit pas.

« Molly, reprit Fran, n'abandonnez pas la partie. Nous approchons de la vérité. Je le sais. Faites-moi confiance. Faites confiance à Philip. Vous n'y attachez peut-être pas d'importance, mais Philip vous aime et il n'aura de cesse d'avoir fait la preuve que vous êtes la véritable victime de tout ce drame.

— J'ai toujours aimé cette réplique d'*Une tragédie*

américaine[1], murmura Molly. J'espère la citer correctement : "Aime-moi jusqu'à ce que je meure, puis oublie-moi." »

Fran se leva. « Molly, dit-elle doucement, si vous avez vraiment décidé d'en finir avec la vie, vous y parviendrez toujours, que vous soyez seule ou gardée jour et nuit. Mais laissez-moi vous dire une chose. J'en veux encore à mon père de s'être suicidé. Je suis furieuse contre lui. Il a détourné beaucoup d'argent, certes, et il aurait sans doute fait de la prison. Mais il en serait sorti, et moi je me serais trouvée là pour l'accueillir. »

Molly resta silencieuse, le regard baissé sur ses mains.

Fran essuya une larme de rage. « Si le pire devait se produire, et je n'y crois pas, vous purgeriez votre peine. Dans ce cas, vous seriez encore assez jeune à votre sortie de prison pour profiter — et je dis bien *profiter* — d'une bonne quarantaine d'années d'existence. Vous n'avez pas tué Annamarie Scalli. Nous le savons tous, et Philip va s'employer à démolir cette accusation. Alors, Molly, pour l'amour du ciel, reprenez courage ! Prouvez que vous avez dans les veines le cran de vos ancêtres. »

Molly se tint près de la fenêtre et regarda Fran partir. Merci pour tous ces encouragements, mais il est trop tard, Fran, pensa-t-elle. Je n'ai plus envie de rien prouver désormais.

---

1. *Une tragédie américaine* : film de Josef von Sternberg adapté du roman de Th. Dreiser *(N.d.T.)*.

84

Logue attendait impatiemment Fran Simmons depuis plus d'une demi-heure lorsque les phares de sa voiture signalèrent son arrivée. A sept heures précises, elle sonna à sa porte, un souci d'exactitude qui le rassura. Lui-même — un scientifique — était extrêmement ponctuel et s'attendait au même comportement de la part d'autrui.

Il accueillit Fran avec courtoisie, lui exprima son plaisir de la rencontrer. « Depuis près de vingt ans les gens de la région me considèrent comme un ophtalmologue à la retraite, dit-il. Le Dr Adrian Logue. En réalité, mon vrai nom, celui que je compte porter à nouveau à partir d'aujourd'hui, est Adrian Lowe. »

Les photos d'Adrian Lowe dans les revues que Fran avait compulsées dataient d'une vingtaine d'années, et elles montraient un homme beaucoup plus robuste que celui qui se tenait devant elle.

Moins d'un mètre quatre-vingts, mince, légèrement voûté, le cheveu rare, plus blanc que gris. L'expression de ses yeux bleus extrêmement clairs pouvait être qualifiée de bienveillante. Il y avait une certaine déférence dans son attitude — presque de la timidité — tandis qu'il l'invitait à entrer dans le petit séjour.

Franchement, pensa Fran, ce n'est pas du tout le personnage que je m'attendais à rencontrer. Mais à quoi m'attendais-je ? se demanda-t-elle, choisissant de s'asseoir sur une chaise plutôt que dans le rocking-chair qu'il lui proposait aimablement. Après avoir lu ses élucubrations, et sachant ce que je connais à son sujet, je m'attendais à trouver un fanatique au regard égaré, parlant avec de grands moulinets de bras, ou encore une sorte de médecin nazi...

Elle s'apprêtait à lui demander l'autorisation de l'enregistrer, mais il la devança : «J'espère que vous avez apporté un magnétophone, mademoiselle Simmons. Je ne voudrais pas que mes propos soient incorrectement rapportés.

— Certainement, professeur.» Fran ouvrit son sac, en sortit l'appareil et le mit en marche. Ne pas lui laisser deviner ce que je sais de ses agissements, se rappela-t-elle. Lui poser les questions importantes. Cette bande pourra servir de preuve plus tard.

«Je vais vous conduire à mon laboratoire où nous pourrons nous entretenir tranquillement. Mais auparavant je voudrais vous expliquer pourquoi j'ai demandé à vous recevoir. Non, laissez-moi plutôt vous expliquer la raison de ma présence ici.»

Le Pr Lowe appuya sa tête contre le dossier de son fauteuil et soupira. «Mademoiselle Simmons, vous connaissez certainement cette vieille formule : "A tout pôle positif correspond un pôle négatif." Ceci est particulièrement vrai en médecine. Des choix — et souvent des choix difficiles — doivent nécessairement être effectués.»

Fran écouta en silence Adrian Lowe exposer d'une voix tantôt calme, tantôt animée, son opinion sur les progrès réalisés par la médecine, et sur la nécessité d'une nouvelle approche de l'«acte thérapeutique».

« On devrait pouvoir interrompre un traitement, et je ne parle pas seulement du maintien des fonctions vitales, commença-t-il. Je parle d'un patient victime d'un troisième infarctus, par exemple, ou d'un septuagénaire qui vit sous dialyse depuis cinq ans, ou encore du bénéficiaire d'une transplantation cardiaque ou hépatique qui a échoué. Ne croyez-vous pas qu'il est temps pour ces gens-là de tirer leur révérence ? C'est la volonté de Dieu, alors pourquoi vouloir lutter contre l'inévitable ? Le patient peut ne pas l'entendre ainsi, bien sûr, et la famille intenter un procès pour rupture du contrat d'assurance maladie. Dans ce cas il devrait exister une autorité extérieure permettant d'accélérer la fin sans en discuter avec le patient ou sa famille, et sans engager des dépenses hospitalières supplémentaires. Une autorité capable de prendre une décision clinique objective, et *scientifique.* »

Sidérée, Fran avait écouté son interlocuteur lui exposer tranquillement son incroyable philosophie. « Si je comprends bien, professeur, vous proposez que la décision de mettre fin à la vie du patient intervienne sans que celui-ci ni sa famille n'aient rien à dire, ni même n'en soient informés ?

— Exactement.

— Et vous proposez également que les handicapés soient considérés comme des cobayes et soumis à vos expériences et à celles de vos pairs.

— Ma chère, dit-il d'un ton condescendant, j'ai ici une bande vidéo que je veux vous montrer. Elle vous aidera à comprendre l'importance de mes recherches. Vous avez sans doute entendu parler de Natasha Colbert. »

Mon Dieu, il va reconnaître ce qu'il lui a fait, pensa Fran.

« A la suite d'une erreur particulièrement regrettable, le traitement terminal qui était destiné à une personne âgée souffrant d'une maladie chronique fut administré à Mlle Colbert au lieu de l'habituelle perfusion de sérum physiologique. Il s'ensuivit un coma dépassé, état dans lequel cette jeune fille a survécu pendant plus de six ans. J'ai longuement cherché à mettre au point un produit qui mettrait fin à ce type de coma et hier soir, pour la première fois, mes efforts ont été fructueux, même si le résultat n'a duré qu'un court instant. C'est la porte ouverte à d'extraordinaires développements scientifiques. Je vais vous en donner la preuve. »

Fran regarda le Dr Lowe introduire une cassette dans le magnétoscope placé sous un poste de télévision à grand écran.

« Je ne regarde jamais la télévision, expliqua-t-il, j'utilise seulement cet appareil pour mes recherches. Vous allez assister aux cinq dernières minutes de la vie de Natasha Colbert. Elles vous suffiront pour comprendre tout ce que j'ai accompli depuis que je suis venu m'enfermer ici. »

Les yeux écarquillés de stupeur, Fran vit Barbara Colbert apparaître sur l'écran, l'entendit murmurer le nom de sa fille mourante.

Lorsque Natasha poussa un soupir et ouvrit les yeux, Lowe ne put contenir son excitation.

« Regardez, regardez ! » s'écria-t-il.

Fran vit Natasha reconnaître sa mère, puis fermer les yeux, les rouvrir, supplier sa mère de lui venir en aide.

Les larmes lui montèrent aux yeux en entendant Barbara Colbert supplier sa fille de ne pas mourir.

Avec un sentiment presque haineux, elle écouta Black nier que Natasha avait repris connaissance.

«Elle n'aurait pu survivre plus d'une minute. Ce produit est extrêmement puissant, expliqua Adrian Lowe en arrêtant l'appareil et en rembobinant la bande. Mettre fin à un coma deviendra un jour une pratique courante.» Il glissa la bande dans sa poche. «Que pensez-vous de tout ça, chère mademoiselle?

— Je pense, professeur, qu'avec votre indiscutable génie il est regrettable que vous n'ayez pas consacré vos efforts à la préservation et à l'amélioration de l'existence, au lieu de détruire des vies dont vous décidez arbitrairement qu'elles sont de qualité inférieure à la norme.»

Il sourit et se leva. «Ma chère, nombreux sont ceux qui partagent mes conceptions. A présent, je vais vous montrer mon laboratoire.»

A la fois horrifiée et inquiète à la pensée d'être seule avec cet illuminé, Fran suivit Lowe dans l'escalier étroit. Natasha Colbert, songea-t-elle avec rage. C'était ce «produit extrêmement puissant» qui l'avait plongée dans le coma. Ainsi que la grand-mère de Tim. Ainsi que Barbara Colbert, qui était trop intelligente pour que le disciple de Lowe, Peter Black, parvienne à lui faire croire qu'elle avait des hallucinations. Et il fallait peut-être inclure dans la liste la mère de Billy Gallo. Et combien d'autres?

Le couloir était sombre et lugubre, mais quand Adrian Lowe ouvrit la porte de son laboratoire, Fran eut l'impression de pénétrer dans un autre univers. Bien que peu experte en la matière, elle comprit qu'il s'agissait là du *nec plus ultra* de l'équipement scientifique.

La pièce n'était pas de grandes dimensions, mais la disposition rationnelle du matériel et des instruments compensait l'exiguïté des lieux. Outre un équipement informatique ultra-perfectionné, Fran reconnut certains appareils extrêmement coûteux qu'elle avait vus chez son propre médecin. Elle remarqua aussi une bouteille d'oxygène de grande taille, avec ses tubes et ses robinets. De nombreuses machines semblaient destinées à des tests de produits chimiques, d'autres plus adaptées à des expériences sur des sujets vivants. Des rats, j'espère, pensa Fran avec un frisson. La plupart de ces appareils ne signifiaient rien pour elle, mais elle fut impressionnée par la propreté extraordinaire de l'endroit. Tout était à la fois stupéfiant et absolument terrifiant, songea-t-elle en s'avançant dans la pièce.

Le visage d'Adrian Lowe resplendissait littéralement de fierté. « Mademoiselle Simmons, mon ancien élève Gary Lasch m'a installé ici après que j'ai été radié du corps médical. Il avait foi en moi et en mes recherches et il a voulu me fournir l'assistance dont j'avais besoin pour poursuivre mes expériences. Ensuite il a fait venir Peter Black, un autre de mes anciens étudiants, de la même promotion que Gary. Peut-être pas la plus heureuse des décisions, rétrospectivement. Sans doute en raison de son penchant pour l'alcool, Black s'est révélé dangereux et couard. Il m'a souvent déçu, encore que récemment il ait contribué à la plus grande réussite de ma carrière. Et n'oublions pas Calvin Whitehall, à qui je dois le plaisir de notre rencontre ce soir, et qui a soutenu avec enthousiasme mes travaux, sur les plans financier et philosophique.

— Que vient faire ici Calvin Whitehall ? » demanda Fran, prise d'un pressentiment.

Adrian Lowe eut l'air étonné. « Vous ne le savez donc pas ? Il a organisé notre rencontre. Il m'a assuré que vous étiez la journaliste la plus qualifiée pour recueillir des révélations de cette importance. C'est lui qui s'est chargé de tous les arrangements et qui a vérifié auprès de moi que vous veniez comme prévu. »

Fran choisit soigneusement ses mots. « Que vous a dit exactement M. Whitehall à propos de ce que je dois faire pour vous, professeur ?

— Ma chère, sachez que vous êtes ici pour réaliser une interview qui va me permettre d'exposer au public l'extraordinaire portée de mes découvertes. Les membres du corps médical continueront à me mettre plus bas que terre. Mais eux aussi, avec le temps, comme le monde entier, finiront par comprendre le bien-fondé de ma philosophie et le génie de mes recherches. Et c'est vous, mademoiselle Simmons, qui tracerez la voie. Vous allez annoncer cette émission à l'avance et lui donner toute la place qu'elle mérite sur votre chaîne prestigieuse. »

Fran resta silencieuse, à la fois stupéfaite et horrifiée par ce qu'elle venait d'entendre. « Docteur Lowe, vous rendez-vous compte que vous vous exposez, ainsi que le Dr Black et Calvin Whitehall, à d'éventuelles poursuites judiciaires ? »

Il réagit sèchement. « Bien sûr. Calvin accepte volontiers ce risque, c'est un aspect inévitable de notre importante mission. »

Oh, mon Dieu, pensa Fran, il représente un danger pour eux. Tout comme moi. Et ce laboratoire aussi est dangereux. Ils sont obligés de s'en débarrasser — et de nous en même temps. Je suis tombée dans un piège.

« Docteur, dit-elle, s'efforçant de paraître le plus calme possible, il faut que nous partions d'ici. Tout de suite. Nous avons tous les deux été piégés. Calvin Whitehall ne vous laissera jamais dévoiler vos expériences au public, encore moins à la télévision. Il faut que vous le compreniez.

— Je ne comprends pas... » Une expression presque enfantine avait envahi le visage d'Adrian Lowe.

« Croyez-moi. Je vous en supplie ! »

Lowe se tenait près du meuble installé au centre du

399

laboratoire, les mains posées sur la surface de Formica. «Mademoiselle Simmons, tout ceci n'a aucun sens. M. Whitehall...»

Fran le saisit par la main. «Professeur, nous ne sommes pas en sécurité ici. Partons.»

Elle entendit un léger bruit et sentit un violent courant d'air. A l'extrémité de la pièce la fenêtre se soulevait. «Regardez!» hurla-t-elle en désignant une silhouette sombre à peine visible dans la nuit.

Elle vit une petite flamme vaciller, aperçut un bras qui se tendait, puis semblait se retirer. Soudain elle comprit. L'individu qui se tenait derrière la fenêtre s'apprêtait à lancer une bombe incendiaire dans la pièce. Il allait faire sauter le laboratoire — et eux en même temps.

Adrian Lowe dégagea sa main de la sienne. Il était probablement inutile de courir à présent, néanmoins Fran fit une dernière tentative. «Professeur, je vous en prie!»

D'un mouvement rapide, il se pencha sous le meuble. Quand il se releva, il tenait un fusil. Il fit fonctionner la culasse avec un déclic, puis épaula et tira. La détonation fut assourdissante. Fran vit le bras qui brandissait la bombe disparaître, entendit la chute sourde d'un corps. Un instant plus tard, un rideau de flammes s'éleva dans la galerie.

Le Pr Lowe décrocha un extincteur du mur et le lança à Fran. Puis il courut à un coffre-fort encastré dans le mur, l'ouvrit rapidement et se mit à fouiller fébrilement à l'intérieur.

Fran se pencha par la fenêtre. Leur agresseur était étendu sur le sol de la galerie. Il gémissait et se tenait l'épaule, tentant d'étancher le flot de sang qui en jaillissait. Fran appuya sur la gâchette de l'extincteur, projetant un jet de mousse qui repoussa momentanément les flammes loin de lui.

Le feu avait déjà gagné la balustrade de la galerie et menaçait d'atteindre l'escalier. Une partie du contenu de la bombe s'était infiltrée entre les lames du plancher et des flammèches se détachaient et s'envolaient. Il était évident que l'extincteur ne suffirait pas à sauver la maison. Fran savait aussi que si elle ouvrait la porte donnant sur la galerie, le feu envahirait le laboratoire et atteindrait la bouteille d'oxygène.

« Professeur, sortez ! » hurla-t-elle. Il hocha la tête et, les bras chargés de dossiers, franchit la porte et se mit à courir dans le couloir. Elle entendit le bruit de ses pas résonner dans l'escalier.

Elle regarda à l'extérieur. Il n'y avait qu'un moyen de sauver le blessé et elle était déterminée à essayer. Elle ne pouvait le laisser sauter avec le laboratoire. L'extincteur à la main, Fran se glissa par la fenêtre étroite pour atteindre la galerie. Le feu reprenait de plus belle, se rapprochait à nouveau de l'homme, menaçait de s'attaquer au mur de la maison. Dirigeant l'extincteur dans l'espace entre la fenêtre et l'escalier, elle se fraya un chemin entre les flammes. L'homme était étendu près de la marche supérieure. Fran posa l'extincteur par terre, prit le blessé sous l'épaule droite et, rassemblant toutes ses forces, le souleva et le poussa. Il resta quelques secondes en équilibre en haut de l'escalier avant de basculer et de rouler jusqu'en bas des marches, des hurlements de douleur accompagnant sa chute.

Fran voulut se redresser mais elle glissa sur la mousse, perdit l'équilibre et tomba. Sa tête cogna la marche supérieure, son épaule heurta l'arête de la suivante, sa cheville se tordit et elle acheva sa course au rez-de-chaussée.

Etourdie, elle parvint à se remettre debout au moment où le Pr Lowe apparaissait au détour de la maison. «Aidez-moi à dégager cet homme avant que tout n'explose !» lui cria-t-elle.

Leur agresseur s'était évanoui durant sa chute et n'était plus qu'un poids mort. Avec l'aide du professeur, Fran parvint à tirer Lou à l'écart avant que ne se produise l'explosion si minutieusement préparée par Calvin Whitehall.

Ils coururent se mettre à l'abri des flammes qui jaillissaient vers le ciel tandis que les débris du brasier retombaient autour d'eux.

85

APRÈS le départ de Fran, Molly monta à l'étage, alla dans sa salle de bains et examina longuement son visage dans la glace. Elle avait l'impression de regarder une inconnue — quelqu'un dont elle n'avait pas particulièrement envie de faire la connaissance. « Tu étais autrefois Molly Carpenter, n'est-ce pas ? demanda-t-elle à son image. Molly Carpenter était une jeune fille bénie des dieux. Eh bien, figure-toi qu'elle n'existe plus, c'est inutile de vouloir remonter le temps et de feindre d'être toujours cette même personne. Tu peux seulement revenir en arrière et te retrouver dans une cellule. Pas très gai, hein, comme perspective ? »

Elle ouvrit les robinets du jacuzzi, y versa des sels de bain et regagna sa chambre.

Jenna avait dit qu'elle devait faire un saut à un cocktail avant de venir chez elle. Sa femme de ménage apporterait le dîner. Jenna sera superbe comme à l'accoutumée, songea Molly. Puis elle prit une décision. Ce soir, je vais redevenir la Molly Carpenter de notre jeunesse.

Une heure plus tard, les cheveux lavés et brillants, maquillée, vêtue d'un pantalon de soie vert pâle et d'un chemisier à capuche de la même couleur, Molly attendait patiemment Jenna.

Elle arriva à sept heures et demie, aussi belle et élégante que prévu. «Je suis en retard, s'excusa-t-elle. J'étais chez des clients du cabinet. Je n'ai pas pu me sauver aussi vite que je l'aurais voulu.

— On ne m'attend nulle part», dit doucement Molly.

Jenna se recula pour la contempler. «Tu es ravissante ce soir! Molly, tu es vraiment extraordinaire!»

Molly haussa les épaules. «Pas si extraordinaire que ça. Dis donc, ton mari a-t-il l'intention de nous voir rouler sous la table? Quand le dîner est arrivé, il était accompagné de trois bouteilles de ce vin exceptionnel qu'il a apporté l'autre soir.»

Jenna éclata rire. «Ça ne m'étonne pas de lui. Puisqu'une bouteille est un souvenir agréable, trois te convaincront que cet homme est génial. Qui dirait le contraire?

— Personne, en effet.

— Goûtons-le tout de suite, proposa Jenna. Amusons-nous. Faisons comme si nous étions toujours les reines de cette ville.»

C'était ce que nous étions, n'est-ce pas? Ce seront peut-être mes derniers feux, songea Molly, mais je veux m'amuser avant d'accomplir ma décision. Fran a eu le toupet de me faire la morale. Qu'est-ce qu'elle sait de mes sentiments? Elle se rappela les mots de la journaliste : *Vous n'y attachez peut-être pas d'importance, mais Philip vous aime...*

Elles se tenaient près du bar. Jenna chercha le tire-bouchon dans le tiroir et ouvrit une bouteille. Elle prit deux verres en cristal sur l'étagère. «Grand-mère avait les mêmes, fit-elle remarquer. Tu te souviens du legs de nos grands-mères ? Tu as hérité de cette maison et j'ai eu six verres. A peu près tout ce qui lui restait quand elle a quitté ce monde.»

Jenna servit le vin, tendit un verre à Molly : «A ta santé, ma chérie.»

Au moment où elle trinqua, Molly crut déceler dans le regard de Jenna une expression qu'elle n'y avait jamais vue, quelque chose de totalement inattendu et troublant.

86

Lou aurait dû être de retour à neuf heures et demie. Comme toujours, Calvin Whitehall avait calculé précisément le temps que mettrait son séide pour aller jusqu'à West Redding, mener à bien sa mission, et revenir. Le regard rivé sur la pendule de son bureau, il se dit que, à moins de voir apparaître Lou bientôt, ce retard était le signe que les choses avaient mal tourné.

Dommage, car il jouait là son va-tout.

A dix heures il réfléchit au moyen de lâcher rapidement et définitivement son homme de main.

A dix heures dix, la sonnette de la porte d'entrée retentit. Il avait donné congé à ses domestiques. Il n'aimait pas les voir s'affairer toute la journée dans la maison. Il traversa le vestibule jusqu'à la porte d'entrée, jeta au passage un coup d'œil à son reflet dans une glace. Il y vit un homme corpulent au teint coloré, aux cheveux dégarnis. Un souvenir lui revint en mémoire, une réflexion faite par la mère d'un de ses camarades de Yale. « Cal n'a pas l'air très à l'aise dans son costume trois-pièces Brooks Brothers. »

Quatre personnes l'attendaient à la porte. «Monsieur Whitehall, je suis l'inspecteur Burroughs, du bureau du procureur. Vous êtes accusé de complicité dans la tentative d'assassinat de Fran Simmons et du Pr Adrian Lowe. »

Complice d'une tentative de meurtre, pensa-t-il. Il laissa les mots pénétrer son esprit.

C'était pire qu'il ne l'avait imaginé.

Cal toisa l'inspecteur Burroughs qui le regardait d'un air moqueur. «Monsieur Whitehall, vous apprendrez peut-être avec intérêt que votre associé dans cette tentative, Lou Knox, a été hospitalisé et s'est joyeusement mis à table. Et autre bonne nouvelle — le Pr Adrian Lowe fait en ce moment même une déposition au poste de police. Il semble qu'il ne vous remerciera jamais assez de tout le soutien que vous avez apporté à ses manipulations criminelles. »

87

À sept heures, Philip Matthews patientait dans sa voiture garée devant la porte des Hilmer, espérant les voir revenir plus tôt que prévu.

Il était neuf heures moins dix lorsqu'ils s'arrêtèrent devant leur garage. «Je suis désolé, s'excusa Arthur Hilmer. Nous nous doutions que quelqu'un nous attendrait, mais notre petite-fille tenait un rôle dans une pièce de théâtre, et... vous savez ce que c'est. »

Philip sourit. L'homme lui était sympathique.

«Je suis stupide, vous ne pouvez pas savoir ce que c'est, se reprit Hilmer. Notre fils a quarante-quatre ans. Vous avez probablement son âge.

— Exactement. » Philip se présenta, expliqua brièvement pourquoi Molly risquait de se retrouver en prison, et en quoi lui et sa femme pouvaient apporter des précisions importantes pour sa défense.

Ils entrèrent dans la maison. Jane Hilmer, une femme souriante, à la soixantaine encore séduisante, proposa à Philip de lui servir un verre de vin ou un café ; il refusa.

Arthur Hilmer s'aperçut qu'il était impatient d'en

venir au fait. «Nous avons parlé à Bobby Burke au Sea Lamp, dit-il. Nous avons appris avec stupéfaction ce qui s'est passé. Ce dimanche-là, nous étions allés au cinéma et avions décidé de manger un sandwich au restoroute avant de rentrer à la maison.»

Jane Hilmer intervint à son tour : «Nous sommes partis tôt le lendemain matin pour Toronto et ne sommes rentrés qu'hier soir. Aujourd'hui, nous avons fait un crochet par le Sea Lamp avant d'aller voir la pièce de Janie, et c'est alors que nous avons appris la nouvelle.» Elle lança un regard à son mari. «Comme vous l'a dit Arthur, nous avons été estomaqués. Nous avons dit à Bobby que dans la mesure du possible nous désirions apporter notre témoignage. Bobby vous a sans doute expliqué que nous avons distingué le visage de l'individu au volant de la berline qui stationnait sur le parking.

— En effet, il me l'a dit. Je vous demanderai de faire une déclaration demain matin au bureau du procureur, ensuite j'aimerais que vous rencontriez le dessinateur de la police. Il nous serait très utile d'avoir un portrait de l'homme que vous avez vu dans cette voiture.

— Nous serons heureux de vous aider, dit Arthur Hilmer. Mais je peux sans doute faire encore davantage. Nous avons porté une attention particulière aux deux femmes quand elles sont sorties. La première est passée près de notre table, et elle paraissait complètement bouleversée. Puis cette dame blonde très élégante, Molly Lasch, est partie à son tour. Elle pleurait. Je l'ai entendue appeler : "Annamarie !"»

Philip se crispa. Pitié, ne m'apportez pas de mauvaises nouvelles, implora-t-il en silence.

«L'autre femme ne l'a pas entendue, poursuivit Arthur Hilmer d'un ton catégorique. Il y a une petite fenêtre ovale au-dessus de la caisse. Depuis ma place, je pouvais voir le parking, du moins la partie la plus proche du restaurant. La première femme avait probablement déjà traversé le parking et atteint l'extrémité la plus obscure — je ne la voyais pas. Mais je suis certain d'avoir vu la deuxième — je veux dire Mme Lasch — se diriger directement vers sa voiture et démarrer aussitôt. Je peux jurer qu'elle ne s'est pas avancée vers la partie du parking où était stationnée la jeep, qu'elle n'a pas poignardé l'autre femme, pas dans le laps de temps qui s'est écoulé entre le moment où elle est sortie du restaurant et celui où elle est partie en voiture. »

Philip essuya d'un geste les larmes qui lui brouillaient la vue. «Je ne trouve pas les mots pour vous remercier », bredouilla-t-il. Il se leva d'un bond. «Excusez-moi, il faut que je retourne tout de suite à Greenwich. »

88

DEBOUT près de la fenêtre de sa chambre au premier étage, Peter Black regardait dehors, un verre de scotch à la main. Il vit dans un brouillard deux voitures inconnues s'arrêter dans l'allée qui menait à sa maison. Il n'eut pas besoin d'observer plus longtemps l'allure décidée des quatre hommes qui en sortaient et s'avançaient sur le chemin pavé pour comprendre que l'aventure se terminait là. Le puissant Cal avait quand même fini par mordre la poussière, se dit-il avec un reste d'humour. Malheureusement, il m'entraîne avec lui dans sa chute.

Toujours avoir une issue de secours, disait Cal. Je me demande quelle est la sienne. A dire la vérité, je n'ai jamais aimé ce type et je me fiche totalement de ce qu'il va devenir.

Il alla jusqu'à son lit et ouvrit le tiroir de la table de nuit. Il en sortit un étui de cuir d'où il tira une seringue, déjà remplie.

Avec une expression d'intense et soudaine curiosité, il examina l'instrument. Combien de fois avait-il pratiqué cette injection, feignant la compassion, sachant que les yeux confiants qui se levaient vers lui perdraient bientôt leur acuité et se fermeraient à jamais ?

D'après Lowe, la drogue ne laissait aucune trace dans le sang, et était indolore.

Son fidèle domestique frappa à la porte de la chambre, annonçant la visite de ces quatre visiteurs inattendus.

Le Dr Black s'étendit sur son lit. Il but une dernière gorgée de scotch et enfonça l'aiguille dans son bras. Il espéra qu'Adrian Lowe avait dit vrai en affirmant que le patient ne sentait rien.

89

« J E vais très bien, assura Fran. Je sais que je ne me suis rien cassé. » Elle avait obstinément refusé qu'on l'emmène à l'hôpital, et demandé aux policiers de la conduire chez le procureur de Stamford, en même temps que le Pr Lowe. De là, elle avait appelé Gus Brandt chez lui pour l'informer des événements de la soirée. Il l'avait branchée sur l'émission en cours, laissant Fran raconter son histoire en direct, sur un arrière-plan de bandes d'archives.

Quand la police — du Connecticut et municipale — était arrivée sur les lieux de l'explosion, le Pr Lowe avait annoncé qu'il voulait se rendre aux autorités et faire une déclaration détaillée concernant ses découvertes médicales.

Campé debout au milieu du champ, avec pour décor l'incendie qui faisait toujours rage derrière lui, ses dossiers serrés dans les bras, il s'était d'abord excusé auprès de Fran. « J'aurais pu mourir cette nuit, mademoiselle Simmons. Tout ce que j'ai accompli aurait disparu avec moi. Je dois mettre le public au courant de mes découvertes.

— Professeur, avait dit Fran, je ne peux m'empêcher d'observer que, malgré votre âge déjà avancé, vous n'avez pas montré une attitude de résignation quand on a tenté de mettre fin à vos jours. »

Les policiers les avaient conduits dans les bureaux du procureur où Fran avait fait une déposition devant l'un des substituts, Rudy Jacobs. « J'avais enregistré le Pr Lowe, dit-elle. Si seulement j'avais pu saisir mon magnétophone avant que tout n'explose…

— Mademoiselle Simmons, nous n'en aurons pas besoin, lui dit Jacobs. Ce type est un vrai moulin à paroles. Nous sommes en train de le filmer et de l'enregistrer.

— Avez-vous identifié l'homme qui a tenté de nous tuer ?

— Bien sûr. Il s'agit d'un certain Lou Knox. Il habite Greenwich, c'est le chauffeur de Calvin Whitehall, une sorte d'homme à tout faire.

— Est-il sérieusement blessé ?

— Il a pris quelques plombs dans le bras gauche et il souffre de brûlures, mais il va s'en tirer. Lui aussi s'est mis à table. Il est coincé ; il sait que son seul espoir de bénéficier d'une certaine indulgence est de coopérer.

— A-t-on arrêté Calvin Whitehall ?

— On vient de nous l'amener. On procède aux formalités administratives en ce moment.

— Pourrais-je le voir ? demanda Fran avec un petit sourire ironique. J'ai été en classe avec sa femme mais je ne l'ai jamais rencontré. J'aimerais savoir à quoi ressemble l'individu qui a voulu me réduire en un petit tas de cendres.

— Pourquoi pas… Suivez-moi. »

La vue de l'homme bâti comme une armoire à glace, au crâne dégarni et aux traits taillés à la serpe, portant une chemise de sport froissée, surprit Fran. De même

414

que le Pr Lowe ne ressemblait pas aux photos parues dans les revues qu'elle avait compulsées, de même il n'y avait rien dans ce personnage au visage fripé qui évoquât «le puissant Cal», comme l'appelait sa femme. Comment imaginer Jenna — la belle, élégante et raffinée Jenna — mariée à un homme d'apparence aussi rude?

Jenna! C'est affreux pour elle. Elle devait passer la soirée avec Molly. Je me demande si elle est même au courant.

Cal ira certainement en prison, réfléchit Fran. Molly y retournera peut-être. A moins, naturellement, qu'une partie de ce que j'ai découvert aujourd'hui à propos de l'hôpital Lasch puisse la disculper. Mon père a préféré la mort à la prison. Quel étrange lien nous rapproche toutes, nous les filles de Cranden — toutes les trois marquées par la prison.

Elle se tourna vers le substitut. «Je suis moulue, puis-je vous demander de me faire raccompagner chez moi?

— Bien sûr.

— Me permettez-vous d'abord d'utiliser votre téléphone une minute? J'aimerais écouter mes messages.

— Naturellement. Suivez-moi dans mon bureau.»

Elle avait deux messages. Bobby Burke, le jeune barman du Sea Lamp, avait appelé à quatre heures pour la prévenir qu'il avait retrouvé le couple qui était venu dîner le dimanche soir.

Super, pensa Fran.

Le deuxième message provenait d'Edna Barry et avait été enregistré à six heures. «Mademoiselle Simmons, même si c'est horriblement dur pour moi, je dois me libérer d'un poids qui devient trop lourd. J'ai menti à propos de la clé de secours car j'avais peur que mon fils... que mon fils soit impliqué dans

415

la mort du Dr Lasch. Wally est mentalement très perturbé. »

Fran appuya plus fortement le récepteur contre son oreille. Les sanglots d'Edna Barry l'empêchaient de comprendre clairement ce qu'elle disait.

« Mademoiselle Simmons, il arrive à Wally de raconter des histoires qui n'ont aucun sens. Il entend des voix dans sa tête et pense qu'elles sont vraies. C'est pourquoi j'ai toujours eu tellement peur pour lui. »

« Tout va bien, mademoiselle ? » s'inquiéta Jacobs en voyant l'expression de concentration qui crispait son visage.

Fran posa un doigt sur ses lèvres, s'efforçant d'entendre la voix entrecoupée d'Edna Barry. « J'ai empêché Wally de parler. Je l'ai obligé à se taire chaque fois qu'il a essayé. Mais il a raconté certaines choses récemment qui, s'il dit vrai, pourraient être très, très importantes. Il prétend avoir vu Molly rentrer chez elle le soir où le Dr Lasch a été tué. Il dit qu'il l'a vue entrer dans la maison et allumer la lumière dans le bureau. A ce moment-là, il se tenait dans le jardin devant la fenêtre du bureau et, quand elle a allumé, il a vu le Dr Lasch couvert de sang.

« C'est la suite qui est très importante, si elle est vraie, et si Wally n'invente rien. Il jure qu'il a vu la porte d'entrée de la maison s'ouvrir, et une femme s'apprêter à sortir. Mais elle l'a aperçu, et est rentrée précipitamment. Il n'a pas distingué son visage et ne sait pas qui est cette femme. Il s'est enfui tout de suite après. »

Il y eut une pause au bout du fil, puis encore des sanglots avant qu'Edna ne reprenne. « Mademoiselle Simmons, j'aurais dû accepter qu'on l'interroge, mais il ne m'avait jamais parlé de cette femme auparavant. Je ne voulais pas faire de tort à Molly — j'avais seulement si peur pour mon fils. » Des hoquets de désespoir emplirent l'oreille de Fran. Et, encore une fois, Mme Barry se calma et continua. « C'est tout ce que que je peux vous dire. Je suppose que l'avocat de Molly ou vous-même voudrez nous parler demain. Nous serons à la maison. Au revoir, mademoiselle. »

Abasourdie, Fran reposa le récepteur sur son socle. Wally dit avoir vu Molly rentrer chez elle. Bien sûr il souffre de troubles mentaux et ne sera pas considéré comme un témoin fiable. Mais, s'il dit la vérité, s'il a vraiment vu une femme sortir de la maison...

Fran repensa à ce que Molly avait toujours soutenu. Qu'il y avait quelqu'un d'autre dans la maison. Elle avait parlé d'un bruit semblable à un claquement...

Mais quelle femme ? Annamarie ? Fran secoua la tête. Non, je suis sûre que non. Une autre infirmière avec laquelle Gary avait une liaison ?

Un claquement. Moi aussi j'ai entendu une sorte de claquement chez Molly, se souvint Fran. Je l'ai entendu hier quand je me suis arrêtée chez elle et que Jenna était là. C'était le bruit des talons hauts de Jenna dans le couloir.

Jenna. *Sa meilleure amie !* Les vieux amis sont les meilleurs.

Oh, mon Dieu ! Serait-ce possible ? Il n'y avait eu aucune porte forcée, aucune trace de lutte. Wally avait vu une femme quitter la maison. Gary avait été tué par une femme qu'il connaissait. Pas par Molly. Pas par Annamarie. Toutes ces photos. L'expression de Jenna, la façon dont elle regardait Gary.

90

« C'EST suffisant, Jenna, j'ai assez bu. J'ai la tête qui tourne.

— Allons, tu as à peine bu un peu plus d'un verre.

— J'ai l'impression d'en être au troisième. » Molly secoua la tête comme si elle cherchait à s'éclaircir les idées. « Tu sais, ce vin est vraiment fort.

— Avec tout ce qui t'arrive, tu peux te permettre de te détendre un peu. Tu n'as presque rien mangé.

— Mais si, et c'était excellent. Seulement je n'ai pas très faim. » Elle leva la main en voyant Jenna remplir son verre. « Non, protesta-t-elle, je ne veux plus boire. Je vais être complètement pompette. »

Installées dans le bureau, elles s'étaient mises à leur aise dans les grands fauteuils rembourrés qui se faisaient face devant une table basse. Pendant quelques minutes, elles restèrent silencieuses, écoutant un air de jazz au piano joué doucement sur la chaîne stéréo.

Molly fut la première à rompre le silence. « Hier soir, j'ai eu une drôle de vision. J'ai cru apercevoir Wally Barry à cette fenêtre.

— Mon Dieu!

— Je n'ai pas eu peur, j'ai seulement été étonnée. Wally ne me ferait jamais de mal. Mais après l'avoir vu à la fenêtre, je me suis retournée et brusquement cette pièce est redevenue pareille à ce qu'elle était le soir où j'ai découvert Gary mort à son bureau. Et j'ai compris pourquoi j'ai fait ce rapprochement — je pense que Wally était aussi présent cette nuit-là. »

Molly gardait la tête basse pendant qu'elle parlait. L'engourdissement commençait à la gagner. Elle s'efforça de garder les yeux ouverts et de relever la tête. De quoi parlait-elle? Du soir où elle avait trouvé Gary mort.

Elle se redressa soudain, les yeux grands ouverts.

« Jenna, je viens de dire quelque chose d'important! »

Jenna éclata de rire. « Tout ce que tu dis est important, ma chérie.

— Ce vin a vraiment un goût curieux.

— Je ne le dirai pas à Cal. Il serait horriblement vexé.

— Clic, clac. C'est l'autre bruit que j'ai entendu.

— Molly, Molly, tu perds un peu la boule. » Jenna se leva et s'approcha de son amie. Debout derrière son fauteuil, elle passa ses bras autour d'elle et posa sa joue contre celle de Molly.

« Fran croit que je vais me suicider.

— C'est vrai? » demanda calmement Jenna, relâchant son étreinte. Elle revint s'asseoir sur la table basse en face de Molly.

« J'en ai eu l'intention. C'est pourquoi je m'étais faite belle. Je voulais être élégante pour l'instant final.

— Tu es toujours élégante », dit Jenna doucement. Elle poussa délicatement vers Molly le verre encore plein, l'incitant à boire. Molly tendit la main et le renversa.

«Je suis surtout maladroite, murmura-t-elle en se laissant aller en arrière dans son fauteuil. Jen, c'est bien Wally que j'ai vu derrière cette fenêtre ce soir-là. J'en suis certaine maintenant. Hier j'ai peut-être rêvé, mais pas la première fois. Veux-tu lui téléphoner et lui demander de venir, s'il te plaît?

— Molly, sois raisonnable, la gronda gentiment Jenna. Il est dix heures.» Elle prit une serviette en papier et épongea le vin renversé sur la table. «Je vais te resservir.»

J'ai mal à la tête, pensa Molly. *Clic, clac.* «Clic, clac, fit-elle tout haut.

— Qu'est-ce que tu dis?

— C'est le bruit que j'ai entendu cette nuit-là. Clic… clac… clic… clac…

— C'est ce que tu as entendu, mon chou?

— Mmm.

— Molly, j'ai l'impression que tu retrouves la mémoire. Tu aurais dû t'enivrer plus tôt. Détends-toi. Je vais chercher une autre bouteille.»

Molly bâilla, laissant Jenna s'emparer du verre vide et se hâter vers la cuisine.

«Clic, clac, clic», chantonna Molly, imitant le claquement des talons hauts de Jenna sur le sol du couloir.

91

E N route vers Greenwich, Philip se dit qu'il aurait dû prévenir Molly de son arrivée. Il composa son numéro et patienta, s'attendant à entendre sa voix ou celle de Jenna.

Il écouta sonner à l'autre bout du fil, six, sept, huit fois. Soit Molly était plongée dans un sommeil si profond qu'elle n'entendait pas le téléphone, soit elle avait débranché la sonnerie.

Elle ne l'avait sûrement pas débranchée. Peu de gens connaissaient son numéro, et elle ne chercherait à se couper d'aucun d'entre eux en ce moment.

Il se rappela la conversation qu'il avait eue avec elle au début de l'après-midi. Molly lui avait semblé fatiguée et déprimée — peut-être dormait-elle déjà. Non, Jenna devait passer la soirée avec elle, se souvint-il tandis qu'il s'engageait dans la rue de Molly.

Jenna était peut-être partie tôt. Il consulta l'heure sur le tableau de bord. Peut-être Molly avait-elle finalement préféré se coucher et avoir une bonne nuit de sommeil. Il hésita à faire demi-tour, puis se ravisa. Même s'il devait sortir Molly de son lit, il allait lui rapporter le témoignage des Hilmer. Aucun miracle au monde ne la réjouirait davantage que cette nouvelle.

Alors qu'il s'approchait de la maison de Molly, une voiture de police le dépassa à toute allure. Horrifié, il la vit s'engager dans l'allée de Molly.

92

LORSQUE Jenna revint dans le bureau avec un verre plein, elle trouva Molly penchée sur le canapé où elle avait étalé toutes les photos qu'elles avaient examinées ensemble plus tôt dans la journée.

« Le bal des souvenirs », murmura Molly d'une voix confuse. Elle prit le verre que lui tendait Jenna et fit mine de porter un toast. « Seigneur, regarde-nous tous les quatre. » Elle jeta une photo sur la table basse. « Nous étions heureux alors… du moins le croyais-je. »

Jenna sourit. « Nous étions heureux, Molly. Et nous avions fière allure. C'est navrant que tout se soit terminé comme ça.

— Hmm-mm. » Molly but une gorgée de vin et bâilla. « Mes yeux se ferment tout seuls, excuse-moi…

— Tu devrais finir ton vin et monter te coucher. Une bonne nuit de sommeil ne peut que te faire du bien.

— *Tous les quatre.* » Molly parlait maintenant d'un ton pâteux. « J'aime bien être avec toi, Jenna, mais pas avec Cal.

— Tu n'aimes pas Cal, n'est-ce pas, Molly ?

— Tu ne l'aimes pas non plus. Je pense même que tu le détestes, c'est pour cette raison que toi et Gary... »

Molly se rendit vaguement compte qu'on lui prenait le verre des mains, elle sentit le bras de Jenna l'entourer, la main de Jenna qui approchait le verre de sa bouche, elle entendit la voix de Jenna susurrer à son oreille : «Bois, ma chérie, finis ton verre... »

93

« C'EST la voiture de Jenna, dit Fran au substitut du procureur quand ils pénétrèrent dans l'allée. Vite ! Elle est à l'intérieur de la maison avec Molly ! »

Jacobs accompagnait Fran et deux inspecteurs dans la voiture de la police. Fran ouvrit la portière sans même attendre que le contact soit coupé. Au moment où elle s'élançait, elle vit une autre voiture arriver en trombe derrière eux.

Ignorant sa cheville douloureuse, elle grimpa l'escalier en courant et appuya de toutes ses forces sur le bouton de la sonnette.

« Fran, que se passe-t-il ? »

Elle se retourna et vit Philip Matthews qui se précipitait derrière elle. S'inquiétait-il pour Molly, lui aussi ?

A l'intérieur, l'écho du carillon résonnait à travers la maison.

« Fran, est-il arrivé quelque chose à Molly ? » Philip l'avait rejointe sur le perron, flanqué des deux inspecteurs.

«Philip! C'est Jenna! C'était elle! Ce ne pouvait être qu'elle. C'est elle qui se trouvait là le soir du meurtre. Elle est aux abois. Elle ne peut pas risquer de voir Molly retrouver la mémoire. Elle sait que Molly l'a entendue s'enfuir en courant cette nuit-là. Elle est prête à tout! Il faut l'arrêter! Je suis sûre que j'ai raison!

— Enfoncez la porte», ordonna Jacobs.

La porte, en acajou massif, résista plusieurs minutes avant que le bélier n'en fasse sauter les gonds et ne l'envoie s'abattre sur le sol.

Alors qu'ils se ruaient à travers le hall, ils entendirent des appels se répercuter dans la maison — des appels à l'aide provenant de Jenna.

Ils la trouvèrent agenouillée près du canapé dans le bureau. Molly y était affalée, sa tête masquant en partie une photo de son mari. Elle avait les yeux ouverts, le regard fixe. Sa main pendait, inerte hors du siège. Un verre était renversé sur le tapis, le vin imbibant lentement la laine épaisse.

«Je n'ai pas compris ce qu'elle faisait! gémit Jenna. Chaque fois qu'elle quittait la pièce, c'était sans doute pour mettre du somnifère dans son vin.» Elle entoura le corps amorphe de Molly de ses bras, sanglotant. «Oh, Molly! Réveille-toi, je t'en supplie, réveille-toi!

— Ecartez-vous d'elle.» Philip saisit brutalement Jenna et la repoussa de côté. Puis il prit Molly par les épaules. «Vous ne pouvez pas mourir maintenant! s'écria-t-il. Pas maintenant! Je ne vous laisserai pas mourir.»

Avant que quiconque ait eu le temps de faire un mouvement, il l'avait soulevée dans ses bras. Il se précipita dans le cabinet de toilette du rez-de-chaussée. Jacobs et un des inspecteurs le suivirent.

A peine quelques secondes plus tard, Fran entendit

le bruit de la douche, suivi au bout d'un moment par les haut-le-corps de Molly et ses efforts pour vomir le vin dans lequel Jenna avait versé le somnifère.

Jacobs apparut à la porte de la salle de bains. «Apportez la bouteille d'oxygène qui est dans la voiture, cria-t-il à un policier. Appelez une ambulance, ordonna-t-il à l'autre.

— Elle disait qu'elle voulait mourir, continuait Jenna sur le même ton. Elle allait dans la cuisine remplir son verre. Elle imaginait des choses invraisemblables. Elle a dit que vous lui en vouliez, Fran, que vous vouliez la tuer. Elle est folle. Elle a perdu l'esprit.

— Sa seule folie, Jenna, c'est de vous avoir fait confiance, dit Fran.

— Oui, j'étais bien folle.» Soutenue par Philip et l'un des policiers, Molly venait d'apparaître dans la pièce. Elle était trempée et encore groggy, mais sa voix et son regard étaient pleins de colère et de reproche.

«Tu as tué Gary, dit-elle. Tu as essayé de me tuer. C'est toi que j'ai entendue ce soir-là. C'étaient tes talons qui claquaient dans le hall. J'avais fermé la porte d'entrée à clé. J'avais poussé le verrou en bas de la porte. Ce sont ces bruits-là que j'ai entendus. Celui de tes talons dans le hall. Et celui du verrou que tu as remonté pour ouvrir la porte.

— Wally Barry vous a vue, Jenna», dit Fran. Il a aperçu une silhouette de femme, pensa-t-elle, il n'a pas vu le visage de Jenna, mais peut-être va-t-elle me croire.

«Jenna, s'écria Molly, tu m'as laissée passer cinq ans et demi en prison pour un crime que je n'ai pas commis ! Tu étais prête à me laisser y retourner. Tu voulais que je sois accusée de la mort d'Annamarie. Pourquoi ? Dis-moi pourquoi !»

Jenna les regarda tous l'un après l'autre, l'air implorant. « Molly, tu te trompes », commença-t-elle.

Puis elle s'arrêta, consciente que sa tentative était vaine. Sachant qu'elle était prise au piège. Sachant que c'était fini.

« Pourquoi, Molly ? Tu veux savoir pourquoi ? » Sa voix monta. « POURQUOI ? Pourquoi ta famille avait-elle de l'argent ? Pourquoi Gary et moi avons-nous été obligés de vous épouser, Cal et toi, vous qui pouviez nous procurer ce dont nous manquions ? Pourquoi t'ai-je présenté Gary ? Pourquoi nos réunions à quatre ? Tu veux le savoir ? Uniquement pour que Gary et moi puissions être ensemble le plus souvent possible, sans compter les fois où nous avons été seuls durant toutes ces années.

— Madame Whitehall, vous avez le droit de garder le silence », l'interrompit Jacobs.

Jenna ignora sa remarque. « Nous étions tombés amoureux l'un de l'autre dès notre première rencontre. Et un jour, ce maudit dimanche soir, tu m'as appris que Gary avait une liaison avec cette infirmière et qu'elle était enceinte de lui. » Elle eut un rire amer.

« J'étais devenue l'*autre* femme. Je suis venue ici pour avoir une explication avec Gary. J'ai arrêté ma voiture plus bas dans la rue, afin que tu ne la voies pas au cas où tu rentrerais plus tôt que prévu. Gary m'a fait entrer. Nous nous sommes disputés. Il voulait me voir partir avant que tu n'arrives. Puis il s'est assis à son bureau et m'a tourné le dos en disant : "Je commence à penser que je n'ai pas fait un si mauvais choix en épousant Molly. Au moins, quand elle est en colère, elle part au Cape Cod et me fiche la paix. Maintenant, rentre chez toi, laisse-moi tranquille." »

La colère disparut soudain de sa voix. « Et c'est arrivé. Je n'en avais pas l'intention. Je ne voulais pas le tuer. »

Le hurlement d'une ambulance rompit le silence qui suivit l'aveu de Jenna. Fran se tourna vers Jacobs. «Pour l'amour du ciel, ne laissez pas cette ambulance emmener Molly à l'hôpital Lasch.»

94

« **B**RAVO ! On a eu une audience formidable, dit Gus Brandt six semaines plus tard. Félicitations, Fran. C'est le meilleur "Crime et vérité" depuis sa création.

— C'est vous qu'il faut féliciter, Gus. Si vous ne m'aviez pas envoyée sur place pour couvrir la sortie de prison de Molly Lasch, rien de tout cela ne serait arrivé, ou alors sans moi.

— J'ai particulièrement aimé la conclusion de Molly, lorsqu'elle a parlé de la nécessité de garder confiance, même dans les moments où l'on se sent accablé. D'après elle, c'est grâce à vous qu'elle ne s'est pas suicidée.

— Jenna a bien failli parvenir au résultat contraire, dit Fran. Si son plan avait marché, nous aurions tous présumé que Molly avait mis fin à ses jours. Cependant, je pense que j'aurais eu des doutes. Je ne crois pas que Molly aurait réellement avalé ces pilules.

— Quelle perte — une si jolie femme ! »

Fran sourit. « Très belle, et pas seulement en apparence. C'est important aussi, non ? »

Gus Brandt lui rendit son sourire. Une expression bienveillante envahit son visage. « Oui. A propos de choses importantes, si vous preniez un jour de congé pour vous changer les idées ? Pourquoi pas dimanche, par exemple ? »

Fran pouffa. « Vous cherchez à obtenir le Nobel de la générosité ? »

Les mains dans les poches, l'air pensif, Fran regagna son bureau.

J'ai mis toute mon énergie dans cette affaire depuis le jour où je suis allée attendre Molly à sa sortie de prison, s'avoua-t-elle. C'est du passé maintenant, pourtant je n'ai pas fini de panser mes plaies.

Les événements se bousculaient dans sa tête. Pour échapper à la peine maximale, Lou Knox avait révélé tout ce qu'il savait sur Cal Whitehall et les manœuvres mystérieuses à l'hôpital Lasch. Le pistolet que l'on avait retrouvé sur lui au moment de son arrestation était l'arme utilisée pour tuer le Dr Morrow. « Cal m'avait dit que Morrow était le genre de type qui foutait le bordel partout, avait-il dit à la police. Il posait trop de questions à l'hôpital à propos de certains décès qui lui paraissaient suspects. Alors j'ai dû m'en occuper. »

Les Hilmer avaient facilement identifié Lou. C'était lui qu'ils avaient vu en train d'attendre dans sa voiture sur le parking du restoroute. Lou expliqua pourquoi il avait fallu tuer Annamarie : « Cette nana était un danger permanent. Elle avait entendu Lasch et Black proposer de se débarrasser de la vieille qui avait des problèmes cardiaques. Elle avait accepté de ne pas révéler l'intervention désastreuse de Black sur la fille Colbert, mais Cal a pris peur le jour où il a vu sur l'agenda de la cuisine que Molly avait rendez-vous avec Annamarie à Rowayton. Il était persuadé qu'Annamarie finirait par tout lâcher à cette Fran Simmons. Son enquête aurait pu la conduire aux ambulanciers qu'on avait payés pour certifier que Natasha Colbert avait eu un arrêt cardiaque sur le trajet de l'hôpital. Il aurait fallu alors que je me débarrasse aussi d'eux. C'était plus simple d'éliminer Scalli. »

Quand on compte le nombre de gens qui ont été assassinés de sang-froid sous prétexte qu'ils constituaient une menace, en y ajoutant tous ceux qui sont morts au nom de la recherche, cela fait froid dans le dos, songea Fran. Et dans ce même contexte, ce qui est arrivé à papa en fait également une victime. Sa faiblesse aggrave son cas, certes, mais c'est bel et bien Whitehall qui a été la cause de sa mort.

Le substitut du procureur avait montré à Fran les titres désormais sans valeur que Lou avait conservés en souvenir de cette arnaque juteuse. « Cal avait fait passer un tuyau à votre père par l'intermédiaire de Lou, lui recommandant d'acheter pour quarante mille dollars de ces titres. Votre père, qui admirait le flair de Whitehall, tomberait immanquablement dans le piège.

« Whitehall se doutait que votre père soustrairait l'argent du fonds de la bibliothèque. Lui aussi était membre du comité et il avait accès aux comptes. Il a falsifié les écritures et les quarante mille dollars empruntés se sont transformés en quatre cent mille, que votre père s'est trouvé dans l'incapacité de remplacer. Sans pouvoir davantage prouver qu'il n'avait pas détourné la totalité du montant. »

Il a néanmoins pris de l'argent qui ne lui appartenait pas, même s'il comptait le rembourser, pensa Fran. Une chose peut néanmoins le consoler : le deuxième « tuyau » ne m'a pas expédiée *ad patres* comme il l'aurait dû.

Elle couvrirait les procès du Pr Lowe, de Cal Whitehall et de Jenna pour la chaîne. Ironie du sort, Jenna allait sans doute jouer la carte du meurtre passionnel, charge pour laquelle Molly avait plaidé coupable.

De sinistres individus, tous autant qu'ils étaient. Qui allaient payer leurs méfaits par de longues années de prison. Le bon côté des choses, cependant, était la reprise du groupe Remington par American National, avec un homme honnête à la barre. Molly va mettre sa maison en vente et s'installer à New York. Elle compte travailler dans un magazine dès le mois prochain. Philip est amoureux d'elle, mais elle a besoin de temps pour que ses blessures se referment. Il saura attendre.

Fran décrocha son manteau dans le placard de son bureau. Je vais rentrer chez moi. Je suis morte de fatigue et tout se brouille dans ma tête. « A moins que ce soit le printemps », dit-elle tout haut en regardant l'étalage du fleuriste dans la rue, au pied du Rocke-feller Center.

Elle se retourna, s'apprêtant à partir, et vit Tim Mason debout dans l'embrasure de la porte. « Je vous ai observée aujourd'hui, dit-il, et je vous ai trouvé une petite mine. A titre de remède, je vous propose de m'accompagner au Yankee Stadium. Le match commence dans trois quarts d'heure. »

Fran sourit. « L'idéal pour un coup de blues. »

Tim la prit par le bras. « Pour le dîner, ce sera un hot dog et une bière.

— C'est vous qui m'invitez. N'oubliez pas les recommandations de votre mère.

— Absolument. Auparavant, votre pronostic sur le résultat du match me ferait très plaisir.

— Je parie sur les Yankees, mais je vous accorderai trois points d'écart... »

Ils pénétrèrent dans l'ascenseur et la porte se referma derrière eux.

Remerciements

« Il était une fois… », c'est ainsi que nous commençons tous. C'est le début d'un voyage. Nous donnons forme à nos personnages, nous racontons leurs histoires. Et tout au long du chemin nous avons besoin d'aide et de réconfort.

Que les astres protègent mes éditeurs, Michael Korda et Chuck Adams, guides infatigables et toujours prêts à m'encourager. Merci, mes amis, vous êtes les meilleurs.

Gypsy da Silva, Carol Catt, Barbara Raynor, correctrices et lectrices à l'œil infaillible, vous n'avez ménagé ni votre temps ni votre attention. Soyez remerciées, ainsi que vos assistantes, Carol Bowie et Rebecca Head.

Une pensée toute particulière pour Lisl Cade, ma fidèle attachée de presse, amie loyale et enthousiaste.

Merci aussi à mes agents, Gene Winick et Sam Pinkus, pour leurs conseils avisés et leur soutien.

Et à tous ceux qui ont généreusement partagé avec moi leurs connaissances : le Dr Richard Roukema, psychiatre, le Dr Ina Winick, psychologue, le Dr Bennett Rothenberg, chirurgien plasticien, Mickey Sherman, avocat d'assises, les écrivains Lindy Washburn et Judith Kelman, la productrice Leigh Ann Winick.

Mille mercis à ma famille pour son aide tout au long du parcours : les Clark, Marilyn, Warren et Sharon, David, Carol, et Pat ; les Conheeney, John et Debby, Barbara, Trish, Nancy et David. Un salut amical à mes amies lectrices, Agnes Newton, Irene Clark et Nadine Petry.

Et naturellement merci à « Lui », mon mari, John

Conheeney, modèle de patience, de compréhension et d'humour.

Et une fois encore je cite ces mots de mon moine du XVᵉ siècle : « Le livre est terminé. Au lecteur de jouer. »

VINGT ANS DE «SPÉCIAL SUSPENSE»

1979
MARY HIGGINS CLARK
La Nuit du Renard
(Grand prix de littérature policière 1980)

1980
BROOKS STANWOOD
Jogging
JEAN-CLAUDE HÉBERLÉ
La Deuxième Vie de Ray Sullivan

1981
MARY HIGGINS CLARK
La Clinique du Docteur H.
FROMENTAL/LANDON
Le Système de l'homme-mort
FRANCIS RYCK
Le Piège

1982
STEPHEN PETERS
Central Park
STEPHEN KING
Cujo
FRANCIS RYCK
Le Nuage et la Foudre

1983
LAURENCE ORIOL
Le tueur est parmi nous
MARY HIGGINS CLARK
Un cri dans la nuit

1984
JEAN-FRANÇOIS COATMEUR
La Nuit rouge
MARY HIGGINS CLARK
La Maison du guet
GERALD A. BROWNE
19 Purchase Street
CHRISTIAN GERNIGON
La Queue du scorpion
(Grand prix de littérature policière 1985)

STEPHEN KING
Charlie

1985
JAMES CRUMLEY
La Danse de l'ours
WILLIAM DICKINSON
Des diamants pour Mrs Clark
ALAIN PARIS
Impact
PATRICIA MACDONALD
Un étranger dans la maison
JEAN-FRANÇOIS COATMEUR
Yesterday

1986
CAROLINE B. COONEY
Une femme traquée
MARY HIGGINS CLARK
Le Démon du passé
WILLIAM DICKINSON
Mrs Clark et les enfants du diable
JACK HIGGINS
Confessionnal
ALAIN PARIS
Opération Gomorrhe
ROBERT DALEY
La nuit tombe sur Manhattan
FRÉDÉRIC H. FAJARDIE
Le Loup d'écume

1987
RICHARD BACHMAN
La Peau sur les os
PHILIPPE COUSIN
Le Pacte Pretorius
PATRICIA MACDONALD
Petite sœur
JEAN-FRANÇOIS COATMEUR
Narcose
WILLIAM DICKINSON
De l'autre côté de la nuit
GERALD A. BROWNE
Stone 588

1988
RICHARD BACHMAN
Chantier
CLIVE BARKER
Le Jeu de la damnation
MARY HIGGINS CLARK
Ne pleure pas ma belle
DEAN R. KOONTZ
Chasse à mort
RICHARD NORTH PATTERSON
Projection privée
JACK CURTIS
Le Parlement des corbeaux

1989
DEAN R. KOONTZ
Les Étrangers
ROBERT BUCHARD
Parole d'homme
JAMES W. HALL
En plein jour
MARY HIGGINS CLARK
Dors ma jolie
NICHOLAS PROFFITT
L'Exécuteur du Mékong
JEAN-FRANÇOIS COATMEUR
La Danse des masques
PATRICIA MACDONALD
Sans retour

1990
LAURENCE ORIOL
Le Domaine du Prince
TOM KAKONIS
Chicane au Michigan
MARY HIGGINS CLARK
Le Fantôme de Lady Margaret

1991
RICHARD BACHMAN
Rage
GERALD A. BROWNE
Adieu Sibérie
CARL HIAASEN
Cousu main

MARY HIGGINS CLARK
Souviens-toi
PATRICIA MACDONALD
La Double Mort de Linda
PHILLIP M. MARGOLIN
La Rose noire
JEAN-FRANÇOIS COATMEUR
Des feux sous la cendre

1995
JAMES W. HALL
Marée rouge
GWEN HUNTER
La Malédiction des Bayous
THOMAS PERRY
Une fille de rêve
MARY HIGGINS CLARK
Ce que vivent les roses
ROBERT BUCHARD
Meurtres à Missoula
PATRICIA MACDONALD
Une femme sous surveillance
PHILIPPE HUET
La Nuit des docks

1996
HUBERT CORBIN
Nécropsie
PHILLIP M. MARGOLIN
Les Heures noires
JOHN GILSTRAP
Nathan
MARY HIGGINS CLARK
La Maison du clair de lune
LAURIE R. KING
Un talent mortel
PATRICIA MACDONALD
Expiation
GARY DEVON
Nuit de noces

1997
CHUCK HOGAN
Face à face
TOM SAVAGE
Le Meurtre de la Saint-Valentin

STEPHEN GALLAGHER
Mort sur catalogue
MARY HIGGINS CLARK
Ni vue ni connue
MICHAEL KIMBALL
Un cercueil pour les Caïmans
PATRICIA MACDONALD
Personnes disparues
JEAN-FRANÇOIS COATMEUR
La Porte de l'enfer

1998
JEAN-CHRISTOPHE GRANGÉ
Les Rivières pourpres
(Prix RTL-LIRE 1998)
STEPHEN AMIDON
Sortie de route
JOHN CASE
Genesis
MARY HIGGINS CLARK
Tu m'appartiens
JOSEPH KLEMPNER
Le Grand Chelem
HUBERT CORBIN
Droit de traque

1999
LEONARD SANDERS
Dans la vallée des ombres
RICHARD BACHMAN
Marche ou crève
PHILLIP M. MARGOLIN
Le Dernier Homme innocent
RYCK EDO
Mauvais sort
MARY HIGGINS CLARK
Et nous nous reverrons...
PETER JAMES
Vérité

IMPRESSION
IMPRIMERIE GAGNÉ

IMPRIMÉ AU CANADA